ULF KVENSLER, 1968 geboren, hat eine lange und erfolgreiche Karriere als Drehbuchautor, Regisseur und Showrunner hinter sich. Er begann als Komiker, hat aber in den letzten Jahren Dramen und Thriller geschrieben. Ulf Kvensler ist sowohl Schöpfer als auch Hauptautor zahlreicher Erfolgsserien. Mit seinem Debüt *Der Ausflug* stand er wochenlang auf den oberen Rängen der SPIEGEL-Bestsellerliste. Auch in seinem zweiten Thriller *Die Insel* beschreibt er auf fesselnde Weise die Schönheit Schwedens und seziert gleichzeitig die Abgründe der Menschen.

Der Ausflug – Nur einer kehrt zurück in der Presse:

»Das Buch ist bis zur letzten Seite wahnsinnig spannend. Ein einfühlsames Psychogramm der einzelnen Charaktere.« *WDR*

»Aufregend bis zum bitteren Ende.« *Westfalen-Blatt*

»Ein wirklich atemberaubender, fesselnder Pageturner, von dem man nicht mehr loskommt.« *Fränkische Nachrichten*

»Ulf Kvensler spannt einen atmosphärisch dichten und beeindruckenden Spannungsbogen.« *krimi-couch.de*

Außerdem von Ulf Kvensler lieferbar:

Die Insel. Einer kennt die ganze Wahrheit. Thriller.

www.penguin-verlag.de

ULF KVENSLER

DER AUSFLUG

NUR EINER KEHRT ZURÜCK

THRILLER

Aus dem Schwedischen
von Sabine Thiele

PENGUIN VERLAG

Die Originalausgabe erschien 2022
unter dem Titel SAREK
bei Albert Bonniers Förlag, Stockholm.

FSC www.fsc.org
MIX
Papier | Fördert
gute Waldnutzung
FSC® C014496

Penguin Random House Verlagsgruppe FSC® N001967

1. Auflage

Neumarkter Straße 28, 81673 München
produktsicherheit@penguinrandomhouse.de
(Vorstehende Angaben sind zugleich
Pflichtinformationen nach GPSR)

Redaktion: Hanne Hammer
Umschlaggestaltung: bürosüd
Umschlagabbildung[en]: www.buerosued.de unter Verwendung
eines Motivs von © mauritius images/Jean Schwarz
Satz: GGP Media GmbH, Pößneck
Druck und Bindung: GGP Media GmbH, Pößneck
Printed in Germany 2025
ISBN 978-3-328-11321-8
www.penguin-verlag.de

Für Adam und Olivia

Funkverkehr zwischen dem Ambulanzhelikopter und dem Krankenhaus Gällivare, 15. September 2019, 14:16 Uhr

»Wir haben gerade eine Frau an der Fjällstation Aktse abgeholt.«

»Ja?«

»Sie ist unterkühlt und in ziemlich schlechter Verfassung. Gerade so ansprechbar.«

»Verstanden.«

»Sie hat keine Ausweispapiere bei sich, sagt aber, sie hieße Anna.«

»Verstanden.«

»Prellungen und Schnittwunden am ganzen Körper. Der rechte Arm ist gebrochen. Wir geben ihr ein paar Liter Kristalloide.«

»Ist sie abgestürzt?«

»Das war zumindest unser erster Gedanke.«

»Verstanden.«

»Aber sie hat auch Male am Hals. Als sei sie stranguliert worden.«

»Verstanden.«

»Es ist schwer zu sagen.«

»Wir machen uns bereit.«

»Danke. Over and out.«

STOCKHOLM, JULI 2019

Ich liebe Stockholm im Juli. Die Leute fliehen nach Gotland, Båstad und an die Riviera, die Stadt versinkt im Sommerschlaf, und man hat sie endlich ein wenig für sich.

Den ganzen Tag war es glühend heiß gewesen. Auch als die Sonne nicht mehr auf die Straßen zwischen den Häuserreihen brannte, wurde es nur unwesentlich kühler. Seit sieben Uhr morgens war ich im Büro in der Innenstadt gewesen und ging jetzt zu Fuß nach Hause, um ein bisschen frische Luft zu schnappen. Mit jedem Häuserblock waren weniger Touristen unterwegs. Die Straßen im Stadtteil Vasastan waren nahezu verlassen. In wenigen Stunden, bei Einbruch der Dämmerung, würden die Vergnügungssüchtigen betrunken und laut Richtung Odenplan ausschwärmen. Aber da würde ich schon längst im Bett liegen.

Ich blieb stehen und legte die Handflächen an eine ockerfarbene Hauswand. Warm wie eine Heizung.

Ich war hungrig und rief Henrik an, um ihn zu fragen, ob er auch etwas zu essen wollte. Das wollte er, weshalb ich im Sushi-Imbiss in unserem Viertel eine Pokébowl mit Lachs für ihn und eine Sushibox mit elf Stück für mich bestellte. Als ich das Essen abholte, nickte mir der Mann hinter dem Tresen fröhlich zu, und das sollte er auch, da wir mindestens zweimal die Woche dort etwas kauften.

Ich ging weiter zu unserem Haus und nahm den kleinen Aufzug in den fünften Stock.

»Hallo?«, rief ich, nachdem ich die Tür geöffnet hatte.

»Hallo«, antwortete Henrik aus dem Wohnzimmer, in dem der Fernseher lief.

Ich ging in die Küche, sah die Stapel mit schmutzigem Geschirr in der Spüle stehen und den nicht abgeräumten Küchentisch. Die benutzte Kaffeetasse, die noch an Henriks Platz stand, das Stück Küchenpapier, die Brotkrümel.

Und wäre beinahe in Tränen ausgebrochen.

Es war Samstag, und ich hatte zwölf Stunden gearbeitet, wie fast jeden Tag in diesem Sommer. Ich hatte Henrik angerufen und gefragt, was er zum Essen haben wollte, ich hatte das Essen bestellt und abgeholt, und er hatte sich nicht einmal vom Sofa aufraffen und die Küche aufräumen können. Geschweige denn, Gläser und Getränke aus dem Kühlschrank holen.

Er hatte Urlaub und verbrachte die Tage in der Wohnung.

Diese verdammte, riesige Küche mit einem Esstisch für zehn Personen. Was sollen wir überhaupt damit? Einfach lächerlich.

Der Fernseher wurde ausgeschaltet, und kurz darauf erschien Henrik lustlos in der Küche.

»Hör mal, jetzt reicht es mir ...«, sagte ich, und meine Stimme zitterte vor Wut. »Ich habe mich ums Essen gekümmert, kannst du da nicht wenigstens die Küche aufräumen? Deine Sachen abspülen? Soll ich das auch noch machen?«

Henrik stellte nur schweigend seine Kaffeetasse in die Spüle, warf das Küchenpapier weg und wischte mit einem Lappen den Tisch ab. Seiner Körpersprache nach zu urteilen, war die Anstrengung beinahe übermenschlich.

Seufzend holte ich eine Flasche Mineralwasser aus dem Kühlschrank und schenkte mir ein großes Glas ein.

»Ich glaube, wir müssen den Trip ins Fjäll verschieben.«

Henrik blickte schweigend auf und wischte dann weiter den Küchentisch ab.

»Ich kann jetzt nicht einfach eine Woche weg«, fuhr ich fort.

»Aha.«

»Dafür kann ich Anfang September Urlaub nehmen.«

»Wir müssen fragen, ob Milena das auch passt.«

»Ja, das ist mir schon klar. Ich rufe sie an.«

Ich war zu wütend und aufgewühlt, um mit ihm an einem Tisch zu sitzen und zu essen, weshalb ich mich stattdessen lange unter die Dusche stellte. Die heißen Strahlen wuschen einen Teil meiner Frustration ab. Schon bald bereute ich, dass ich Henrik so angefahren hatte. Ich war müde und hatte überreagiert.

Später am Abend versöhnten wir uns. Henrik lächelte schwach, als ich mich entschuldigte und ihn umarmte. Aneinandergekuschelt saßen wir mit einem Glas Wein auf dem Sofa und schauten eine Serie auf HBO weiter. Bei der Hälfte der Folge schlief ich ein. Wachte beim Abspann wieder auf, gab Henrik einen Kuss und ging ins Bett. Er blieb auf dem Sofa sitzen und starrte lethargisch auf den Fernseher.

Wie konnte es nur so weit kommen? Weiß ich überhaupt noch, wer Henrik ist?

Aus der Zeugenbefragung von Anna Samuelsson, Personennummer 880 216-3382, 16. September 2019, Krankenhaus Gällivare, durchgeführt von Kriminalinspektor Anders Suhonen.

»Okay… Jetzt habe ich auf Aufnahme gedrückt. Hallo, Anna, ich heiße Anders Suhonen.«

»Hallo.«

»Ich freue mich sehr, dass Sie mit mir sprechen möchten. Mir ist klar, dass Sie müde sind und Schmerzen haben, aber es ist gut, wenn wir das so bald wie möglich erledigen.«

»Ja.«

»Wenn es Sie zu sehr anstrengt oder die Schmerzen stärker werden, machen wir eine Pause oder morgen weiter. Einverstanden?«

»Ja.«

»Sie versprechen, mir Bescheid zu sagen?«

»Ja.«

»Jetzt haben Sie keine Schmerzen?«

»Es ist auszuhalten.«

»Gut. Ich fange mit ein paar allgemeinen Fragen an, damit wir die erledigt haben. Wie heißen Sie?«

»Anna Signe Samuelsson.«

»Personennummer?«

»880216-3382.«

»Wohnort?«

»Stockholm.«

»Was sind Sie von Beruf?«

»Juristin.«

»Familienstand?«

Schweigen.

»Anna? Sind Sie verheiratet oder ledig oder …?«

»Verlobt.«

»Mit wem?«

»Henrik Ljungman.«

»War er auf dieser Reise dabei?«

Schweigen.

»War Henrik mit Ihnen im Nationalpark Sarek?«

»Ja.«

»Henrik Ljungman, richtig? Wissen Sie seine Personennummer?«

»820302-7141.«

»Gut. Dann hätten wir …«

»Haben Sie Milena gefunden?«

»Wen? Milena?«

»Tankovic. Sie liegt … Wann … Was ist heute für ein Tag?«

»Montag, der 16. September.«

Schweigen.

»Milena Tankovic? Hat sie gelebt, als Sie getrennt wurden?«

Schweigen. Schluchzen.

»Anna? Wissen Sie, ob Milena gelebt hat, als Sie getrennt wurden?«

Schluchzen.

»Nein … Aber Sie müssen sie finden.«

»Sie war nicht mehr am Leben?«

»Nein …«

Schluchzen.

»Milena Tankovic, haben Sie gesagt?«

»Ja.«

»War sie von Anfang an bei der Wanderung dabei?«

»Ja.«

»Wissen Sie ihre Personennummer?«

»Nein.«

»Wo wurden Sie getrennt?«

Schweigen. Schluchzen.

»Ich kann nicht …«

»Sie wurden bei der Fjällstation Aktse gefunden. Allein. Wissen Sie, wie lange Sie allein gelaufen sind?«

Schweigen. Schluchzen.

»Oder glauben Sie, dass wir Milena auch in der Nähe von Aktse finden?«

»Ich weiß es nicht …«

»Okay, ich hole mal eine Karte. Vielleicht können Sie mir ja einen Hinweis geben, wo wir Milena finden könnten. Und Henrik. In Ordnung?«

Schweigen.

»Aber Sie waren zu dritt, richtig? Sie, Henrik und Milena?«

Unhörbar.

»Was haben Sie gesagt?«

»Wir waren zu viert.«

Kapitel 1

Ich weiß noch genau, wann und wo ich zum ersten Mal von ihm gehört habe.

Es war Freitag, der 30. August, und Milena und ich hatten bei Miss Clara auf dem Sveavägen zu Mittag gegessen. Das Wetter war sonnig und warm, die Luft allerdings schon etwas kühler, das Licht etwas weißer, der Herbst stand vor der Tür. Wir hatten uns um zwölf beim Outdoorladen Naturkompaniet getroffen, um unsere Ausrüstung auf den neuesten Stand zu bringen. Frisches Gas für den Kocher, neue dünne Wollstrümpfe, Mückenschutzmittel und gefriergetrocknete Trekkingmahlzeiten.

Für Viertel vor eins hatte ich einen Tisch reserviert, und um halb zwei hatten wir gegessen und tranken unseren Espresso. Die Rechnung war bezahlt, und eigentlich hätte ich schon wieder zurück ins Büro eilen müssen, ein langes Mittagessen wie das hier bedeutete eine Abendschicht, auch an einem Freitag. Doch Milena und ich hatten uns eine Weile nicht gesehen, und sie hatte zugestimmt, unseren geplanten Trip kurzfristig auf den September zu verschieben. Ich wollte nicht allzu gestresst wirken.

Sie nippte an ihrem Espresso und nahm Anlauf. »Also … Ich wollte dich was fragen.«

»Okay?«

Ich sah ihr an, dass sie nervös war. Milena wurde leicht rot, und jetzt kroch die Röte ihre blassen Wangen empor. Sie hatte eine neue Frisur: Die dunkelblonden Haare waren immer noch schulterlang, doch sie hatte den Pony wachsen lassen, der jetzt in weichen Strähnen ihr Gesicht umrahmte. Damit sah sie weiblicher aus. Aber immer noch genauso lieb. Wie so oft in unserer langjährigen Freundschaft hätte ich sie am liebsten umarmt.

»Also …« Sie lächelte, fast widerwillig. »Ich habe jemanden kennengelernt.«

»Wirklich? Wie schön!«

»Ja, es ist … schön.« Wieder lächelte sie und atmete tief durch.

»Wie heißt er?«

»Jacob. Jacob mit c. Ein Onlinedate.«

»Super. Freut mich total, Milena!« Ich drückte rasch ihre Hand. »Wie lange seid ihr jetzt schon zusammen?«

»Gut einen Monat. Es ist also noch ganz frisch.«

»Erzähl, wie ist er so? Was macht er?«

»Er ist zumindest schon mal kein Jurist, das ist schön.«

»Klingt nach einem guten Fang.«

»Er ist ein bisschen älter als ich.«

»Was heißt das?«

»Achtunddreißig.«

»Also fast gleichaltrig«, meinte ich. Was natürlich nicht stimmte, Milena war zweiunddreißig, ein Jahr älter als ich. Aber manche meiner Kolleginnen, die nur wenig älter als ich waren, hatten schon Panik oder wussten, dass sie die in ein paar Jahren bekommen würden, oder sie waren mit Männern in den Fünfzigern zusammen, die frisch geschieden waren und halb erwachsene Kinder hatten. Ein verlässliches Rezept für ein kompliziertes Leben. Jacob war also genauso alt wie Henrik.

»Er macht viel Extremsport, Klettern, Kitesurfen«, fuhr Milena fort. »Da habt ihr einiges gemeinsam.«

Ich überlegte, ob ich ihm vielleicht schon einmal begegnet war.

»Wie heißt Jacob weiter?«

»Tessin.«

»Jacob Tessin …«

»Er war auch schon oft im Fjäll unterwegs, ist gewandert, geklettert. Und als ich ihm erzählt habe, dass wir nach Abisko fahren wollen, da … hat er gefragt, ob er mitkommen kann.«

Die Frage überrumpelte mich, und ich wusste nicht, was ich darauf antworten sollte.

»Aha«, sagte ich schließlich.

»Ich weiß, dass das sehr kurzfristig ist«, sagte Milena. »Ich verstehe völlig, wenn ihr nicht einverstanden seid.«

»Doch, also … Es geht eher darum, dass man beim Wandern kaum Privatsphäre hat, und wir kennen ihn ja gar nicht.«

»Nein, nein, ich verstehe das.«

»Willst du denn, dass er mitkommt?«

»Ja, schon. Er ist schließlich mein Freund.« Milena lächelte, und ich lächelte zurück.

»Ich muss erst noch Henrik fragen«, sagte ich.

»Natürlich.«

»Es ist nur noch eine gute Woche bis zur Abfahrt. Kann er sich uns einfach so anschließen? Muss er keinen Urlaub nehmen?«

»Nein, er sagt, dass das kein Problem ist.«

»Was macht er?«

»Er ist Berater. BCG heißt die Firma.«

»Ja, die kenne ich. Also, jetzt bin ich doch ganz schön neugierig. Hast du ein Bild von ihm?«

»Nein«, antwortete Milena, holte aber trotzdem das Handy aus der Tasche. »Das ist komisch, aber ich habe wirklich keins.« Sie tippte auf ihrem Handy herum, als hätte sie doch ein Bild von Jacob darauf, das sie lediglich vergessen hatte.

»Schon gut, ich dachte nur, dass ich ihn vielleicht mal getroffen habe, wenn er auch klettert.«

»Mm, nein, leider habe ich kein Foto …«

Wir schwiegen. Ich lächelte wieder.

»Ich spreche mit Henrik, dann reden wir noch mal, ja?«, sagte ich. »Auf jeden Fall freut es mich sehr, dass du jemanden kennengelernt hast, Milena, wirklich.«

»Danke.«

»Und natürlich will ich ihn unbedingt treffen. Wir … müssen nur noch mal darüber nachdenken.«

»Klar, das verstehe ich doch. Und wenn das für euch nicht okay ist, dann sagt es bitte. Überhaupt kein Problem.«

»Okay.«

Wir verließen das Restaurant und verabschiedeten uns auf dem Gehsteig mit einer Umarmung und dem Versprechen, am Wochenende zu telefonieren.

Auf dem Weg zurück zur Arbeit wurde die Neugier zu groß. Ich rief die Website von BCG auf und suchte nach »Jacob Tessin«. BCG, Boston Consulting Group, war eine der weltgrößten und prestigeträchtigsten Beratungsfirmen. Nach dem Skandal um das Nya-Karolinska-Projekt, bei dem BCG bei der Planung des neuen Universitätskrankenhauses ungeheure Summen an Beraterkosten in Rechnung gestellt hatte, mit etwas angekratztem Ruf in Schweden, aber trotzdem. Dort arbeiten wollten viele, genommen wurden nur wenige. Die Angestellten arbeiteten und verdienten ungefähr so viel wie wir Firmenjuristen. Achtzig-Stunden-Wochen waren keine Seltenheit. Ein Jahresgehalt wie das eines CEO eines börsennotierten Unternehmens auch nicht.

Aber ich fand keinen Jacob Tessin. Auch keinen Jakob Tessin oder noch anders geschrieben. Ich wunderte mich nicht sehr, denn viele Websites hatten keine gute Suchfunktion, auch wenn man bei so einem Unternehmen wie der BCG eigentlich von einer sauber programmierten Website ausgehen sollte. Vielleicht arbeitete Jacob nicht in der Stockholmer Niederlassung. Berater auf diesem Level wurden oft für Projekte in andere Länder geschickt.

Auf Facebook fand ich ihn dann.

Jacob Tessin. Er war groß und schlank, athletisch und durchtrainiert wie andere Kletterer und Ausdauersportler, die ich kannte. Seine Muskeln verdankte er dem Sport, nicht dem Fitnessstudio. Er hatte kurz geschnittene braune Haare und war braun gebrannt und sah aus wie einer der Glücklichen, die nie einen Sonnenbrand bekamen.

Fast alle Bilder zeigten ihn beim Sport: in den Bergen, beim Rafting, mit Kitesurfing-Ausrüstung am Strand. Drei Männer nebeneinander im Wald, Arm in Arm, in Mountainbike-Kleidung. Jacob stand in der Mitte, alle drei waren schlammbespritzt und glücklich wie kleine Jungen.

Nur seine Augen konnte ich nicht sehen. Auf allen Fotos trug er eine eng anliegende Sportsonnenbrille, die die Welt in allen Regenbogenfarben spiegelte.

Doch dann fand ich noch ein paar Bilder, die sich von den anderen unterschieden: Jacob und zwei Freunde im Urlaub irgendwo am Mittelmeer. Spanien vielleicht oder Portugal. Surfbilder, Strandbilder, aber auch von einer pittoresken Altstadt mit schmalen Gassen und Touristenläden. Außerdem Bilder von einem Abendessen in einer Taverne. Jacob und seine Freunde saßen im Freien, im Hintergrund verlief eine belebte Straße, die ins warme Licht der anderen Restaurantaußenbereiche getaucht war. Fast spürte ich die warme Abendbrise auf der Haut, den leichten Schwips nach ein paar Gläsern Wein, die Lebensfreude. Ich sehnte mich nach diesem Ort.

Und Jacob hatte die Sonnenbrille auf die Stirn geschoben. Er lächelte in die Kamera. Seine braunen Augen glänzten.

Aus der Zeugenbefragung von Anna Samuelsson, Personennummer 880 216-3382, 16. September 2019, Krankenhaus Gällivare, durchgeführt von Kriminalinspektor Anders Suhonen.

»Können Sie mir auf der Karte zeigen, wo ungefähr wir nach Henrik und Milena suchen sollen? Und nach Jacob.«

»Ich weiß es nicht …«

»Versuchen wir es, Anna. Es muss nicht die exakte Stelle sein. Der Sarek ist groß, da hilft es schon, wenn wir das Suchgebiet eingrenzen können. Hier haben wir Sie gefunden.«

Schweigen.

»Und ich vermute, dass Sie aus dem Nationalpark gekommen sind? Sie sind also nach Osten gegangen, so in etwa?«

»Mhm.«

»Sind Sie am Fluss entlanggegangen? Wissen Sie das noch? War der Fluss rechts von Ihnen?«

Schweigen.

»Ich glaube schon.«

»Und da waren Sie allein? Oder war jemand von den anderen bei Ihnen?«

»Milena … Eine Weile war sie bei mir.«

»Sie und Milena sind also eine Weile zusammen gegangen?«

»Ja.«

»Woher kamen Sie, wissen Sie das noch? Sind Sie am Rovdjurstorget vorbeigekommen?«

Schweigen.

»Anna? Erinnern Sie sich, welche Strecke Sie gegangen sind?«

Schweigen. Schluchzen.

»Also, ein bisschen genauer wissen wir ja jetzt, wo wir nach Milena suchen können, das ist gut. Belassen wir es für heute dabei. Ruhen Sie sich aus. Wir reden morgen weiter, wenn Sie sich kräftig genug fühlen.«

Schweigen.

»Und erzählen Sie in Ihrem Tempo. Ich werde zuhören.«

Kapitel 2

»Das ist schon sehr kurzfristig, jetzt damit zu kommen«, sagte Henrik, während er Limettensaft in das Dressing träufelte. »Wir fahren schließlich in einer Woche.«

Wir hatten Gäste eingeladen und bereiteten das Abendessen zu. Ich hatte ihm von dem Mittagessen mit Milena erzählt. Nach der langen Mittagspause hatte ich länger gearbeitet und war gerade erst heimgekommen, doch Henrik hatte schon einmal ohne mich angefangen. Er kochte gern, und die bevorstehende Einladung schien ihm etwas Auftrieb zu geben. Das war auch nötig. Seit ein paar Wochen arbeitete er wieder, in Uppsala, doch die Lustlosigkeit, die negative Sicht auf alles hielten sich beharrlich.

Jetzt lag ein Lachs im Salzmantel im Ofen, kleine Kartoffeln mit Dill kochten in einem gusseisernen Topf auf dem Herd, im Kühlschrank standen Dessertschüsseln mit Pannacotta und eine mit Folie abgedeckte Schüssel mit Blaubeeren, die in Muscovado-Zucker und Limettensaft eingelegt waren. Ich hackte Koriander für das Dorsch-Ceviche, das wir als Vorspeise servieren wollten. Zwei Flaschen Sancerre standen entkorkt auf dem Küchentisch. Im Weinkühlschrank lagen weitere Flaschen.

Am Nachmittag hatte ich viel über das Mittagessen mit Milena und ihre Frage, ob ihr neuer Freund uns begleiten konnte, nachgedacht. Mittlerweile neigte ich dazu, zuzustimmen.

»Absolut«, erwiderte ich, »aber sie haben sich gerade erst kennengelernt, sie konnte es nicht früher ansprechen.« Ich rupfte Korianderblätter vom Stängel, gab sie in ein Glas und zerkleinerte sie.

Henrik schwieg, füllte die elektrische Gewürzmühle mit rosa Pfeffer und mahlte ihn über der Schale mit dem Dressing.

Als wir zusammenziehen wollten und eine gemeinsame Wohnung suchten, hatten wir diese hier gefunden, vier Zimmer, hundertzwanzig Quadratmeter. Sie war seit fünfundzwanzig Jahren nicht renoviert worden, was ungewöhnlich war. Also tobten wir uns aus. Ich war die Projektleiterin, bis auf die Küche, die Henriks Reich war. Wir versuchten, den ursprünglichen Charakter der Wohnung so gut wie möglich zu erhalten: die halbhohen Holzverkleidungen an den Wänden, den Stuck an den Decken, die alten Holzböden. Und richteten alles mit modernem skandinavischem Design ein. Nicht besonders originell, aber hübsch und funktionell und nicht allzu persönlich, falls wir die Wohnung irgendwann verkaufen und in ein eigenes Haus ziehen wollten.

Wir entfernten eine Wand, um die Küche zu vergrößern und Platz für einen großen Esstisch zu schaffen. Herd und Kühl-Gefrierkombi, Mikrowelle und Espressokocher, die Küchenmaschine – alles war stilecht und Hightech. Henrik liebte das ganze Kochzubehör. Beim Eierkochen überprüfte er mit einem Thermometer, dass die Temperatur exakt dreiundsechzig Grad betrug. Er liebte Crème brûlée, weil er dazu den völlig überdimensionierten Brenner einsetzen konnte, ein Profigerät, das er bei den Spitzenköchen in einem Themenrestaurant gesehen hatte. Über das Handy konnte er von überall in der Wohnung die Gradzahl im Ofen einstellen. Genauso steuerte er auch die Musik, die aus kleinen, versteckten Lautsprechern drang. Einmal hatte ich nachgezählt: Allein in der Küche konnte man die Uhrzeit von vier Displays ablesen.

Natürlich fühlte ich mich wohl in unserer Wohnung. Doch manchmal fragte ich mich, ob meine Sehnsucht nach der Natur und dem Fjäll von dem Bedürfnis herrührte, von den ganzen Digitalanzeigen und Knöpfen, den Bedienmenüs und piepsenden, leise surrenden Geräten wegzukommen. Mich mit etwas Ursprünglichem zu umgeben, etwas, das es schon immer gegeben hatte und immer geben wird. Irgendwie wurde ich ruhig, wenn ich mich klein und unbedeutend fühlte.

Den Bergen ist man egal. Sie wollen auch nichts von einem.

Henrik schwieg weiter beharrlich, sodass ich weitersprach.

»Ich habe jedenfalls das Gefühl, dass wir kaum ablehnen können.«

»Warum?«

»Milena war es immer recht, dass du mitkommst.«

»Das ist ja wohl ein Unterschied.«

»Inwiefern?«

»Sie kennt mich, sogar schon länger als dich. Hier geht es um jemanden, von dem wir überhaupt nichts wissen.«

Natürlich verstand ich, was Henrik meinte. Er, Milena und ich hatten schon viele Trekkingtouren zusammen unternommen und waren ein eingespieltes Team, in dem jeder seine feste Rolle hatte. Unsere Trips waren eine der wenigen Gelegenheiten im Jahr, bei denen ich völlig abschalten und entspannen konnte. Wenn wir jetzt jemanden mitnahmen, der ja vielleicht supernett sein mochte, den wir aber nicht kannten, würden wir anderen uns nicht so entspannen können wie sonst. Und wenn wir nicht zueinanderpassten oder er sogar richtiggehend unangenehm war, konnte die Woche im Fjäll anstrengend werden.

»Als wir den Trip von Juli auf September verlegen wollten, hat sie zugestimmt.«

»Als du ihn verlegen wolltest.«

»Ja, ja, schon gut, als ich ihn verlegen wollte. Whatever. Meiner Meinung nach wäre es jedenfalls irgendwie kleinlich, ihr das jetzt abzuschlagen. Und sie hat noch nie gefragt, ob sie jemanden mitnehmen kann. Glaubst du nicht, dass sie darüber nachgedacht hat, ob er zu so einer Unternehmung passt? Und auch wenn er nicht total nett sein sollte, halten wir ihn doch bestimmt eine Woche aus. Weil uns Milena darum gebeten hat.«

Wieder schwieg Henrik und rührte mit einem Löffel in der Dressingschüssel. Ich zerteilte den frischen Dorsch in präzise kleine Stücke und sagte schließlich:

»Oder? Henrik?«

»Ja, klar.« Er klang müde.

Ich warf einen Blick auf die Uhr der Mikrowelle. Bald würden die Gäste da sein. Der Herd piepste: Die Kartoffeln waren fertig. Henrik zog den Topf von der Platte, die orange unter der Keramikoberfläche glühte.

Wir schwiegen, bis ein paar Minuten später die ersten Gäste eintrafen und uns – zumindest fühlte es sich so an – voreinander retteten.

**Aus der Zeugenbefragung von Anna Samuelsson,
Personennummer 880 216-3382,
17. September 2019, Krankenhaus Gällivare,
durchgeführt von Kriminalinspektor Anders Suhonen.**

»Wie geht es Ihnen heute?«

»Ganz okay.«

»Konnten Sie schlafen?«

»Nicht so gut.«

»Hatten Sie Schmerzen?«

»Mhm.«

»Aber jetzt haben Sie keine Schmerzen?«

»Nein. Aber ich bin müde.«

»Das verstehe ich. Wir reden nur ein wenig, Anna, und sobald es Ihnen zu viel wird, geben Sie mir Bescheid. In Ordnung?«

»Mhm.«

»Ich frage nur noch mal nach, ob ich auch alles richtig verstanden habe. Sie und Henrik Ljungman sind verlobt?«

»Ja.«

»Und Milena Tankovic und Jacob Tessin sind ebenfalls ein Paar?«

»Ja.«

»Und woher kennen Sie einander?«

»Von der Uni, wir haben in Uppsala zusammen Jura studiert.«

»Ich verstehe.«

»Milena kennt Henrik auch aus Uppsala, er war Dozent an der juristischen Fakultät.«

»Sie drei kennen sich also schon sehr lange?«

»Ja. Und wir gehen seit vielen Jahren jedes Jahr eine Woche im Fjäll wandern.«

»Wo waren Sie schon?«

»Das Übliche. Wir sind den Jämtlandstriangeln gegangen, und den Kungsleden von Abisko bis hoch zum Kebnekaise. Einmal waren wir in Norwegen. Und in Borgafjäll.«

»Und da haben Sie in Hütten übernachtet?«

»Ja, hauptsächlich. Wir haben aber auch immer Zelte dabei und schlafen einige Nächte im Freien.«

»Ich verstehe. Ich frage deshalb, weil der Sarek ja ein wenig rauer ist. Wie Sie selbst wissen. Und im September … kann das Wetter schon mal richtig schlecht werden.«

»Normalerweise sind wir im Juli unterwegs. Aber ich habe den ganzen Sommer gearbeitet, sodass wir dieses Jahr erst im September fahren konnten.«

»Okay.«

»Und wir wollten eigentlich gar nicht in den Sarek, sondern noch einmal den Kungsleden von Abisko bis zum Kebnekaise laufen.«

»Doch dann haben Sie Ihren Plan geändert?«

»Das war Jacobs Idee.«

Kapitel 3

Simon lehnte sich auf seinem Stuhl zurück und streckte die langen Beine unter dem Tisch aus, während er seinen Wein austrank.

»Und wann macht ihr Ernst?«, fragte er spöttisch, ohne mich oder Henrik anzusehen. Alle lachten. Wir hatten über gemeinsame Bekannte gesprochen, die im Herbst heiraten wollten und zu deren Hochzeit wir alle eingeladen waren.

Henrik verzog lächelnd das Gesicht, als sei die Frage heikel.

»Also, das Wetter ist ja wirklich noch mal richtig schön geworden, oder?« Er griff nach der vor ihm stehenden Weinflasche. »Möchte noch jemand?«

Wieder lachten alle. Der offensichtliche Ablenkungsversuch war geglückt. Niemand konnte glauben, dass die Frage wirklich so heikel war, wenn Henrik so locker damit umging.

»Nur nichts überstürzen«, meinte ich lächelnd.

»Bla, bla, bla«, sagte Simon, und mir wurde klar, dass er betrunkener war als sonst. Er war Teilhaber der Firma, in der ich angestellt war, und wir waren schon ein paarmal gemeinsam das Segelrennen von Sandhamn nach Utö im Stockholmer Schärengarten gefahren. Seine Frau Jennifer, die PR-Chefin bei einem börsennotierten Unternehmen war, musterte ihn nachdenklich. Ihr war es auch aufgefallen.

»Henrik«, fuhr Simon fort, »zweifelst du? Glaubst du, du findest jemand Besseren als Anna?«

»Simon«, sagte Jennifer.

»Was?«

»Mach langsam.«

»Klar, ich mache langsam. Manchmal muss man es ruhig angehen lassen, aber manchmal muss man vielleicht auch etwas Gas geben, wenn man zum Beispiel – rein hypothetisch, versteht sich, total hypothetisch – schon seit ein paar Jahrzehnten verlobt ist und …«

Lauter Protest von mir, Jennifer, Erika und Olaf übertönte Simons Stimme. Henrik starrte auf den Tisch, sein Lächeln wirkte steif.

Erika musterte ihn forschend, fast schon besorgt. Sie war eine alte Freundin vom Juridicum in Uppsala und mittlerweile Professorin an der Södertörns högskola. Erika und Olof waren die Einzigen aus unserer Runde, die bereits Kinder hatten.

»Simon«, sagte Jennifer, diesmal schärfer.

»Ja, ja, tut mir leid, wenn ich etwas herauszufinden versuche, was wir uns alle fragen«, erwiderte Simon.

Ich sah zu Henrik.

»Gut, jetzt weiß ich ja, wen ich von der Gästeliste streichen kann«, meinte ich. Henrik lächelte angespannt.

»Wen? Welche Gästeliste?«, fragte Mark. Er und Valle kamen gerade vom Balkon herein, wo sie geraucht hatten. Mark war Fondsmanager einer Bank, der wir bei einigen größeren Ankäufen geholfen hatten. Sein Mann Valle war Choreograf.

»Simon darf nicht zu unserer Hochzeit kommen«, sagte ich.

»Habt ihr einen Termin festgelegt? Wann?«, wollte Mark wissen.

Ich schüttelte nur den Kopf.

»Geht ihr dieses Jahr wieder im Fjäll wandern?«, fragte Erika Henrik, um von dem unangenehmen Thema abzulenken.

»Ja, in einer Woche geht's los«, antwortete Henrik.

»Mit … Wie heißt sie gleich noch?«

»Milena. Genau.«

»Man kann in den Bergen heiraten, wusstet ihr das?«, warf Simon ein, doch niemand lachte. Es war jetzt nicht mehr lustig, nur noch anstrengend. Jennifer starrte ihn aufgebracht an. Ich sah zu Henrik.

»Und vielleicht noch jemandem«, sagte ich aus einem Impuls heraus, um das Gespräch von Henriks und meiner immer noch ausstehenden Hochzeit abzulenken. Henrik warf mir einen finsteren Blick zu.

»Ach ja? Und wer?«, fragte Erika.

»Milena hat einen Freund.«

Mark runzelte die Stirn.

»Moment, wer ist Milena?«

»Sie war auch ein paarmal mit hier«, erklärte ich. »Eine alte Freundin von uns aus Uppsala. Hellbraune Haare, ein bisschen kleiner als ich.«

»Ach so, ja, die«, sagte Mark. »Die stille, rätselhafte Frau.«

»Wolltest du sie nicht mit Truls Kofoed verkuppeln?«, fragte Simon.

»Nein, aber bei einem Abendessen habe ich sie nebeneinandergesetzt.«

»Aber das ist doch die, die immer Single war, oder?«, sagte Mark. Henrik wirkte verärgert.

»Nein, sie war nicht immer Single.«

»Nicht?«, fragte ich.

»Nein, sie war nicht immer Single, sie hatte Beziehungen.«

»Jedenfalls«, fuhr ich fort, »hat sie einen gewissen Jacob kennengelernt, der bei BCG arbeitet und wohl viel in den Bergen gewandert ist. Deshalb hat sie gefragt, ob er mitkommen kann.«

»Aber ihr habt ihn noch nicht getroffen?«, fragte Mark.

»Nein«, erwiderte Henrik. Erika wandte sich an Olof.

»BCG, da arbeitet doch auch Jossan?«

»Ja. Wie heißt dieser Jacob noch?«

»Tessin«, antwortete ich. »Jacob Tessin.«

Olof überlegte. »Also … Ich war ja mit Jossan ein paarmal bei denen zum Afterwork. Jacob kommt mir irgendwie bekannt vor. Wisst ihr, wie er aussieht?«

»Groß und dunkelhaarig, braun gebrannt«, sagte ich. »Wer ist Jossan?«

»Meine Cousine.«

»Ein großer, dunkler Fremder«, sagte Simon mit leicht verhangener Stimme, als würde er aus einem kitschigen Liebesroman vorlesen. Niemand fand das lustig, am wenigsten Henrik, der einen großen Schluck Wein trank. Ich hatte ihm nicht erzählt, dass ich Jacob auf Facebook gefunden hatte.

»Ich glaube, ich bin ihm mal über den Weg gelaufen«, sagte Olaf. »Da klingelt was.«

»Frag deine Cousine doch mal nach ihm«, sagte ich.

»Mache ich. Jacob Tessin?«

»Ja.«

»Also … Nehmt ihr ihn mit?«, wollte Erika wissen.

Ich bereute bereits, davon erzählt zu haben. Henrik und ich hatten das noch nicht ausdiskutiert, und jetzt würden unsere halb – oder in Simons Fall völlig – betrunkenen Freunde keine Ruhe mehr geben. Henrik lief Gefahr, als kleinlich und nörgelig dazustehen.

»Wir haben uns noch nicht entschieden«, sagte ich. »Einerseits hat Milena noch nie gefragt, ob sie jemanden mitnehmen kann. Und sie hat zugestimmt, dass wir die Reise wegen mir und meiner Arbeit auf den Herbst verschieben. Es wäre also irgendwie gemein, es ihr abzuschlagen. Andererseits … ist man sich im Fjäll ganz schön nahe. Wir drei kennen einander schon so lange und so gut. Wir müssten Rücksicht auf jemanden nehmen, den wir überhaupt nicht kennen. Das verändert alles.«

Erika nickte.

»Ich finde es komisch, dass Milena überhaupt gefragt hat.«

Klar, dass du auf Henriks Seite bist, dachte ich verärgert, *das bist du ja immer.* Doch das war ungerecht, ich hatte ja schließlich nicht gesagt, wer von uns beiden welche Meinung vertrat.

»Ja, aber wenn sie jetzt nun mal einen Freund hat, der gerne wandert … Ich glaube nicht, dass Milena jemanden mitnehmen wollte, mit dem es nicht funktionieren würde.«

»Heute Abend klären wir die Frage jedenfalls nicht mehr«, beendete Henrik das Thema, offensichtlich verärgert.

»Genau, wir werden sehen«, sagte ich beschwichtigend und stand auf. »Möchte jemand Kaffee? Oder Tee?«

Erleichtertes Murmeln folgte auf den Themenwechsel. Nur Simon wollte sich nicht zufriedengeben und leerte sein Weinglas mit einem langen Schluck.

»Jacob Tessin … also das klingt wie ein richtiger Wichser.«

Wieder lachte niemand.

Kapitel 4

Am Samstag, unserem Abreisetag, standen wir früh auf und packten. Alles war eingekauft und lag bereit, wir mussten es nur noch in den Rucksäcken verstauen.

Eigentlich finde ich Packen nicht langweilig, vor allem nicht, wenn es ins Fjäll geht. Wenn ich nur das machen müsste, würde es mir sogar gefallen. Das ganze Zubehör, die Ausrüstung, die man fürs Wandern braucht, das alles erinnert mich an die eindrucksvollen Erlebnisse auf unseren früheren Touren. Wenn ich die kleine Plastikflasche mit der Flüssigseife einpacke, habe ich den Geruch von einer alten Sauna in der Nase und sehe durch ein kleines Fenster aufs Fjäll hinaus.

Aber an diesem Samstag konnte ich natürlich nicht nur packen, ich musste auch arbeiten, weshalb der Tag zerrissen und stressig war. Ich würde eine Woche weg sein, und vieles musste noch erledigt werden. Die Tage im Fjäll sind die einzigen im Jahr, an denen ich nicht erreichbar bin, sonst wissen sowohl Klienten als auch Kollegen, dass sie mich jederzeit anrufen können.

Ganz unten in die Rucksäcke packten wir Wechselkleidung, Funktionsunterwäsche und Socken, alles, was auf keinen Fall nass werden durfte. Dann befestigte Henrik das Zelt unter seinem Rucksack, und ich verstaute die Nahrungsvorräte in meinem. Wir würden meistens in Hütten übernachten, die eine kleine Küche oder zumindest eine Kochplatte hatten. Wir wollten aber auch mal im Zelt schlafen, und wir würden jeden Tag im Freien zu Mittag essen, wenn uns nicht ein Regenschauer oder Schnee erwischte. Außerdem will man auch eine Pause einlegen können, wenn man einen schönen Fleck im Fjäll entdeckt hat. Deshalb packte ich das Gas und den Trangia-Kocher mit allem Zubehör ein sowie Haferflocken für den Frühstücksbrei, Tütensuppen, Nudeln mit kurzer Kochzeit als Sättigungsbeilage für die Suppen und ein paar gefriergetrocknete Trekkingmahlzeiten. Die Dose mit vier verschiedenen Gewürzen. Pulverkaffee, Erdnüsse und Rosinen. Schokolade und ein paar Packungen Süßkram.

Auf das Essen packte ich alles andere, das wir für die Tour brauchten: Campingkulturbeutel, Regenkleidung, Daunenweste, Mütze und Handschuhe. Das Multifunktionsmesser. Zuletzt schob ich eine wasserfeste Landkarte vom Abisko-Nationalpark und dem Kebnekaise in das Fach in der Rucksackklappe.

Im Bad stellte ich den Rucksack auf die Waage. 12,3 Kilogramm, ein gutes Gewicht. In den ersten Jahren hatten unsere Rucksäcke bis zu zwanzig Kilo gewogen, und ich hatte es mir fast schon zum Sport gemacht, jedes Jahr das Gewicht zu reduzieren. Ein leichterer Rucksack war angenehmer beim Wandern, bedeutete aber weniger Komfort, wenn man angekommen war. Henrik nahm gern ein paar Kilo mehr mit und hatte es dann in der Hütte gemütlicher.

Einmal hatte er trotz meiner Versuche, ihn umzustimmen, eine Flasche Wein mitgenommen. Als er sie in der Singi-Hütte öffnete, weigerte ich mich, davon zu trinken, um meine Prinzipientreue zu untermauern. Henrik und Milena tranken je ein Glas und den Rest am folgenden Abend. Ich ließ mir nicht anmerken, dass ich auch große Lust auf Wein gehabt hätte, und Henrik ließ sich nicht anmerken, dass das Extragewicht schwer zu tragen gewesen war. Doch danach hat er nie mehr Wein eingepackt.

Leichtes Reisefieber kribbelte in meinem Magen. Am Abend würden wir mit dem Nachtzug nach Abisko fahren und von dort aus über den Kungsleden zum Kebnekaise wandern. An der Singi-Hütte wollten wir auf den Durlingsleden abbiegen, ein oder auch mehrere Nächte zelten, einen Gipfel besteigen und dann über den Vierranvárri hinunter zur Fjällstation des Kebnekaise wandern. Dort würden wir uns eine Weile vor der Heimfahrt ausruhen. Wenn ich wollte, konnte ich Tagesausflüge in den Tarfala-Talkessel machen oder den Kebnekaise über die etwas anspruchsvollere Ostroute besteigen. Ich wusste, dass Henrik und Milena mich dabei nicht begleiten würden, aber ich hatte nichts dagegen, auch mal alleine etwas zu unternehmen. Ich konnte dann in meinem eigenen Tempo gehen, das schneller war als das meiner Reisegefährten.

Um fünf hatten Henrik und ich Wanderkleidung angezogen. Ich band meine blonden Haare zu einem festen Pferdeschwanz zusammen und schlüpfte in meine Turnschuhe. Die Stiefel hingen zusammengeknotet über dem Rucksack, den ich gleich darauf aufsetzte. Henrik tat es mir nach.

Wir schlossen die Wohnung ab und gingen zum Hauptbahnhof. Das schöne Wetter hatte sich gehalten, die Luft war klar und warm. Die Stadt war ruhig. Ein paar Passanten warfen uns Blicke zu, als wir mit unseren großen Rucksäcken an ihnen vorbeigingen. Das Gewicht war vertraut und angenehm, andere Muskeln in Beinen und Bauch spannten an, als der Körper sich an die Last anpasste. Ich fühlte mich stark und geschmeidig und voller Energie. In einem Café am Tegnérlunden tranken wir einen doppelten Espresso, den letzten vernünftigen Kaffee für eine gute Woche. Er schmeckte herrlich, und in den Bäumen um die Strindberg-Statue zwitscherten die Vögel.

Ich freute mich darauf, Jacob Tessin bald kennenzulernen.

Am Freitagabend vor einer Woche, nachdem unsere Gäste nach Hause gegangen waren, hatten Henrik und ich nur noch das Nötigste gesprochen, bevor wir uns schlafen gelegt hatten. Am

Samstag hatte Henrik nach dem Frühstück gesagt, dass er mir zustimmte und wir Milena schlecht abschlagen konnten, ihren neuen Freund mitzunehmen. Ich war erleichtert gewesen, dass wir nicht mehr streiten mussten, und sagte, dass ich ihn gut verstünde, mir wäre es auch lieber, wenn wir wie üblich nur zu dritt wandern gehen würden.

»Wenn das nicht funktioniert, gehen wir in Zukunft nur noch allein«, sagte ich.

Am Sonntag hatte ich Milena angerufen.

»Wir haben darüber gesprochen und fänden es sehr schön, wenn Jacob uns begleiten würde«, sagte ich.

»Oh, super«, hatte Milena geantwortet, aber nicht so erfreut geklungen, wie ich es erwartet hätte. Sie war kein Mensch großer Gesten oder Gefühlsäußerungen, aber ein bisschen mehr Enthusiasmus hätte ich mir schon erhofft. Wahrscheinlich war sie mit den Gedanken woanders, folgerte ich und dachte nicht weiter darüber nach.

Als sich die Abreise näherte und wir mit den Vorbereitungen beschäftigt waren, war das Thema Jacob in den Hintergrund gerückt. Milena und ihr neuer Freund waren letztendlich nur ein kleiner Teil des Gesamterlebnisses. Auch wenn er sich als arrogant oder maulfaul oder als notorischer Witzbold oder irgendetwas anderes Unangenehmes entpuppen sollte, gab es so vieles, das er mir nicht nehmen konnte. Die Natur, das Gefühl im Körper nach vielen Stunden auf den Beinen, wie gut das Essen schmeckte, wie tief man nachts schlief. Ja, er könnte ein Störfaktor werden. Aber er konnte mir nicht meinen Urlaub in den Bergen vermiesen.

Normalerweise hätten wir uns vor der Abreise alle noch mal abends getroffen, um uns kennenzulernen, doch dafür reichte die Zeit nicht. Jetzt würden wir ihm in ein paar Minuten gegenüberstehen, und ich war neugierig. Wer war Jacob Tessin, der erste Mann, den mir meine Freundin, die ich seit zehn Jahren kannte, als ihren Freund vorstellte?

Wir gingen die Upplandsgatan hinunter, am Norra Bantorget vorbei und in die Vasagatan. Hier herrschte mehr Verkehr, und in allen Richtungen waren Fußgänger unterwegs. Ich sehnte mich nach dem Fjäll, wo man niemandem ausweichen musste.

Kurz darauf traten wir in die große Wartehalle des Hauptbahnhofs. Schritte und Stimmen hallten unter der hohen, gewölbten Decke wider, Geräusche, die ich mit Koffern und Fahrkarten verband, dem Gefühl, unterwegs zu sein.

Und dann sah ich sie, Milena und Jacob, an der kreisförmigen Aussparung in der Mitte der Halle, durch die man in das Untergeschoss blicken konnte.

Mein erster Gedanke war: Ist der Mann groß. Den Eindruck hatte ich auch von seinen Bildern auf Facebook bekommen, aber in echt war es noch deutlicher. Milena ist mittelgroß, doch neben ihm wirkte sie winzig. Mein zweiter Gedanke war: Ganz schön durchtrainiert. Jacobs Rucksack stand auf dem Steinboden, er trug ein ärmelloses T-Shirt, und seine Arme waren muskulös, sehnig und braun gebrannt. Seine Haltung war ebenfalls athletisch: gestraffte Schultern, die Brust vorgeschoben.

Er hielt Milenas Hand, was irgendwie niedlich war.

Mein nächster Gedanke war: Er muss älter als achtunddreißig sein. Sein braun gebranntes Teddybärengesicht wurde von dichtem, dunkelbraunem Haar eingerahmt. Der Haaransatz war immer noch gerade, ohne Geheimratsecken. Doch die Falten im Gesicht, zwischen den Augenbrauen, an der Stirn, die Haut am Hals … Ich hätte ihn eher auf Mitte vierzig geschätzt.

Habe ich das alles wirklich in den paar Sekunden gedacht, bis wir bei ihnen waren? Oder habe ich Dinge ergänzt, die mir erst später aufgefallen waren? Ich weiß es nicht.

Ich lächelte und winkte. Milena strahlte, als sie uns entdeckte, und winkte zurück. Jacob lächelte ebenfalls, erwartungsvoll und ein wenig angespannt. Er ließ Milenas Hand los und verlagerte das Gewicht.

»Hallo, schön, euch zu sehen«, sagte ich und lächelte breit. »Anna«, stellte ich mich vor und streckte die Hand aus.

»Jacob, hallo«, erwiderte er und nahm meine Hand. Seine Haut war warm und trocken, er hatte einen festen Händedruck. Er lächelte, seine Augen glänzten. Ich wandte mich an Milena.

»Oh, ich freue mich so!«

Milena lächelte breit, und wir umarmten uns lange.

»Jaaa, endlich ist es so weit«, sagte sie. Ich hörte, wie Jacob hinter mir Henrik begrüßte.

»Dann bist du wohl Henrik?«

»Richtig.«

»Jacob, hallo. Schön, dich kennenzulernen.«

Noch etwas schoss mir bereits da durch den Kopf.

Ich habe ihn schon mal gesehen.

Kapitel 5

Wir gingen zum Bahnsteig. Ich unterhielt mich mit Milena, hörte aber mit halbem Ohr zu, worüber Henrik und Jacob hinter uns sprachen.

»Tut mir leid, dass ich mich so aufgedrängt habe«, sagte Jacob. »Mir ist schon klar, dass es nicht so toll ist mit jemandem, den man gar nicht kennt. Ihr geht ja jetzt schon seit Jahren gemeinsam wandern, oder?«

»Kein Problem«, antwortete Henrik. »Du warst auch oft im Fjäll?«

»Meine zweite Heimat, könnte man sagen.«

»Kommst du von da oben?«

»Nein, aber seit ich fünfzehn war, war ich so gut wie jedes Jahr dort. Skifahren im Winter, Klettern im Sommer.«

»Mhm … Wir waren ein paarmal in Sälen zum Skifahren, aber sonst meistens in den Alpen.«

»Ich fahre immer nach Riksgränsen, meinem Lieblingsort im Fjäll. Dort kann man auch gut gleitschirmfliegen.«

»Ah, das machst du auch?«

»Ich versuche es zumindest, haha. Aber Abisko ist eine tolle Ecke zum Wandern. Und der Kebnekaise auch. Wart ihr da schon mal?«

»Ja, wann war das? Vor drei oder vier Jahren.«

»Das Fjäll – das ist ein bisschen wie Meditieren für mich. Ich arbeite viel zu viel, oft auch am Wochenende und so. Da ist es schön, mal rauszukommen und eine Weile an etwas ganz anderes zu denken. Die Batterien wieder aufzuladen.«

»Mhm.«

Wir kamen auf den Bahnsteig. Die Luft stand still, es roch nach Diesel und warmem Metall. Von dem Marsch durch Vasastan war mir heiß, und ich schwitzte leicht.

Wir fanden unseren Wagen und stiegen ein. Es war eng in dem schmalen Gang, während die Reisenden, viele mit großen Rucksäcken, nach ihren Plätzen suchten. Henrik und ich fanden zum Glück schnell unser Abteil im Schlafwagen, in der 1. Klasse, mit eigener Toilette und Dusche. Wir öffneten die Schiebetür und stellten die Rucksäcke ab.

»Hier wohnen wir also«, sagte ich. »Und ihr?«

»Ein Stück weiter den Gang entlang«, antwortete Milena. »Wir schlafen in unterschiedlichen Abteilen, Jacob hat ja gerade erst gebucht.«

»Was für ein Glück, dass du noch einen Platz bekommen hast«, sagte ich.

Jacob lächelte.

»Ja, sonst hätte ich wohl per Anhalter fahren müssen.«

Ich sah zu Milena, die auch lächelte, mich dabei aber leicht forschend anblickte. Sie versuchte, herauszufinden, was ich von Jacob hielt, wurde mir klar. Ich sagte:

»Wollen wir uns in einer halben Stunde im Bordbistro treffen?«

»Ja, gut«, antwortete Milena. Sie ging davon, Jacob nickte mir und Henrik lächelnd zu, aber eher mir, hatte ich den Eindruck. Dann folgte er Milena. Erst da fiel mir auf, dass eine Kletterausrüstung an seinem Rucksack hing. Haken und Seile und ein Eispickel. Was hatte er vor? Wollte er den Kamm zum Nordgipfel des Kebnekaise gehen? Oder durch den Kessel um den Tuolpagorni?

Ich zog die Schiebetür zu und setzte mich auf einen Klappsitz. Henrik saß bereits auf dem Sofa gegenüber. Wir sahen einander an, und schließlich sagte ich:

»Also … Was denkst du?«

»Er scheint ganz okay zu sein.«

»Schon, oder?«

»Mhm.«

»Ich muss gestehen, dass ich ein bisschen erleichtert bin.«

»Mhm.«

»Stell dir vor, wenn wir nach fünf Minuten gedacht hätten, oh nein, jetzt müssen wir uns eine Woche im Fjäll mit diesem Idioten herumärgern.«

Henrik schwieg. Er sah müde aus.

»Hast du ihn erkannt?«, fragte ich.

»Was? Nein.«

»Irgendwie … kommt er mir bekannt vor.«

»Du hast doch Fotos von ihm gesehen, oder?«

»Ja. Aber da hatte ich nicht dieses Gefühl.«

»Okay. Ich habe ihn jedenfalls noch nie gesehen.«

Das Gefühl war so vage. Sobald ich versuchte zu begreifen, was ich da eigentlich wiedererkannte, verflüchtigte es sich wie ein Atemhauch auf einer Glasscheibe.

Ich seufzte und sah mich um. Wir saßen in unserem Erste-Klasse-Abteil mit zwei bequemen Betten und eigener Toilette und waren auf dem Weg in den Norden, um eine Woche durchs Fjäll zu wandern. Ich war ganz aufgeregt vor Vorfreude. Oft waren diese Stunden kurz vor etwas Wunderbarem besser als das eigentliche ersehnte Ereignis.

Ich legte meine Hand auf Henriks, lächelte ihn an.

»Willst du das obere oder das untere Bett?«

»Mir egal. Entscheide du.«

»Okay. Dann nehme ich das obere.«

»Aber eigentlich möchtest du unten schlafen.«

»Nein.«

»Ich nehme das obere.«

»Nein, lass. Jetzt habe ich es schon reserviert.«

Henrik lächelte, und wir küssten uns.

Es wird schon alles gut werden.

Henriks Handy vibrierte in seiner Tasche, er holte es heraus und las die gerade eingetroffene Nachricht.

Ich sah die leichte Falte zwischen seinen Augenbrauen.

»Hm«, sagte er.

»Was ist?«

Henrik holte tief Luft und straffte die Schultern.

»Äh, die SMS ist von Erika.«

»Was schreibt sie denn?«

»»Danke für die Einladung, war so schön, euch zu sehen … Olof hat übrigens seine Cousine gefragt, und bei BCG arbeitet kein Jacob Tessin. Trotzdem viel Spaß beim Wandern.««

Aus der Zeugenbefragung von Anna Samuelsson, Personennummer 880 216-3382, 17. September 2019, Krankenhaus Gällivare, durchgeführt von Kriminalinspektor Anders Suhonen.

»Und wie haben Sie sich bei dieser Nachricht gefühlt?«

Schweigen.

»Anna?«

»Ich habe mich über Henrik geärgert.«

»Warum?«

»Weil er so eine große Sache daraus gemacht hat.«

»Ich verstehe.«

»Als ich recherchiert habe, habe ich auch keinen Jacob Tessin bei BCG gefunden. Aber ich fand das nicht so komisch.«

»Nein?«

»Vielleicht hatte ich mich ja verhört, als Milena seinen Arbeitgeber genannt hat. Oder er war bei einer anderen Firma beschäftigt, die auch BCG heißt.«

»Aha.«

»Es gab viele Erklärungen.«

»Mhm.«

»Wir hatten ihn ja dann kennengelernt, und er schien ein vernünftiger Typ zu sein. Fand ich.«

»Wie sah Henrik das?«

Schweigen.

»Es schien fast, als wollte er die Reise abbrechen und wieder nach Hause fahren.«

»Tatsächlich?«

Schweigen.

»Wir hatten … Zuerst war Henrik sauer, weil ich die Reise verschieben wollte. Wir haben das geklärt. Dann haben wir wegen Jacob gestritten. Ob er mitkommen sollte oder nicht. Auch das haben wir geklärt.«

Schweigen.

»Möchten Sie etwas Wasser?«

»Ja. Danke.«

Schweigen.

»Hier, bitte.«

»Danke.«

Schweigen.

»Und dann … dann haben wir Jacob kennengelernt, und er war nett, und wir hatten ein gutes Gefühl. Dann hat Henrik die Nachricht bekommen, und da schien alles von vorn loszugehen.«

»Mhm. Ich verstehe.«

»Wir waren wütend aufeinander.«

Schweigen. Schluchzen.

»Solche Kleinigkeiten … Himmel …«

»Möchten Sie eine Pause machen?«

»Ja …«

Schluchzen.

Kapitel 6

Als wir ins Bordbistro kamen, saßen Jacob und Milena schon an einem Tisch. Jacob trank ein Bier, Milena ein Glas Wein. Zu essen hatten sie noch nichts.

»Wie schön, die Party hat schon begonnen, wie ich sehe«, sagte ich.

»Holt euch was zu trinken, wir halten den Tisch besetzt«, erwiderte Milena.

Henrik und ich stellten uns in die Schlange. Das Bordbistro war alt und schäbig, vielleicht aus den Neunzigern, doch in einem Retrodesign, bei dem man an die luxuriösen Dreißiger denken sollte. Der Lack war an einigen Holzkanten abgeplatzt, und die Sitzpolster hatten hier und da Löcher.

Die verschiedensten Menschen saßen in dem vollen Bistro. Viele sahen aus wie wir, auf dem Weg zu einem Wanderurlaub, doch da waren auch eine Familie mit Kindern, die vielleicht Verwandte in Norrland besuchte, und ein paar Männer in den Fünfzigern, die der Lautstärke nach zu schließen bereits ein paar Biere gekippt hatten. Wer gerade etwas gekauft hatte, suchte mit den vollen Tabletts breitbeinig – um das Schlingern des Zuges auszugleichen – einen freien Platz. Man musste sich mit Menschen den Tisch teilen, die man nicht kannte. Ich sah, wie Jacob und Milena freundlich ein paar Rentnerinnen erklärten, dass die Plätze an ihrem Tisch besetzt waren.

Die Schlange wurde immer länger und nahm den ganzen Mittelgang des Bistros ein. Ich ging zurück zu Jacob und Milena und schlug vor, ihnen etwas mitzubringen, weil es sonst zu lange dauern würde, bis wir gemeinsam essen konnten. Sie sagten mir, was sie haben wollten.

Vor den Fenstern flog die flache, von der tief stehenden Herbstsonne beschienene Landschaft vorbei. Abgemähte Felder, kleine Wäldchen, Birkenhaine. Ein Auto fuhr neben dem Zug auf der Landstraße her, fiel dann aber zurück und geriet außer Sicht. Ein Dorf mit einem Bahnübergang und einem stillgelegten Bahnhof. Jugendliche vor einem Straßenimbiss.

Wir kamen mit voll beladenen Tabletts zurück zum Tisch: zwei Portionen Rentiergeschnetzeltes mit Kartoffelbrei, ein Krabbenbrot, ein Hühnchenwrap, drei kleine Flaschen Wein und ein Bier sowie ein paar Tütchen Nüsse und Chips als sättigende Vorspeise. Jacob holte seinen Geldbeutel aus der Tasche und wollte uns Geld für sein Essen und das Getränk in die Hand drücken, einen Zweihundertkronenschein, doch ich antwortete, ich könnte ihm nicht rausgeben und dass es sich im Lauf der Woche schon ausgleichen würde.

Wir verteilten das Essen. Ich war mir sicher, dass Milena das Schweigen zwischen Henrik und mir spürte. Sie verstand natürlich, dass irgendetwas nicht stimmte.

Jacob öffnete seine Bierflasche und sagte:

»Also … Wie habt ihr euch kennengelernt?«

Er lächelte und sah mich und Henrik an. Hatte er die Anspannung zwischen uns auch bemerkt? Wollte er uns dazu bringen, miteinander zu reden?

Wir sahen uns an.

»Willst du oder soll ich?«, fragte ich.

»Erzähl du«, sagte Henrik dumpf.

UPPSALA, NOVEMBER 2009

Es ist Donnerstag, und bei der Stockholms Nation, einer der Studentenverbindungen in Uppsala, findet der wichtigste Partyabend der Woche statt. Doch bevor im neu gebauten Teil des Gebäudes getanzt und gefeiert wird, gibt es im alten Flügel aus der Mitte des neunzehnten Jahrhunderts noch einen Vortrag. Der »Donnerstagsredner« ist eine alte Tradition in der Verbindung, wie so vieles andere auch. Ein Gast hält einen etwa einstündigen Vortrag, danach werden er und eine kleine Gruppe von Zuhörern mit Erbsensuppe und Punsch bewirtet.

Deshalb verteile ich gerade Platzkarten an einem langen Tisch im »kleinen Raum« neben dem Festsaal, wo der Vortrag stattfinden wird. Ich bin die Organisatorin. Eine ungewöhnliche Aufgabe für jemanden, der neu in Uppsala und bei der Studentenverbindung ist, doch als sich ein paar Wochen nach Semesterbeginn immer noch niemand dafür gemeldet hatte, hat der erste Vorsitzende Carl mich gefragt. Schon bei meinem Beitritt hatte ich gesagt, dass ich mich gerne einbringen würde. Also musste ich nur noch Ja sagen.

Seit ein paar Monaten mache ich das jetzt, bin aber trotzdem nervös wegen des Abends. Die meisten Studenten locken natürlich die Redner an, die auch außerhalb der Universität, außerhalb von Uppsala, bekannt sind. Bisher hatte ich mithilfe der Kontakte meines Vaters bereits eine hochkarätige Juristin gewinnen können, die sich aktiv an den öffentlichen Debatten beteiligt, einen erfolgreichen Unternehmer sowie einige aus dem Fernsehen bekannte Komiker, die ihre Karrieren in der Studentenverbindung begonnen hatten. Diese Woche hatte ich jedoch nicht so viel Glück gehabt. Der Sprecher ist Henrik Ljungman, Dozent am Juridicum. Er ist so etwas wie ein Senkrechtstarter an der Universität: Er hat irgendeine Auszeichnung als bester Dozent bekommen und bereits Kursliteratur für sein Fach geschrieben, dabei ist er noch keine dreißig. Er hat auch einige der Einführungsvorlesungen für uns neue Jurastudenten gehalten. Und ja, er ist gut, besser als die meisten. Aber gefesselt hat er mich nicht gerade.

Diese Woche ist also so etwas wie ein Durchhänger. In zwei Wochen wird Kajsa Bergqvist kommen, die olympisches Gold im Hochsprung gewonnen hat. Das wird ein größerer Knaller.

Ich hatte mir Henrik nach einer Vorlesung geschnappt und ihn gefragt, ob er Donnerstagsredner sein wollte. Seine Augen hatten nervös gezuckt, und er hatte gezögert, weshalb ich ein Mittagessen vorgeschlagen hatte, bei dem ich ihm mehr darüber erzählen wollte. Auf Anhieb war ihm wohl keine gute Ausrede eingefallen. Wir haben zu Mittag gegessen (meine neue Freundin Milena war auch dabei), und ich habe ihm den Donnerstagsredner als eine der tollsten Auszeichnungen verkauft, die man in Uppsala erhalten kann. Er hat eingewilligt, wirkte aber nicht besonders begeistert.

Während des Mittagessens empfand ich Henrik als etwas verschlossen und vage. Formell und korrekt. Es war schwierig, Blickkontakt mit ihm herzustellen. Sieht er gut aus? Keine Ahnung. Sein Gesicht ist symmetrisch und glatt, ohne Pickel. Seine Haut hat eine eher gelbliche Farbe, wie bei jemandem, der in der Sonne leicht braun wird, sich aber immer im Schatten aufhält. Er ist glatt rasiert, und an Wangen und Kinn ist kaum ein Bartschatten zu sehen. Das dunkle, dichte Haar ist zu einem perfekten Seitenscheitel gekämmt. Henrik ist nicht groß und leicht untersetzt. Er trägt Chinos, Hemd und Jackett, an den Füßen Docksides mit Profilsohle. Ordentlich, aber traditionell, und ja, ein bisschen langweilig. Er sieht älter aus, als er ist.

Obwohl mich persönlich seine Vorlesungen nicht gefesselt haben, ist er da ganz eindeutig in seinem Element. Seine Stimme ist tief und volltönend genug, dass man ihn im ganzen Hörsaal versteht, und er scheint richtiggehend aufzuleben. Sein Enthusiasmus und sein Interesse an seinem Thema sind ansteckend, das muss ich zugeben. Der Abend wird also sicher gut verlaufen.

Carl kommt vorbei, als ich die letzten Platzkarten verteile.

»Hallo, Anna, du siehst toll aus«, sagt er und legt mir die Hand auf die nackte Schulter. Wir küssen uns auf die Wange, Schmatz-Schmatz-Schmatz, wie in Frankreich. Ich weiß, dass er recht hat. Ich trage ein ärmelloses schwarzes Kleid, das eng anliegt und knapp über den Knien endet. Schwarze Nylonstrümpfe, schwarze High Heels. Meine blonden Haare hängen in einem langen Pferdeschwanz über den Rücken, in den Ohrläppchen habe ich echte Perlen. Ich fühle mich mondän, feminin und sexy. Heute Abend werden mich die Männer mit den Augen verschlingen, das weiß ich.

So wie Carl gerade. Er ist groß, blond und muskulös, eine jüngere Version von Dolph Lundgren. Er trägt einen gut sitzenden dunklen Anzug und ein weißes Hemd, das lässig am Hals aufgeknöpft ist. Als Vorsitzender hat Carl sein eigenes Büro im Verbindungshaus. Auf jeder Feier hält er lustige Reden. Er studiert Wirtschaftswissenschaften. Ich kenne viele Mädchen, die mit ihm schlafen wollen.

»Wie läuft es mit der Sitzordnung?«, fragt er.

»Gut, denke ich. Du sitzt hier. Mir gegenüber. Und Laila ist deine Tischdame.«

Laila ist Professorin für Politikwissenschaft und in den Sechzigern. Sie ist unsere Inspektorin, die Kontaktfrau zur Universität.

»Perfekt«, sagt Carl, »dann können wir unter dem Tisch füßeln.«

»Genau, so habe ich mir das gedacht«, antworte ich lächelnd.

»Ich werde nie vergessen, wie beim Kadettenball an der Militärhochschule Karlberg zwei Frauen gleichzeitig mit mir beim Essen gefüßelt haben.«

Carl sieht mich an und lächelt, weil er eine beeindruckte Reaktion erwartet.

»Wow, da warst du aber beschäftigt.«

»Nicht wahr? Ich hatte fast einen Wadenkrampf!«

»Haha«, sage ich und stelle die letzten Karten auf. Ich hätte Henrik neben Laila und mich neben Carl setzen können, habe es jedoch nicht getan. Henrik ist mein Tischherr, und darüber bin ich gerade ziemlich froh.

Er kommt eine halbe Stunde vor Beginn des Vortrags, als wir gerade Computer, Projektor und Leinwand im Festsaal aufbauen. Einige Zuschauer sitzen bereits in den Stuhlreihen. Das Interesse scheint größer zu sein, als ich erwartet hatte.

»Guten Abend«, sagt Henrik hinter mir, und ich wirbele herum.

»Hallo, willkommen!«, begrüße ich ihn herzlich, er hält mir etwas linkisch die Hand hin, doch ich umarme ihn kurz. Er trägt einen dunklen Anzug, grau oder blau, das ist im gedämpften Licht schwer zu erkennen. Ein seidenes Taschentuch ragt aus seiner Brusttasche, und er riecht gut. Ich hatte erwartet, dass er in seiner üblichen Vorlesungskleidung auftaucht, und freue mich ein bisschen darüber, dass er sich schick gemacht hat.

»Wie geht's?«

»Ganz gut.«

»Sollen wir die Präsentation testen?«

»Gern.« Er holt einen USB-Stick aus der Jackettinnentasche und reicht ihn dem für die Technik zuständigen Studenten, der ihn am Computer einsteckt. Kurz darauf erscheint Henriks Präsentation auf der Leinwand, und der Student drückt ihm eine kleine Fernbedienung in die Hand.

»Wow, das ist ja mal Hightech. Das hat man nicht überall.«

»Nur das Beste für die Besten«, sage ich scherzhaft. Henrik lächelt.

Als wir mit dem Test fertig sind, frage ich ihn, ob er etwas trinken möchte. Er antwortet, er hätte gerne ein Bier, ein Hof, falls wir das haben. Auf dem Weg zur Bar kommen wir an dem Raum vorbei, in dem wir später essen werden. Ich bleibe stehen.

»Äh ... später gibt es Erbsensuppe.«

»Perfekt.«

»Ich habe dich so platziert, dass ich deine Tischdame bin. Aber wenn du willst, kann ich dich auch neben unsere Inspektorin setzen, Laila Westerberg.«

»Nein, nein, das klingt gut.«

»Wirklich?«

»Ja. Es sei denn, du möchtest tauschen?«

»Nein, ich möchte neben dir sitzen.«

»Na also. Dann machen wir das so.« Henrik lächelt, und sein Gesicht hat einen lebendigen, warmen Ausdruck, anders als bei dem Mittagessen vor ein paar Wochen. Wir gehen weiter zur Bar.

Warum bin ich überhaupt stehen geblieben, um ihn zu fragen? Er hätte ja schlecht sagen können »danke, ich tausche gern«, ohne dass es unhöflich gewirkt hätte. Und ich wollte ja auch nicht lieber neben Carl sitzen. Manchmal bin ich mir selbst ein Rätsel.

Zwanzig Minuten später ist der Festsaal bis auf den letzten Platz gefüllt, und das vielstimmige Murmeln hallt zwischen den Holzspiegeln an den Wänden und den Porträts der früheren Inspektoren wider, die Geräusche brechen sich an den Kristalllüstern. Henrik und ich sitzen nebeneinander in der ersten Reihe, direkt an der Bühne. Es ist neunzehn Uhr. Ich habe Schmetterlinge im Bauch vor Vorfreude und Nervosität, auch wenn nicht ich den Vortrag halte. Ich lege Henrik die Hand auf den Arm und sage:

»Wollen wir?«

»Wann immer du willst.«

Ich gehe auf die Bühne, klatsche in die Hände und bitte um Ruhe.

»Guten Abend!«

Das Gemurmel verstummt schnell. Jemand hustet, ein Stuhl wird scharrend nach hinten geschoben.

»Willkommen in der Stockholms Nation. Am heutigen Donnerstagabend habe ich die große Ehre, euch einen der begehrtesten Dozenten der Universität Uppsala anzukündigen«, lächelnd sehe ich zu Henrik, »den jüngsten Dozenten aller Zeiten an der juristischen Fakultät … meine Damen und Herren, Henrik Ljungman!«

Ohrenbetäubender Jubel bricht aus, Henrik betritt die Bühne mit einem energischen Schritt, während ich hinuntergehe. Er dreht sich lächelnd zum Publikum und hält entwaffnend die Hände in die Luft.

»Wow, was für eine Einführung. Es ist mir natürlich eine große Ehre, hier sein zu dürfen. Seit meiner Kindheit war es eins meiner Lebensziele, einmal Donnerstagsredner bei der Stockholms Nation zu sein.«

Jubel, Applaus und Pfiffe werden wieder laut. Schmeicheleien funktionieren immer, auch wenn sie mit einer Prise Ironie versetzt sind.

»Die anderen waren«, Henrik zählt an den Fingern ab, »Feuerwehrmann werden und in Gröna Lund diese riesige Tafel Schokolade gewinnen. Eins von dreien ist also erreicht, gar nicht schlecht.«

Lachen, Kichern und Jubel aus dem Publikum. Nach dreißig Sekunden hat er sie schon in der Hand, als wäre er ein Stand-up-Comedian.

Henrik übertrifft sich an diesem Abend selbst. Sein Vortrag handelt davon, wie sich das Gesetz zur Pressefreiheit in Schweden entwickelt hat, mit vielen amüsanten Beispielen. Er spricht ungefähr eine Dreiviertelstunde, kürzer als die meisten Donnerstagsredner, sodass das Publikum mehr hören möchte. Dann folgt eine lange Frage- und Antwortrunde, in der er einen richtigen Dialog mit den Zuhörern führt. Henrik ist gebildet und geistreich, wartet mit brillanten Assoziationen und Formulierungen auf. Geist und Sprache in schönem Einklang. Und gleichzeitig wirkt er einfühlsam. Er möchte wirklich verstehen, was die Fragesteller aus dem Publikum beschäftigt.

Henrik ist mit Abstand der beste Donnerstagsredner, den wir bisher hatten. Meine Nervosität ist wie weggeblasen, denn der Abend ist ein Erfolg. Und ein bisschen bilde ich mir ein oder wünsche mir, dass das auch mit mir zu tun haben könnte. Dass er wegen mir guter Laune ist und sich wohlfühlt. Dass er mir zeigen möchte: Schau, was ich kann!

Um Viertel nach acht bedankt er sich, und ich eile mit einem üppigen Blumenstrauß auf die Bühne, überreiche ihn, wir umarmen uns kurz, ich applaudiere. Lauter Jubel brandet auf, der bemerkenswert schnell erstirbt, als hundert Gäste gleichzeitig aufstehen und mit den Stühlen scharren. Alle wollen zu den Bars, die gerade aufgemacht haben.

Eine halbe Stunde später sitzen wir an dem Tisch in dem kleinen Raum. Wir trinken kühles Bier und essen heiße Erbsensuppe, die Atmosphäre ist ausgelassen. Henriks Vortrag war ein perfekter Start in den Abend, jetzt warten Drinks, Party und vielleicht noch etwas mehr. Aber ich achte darauf, meine Beine nicht unter dem Tisch auszustrecken.

Selbst hier hallen die Stimmen zwischen den holzgetäfelten Wänden, und alle reden noch lauter. Ich sitze dicht neben Henrik, wir müssen uns zueinanderbeugen, um uns zu verstehen.

»Hast du es schon mal mit Stand-up-Comedy versucht?«, frage ich.

»Nein, habe ich nicht«, sagt Henrik.

»Aber ... hast du dann ein Buch über Stand-up-Comedy gelesen oder so?«

»Nein. Sollte ich?«

»Haha, nein, du scheinst es auch so zu können.«

»Danke. Das nehme ich mal als Kompliment.«

»Ja, sonst wäre ich echt sauer. Prost.«

»Haha ... Prost, Anna.«

Wir stoßen mit unseren Bierflaschen an.

»Du warst verdammt gut.«

»Danke. Schön, dass du zufrieden bist.«

Henrik sieht mich mit einem neuen Glanz in den Augen an, und mir ist, als hätten wir das gemeinsam geschafft. Das haben wir natürlich nicht, aber er gibt mir das Gefühl.

Vielleicht bin ich schon ein bisschen betrunken. Ein ganz kleines bisschen. Henrik möglicherweise auch.

Carl streckt seine Bierflasche über den Tisch, er will auch mit dem Ehrengast anstoßen.

»Prost, Henrik! Toller Vortrag!«

Unsere Inspektorin Laila schließt sich ebenfalls an und hebt das Bierglas.

»Ja, das war ein sehr, sehr guter Vortrag. Du hast noch nicht darüber nachgedacht, zur Politikwissenschaft zu wechseln?«

Alle lachen, und wir stoßen erneut an.

»Es war echt lustig«, fährt Carl fort, »dass du am Anfang von deinen drei Lebenszielen als Kind erzählt hast. Als ich für den Vorsitz kandidiert habe, habe ich eine Rede gehalten, in der ich von meinen Kindheitsträumen erzählt habe und wie ich und mein kleiner Bruder und die Nachbarsjungen immer Regierung gespielt haben. Ich wollte schon immer Premierminister werden, haha. Es war wohl keine rhetorische Meisterleistung, aber ich bin trotzdem gewählt worden.«

Carl zuckt ein wenig mit den Schultern und lächelt bescheiden, während er von Henrik zu mir sieht und auf unsere Bewunderung wartet.

»Die Konkurrenz war auch nicht gerade groß«, bemerkt Laila trocken und trinkt einen Schluck Bier. Henrik und ich lächeln, und Carl erkennt, dass er keine andere Wahl hat als mitzulachen.

»Haha, nein, die Nation musste sich mit dem zufriedengeben, was im Angebot war«, sagt er.

Laila tätschelt seinen Arm.

»Tut mir leid, du machst das toll, Carl.«

Carl wendet sich wieder an Henrik.

»Hast du mal darüber nachgedacht, Strafverteidiger zu werden?«

»Oje«, erwidert Henrik, »so viele Vorschläge für einen Berufswechsel ... Hat jemand Stift und Papier?« Er tut so, als würde er in seinen Taschen nach einem Notizbuch suchen. Ich lache und lege ihm die Hand auf den Arm.

»Ich habe ihn gerade gefragt, ob er es schon mal als Stand-up-Comedian versucht hat«, erkläre ich Carl und Laila. Carl fährt fort:

»Mit deinen rhetorischen Fähigkeiten hättest du Erfolg im Gerichtssaal. Und es wird gut bezahlt. Meine Tante ist Partnerin bei Mannheimer Swartling. Sie verdient richtig, richtig gut. Sie und ihr Mann haben ein Sommerhaus außerhalb von Juan-les-Pins an der Riviera. Im Sommer bin ich oft dort.«

Wieder wartet er auf beeindruckte Reaktionen.

»Da werde ich dann wohl mal darüber nachdenken müssen«, meint Henrik lächelnd.

»Als Professorin verdient man auch nicht schlecht«, sagt Laila. »Und Henrik wird in ein paar Jahren Professor sein, du musst dir also keine Sorgen um seine Finanzen machen, Carl.«

Am Tischende steht Henning auf, der die Lieder ankündigt, die an solchen Abenden in der Verbindung gesungen werden. Er ist Anfang zwanzig und auf fast märchenhafte Weise gut aussehend. Er räuspert sich und verbeugt sich leicht vor den Personen, die er anspricht:

»Frau Inspektorin, Herr Ljungman, Herr Vorsitzender, das ganze andere Gesindel am Tisch ...« Der plötzliche Bruch mit dem formalen Rahmen löst Gelächter aus. Henning wirft mir sein engelhaftes Lächeln zu, bevor er fortfährt. »Wir haben noch eine lange Liste an Punschliedern vor uns, es wird höchste Zeit, dass wir damit anfangen. So langsam fühle ich mich nämlich schon etwas gestresst. Wir beginnen mit *Det var en gång jag tänkte att punschen övergiva*. Seid ihr dabei?«

Er gibt den Ton an, und alle stimmen ein. Hennings schöne Stimme übertönt unseren Gesang, doch wir grölen so gut wir können mit.

Während des restlichen Abendessens reden Henrik und ich fast ausschließlich miteinander. Das Gespräch plätschert leicht und unkompliziert dahin. Wir sprechen über Jura, Uppsala, unsere Hobbys. Ich erzähle, dass ich die Berge liebe, das Fjäll, sowohl zum Skifahren im Winter als auch zum Wandern im Sommer. Henrik erwidert, er sei viel Ski gefahren, aber nicht gewandert. Ich sage, dass ich schon locker mit meiner Freundin Milena – die Henrik auch kennt – vereinbart hätte, nächsten Sommer eine Woche hoch nach Abisko zu fahren, vielleicht hat er ja Lust, mitzukommen? Ich sage es halb im Scherz, und Henrik antwortet ebenso scherzhaft. Das sollte er wirklich, meint er, es gehöre ja fast zur Allgemeinbildung, mal eine Fjällwanderung gemacht zu haben.

Immer wieder bin ich mir angenehm bewusst, dass wir der Mittelpunkt der Gruppe sind, dass alle Blicke auf uns gerichtet sind. Als Henrik eine Weile mit Laila spricht, sehen mich sowohl Carl als auch Henning an. Ich werde mit Aufmerksamkeit überschüttet.

Plötzlich lehnt sich Henrik zurück und sieht unter den Tisch. Carl wird rot und setzt sich aufrechter hin.

»Oh, Entschuldigung«, murmelt er.

Ich beiße mir auf die Unterlippe, um ein Lächeln zu unterdrücken.

Danach reden Henrik und ich über unsere familiären Hintergründe, unsere Eltern und Geschwister. Ich erzähle ihm von meinen geliebten Brüdern, Erik und Gustaf, dem großen und dem kleinen, mit denen ich einen Großteil meiner Kindheit gestritten und die ich oft manipuliert habe. Henrik lacht und sagt, dass es hart gewesen sein muss, mich als Schwester zu haben.

Ich möchte ihm sagen, dass er so anders ist als mein Vater. Und dass das gut ist. Aber ich schweige, das wäre zu vertraut.

Das Abendessen ist vorbei, und die meisten sind bereits aufgestanden. Ein Dröhnen scheint das Haus in seinen Grundfesten zu erschüttern. Die Disco im neuen Teil hat angefangen. Carl kommt zu uns und sagt zu Henrik:

»Dürfte ich mir Anna für einen Moment ausleihen?«

»Klar, aber vielleicht solltest du sie selbst fragen.«

»Anna? Darf ich bitten?« Carl hält mir seine Hand hin, und ich nicke.

»Bin gleich wieder da«, sage ich zu Henrik und stehe auf.

»Ich gehe an die Bar«, erwidert er, »möchtest du etwas?«

»Einen GT, danke«, antworte ich, bevor Carl mit mir aus dem kleinen Raum geht, ein paar Stufen hinunter und auf die bereits proppenvolle Tanzfläche. Die Betonstruktur des neuen Gebäudeteils wirkt wie ein einziger großer Resonanzkörper, und der tonnenschwere Bass lässt die Wände wackeln.

Und ich liebe es. Carl sieht mich mit einem albernen Lächeln an, er hat keinerlei Rhythmusgefühl und marschiert eher auf der Stelle herum als zu tanzen, aber er ist mir egal, ich bin ein bisschen betrunken und spüre den Bass im ganzen Körper, fast wie einen zweiten Herzschlag. Ich hebe die Arme über den Kopf, schwinge die Hüften hin und her und schließe die Augen.

Gott, ist das schön.

Nach ein paar Liedern schreie ich Carl ins Ohr, dass ich meinen Gastgeberpflichten nachkommen muss, lasse ihn auf der Tanzfläche zurück und suche nach Henrik. Ich finde ihn an der Bar, wo er sich gerade mit einem Gin Tonic in jeder Hand umdreht und breit lächelt, als er mich kommen sieht. Wir stoßen an, trinken einen Schluck und drängen uns an einen Stehtisch, an dem ein paar Jungs, die seinen Vortrag gehört haben, ihn sofort mit Komplimenten überschütten. Er unterhält sich höflich mit ihnen, achtet aber darauf, mich in das Gespräch einzubeziehen.

In der Bar ist es laut und unruhig, weshalb Henrik und ich zurück in das kleine Zimmer gehen, in dem es leiser ist. Gerade als wir uns an einen Tisch setzen wollen, kommt Henning auf uns zu und dankt Henrik in aller Bescheidenheit für den fantastischen Vortrag und fragt, ob er sich Anna kurz ausleihen dürfe? Henning verschwendet keine Zeit, seine Hand ruht bereits sanft zwischen meinen Schulterblättern. Ich trinke ein paar ordentliche Schlucke von meinem Gin Tonic, gebe Henrik das Glas und sage:

»Halt das bitte für mich. Und geh nicht weg.«

»Verstanden.« Henrik lächelt, doch ich sehe ihn scharf an, um zu zeigen, dass ich es ernst meine. Wehe, er geht weg! Das ist wohl auch eine Art Kompliment?

Die Tanzfläche ist gerade nicht ganz so überfüllt, und Henning nutzt die Gelegenheit, Bugg mit mir zu tanzen, was überhaupt nicht zu dem harten EDM-Rhythmus passt, aber er hat das Selbstvertrauen, darüber hinwegzusehen. Ich habe nur eine vage Vorstellung davon, wie man Bugg tanzt, der Lindy Hop und Swing ähnlich ist, habe es nur ein paarmal im Sportunterricht in der Mittelstufe probiert, aber ich folge ihm einfach. Henning zieht mich zu sich, lässt mich wieder los, dreht mich im Kreis, zieht mich wieder zu sich, diesmal in seine Arme. Er sagt so nah an meinem Ohr, dass ich seine Lippen auf meiner Haut spüre:

»Du folgst mir wie ein Schatten.«

Wir haben Spaß, Henning ist verführerisch, elegant und riecht wunderbar. Kein Wunder, dass er der größte Frauenschwarm der Studentenverbindung ist. Im Prinzip habe ich nichts gegen einen One-Night-Stand, aber mit Henning? Also bitte. Man würde über uns reden, noch bevor er seine Manschettenknöpfe abgenommen hat. Außerdem will ich zurück zu Henrik.

Er sitzt immer noch in dem kleinen Zimmer an einem Tisch und unterhält sich mit zwei Studentinnen. Sie scheinen tief ins Gespräch vertieft zu sein. Mein Gin Tonic steht vor ihm auf dem Tisch. Henrik strahlt, als er mich sieht, steht auf, um einen Stuhl zu holen, aber ich bedeute ihm, dass ich mich selbst darum kümmere. Ich ziehe einen Stuhl heran und setze mich neben ihn, begrüße seine zwei neuen Verehrerinnen fröhlich und trinke einen großen Schluck von meinem Gin Tonic.

»Wir haben gerade über den Vortrag gesprochen, wie toll er war«, sagt das Mädchen, das neben Henrik sitzt. Lockiges rotes Haar umrahmt das puppenhafte Gesicht in einem Pagenschnitt. Der Rock über der Nylonstrumpfhose ist über die Oberschenkel gerutscht.

Sag etwas, das er heute Abend nicht schon tausendmal

gehört hat. Und zieh deinen Rock runter, verdammt noch mal, das ganze Haus kann deine Unterhose sehen.

»Ja, das war er«, erwidere ich. »Studiert ihr auch Jura? Ich glaube, ich habe euch schon mal gesehen.«

Ja, sie studieren auch Jura. Sie können also nicht völlig dämlich sein, aber sie scheinen nicht zu merken, dass sie stören und mich und Henrik in Ruhe lassen sollten. Vor allem die Rothaarige ist schwer von Begriff. Sie plappert, als würde sie ihn schon seit Jahren kennen. Schließlich nehme ich Henrik bei der Hand und stehe auf:

»Komm. Lass uns tanzen.«

Ich ziehe ihn hoch und auf die Tanzfläche, bevor er protestieren kann. Erst dort lasse ich seine Hand los. Henrik bewegt sich vorsichtig und etwas steif im Takt zu der ohrenbetäubend lauten Musik. Man merkt, die Tanzfläche ist nicht sein Element, aber jetzt habe ich ihn wieder für mich.

Das Scheinwerferlicht taucht sein Gesicht in verschiedene Farben. Henriks Blick ist auf mich gerichtet, warm und voller trunkener Zuneigung. Jetzt finde ich ihn schön. Und da mir vor allem sein Gesichtsausdruck gefällt, finde ich wohl eigentlich seine Seele schön.

Nach einer Weile legt er seine warme Hand auf meine nackte Schulter und beugt sich zu meinem Ohr:

»Ich glaube, ich gehe jetzt nach Hause.«

»Ich auch.«

Ich sage es, ohne nachzudenken. Wir verlassen die Tanzfläche, gehen an dem kleinen Raum und dem Festsaal vorbei die Treppe hinunter zum Eingang, wo auch die Garderobe ist. Hier unten ist es ruhiger und kühler. Von der Musik klingeln meine Ohren. An der Garderobe hat sich eine kleine Schlange gebildet, und wir warten schweigend.

»Ich habe das Gefühl, als wäre ich halb taub«, sagt Henrik nach einer Weile mit einem schiefen Lächeln und deutet auf sein Ohr.

»Mhm.« Ich lächele zurück.

Dann schweigen wir wieder.

Ich bereue bereits, dass ich gesagt habe, ich würde auch nach Hause gehen. Vielleicht findet er mich anhänglich und aufdringlich? Hat sein Blick nicht etwas gezuckt? Wie erbärmlich. Aber jetzt kann ich nicht mehr zurück, das wäre total seltsam.

Ich höre die Stimme einer Bekannten, die sich mit einer Freundin hinter uns gestellt hat. Sie ist eine der schlimmsten Klatschtanten der Verbindung, eine verdammte Spionagezentrale auf zwei Beinen. Mit dem Unterschied, dass sie mehr Informationen weitergibt, als sie einholt.

Und vor ihr in der Schlange stehen Henrik und ich, starren stumm an die Wand.

Was ist, wenn jetzt getratscht wird? Mist, Mist, Mist.

Nach einer gefühlten Ewigkeit bekommen wir endlich unsere Mäntel und flüchten in die Nacht. Die Stadt ist in kalten Herbstnebel getaucht. Die gelblichen Straßenlaternen sind verschwommene Flecken in der Dunkelheit. Über uns auf der Drottninggatan thront die Carolina Rediviva, die Universitätsbibliothek, ein mächtiger Koloss aus dem neunzehnten Jahrhundert. Es ist, als wären wir direkt in ein altes Gemälde hineingetreten.

»Wohin musst du?«, fragt Henrik.

»Zum Studentvägen.«

»Ich begleite dich.«

»Wo musst du denn hin?«

»Nach Eriksberg.«

»Du musst nicht mitgehen.«

»Schon gut, das ist fast kein Umweg.«

Wir gehen den Carolinabacken hinauf. Die kühle Nachtluft ist angenehm im Gesicht. Es geht mir schon besser. Ich weiß nicht, warum ich an der Garderobe so gestresst war.

»Hast du ihre Nummer?«, frage ich.

»Was? Von wem?«

»Von der Rothaarigen. Die deinen Vortrag so toll fand?«

»Haha, nein.«

»Schade.«

»Es …« Henrik überlegt seine nächsten Worte. »Es wird nicht gern gesehen, Beziehungen mit Studenten oder Studentinnen zu unterhalten. Als Dozent.«

»Okay.«

Schweigend gehen wir weiter. Dann sagt er:

»Du hattest ja auch kaum eine ruhige Minute.«

»Hm.«

»Carl hat mit mir gefüßelt. Ich glaube, er hat schlecht gezielt.« Wir lachen.

»Carl ist … sein eigener größter Fan.«

»Der andere an unserem Tisch scheint auch interessiert zu sein, um es mal so zu sagen.«

»Henning?«

»Ja. Der, der aussieht, als wäre er bei den Backstreet Boys.«

»Die Backstreet Boys«, sage ich, »Gott, ist das die einzige Boyband, die dir einfällt?«

»Tut mir leid.«

»Vielleicht war sein Großvater bei den Backstreet Boys.« Ich berühre Henriks Arm, um den Witz abzumildern, aber auch, weil ich ihn anfassen möchte. Arm in Arm gehen wir weiter.

Er bringt mich bis an meine Haustür im Studentvägen.

»Also, hier wohne ich«, sage ich.

Wir umarmen uns.

»Ich hatte einen wunderbaren Abend«, sagt er.

»Ich auch.«

Lange Zeit stehen wir so da. Wiegen uns ein wenig vor und zurück. Wird noch mehr passieren, und wer ergreift die Initiative?

»Möchtest du noch eine Tasse Tee?«, frage ich schließlich. Henrik seufzt und zögert.

»Das wäre schön … aber heute nicht. Okay?«

»Ja.«

Er lehnt sich zurück und sieht mir tief in die Augen.

»Bis bald. Du bist fantastisch.«

Er streichelt meine Wange und lächelt, dann gibt er mich frei und geht in die Nacht hinaus.

Kapitel 7

»Du bist also mit deinem Dozenten zusammengekommen«, sagte Jacob und lächelte mich an.

»Ja«, erwiderte ich, »wir mussten es eine Weile geheim halten.« Ich sah Henrik an, damit er mir beipflichtete oder etwas ergänzte, doch er starrte nur stumm vor sich hin und aß ein paar Erdnüsse. Milena nahm sich ein paar Chips und knabberte lange daran, während sie ebenfalls die Tischplatte musterte und Henrik einmal einen Blick zuwarf. Sie wirkte unangenehm berührt, spürte die schlechte Stimmung zwischen Henrik und mir deutlich.

»Wie läuft es in der Arbeit?«, fragte ich Milena. »Konntest du einfach so eine Woche im September abhauen?«

Wir waren alle erleichtert, das Thema wechseln zu können. Milena arbeitete als Juristin bei einem kommunalen Unternehmen in Stockholm. Ihr Chef war sogar dankbar gewesen, als sie ihre Urlaubswoche von Juli auf September hatte verschieben wollen. Jacob und Henrik tauschten steif ihre Erfahrungen von verschiedenen Bergwanderungen aus. Wir aßen und tranken, und allmählich besserte sich die Stimmung am Tisch.

Jacob füllte sein Glas nach, auch die zweite Bierflasche war nun fast leer. Er sah Milena an.

»Wir wollten euch etwas fragen«, sagte er. Milena schwieg und wirkte ein wenig angespannt. »Möchtest du oder soll ich?«

»Mach du«, antwortete Milena und trank einen Schluck Wein.

»Es ist so … Habt ihr vielleicht Lust, stattdessen in den Sarek zu fahren?«

Henrik und ich starrten ihn schweigend an. Was meinte er damit?

»In den Sarek? Jetzt, meinst du?«, fragte ich schließlich.

»Ja. Ich war dort schon oft, und meiner Meinung nach war man nie richtig im Fjäll, wenn man nicht im Sarek war.«

»Aber das geht nicht. Wir haben Hütten und alles gebucht, wir können nicht einfach … nein«, wehrte ich ab.

Wir kannten Jacob seit etwa zwei Stunden, und jetzt schlug er vor, dass wir unsere Wanderpläne ändern sollten. Pläne, die Milena und ich immer wieder ausführlich besprochen hatten. Für wen zum Teufel hielt er sich eigentlich?

»Eine Hütte kann man stornieren«, sagte Jacob. »Kann ich das kurz erklären? Wenn ihr keine Lust habt, dann lassen wir es natürlich.«

Er räumte den Tisch ab und brachte die leeren Packungen und Flaschen zu den Recyclingbehältern. Henrik schwieg, Milena sah ihn an und versuchte, seine Reaktion zu lesen. Ein Bergwandererpaar, das ein paar Jahre älter war als wir, wartete mit Tabletts in den Händen im Gang.

»Steht ihr auf?«, fragte der Mann Milena, als Jacob gerade mit weiteren Servietten zurückkam.

»Nein, wir bleiben noch eine Weile sitzen«, sagte er, ohne den Mann anzusehen, und wischte den Tisch ab. Die Frau sagte verärgert:

»Na dann viel Spaß, lasst euch ruhig Zeit.«

Jacob sah auf und warf ihr einen scharfen Blick zu, doch die Frau hatte sich bereits umgedreht und suchte einen Platz an einem anderen Tisch. Er ging zum Mülleimer und warf die Servietten weg.

»Wenn ihr nicht wollt, gehen wir natürlich wie geplant den Kungsleden«, sagte Milena. »Das ist auch toll.«

Dass sie bereit war, Jacobs Wunsch zu folgen, ärgerte mich.

Ich hatte schon mehrmals eine Trekkingtour im Sarek vorgeschlagen, doch Henrik und Milena hatten immer abgelehnt. Und jedes Mal hatte ich das Gefühl gehabt, dass Milena für die Entscheidung verantwortlich war. Nicht, dass sie sich abgesprochen hätten, eher wie eine Art stille Übereinkunft, bei der Henrik erst einmal hörte, was Milena dachte und dann eher auf ihrer als auf meiner Seite war. Aber jetzt war Jacob in ihr Leben getreten. Und kaum schlug er den Sarek vor, wollte sie plötzlich dorthin.

Jacob kam zurück und holte eine Karte aus einer Seitentasche seiner Hose, die er vor uns auf dem Tisch ausbreitete. Die Karte zeigte Padjelanta, den westlich vom Sarek gelegenen Nationalpark. Wir hatten ein paarmal darüber gesprochen, dort zu wandern, waren aber zu dem Schluss gekommen, dass die Hin- und Rückfahrt mühsam war und im Vergleich zu anderen Nationalparks mit ähnlichen Wanderungen einen extra Reisetag erforderte.

»Also, es würde folgendermaßen ablaufen. Morgen früh steigen wir in Gällivare aus«, begann Jacob. »Von dort nehmen wir den Bus nach Ritsem, hier oben. Dann fliegen wir mit dem Hubschrauber nach Staloluokta.« Er fuhr mit der Fingerspitze über die Karte. »Von Staloluokta aus starten wir in Richtung Park, und dann schlagen wir unser Lager irgendwo hier auf, beim See Álájávrre. Am östlichen Ende. Das ist ganz klar der beste Weg in den Sarek hinein. Wenn man zum Beispiel von Kvikkjokk losläuft, ist das erste Stück ziemlich langweilig, man braucht einen Tag, um überhaupt in den Park zu gelangen. Aber so ist das eine wirklich schöne Wanderung. Nicht so flach, wie es hier aussieht, aber auch nicht so bergig, dass es anstrengend wird. Und die ganze Zeit hat man den Sarek vor sich, die Gipfel, und man will nur noch dorthin.«

Er lächelte mich an, aber ich erwiderte das Lächeln nicht. Ich war mir bewusst, dass Milena mich forschend ansah.

»Dann …«, fuhr Jacob fort und drehte die Karte um, sodass der Sarek zu sehen war, »gehen wir weiter zum Álggajávrre, und übermorgen sind wir dann im Sarek.« Er zeigte auf einen See, dessen Ufer direkt an der Grenze zwischen dem Padjelanta und dem Sarek verlief.

Ein kurzer Blick auf die Karte genügte, um zu erkennen, dass der Sarek der deutlich Dramatischere von beiden war. Fast der gesamte mittlere Teil der Karte war abwechselnd braun und weiß und von blauen Flecken und Streifen durchzogen. Die braunen Flächen waren die Stellen, an denen die Höhenlinien so dicht beieinanderlagen, dass man sie nicht unterscheiden konnte. Die weißen waren die Gletscher. Viele schwedische Gletscher lagen im Sarek. Und das Blau waren Seen und Flüsse, insbesondere der Ráhpaädno, der mächtige Fluss, der durch das Rapadalen floss und in ein Delta am nordwestlichen Ende des Sees Látjávrre mündete. Die Namen der hohen Gebirgsmassive klangen mystisch: Ruohtes, Tsähkok, Ålkatj, Ähpar, Skårki.

Das war die Wildnis, Tausende von Quadratkilometern ohne Wege oder Hütten, unbarmherzig und unversöhnlich. Hier konnte man problemlos tagelang wandern, ohne einen einzigen Menschen zu sehen, vor allem jetzt im September. In der Mitte des Parks war ein Notruftelefon eingezeichnet. Von den abgelegeneren Ecken aus brauchte man sicher mehrere Tage, um dorthin zu kommen, wurde mir klar.

»Dann gehen wir auf der Nordseite des Sees entlang, ins Tal Álggavágge«, sagte Jacob. »Der Blick auf den See hier ist absolut magisch. Und dann diesen Weg hinüber zum Sarvesvágge. Hier zelten wir. Eine tolle Aussicht auf das ganze Tal hat man da. Anschließend geht es dann weiter bis zum Rovdjurstorget. Hier können wir einen Tag bleiben. Einen Gipfel besteigen, wenn das Wetter gut ist.« Er sah mich an. »Du hast keine Höhenangst, richtig?«

»Wir haben keine Ausrüstung für irgendwelche Gipfel dabei«, erwiderte ich.

»Ich habe genug dabei, wir können als Seilschaft aufsteigen. Wenn man sein Lager ein wenig nördlich vom Rovdjurstorget aufschlägt, schafft man es in einer Tagesetappe hinauf auf den Stortoppen. Höher kommt man im Sarek nicht.«

Ich mochte es mir selbst kaum eingestehen, aber die Möglichkeit einer kleinen Kletterpartie während der Wanderung klang … verlockend.

»Aber das ist kein Kletterausflug«, sagte Henrik kühl, »das ist eine Trekkingtour.«

»Aber es gibt auch …« Jacob schaute auf die Karte. Henriks Ton schien ihn ein wenig aus dem Gleichgewicht gebracht zu haben. »Es gibt auch einfachere Klettertouren, für die keine Ausrüstung erforderlich ist. Man kann über den Bierikjávrre hineingehen und auf den Vuojnestjåhkkå steigen.« Er zeigte mit dem Finger auf die Karte.

»Wir können uns auch mal einen Tag trennen«, sagte Milena und sah zu Henrik. »Ich werde mich ausruhen, wenn ihr beide einen Gipfel besteigen wollt. Das haben wir früher ja auch schon so gemacht.«

Henrik sah zu ihr, sagte aber nichts. Jacob fühlte sich bestätigt und sprach weiter.

»Der Rovdjurstorget ist einfach irre. Man kann Bären und Wölfe und Vielfraße und Luchse sehen … Wer keinen Gipfel besteigen will, kann hier einen Tag die Tiere mit dem Fernglas beobachten.«

»Du hast mir erzählt, dass du einmal von einem Elchbullen gejagt worden bist«, sagte Milena und lächelte ihn an.

»Ja, das war das Schlimmste, was ich je erlebt habe. Damals hatte ich echt Angst.«

»War das am Rovdjurstorget?«, fragte Milena.

»Nein, weiter unten im Rapadalen, ich weiß es nicht mehr so genau … Wusstet ihr, dass Europas größte Elche im Sarek leben?«, sagte Jacob und sah mich an.

»Nein, das habe ich nicht gewusst.«

»Wir haben hier unten am Fluss Mittagspause gemacht, uns ein wenig hingelegt und geschlafen, es war herrliches Juniwetter und ziemlich warm. Dann musste ich pinkeln und bin runter zum Flussufer gegangen. Ich wollte, na ja, in den Fluss pinkeln, und dann sehe ich einen riesigen Elch auf der anderen Seite unten am Wasser, mit so einem Geweih.« Jacob zeigte den Durchmesser mit den Händen. »Und er starrt mich an, mit leicht gesenktem Kopf, so. Aber ich denke nur, verdammt, ist der groß. Ich habe keine Angst oder so, weil ja ein ganzer Fluss zwischen uns ist.«

Seine Augen leuchteten bei der Erinnerung. Und wider Willen ließ ich mich von seiner Begeisterung mitreißen.

»Und dann geht der Elch ins Wasser, und ich habe immer noch keine Angst, weil die Strömung Mitte Juni recht stark ist, wegen der Schneeschmelze. Aber dann schwimmt das Vieh, schnell sogar. Und da wird mir klar, dass es in ein paar Sekunden auf meiner Seite ist, und wenn es erst Boden unter den Hufen spürt, wird es auf mich zu rennen, und dann bin ich aufgeschmissen. Also drehe ich mich um und will weglaufen. Doch vor lauter Überraschung hatte ich meine Hose nicht zugeknöpft, und nach etwa drei Sekunden liege ich auf dem Boden. Und dann höre ich ein lautes Brüllen hinter mir, und das Monster kommt auf mich zu … Ich rappele mich hoch und renne und versuche gleichzeitig, meine Hose zuzuknöpfen. Ich schaffe es ins Weidengestrüpp, das mir bis über den Kopf reicht, und da sind lauter Wege und Pfade, wie in einem Labyrinth, und der Elch kommt mir brüllend hinterher. Ich renne die Trampelpfade entlang, der Elch hinter mir her, ein bisschen wie am

Ende in *Shining*, als er den Jungen jagt … Nur hatte der Elch keine Axt.«

Milena grinste, ich verzog den Mund.

»Hast du es geschafft?«, fragte ich.

»Ja, er hat aufgegeben. Zum Glück. Vielleicht wollte er mich nur ein bisschen demütigen.« Jacob sah mich an. »Das wäre doch was, oder, Anna? Von einem Elchbullen gejagt zu werden?«

Ich lächelte schief. »Super … Also, wir hatten doch früher schon mal über den Sarek gesprochen, richtig?«

Milena nickte, Henrik starrte immer noch auf den Tisch.

»Ja, das hat Milena erzählt«, sagte Jacob.

»Okay. Grundsätzlich furchtbar gern, aber nicht dieses Jahr. Und rein praktisch betrachtet, verstehe ich auch nicht, wie wir einfach so unsere Pläne umwerfen sollen.«

»Wieso nicht?«, fragte Jacob.

»Zum einen haben wir keine Lebensmittel für die ganze Woche dabei. Wir haben geplant, bis zur Fjällstation am Kebnekaise auszukommen und dort einzukaufen.«

»In Stalo gibt es einen Kiosk«, sagte Jacob. »Parfas Kiosk. Dort haben sie alles, was man braucht. Gefriergetrocknete Trekkingmahlzeiten, Suppen, Brot, alles.«

»Und der ist jetzt offen? Im September?«

»Ich habe es überprüft. Er hat offen.«

»Wir haben auch nicht genügend Gas.«

»Bekommt man auch in Stalo. Im Internet steht eine Liste mit allem, was sie haben.«

»Was ist mit dem Hubschrauber?«

»Ich habe für morgen Plätze reserviert.«

»Du bist einfach davon ausgegangen, dass wir Ja sagen?«

»Wie ich schon sagte, ich habe reserviert«, erklärte Jacob geduldig. »Wenn wir nicht fliegen, fällt eine kleine Gebühr an, die ich natürlich übernehme.«

»Ein Satellitentelefon? Sollte man das im Sarek nicht dabeihaben?«

Jacob kramte in einer Seitentasche seiner Hose und holte ein Telefon hervor, das wie ein Schnurlosmodell aus den Neunzigerjahren aussah. Er hielt es hoch.

»Ein Notsender. Wenn etwas passiert, können wir Hilfe rufen.«

»Das war meine Bedingung«, warf Milena ein.

»Eins noch«, sagte Jacob. »Ich habe die Wettervorhersage überprüft, während der nächsten Woche soll es überwiegend sonnig werden. Und das ist ungewöhnlich für diese Jahreszeit. Das sollten wir also wirklich ausnutzen.«

Ich schaute auf die Karte vor uns auf dem Tisch. Das Blau, das Braun, das Weiß, das Drama, die Verheißung, das Abenteuer. Etwas zu sehen, was ich noch nicht kannte, etwas, nach dem ich mich sehnte.

Natürlich wollte ich in den Sarek.

Ich sah Henrik an und sagte:

»Äh … Ich glaube, wir gehen mal zurück ins Abteil und sprechen in Ruhe darüber, dann können wir …«

Ich hatte keine Zeit, den Satz zu beenden. Henrik fiel mir ins Wort.

»Ich will aber nicht.« Seine Stimme war fest und ein wenig unsicher, ein Zeichen von verhaltenem Ärger. Offensichtlich hatte er sich stumm in seine Wut hineingesteigert. Es wurde still am Tisch.

»Ich fahre mit diesem Zug nach Abisko, um den Kungsleden entlangzuwandern. Daran werde ich jetzt nichts ändern. Wenn ihr in den Sarek möchtet, dann macht das. Aber ich habe keine Lust.«

»Dann lassen wir es lieber«, sagte Milena rasch. »Dann fahren wir nach Abisko.«

Jacob kratzte sich an Kinn und Hals, während er auf die Karte starrte. Er schien seine Enttäuschung nur mit Mühe beherrschen zu können.

»Darf ich nur …«, begann er, aber Milena unterbrach ihn.

»Jacob, lass es gut sein.«

»Darf ich bitte ausreden?« Er war gereizt und sah Milena aufgebracht an. Sie verstummte. Jacob holte tief Luft, sammelte sich. Er war noch nicht bereit, aufzugeben. Henrik verschränkte die Arme vor der Brust und lehnte sich zurück.

»Also«, begann Jacob erneut.

»Ich will nicht.« Henrik klang wie ein schmollendes Kind, doch Jacob ließ sich davon nicht beirren.

»Ihr wart auf dem Keb. Nichts im Sarek ist schwieriger als das, wenn man das nicht will. Stressig und zeitaufwendig ist es im Sarek, den richtigen Weg zu finden, denn es gibt keine Wanderwege. Soll man unten im Tal laufen oder besser weiter oben am Berg? Solche Sachen. Ich weiß das alles, weil ich diese Route schon mehrere Male gegangen bin. Es ist also wirklich nicht schwieriger als Abisko.«

»Trotzdem: Ich will nicht. Und ich weiß nicht, wie viel deutlicher ich mich noch ausdrücken muss.«

Jacob und Henrik starrten sich in einem beunruhigenden Schweigen an. Die Atmosphäre am Tisch war angespannt. Milena fühlte sich unwohl, sah aber hilflos aus, sie traute sich wohl nicht, noch einmal etwas zu sagen, nachdem Jacob sie so angefahren hatte. Mir wurde klar, dass ich die Situation würde entschärfen müssen.

»Warum?«, fragte Jacob.

»Warum was?«, fragte Henrik.

»Ja. Nenn mir einen Grund.«

»Aber er sagt doch, dass er nicht will, Jacob«, warf ich ein, »damit musst du dich eben begnügen …« Weiter kam ich nicht, bevor Henrik mich unterbrach. Selten hatte ich ihn so aufgebracht gesehen. Mit wildem Blick starrte er Jacob an.

»Wir machen das schon seit zehn Jahren, und jetzt tauchst du plötzlich auf, eine Woche vor unserer Abreise, und willst mitkommen, und dann willst du unseren Plan umwerfen, kaum, dass wir Stockholm hinter uns gelassen haben? Was ist los mit dir? Wer bist du?«

Er hatte die Stimme so sehr erhoben, dass die Leute auf der anderen Seite des Ganges in unsere Richtung blickten. Jacob hob kapitulierend die Hände. Henrik sah ihn immer noch aufgebracht an.

»Henrik«, versuchte ich es, aber er fuhr fort:

»Ich meine es ernst. Wer bist du? Anna sagt, du arbeitest bei BCG, aber ein Bekannter von mir arbeitet dort und sagt, dass es keinen Jacob Tessin bei BCG gibt. Also, wer bist du?«

Henrik, was machst du da?

Milena starrte ihn verständnislos an. Jacob runzelte die Stirn.

»Lassen wir es gut sein«, sagte ich. »Das reicht jetzt. Sollen wir gehen?« Ich wollte aufstehen.

»BCG? Wovon redest du?«, fragte Jacob, und seine Stimme war dunkler, ein wenig heiser. Er wandte sich an Milena. »Was meint er damit?«

Milena antwortete nicht und sah fast verängstigt aus.

»Vielleicht habe ich mich verhört«, sagte ich. »Aber ich dachte, du hättest gesagt, Jacob würde bei BCG arbeiten. Als wir beim Mittagessen waren. Vielleicht habe ich mich verhört.«

Milenas Hals war gerötet. Mit ruhigen, gemessenen Bewegungen holte Jacob seine Brieftasche heraus und zog eine Visitenkarte heraus. Schweigend legte er sie zwischen uns auf den Tisch.

Auf der Karte war ein Logo mit den Buchstaben »BCW«. Darunter stand »Jacob Tessin«, und weiter unten, in etwas kleinerer Schrift: »Senior Consultant«.

Henrik und ich starrten auf die Karte.

»Na, siehst du«, sagte ich. »Ich habe mich verhört. Es tut mir leid. Mein Fehler.« Wir schwiegen. Nur wenige Sekunden, doch es fühlte sich wie eine Ewigkeit an.

Jacob starrte Milena an.

»Warum erzählst du den Leuten, dass ich bei BCG arbeite?« Milena antwortete nicht, sondern sah Jacob mit einem Blick an, den ich an ihr noch nie gesehen hatte. Sie sah verletzt, aber auch wütend und verängstigt aus.

»Hey, Jacob, ich habe mich verhört«, sagte ich. »Milena ist unschuldig. Es tut mir wirklich leid.«

Henrik räusperte sich und setzte sich aufrechter hin. Seine Wut war bereits verklungen. Seine Stimme klang rau, fast gebrochen.

»Mir tut es auch leid. Ich weiß nicht, was über mich gekommen ist.«

Wahrscheinlich schämte er sich für seine unbegründeten Anschuldigungen gegen Jacob, aber vor allem, dass er die Kontrolle verloren hatte. Das war so untypisch für ihn.

»Ich bin IT-Berater«, sagte Jacob mit verhaltenem Ärger. Milena legte ihre Hand auf seine, aber Jacob wollte sich noch nicht versöhnen, er zog die Hand weg und ballte sie zur Faust.

Er war wütend auf mich und Henrik, ja, aber warum auch auf Milena? Was hatte sie falsch gemacht?

»Es tut mir leid, Jacob«, sagte ich erneut. »Wirklich. Es tut mir leid.«

»Hört mal, ich hole was zu trinken«, sagte Henrik und stand auf. »Ich glaube, das brauchen wir jetzt. Ich zumindest kann gut was gebrauchen. Was willst du, Jacob? Ich habe gesehen, dass sie Whiskey und Brandy und so was haben, in kleinen Flaschen.«

Jacob antwortete nicht, sah nicht einmal zu Henrik hoch.

»Ich nehme noch einen Weißwein«, antwortete Milena.

»Ich auch«, sagte ich.

»Okay, ich hole ein paar verschiedene Sachen. Es tut mir leid, Jacob. Ich war … Ich bin zu weit gegangen.«

Henrik ging zum Tresen, wo fast keine Schlange mehr war. Jacob sah Milena an und sagte:

»Also, einer will mich schon mal nicht dabeihaben.« Er sagte es laut genug, dass ich es hören musste.

»Das stimmt nicht«, antwortete ich und klang fast glaubwürdig. »Aber er … Manchmal kann er sich an kleinen Dingen aufhängen.«

Milena streichelte Jacobs Rücken. »Er meint es nicht böse.«

Jacob lächelte sie sarkastisch an, sagte aber nichts weiter. Bald kam Henrik mit einem Tablett mit Bier, Wein und ein paar kleinen Schnapsflaschen zurück. Außerdem ein paar Tüten mit Chips und Süßigkeiten. Er stellte das Tablett auf dem Tisch ab und setzte sich neben mich.

»Vergessen wir das Ganze. Und ich habe meine Meinung geändert. Wir fahren zum Sarek.«

Kapitel 8

Ein paar Stunden später lagen wir eng aneinandergedrängt in Henriks Bett, und ich spürte seine ruhigen Atemzüge im Nacken, während er schlief. Das Licht war ausgeschaltet, doch meine Augen hatten sich an die Dunkelheit gewöhnt. Licht fiel durch eine Ritze neben dem Rollo und durch ein Lüftungsgitter in der Tür zum Gang. Der Wagen schwankte leicht und ratterte rhythmisch über die Gleise. Eigentlich sollte ich schlafen können, doch ich hatte immer noch ein unbehagliches Gefühl von der Auseinandersetzung im Bistro.

Wir hatten alles getrunken, was Henrik mitgebracht hatte, alle Chips und alle Süßigkeiten aufgegessen. Wir ließen Jacob von seinen Wanderungen im Sarek erzählen, seufzten gelegentlich beeindruckt, wenn er beschrieb, wie er und seine Freunde die mythenumrankte Sarek-Traverse gemeistert hatten. Seine Stimmung wurde bald besser. Nach einer Stunde war er so großzügig, dass er die nächste Runde spendierte. Wir tranken noch mehr und wurden alle etwas schläfrig. Jacob machte einen halb schlüpfrigen Witz in meine Richtung, obwohl Milena und Henrik mit am Tisch saßen. Ich lachte, seine braunen Augen glänzten.

Wir waren die letzten Gäste im Bordbistro und trennten uns als vier Freunde auf dem Weg zu Abenteuern im Sarek.

Henrik brauchte den kleinen Rausch wohl am nötigsten von uns allen. Es sah ihm überhaupt nicht ähnlich, die Beherrschung zu verlieren. In nüchternem Zustand wäre er vor Scham im Boden versunken. Jetzt konnte er schon mit einer gewissen Distanz und auch mit Humor darauf zurückblicken, als wir in unser

Abteil zurückgingen. Und es klang, als wäre er wirklich damit einverstanden, dass wir in den Sarek fuhren. Fast, als freute er sich darauf.

Alles hatte sich eigentlich bestmöglich entwickelt. Und doch war mir unbehaglich zumute. Was war eigentlich los?

Zum Teil lag es sicher daran, dass ich die Dynamik am Tisch aus meiner eigenen Familie kannte. Viel zu gut. Einer bekommt schlechte Laune, und alle anderen stellen sich auf den Kopf, um ihn wieder aufzumuntern. Denn sonst wird es nur noch hundertmal schlimmer, denn derjenige kennt keine Grenzen und wird nur noch bösartiger, und es gibt kein Entkommen.

Und dann war da noch das mit Jacobs Arbeitsplatz.

Ich war mir fast hundertprozentig sicher, dass Milena beim Mittagessen BCG gesagt hatte. Fast hundert Prozent. Bei B oder P konnte man sich schon mal verhören, aber nicht bei G und W. Oder?

Und dass Milena absichtlich gelogen und damit angegeben hatte, dass ihr neuer Freund bei einer schicken Beratungsfirma arbeitete, war undenkbar. Völlig unmöglich. So war Milena einfach nicht.

Möglicherweise hatte sie sich verhört, als Jacob ihr erzählt hatte, wo er arbeitete. So konnte es natürlich gewesen sein.

Oder er hatte tatsächlich BCG gesagt und gehofft, dass niemand den Schwindel durchschaute. Und dann hatte er Visitenkarten mit dem BCW-Logo drucken lassen, nur für den Fall.

Hm.

Falls das stimmte, war er etwas seltsam. Und bisher wirkte er eigentlich ganz normal.

Der Zug bremste ab und blieb kurz darauf mit einem Ruck stehen. Bis auf das Knacken in der Abteilheizung war es still. Henrik schlief weiter. Vorsichtig schob ich mich unter seinem Arm hervor, nahm mein Handy und setzte mich auf den Klappsitz.

Ich suchte im Internet nach BCW. Es gab mehrere Firmen mit dem Namen, darunter einen Klempner, einen Stromanbieter und ein Musikgeschäft in Falkenberg. Und eine Beratungsfirma. Ich klickte auf den Eintrag.

Es handelte sich um ein Einzelunternehmen. Der Jahresumsatz nach dem letzten Rechnungsjahr betrug 116.000 Kronen, der Gewinn 2750 Kronen. Der Eigentümer hieß Stefan Jakob Johansson.

Mein Mund wurde trocken vor Aufregung. Alle Schläfrigkeit war wie fortgeblasen. Ich war etwas auf der Spur.

Wer bist du eigentlich, Jacob?

Umsatz 116.000, Gewinn 2750 Kronen. Vermutlich machte der Lohn für den Firmenbesitzer die Differenz aus. 113.000 Kronen Lohnkosten inklusive Sozialabgaben. Das ergab einen Bruttolohn von circa 7000 Kronen im Monat, wovon man nicht leben konnte, vor allem nicht in Stockholm. Klar, Stefan Jakob Johansson konnte auch noch andere Einnahmequellen haben, aber Jacob hatte sich als Berater bei BCW ausgegeben, damit verdiente er seinen Lebensunterhalt.

Und hatte er nicht zu Henrik gesagt, dass er viel zu viel arbeitete, oft auch am Wochenende? Wenn er dann nur 7000 Kronen im Monat bekam, war er entweder Schwedens unterbezahltester Berater. Oder der ineffektivste.

Stefan Jakob Johansson. Bist du das, Jacob?

Aus der Zeugenbefragung von Anna Samuelsson, Personennummer 880 216-3382, 17. September 2019, Krankenhaus Gällivare, durchgeführt von Kriminalinspektor Anders Suhonen.

»Aber am nächsten Morgen sind Sie trotzdem in Gällivare ausgestiegen.«

»Ja.«

»Obwohl Sie sich wegen Jacob unsicher waren.«

Schweigen.

»Was hätte ich denn sagen sollen? ›Du verdienst nur siebentausend im Monat, ich will nicht mit dir in den Sarek.‹ Das ging doch nicht.«

»Nein … Haben Sie mit Henrik darüber gesprochen?«

Schweigen.

»Nein.«

»Warum nicht?«

Schweigen.

»Ich dachte … Wenn ich es ihm erzähle, ändert er vielleicht seine Meinung.«

»Sie meinen, dass er dann nicht mehr zum Sarek hätte fahren wollen?«

»Ja.«

Schweigen.

»Und ich fand, ich hatte es in der Nacht übertrieben.«

»Sie meinen, dass Sie ihn recherchiert haben …«

»Ja. Ich hatte Fotos von Stefan Jakob Johansson finden wollen. Ob er tatsächlich Jacob war. Ich habe mehrere Stunden gesucht.«

»Mhm, und am Morgen fanden Sie das dann übertrieben?«

»Ja.«

Schweigen.

»Wir sind also in Gällivare ausgestiegen. Aber … Ich hatte immer noch ein komisches Gefühl.«

»Ja?«

»Und dann ist mir eingefallen, wo ich ihn schon mal gesehen hatte.«

Kapitel 9

Der Zug kam zum Stehen, Jacob öffnete die Tür, und wir stiegen in Gällivare aus. Es war acht Uhr morgens, die hellgraue Wolkendecke war kompakt, die Luft feucht und kalt. Ich schauderte. Nicht viele Fahrgäste waren ausgestiegen, die meisten Wanderer fuhren wahrscheinlich weiter nach Abisko.

Wir hievten die Rucksäcke auf den Rücken und gingen den kurzen Weg zu dem alten Bahnhof aus Holz, oder dem Gällivare Resecentrum, wie er mittlerweile hieß. Der Bus ins Fjäll sollte in einer halben Stunde direkt davor abfahren, wir hatten also noch genügend Zeit, um uns ein wenig aufzuwärmen. Wir schwiegen, Jacob trug trotz des bedeckten Himmels eine Sonnenbrille.

In dem fast leeren Bahnhofsgebäude war es warm, man konnte sich auf Holzbänken niederlassen. In einer Ecke befand sich ein kleiner Ladenbereich, wo man lokales Kunsthandwerk, Kleidung, Karten und Reiseführer kaufen konnte. Trotz der frühen Stunde stand ein Mann hinter der Kasse, und ich erwarb eine Landkarte vom Sarek-Nationalpark. Auf einem Tisch standen eine Pumpthermoskanne, eine Packung Milch, Plastikbecher und Würfelzucker. Ein Becher Kaffee kostete zehn Kronen, und man konnte bar oder per Swish bezahlen. Ich hatte beim Frühstück im Zug schon einen Kaffee getrunken, aber an diesem düsteren Morgen konnte ich alles brauchen, um munter zu werden. Ich bezahlte per App zwanzig Kronen und sagte zu Henrik, dass er sich einen Becher einschenken konnte. Mit meinem dampfenden Kaffee in der Hand ging ich zu der Bank, wo ich den Rucksack abgestellt hatte, setzte mich und schlug die Sarek-Karte auf den Knien auf.

»Welche hast du genommen?«, fragte Henrik.

»1 : 50.000«, antwortete ich und sah zu ihm hoch, als er sich mit einem Becher Kaffee in der Hand näherte. Hinter ihm stand Jacob an einem Ständer mit Halstüchern, und plötzlich wusste ich, wo ich ihn schon einmal gesehen hatte.

Mein Herz hämmerte, das Blut pulsierte in den Schläfen.

Ich sah ihn von schräg hinten, und irgendetwas an diesem Blickwinkel brachte die Erinnerung zurück. Eigentlich merkt man sich ja vor allem das Gesicht eines Menschen. Doch jetzt kam alles wieder. Ja, er war es.

Nach meinem Juraexamen arbeitete ich am Amtsgericht Nacka. Als Rechtsreferendar bereitet man Gerichtsurteile vor, schreibt Entwürfe für Urteilsverkündungen und so weiter. Nach sechs Monaten darf man selbst einfacheren Fällen vorsitzen, doch ich hatte gerade erst angefangen. Außerdem ging es um ein so schweres Verbrechen, dass man den Fall keinem Referendar übergeben hätte. Es ging um häusliche Gewalt, und vieles war nur allzu bekannt: Das Paar hatte sich im Internet kennengelernt, war seit etwa einem Jahr zusammen, die Frau beschrieb, wie verliebt sie am Anfang gewesen war, wie sicher, den Mann ihres Lebens getroffen zu haben. Die Liebe machte sie blind dafür, dass er ihr Selbstvertrauen immer mehr untergrub. Erst durch kleine, unschuldige Bemerkungen, dann fordernder, er bestimmte, wie sie sich anziehen, wie sie sich benehmen sollte, wenn sie unter Leuten waren, was sie im Haushalt tun sollte. Er war kontrollsüchtig und extrem eifersüchtig. Er überwachte ihr Handy und verlangte Zugang zu ihren Konten. Die Grenzen verschoben sich, die verbalen Übergriffe wurden alltäglich, das Kranke zur Normalität.

Als er sie das erste Mal schlug, war sie trotzdem schockiert, verließ ihn und zeigte ihn bei der Polizei an. Er bat sie um Verzeihung, flehte und beteuerte, sie sei das einzig Positive in seinem Leben, er hätte solche Angst, sie zu verlieren, er wüsste, dass er Probleme hatte, und er würde etwas dagegen tun. Sie war immer noch in ihn verliebt. In manchen Stunden, sogar an manchen Tagen, war alles wie am Anfang. Er bekam eine zweite Chance, sie zog die Anzeige zurück. Doch nach ein paar Wochen waren sie wieder in das alte Muster zurückgefallen, eine destruktive und immer gewalttätigere Spirale.

Der Arztbericht, der der Anklage zugrunde lag, las sich schrecklich. Blutende Wunden am Kopf. Kieferbruch. Würgemale am Hals. Angebrochener Ellbogen, gebrochenes Handgelenk. Große Blutergüsse an Armen, Rücken und Oberschenkeln.

Ich half dem Richter, das Urteil vorzubereiten, und kann mich nicht erinnern, dass ich dabei Fotos des Angeklagten zu sehen bekommen hatte. Doch am ersten Verhandlungstag sah ich ihn im Gerichtssaal. Er trug eine Kapuzenjacke, als er hereingeführt wurde, die Kapuze weit ins Gesicht gezogen. Er war groß. Sein Verteidiger brachte ihn an seinen Platz, und bevor er sich hinsetzte, zog er die Jacke aus und hängte sie über die Stuhllehne. Er trug ein ordentliches weißes Hemd und gebügelte Chinos. Seine Haare waren braun und wellig, die Haut goldbraun, der Dreitagebart gepflegt.

Das war doch Jacob gewesen, damals im Gerichtssaal? Doch, ich war mir sicher. Seine Haare waren jetzt kürzer, und er kleidete sich anders, deshalb hatte ich ihn nicht gleich erkannt. Doch schon am Hauptbahnhof in Stockholm war er mir irgendwie bekannt vorgekommen, nicht?

Der Mann war wegen schwerer Körperverletzung zu drei Jahren Gefängnis verurteilt worden, wenn ich mich richtig erinnerte. Er hieß natürlich nicht Jacob Tessin, das wüsste ich.

Konnte sein Name Stefan Johansson gewesen sein? Ich erinnerte mich nicht. Es wäre aber nicht ungewöhnlich, wenn er im Gefängnis seinen Namen geändert hätte. Vielleicht wollte er nach seiner Entlassung mit einem unbelasteten Namen neu anfangen.

In Gedanken versunken starrte ich Jacob an. Mein Mund war trocken, und ich bemühte mich, ruhig zu atmen. Doch Henrik sah, dass etwas nicht stimmte.

»Was ist los?«, fragte er.

Milena kam auf uns zu, sodass ich jetzt nichts sagen konnte. Ich brauchte Zeit zum Nachdenken.

»Später«, murmelte ich.

»Findet ihr Staloluokta?«, fragte Milena und setzte sich neben Henrik auf die Bank.

»Nein, aber sucht ihr mal«, sagte ich und schob Henrik die Karte hin. Er sah mich lange an, bevor er sich auf die Karte konzentrierte. Er und Milena drehten und wendeten sie, bis sie das Ende fanden, an dem wir in den Nationalpark wandern würden.

Jacob schlenderte durch den Ladenbereich, nahm hier und da etwas in die Hand und merkte nicht, dass ich ihn beobachtete. Ich überlegte, ob er erst kürzlich aus dem Gefängnis entlassen worden war, ob seine Beraterfirma deshalb so wenig einbrachte. Ich rechnete rasch nach: Im Frühjahr 2015 hatte ich mein Referendariat begonnen, dieses Verfahren dürfte im April, spätestens Mai gewesen sein. Das Urteil war nach drei Wochen in Kraft getreten, Jacob konnte also noch vor dem Sommer seine Gefängnisstrafe angetreten haben. Drei Jahre, das hieß, dass er bei guter Führung nach zwei Jahren entlassen worden sein könnte. Irgendwann im Sommer 2017 könnte er also wieder frei gewesen sein. Vor zwei Jahren. Vielleicht hatte er aber auch Ärger im Gefängnis gemacht oder versucht, auszubrechen oder was auch immer, und seine Strafe war verlängert worden, doch das war ziemlich ungewöhnlich. Und der Angeklagte hatte nicht wie ein Berufsverbrecher gewirkt, sondern wie ein relativ gut angepasster Mann, der nur ein krankes Bild von Frauen und Beziehungen und Gewalt hatte.

Plötzlich sah er in unsere Richtung. Er trug immer noch die Sonnenbrille, weshalb ich nicht wusste, ob er mich direkt ansah, mein Magen verkrampfte sich aber dennoch. Ich fühlte mich ertappt, und mein Blick zuckte.

Jacob kam auf uns zu. Er lächelte und schob die Sonnenbrille in die Haare hoch. Doch. Er sah mich an. Halbherzig erwiderte ich das Lächeln.

Der Bus fuhr in einer Viertelstunde ab.

Aus der Zeugenbefragung von Anna Samuelsson, Personennummer 880 216-3382, 17. September 2019, Krankenhaus Gällivare, durchgeführt von Kriminalinspektor Anders Suhonen.

»Es ging jetzt nicht mehr nur um mich.«

»Nein.«

»Es ging auch um Milena.«

»Mhm.«

»Henrik und ich konnten den Trip einfach abbrechen. Aber wenn Jacob der war, für den ich ihn hielt … Dann hätte es lebensgefährlich für sie werden können.«

»Ja.«

Schweigen.

»Aber …«

»Haben Sie Schmerzen? Anna?«

»Ja … Ich glaube, die Wirkung der Tabletten lässt nach.«

»Dann hören wir jetzt auf.«

Schweigen.

»Anna? Für heute reicht es.«

»Ich möchte nur sagen …«

Schweigen.

»Ich war mir nicht hundertprozentig sicher. Wenn ich es gewesen wäre, dann hätte ich es Milena erzählen können. Aber … ich musste …«

Schweigen.

»Anna? Wir hören jetzt auf.«

»Ja.«

Kapitel 10

Der Bus war ein moderner Doppeldecker mit leicht getönten Scheiben. Wir verstauten unsere Rucksäcke im Gepäckfach, dessen Klappen offen standen. Außer uns fuhren noch ein schwedisches Paar und drei Männer, von denen ich annahm, dass sie Italiener waren, mit. Auch einige Rentner mit Wanderstöcken, aber ohne große Rucksäcke; vielleicht machten sie einen Tagesausflug nach Stora Sjöfallet oder Ritsem. Insgesamt waren wir vielleicht fünfzehn Personen und würden genug Platz im Bus haben.

Ich ließ mir absichtlich Zeit. Wenn Henrik und ich als Erste einstiegen, würden Milena und Jacob sich zu uns setzen, und ich musste mit Henrik unter vier Augen sprechen. Beim Fahrer bildete sich eine kurze Warteschlange, als alle ihre Fahrkarten kauften. Jacob und Milena waren vor mir und Henrik. Wir waren die Letzten in der Schlange.

»Zweimal nach Ritsem«, sagte Jacob und zog seine Bankkarte aus dem Geldbeutel. Als er ihn aufklappte, konnte ich einen Blick auf seinen Führerschein erhaschen, und ich spürte einen Stich in der Magengrube. Wenn ich seine Personennummer wüsste, könnte ich herausfinden, ob er vorbestraft war. Doch da klappte er seine Brieftasche schon wieder zu.

Der Fahrer, ein sehniger Mann im Rentenalter, tippte etwas in das elektronische Kassenterminal ein. Er sprach mit breitem norrländischem Akzent.

»Das wären dann 860 Kronen.«

430 Kronen pro Person. Der Fjällbus war nicht gerade günstig. Jacob schob die Bankkarte ins Lesegerät und gab seine Geheim-

zahl ein. Nach ein paar Sekunden spuckte das Gerät knatternd eine Quittung aus, und Jacob wirkte verständnislos.

»Okay …«, sagte er.

»Versuchen Sie es noch mal«, meinte der Busfahrer, »manchmal bricht die Verbindung zur Bank ab.«

»Auf dem Konto ist Geld«, sagte Jacob so nachdrücklich, dass er sich damit quasi selbst widersprach. Er schob die Karte ein zweites Mal in das Lesegerät, tippte noch einmal die Geheimzahl ein und wartete.

Den Geldbeutel hielt er zusammengeklappt in der anderen Hand.

Wieder spuckte das Gerät einen kurzen Beleg aus.

»Was zum Teufel«, murmelte Jacob. Henrik und ich standen direkt hinter ihm, was ihn wahrscheinlich stresste. Henrik wandte sich diskret ab, ich selbst starrte jedoch den Geldbeutel in Jacobs Hand an. Milena holte ihre Bankkarte heraus.

»Ich mache das«, sagte sie. Der Busfahrer riss den Beleg ab und gab zwei neue Fahrkarten nach Ritsem ein. Dass Milena versuchte, sein Gesicht zu wahren, machte Jacob nur noch übellauniger.

»Warum sollte deine Karte funktionieren, wenn meine nicht geht?«, fragte er wütend. »Ich weiß doch, dass ich Geld auf dem Konto habe.«

»Wir sind wahrscheinlich bei unterschiedlichen Banken«, meinte Milena. Der Busfahrer warf ihnen einen Blick zu, während das Gerät die Zahlung verarbeitete. Jacob gab keine Ruhe.

»Das sind wir nicht, ich bin bei der SEB. Und du?«

»SEB«, antwortete Milena leise. Auch ihr war peinlich bewusst, dass Henrik und ich alles aus nächster Nähe mit verfolgten. Sie wollte Jacob nur helfen, die Situation so schnell wie möglich hinter sich zu bringen, doch er trat ihre Bemühungen mit Füßen. Henrik und ich tauschten einen raschen Blick.

»Ach ja? Dann wird das jetzt ja wohl auch nicht funktionieren.« Jacob sah sie anklagend an, richtete seinen Frust in die Richtung, die ihm am wenigsten Widerstand leisten würde. Milena starrte stumm das Lesegerät an. Jacob hielt immer noch seine Bankkarte in der Hand, irgendwann würde er sie in den Geldbeutel zurückschieben, und dann konnte ich vielleicht einen Blick auf seinen Führerschein werfen.

Der Busfahrer, Milena und Jacob sahen auf das Lesegerät, als warteten sie darauf, dass der Sprecher der Geschworenen in einem amerikanischen Gerichtsverfahren das Urteil verkündete. Dann erschien eine neue Meldung auf dem Display, die ich nicht lesen konnte, doch Milena ließ die Schultern sinken und verlagerte ihr Gewicht. Das Gerät druckte knatternd eine längere Quittung aus. Die Bezahlung war abgeschlossen. Milena sah schulterzuckend zu Jacob, als wollte sie sagen, dass sie es auch nicht verstand.

»Das ist ja wirklich komisch«, sagte Jacob.

Der Busfahrer lächelte fröhlich.

»Das kann schon mal passieren, die Funkverbindung zur Bank kommt und geht«, meinte er und gab Milena den Beleg. Jacob schüttelte wieder den Kopf und marschierte die Treppe hinauf ins Obergeschoss, während er die Bankkarte zurück in den Geldbeutel schob. Wieder konnte ich keinen Blick auf seinen Führerschein erhaschen. Mist.

Ich kaufte unsere Fahrkarten und ging nach oben. Jacob und Milena hatten sich in die erste Reihe vor die Panoramascheibe gesetzt, und Jacob winkte mir zu.

»Hier ist noch frei«, sagte er und deutete auf die anderen zwei Plätze in der vordersten Reihe. Ich lächelte abwehrend.

»Nein, ich bleibe hier«, sagte ich und setzte mich auf einen Platz in der Mitte des Busses. »Ich will noch ein wenig schlafen.«

Die Klappen zum Gepäckfach schlossen sich zischend, der Motor erwachte brummend zum Leben. Henrik kam nach oben und setzte sich neben mich.

»Ich weiß jetzt, wo ich ihn schon mal gesehen habe.«

Er sah mich verständnislos an.

»Was meinst du?«

»Ich weiß, wo ich Jacob schon mal gesehen habe. Gestern habe ich dir doch gesagt, dass ich ihn wiedererkannt habe.«

Ich erklärte ihm, dass ich Jacob von einem Fall von häuslicher Gewalt wiedererkannt hatte, aus meiner Referendariatszeit. Ich erzählte ihm auch von meinen nächtlichen Recherchen nach BCW und Stefan Jakob Johansson. Henrik wirkte immer verblüffter, sein müdes, verkatertes Gehirn konnte diese vielen neuen Informationen kaum verarbeiten.

»Warum hast du nichts gesagt?«, fragte er schließlich.

»Ich fand nicht, dass es so wichtig war. Er verdient nicht viel und hat einen falschen Namen, na und? Aber das hier ist etwas anderes.«

Henrik seufzte.

»Was willst du jetzt machen? Sollen wir die Reise abbrechen?«

»Zuerst muss ich mir sicher sein. Ich brauche seine Personennummer, dann kann ich in Lexbase nach ihm suchen.«

»Okay …«

»Noch haben wir Mobilnetz und können während der Busfahrt recherchieren. Bis Ritsem sind es vier Stunden.«

Henrik massierte sein Gesicht. Er sah noch müder aus als zuvor.

»Und wenn er es ist?«, fragte er schließlich.

»Dann spreche ich mit Milena«, sagte ich. »Wenn er wegen Misshandlung verurteilt ist, dann muss sie das wissen.«

»Du und ich brechen die Reise aber auf jeden Fall ab?«

Der Bus setzte sich in Bewegung, bog vom Parkplatz ab und

ließ den alten Bahnhof hinter sich. Henrik sah mich abwartend an.

»Anna?«

»Ich weiß es nicht! Wenn Milena sich uns anschließt, dann auf jeden Fall. Sonst … Keine Ahnung, ich muss nachdenken.«

Wir fuhren an hässlichen, zweigeschossigen Mietshäusern vorbei. An diesem Morgen war Gällivare eine kalte und unfreundliche Stadt voller Neubauten. Ein paar provisorische Bruchbuden in der Prärie. Der Himmel lag wie eine graue Decke dicht über den Dächern. Nachdem wir den Ort hinter uns gelassen hatten, bog der Bus im rechten Winkel ab und beschleunigte. Wir fuhren am Skigebiet Dundret vorbei.

Konnte ich irgendwie ohne Jacobs Personennummer herausfinden, ob er ein verurteilter Verbrecher war? Ich hatte ein paar Stunden Zeit, ich hatte mein Handy und hoffentlich den ganzen Weg bis Ritsem Mobilnetz. Ich musste es versuchen.

Kapitel 11

Bald schon fuhren wir auf der schnurgeraden Landstraße durch Fichtenwald. Das gedämpfte Motorengeräusch des modernen Busses und die weiche, sanft schwankende Federung machten es unmöglich zu sagen, wie schnell der Busfahrer eigentlich fuhr.

Ich rief Lexbase auf, eine Datenbank, in der man Gerichtsurteile der schwedischen Justiz recherchieren konnte. Bisher hatte ich sie noch nie verwendet, da sie mir wie vielen anderen Juristen auch suspekt war, weil sie das Öffentlichkeitsprinzip zu sehr ausdehnte. Doch jetzt hatte ich keine Gewissensbisse, sie zu benutzen.

Ich hoffte, dass man nach Urteilen eines bestimmten Gerichts in einem bestimmten Zeitraum suchen konnte. Das war allerdings nicht möglich, man musste nach Personen oder Adressen suchen. Mit wenig Hoffnung tippte ich »Jacob Tessin« ein, wohnhaft in »Stockholm«, und ließ das Feld für die Personennummer frei. Keine Treffer. »Stefan Jakob Johansson« brachte auch kein Ergebnis. Ich versuchte es noch mit einigen anderen Wohnorten, Vorortgemeinden von Stockholm, zusammen mit dem Namen. Nacka. Solna. Gustavsberg. Botkyrka. Salem. Keine Treffer.

»Gibt es nicht eine Seite, auf der man verurteilte Sexualverbrecher und sowas recherchieren kann?«, fragte ich Henrik.

»Warum glaubst du, dass er wegen eines Sexualverbrechens verurteilt wurde?«

»Das glaube ich nicht. Aber vielleicht werden da auch Verurteilungen wegen Körperverletzung und Misshandlung aufgeführt.«

Ein paar Suchanfragen später hatte ich brottsling.se gefunden, genau die Art Seite, die mir vorgeschwebt hatte. Hier waren Pädophile und andere Sexualverbrecher mit Namen und oft auch mit Bild aufgeführt. Die Seite war auch aus anderen Gründen abstoßend, ständig wurde betont, dass Täter ausländischer Herkunft überdurchschnittlich oft Sexualverbrechen begingen. Doch damit konnte ich mich gerade nicht auseinandersetzen. Im Bereich »Sexualverbrechen« konnte man auch nach Regionen suchen. Hunderte Fälle waren aufgelistet, auch andere Verbrechenskategorien wie zum Beispiel Misshandlung von Frauen. Ich klickte darauf und erhielt etwa zwanzig Fälle über einen mehrjährigen Zeitraum, die allerdings nicht nach Ort durchsucht werden konnten. Also nur einen geringen Prozentsatz aller Fälle, in denen es in Schweden zu einer Verurteilung wegen häuslicher Gewalt gekommen war. Jacob, oder jemand, auf den die Beschreibung passen könnte, fand ich nicht.

Also eine weitere Sackgasse. Ich sah auf die Uhr: Eine gute Stunde waren wir schon unterwegs. Noch drei Stunden bis Ritsem. Aber ich beschwerte mich nicht, ich konnte jede Minute gebrauchen.

Auf der linken Seite blitzte ein lang gestreckter See zwischen den Bäumen auf, bleigraues Wasser unter bleigrauem Himmel.

Ich musste das Ganze anders angehen. Mit wem hatte ich damals in Nacka am Gericht zusammengearbeitet? Meine Mitreferendare waren sicher nicht mehr dort. Die Richter und Richterinnen wahrscheinlich schon noch, sie würden mir aber eher nicht helfen, wenn ich überhaupt jemanden erreichte. Nein, ich musste es über die Sekretärinnen versuchen, die teilweise schon seit vielen Jahren am Amtsgericht arbeiteten. Am besten hatte ich mich mit ein paar der Jüngeren verstanden, die in meinem Alter waren. Sie hatten vielleicht die Stelle gewechselt, doch in der Verwaltung war die Fluktuation nicht so groß wie bei den Juristen. Ich dachte vor allem an eine Person.

Ich suchte im Internet nach der Telefonnummer des Amtsgerichts Nacka und wählte. Es läutete, und kurz darauf wurde abgehoben.

»Guten Tag, mein Name ist Anna Samuelsson«, sagte ich, »ich habe vor ein paar Jahren als Referendarin am Amtsgericht Nacka gearbeitet.«

»Ah«, antwortete die Rezeptionistin fröhlich, »wie nett.« Sie schien meinen Namen nicht wiederzuerkennen. Vielleicht war sie von einer Zeitarbeitsfirma.

»Könnten Sie mich mit Ellen Runström verbinden, sie ist Justizsekretärin«, fuhr ich fort.

»Wie war das, Ellen Runström?«

»Ja, genau.«

»Tut mir leid, ich kann niemanden mit diesem Namen finden, sind Sie sicher, dass sie noch hier arbeitet?«

Verdammt. Ellen hatte mir immer geholfen.

»Nein, das bin ich nicht … Moment, ich überlege, ob ich mit jemand anderem sprechen könnte.«

Außer Ellen fiel mir niemand ein. Bis auf … diese ältere Frau, wie hieß sie noch gleich?

»Äh, könnten Sie mich dann mit Christina Pettersson, oder vielleicht auch Persson verbinden? Nein, Pettersson, glaube ich.«

»Wir haben eine Christina Pettersson, eine Assessorin. Meinen Sie die?«

Ja, das war sie. Eine steife Karrierejuristin. Sie würde sich niemals Zeit für mich nehmen, deshalb antwortete ich:

»Nein, das ist sie nicht. Ich dachte an eine Sekretärin.«

»Also, da wäre noch Anneli Pettersson, wenn Sie die vielleicht meinen?«

»Ja, genau, Anneli Pettersson.«

»Gut, dann verbinde ich Sie mal. Einen Moment.«

»Danke.« Es läutete eine gefühlte Ewigkeit, dann ertönte ein Klicken.

»Es tut mir leid, es geht niemand ran. Sie müsste aber im Haus sein. Wollen Sie es noch mal probieren?«

»Ja, danke.«

Die Rezeptionistin verband mich noch einmal, Anneli meldete sich jedoch wieder nicht.

Der Bus bog von der Straße ab, und der Fahrer verkündete über die Lautsprecher:

»Nächster Halt Stora Sjöfallet. Wir haben hier einen Aufenthalt von etwa dreißig Minuten. Weiterfahrt um 10:40 Uhr. Ich zähle die Passagiere nicht, wer also nach Ritsem weiterfahren möchte, ist bitte pünktlich zurück.« Der Fahrer schaltete den Motor aus. Der Aufenthalt war so unerwartet wie willkommen und bescherte mir eine weitere halbe Stunde mit Mobilnetz. Meine Hoffnung wuchs, dass ich nachweisen konnte, dass Jacob Tessin – oder wie auch immer er in Wirklichkeit hieß – wegen häuslicher Gewalt und Körperverletzung verurteilt worden war.

Henrik und ich gingen zur Treppe nach unten, Jacob und Milena näherten sich aus der anderen Richtung.

»Wir gehen rein und trinken einen Kaffee, oder?«, sagte Milena.

Ich nickte und deutete auf mein Handy, das ich demonstrativ ans Ohr gedrückt hielt.

»Die Arbeit.«

Wir gingen zur Fjällstation, in der es ebenfalls einen kleinen Ladenbereich mit allem gab, was man für eine Wandertour brauchte. Wahrscheinlich hätten wir hier alles für die Tage im Sarek besorgen können, doch Jacob hatte ja gemeint, dass wir in Staloluokta einkaufen könnten. Und wahrscheinlich würden wir überhaupt nicht in den Sarek fahren.

Wenn denn Anneli endlich mal ans Telefon ging, verdammt.

Wir traten in das geräumige Restaurant, ein rustikaler Neubau aus unbehandeltem, dunklem Holz mit großen Panoramafenstern. Hinter Kiefern und Fichten war der Stora Lulevatten zu sehen, der lang gezogene See, an dem wir eine Stunde entlanggefahren waren und der kein Ende zu nehmen schien. Ich bedeutete Henrik, mir einen Kaffee mitzubringen.

»Meldet sich Anneli immer noch nicht?«, hörte ich die Rezeptionistin im Ohr.

»Nein, leider nicht.«

»Wie gesagt, sie hat sich nicht abgemeldet. Soll ich ihr eine Nachricht hinterlassen, dass sie Sie zurückruft?«

Ich sah zu Jacob und Milena, die sich mit Kaffee und Zimtschnecken an einen Tisch gesetzt hatten. Jacob blickte in meine Richtung. Wirkte er wachsamer als zuvor? Misstrauischer? Oder bildete ich mir das nur ein? Ich wollte mich nicht zu ihnen an den Tisch setzen und dabei auf Annelis Rückruf warten. Ich konnte an nichts anderes denken, ob er wirklich der war, für den ich ihn hielt, zu Small Talk wäre ich nicht fähig.

»Danke, aber ich versuche es selbst gleich noch mal. Könnten Sie mir die Durchwahl geben?«

Ich holte mir am Selbstbedienungstresen einen Kaffee, während ich mir Annelis Durchwahl merkte und das Gespräch beendete. Das Handy hielt ich allerdings weiter ans Ohr gedrückt, damit es so aussah, als ob ich noch telefonierte. Gedämpft sagte ich zu Henrik:

»Ich gehe draußen ein paar Schritte.«

»Hast du etwas herausgefunden?«

»Noch nicht.«

Er setzte sich zu Jacob und Milena, während ich ins Freie spazierte.

Die graue Wolkendecke lag nicht mehr so tief und hatte sich

merklich aufgehellt. Es war windig, und weit im Westen sah ich ein Stück blauen Himmel. Vielleicht würde es aufreißen und doch noch schön werden. Ich ging einen Schotterweg entlang, an Gästehütten und einem Parkplatz vorbei hinunter zum Wasser. Tief atmete ich die norrländische Luft ein, die so anders war als die im Zentrum von Stockholm. Plötzlich wussten meine Lungen wieder, wie sich Luft eigentlich anfühlen sollte.

Ich nippte an meinem Kaffee und wählte Annelis Nummer. Jetzt war sie doch bestimmt wieder am Platz? Ich visualisierte, wie es klingelte, sie abnahm und ich ihre Stimme hörte.

Es läutete einmal. Zweimal. Dreimal. Viermal. Fünfmal.

Wieder keine Antwort. Ich überlegte, ob ich noch mal die Zentrale anrufen und nach einer anderen Sekretärin fragen sollte, doch meine Bitte war so außergewöhnlich, dass jemand, der mich nicht kannte, sehr wahrscheinlich sofort ablehnen würde. Anneli war meine beste Chance.

Vor mir sah ich das, was einmal der mächtige Stora Sjöfallet gewesen war, Schwedens Niagarafall, der seit dem großen Staudamm bei Suorva ein wenig flussaufwärts nur noch ein bescheidenes Rinnsal war. Jahrtausendelang war das Wasser über diese Felsen geströmt. Jetzt lagen sie trocken und nackt da.

Ich sah auf die Uhr, es war bereits halb elf. Mein Pulsschlag beschleunigte sich. Gleich würde der Bus abfahren. Die halbe Stunde Aufenthalt hatte doch nicht gereicht, mir die gewünschte Auskunft zu beschaffen.

Als ich zur Fjällstation zurückkam, lief bereits der Busmotor. Jacob und Milena saßen auf ihren Plätzen vor der Panoramascheibe, und Milena winkte mir zu. Ich lächelte schwach und winkte zurück. Jacob sah mich ausdruckslos an. Ich hatte das unangenehme Gefühl, dass er ahnte, was ich gerade trieb.

Ich trank meinen Kaffee aus, warf den Becher in den Abfalleimer und stieg ein. Die Rentner mit den Trekkingstöcken waren nicht mehr da, nur wir Tourengeher fuhren weiter nach Ritsem. Ich ging nach oben, Henrik saß auch schon auf seinem Platz. Noch bevor ich mich hingesetzt hatte, fuhr der Bus los.

»Wie läuft es?«

»Schlecht«, antwortete ich leise. »Ich muss jemanden erreichen, und sie nimmt nicht ab.« Erneut wählte ich Annelis Nummer. Es läutete. Glaubte ich denn selbst noch daran, dass ich zu ihr durchkommen würde?

Der Bus bog auf die Straße Richtung Ritsem ein und beschleunigte.

»Ich habe nachgedacht«, sagte Henrik gedämpft. »Ich finde, wir sollten die Reise abbrechen. Du wirst vermutlich nicht herausfinden können, was es mit Jacob auf sich hat, und es wird dir keine Ruhe lassen.«

»Und Milena?«

»Sprich mit ihr und erzähl ihr von deinem Verdacht. Dann soll sie selbst entscheiden.«

Wir fuhren auf eine Anhöhe und sahen plötzlich die Berge hinter dem Staudamm. Eine schroffe Felswand, einige Hundert Meter hoch, die sich kilometerweit vor uns erstreckte. Und in der Ferne schneebedeckte Gipfel, die im Sonnenschein glänzten. Ja, das Wetter wurde besser.

»Hallo, Anneli am Apparat?«, ertönte plötzlich eine Stimme an meinem Ohr.

Überrascht zuckte ich zusammen.

Danke, lieber Gott. Danke.

Eigentlich hatte ich schon aufgegeben, wurde mir klar. Jetzt stammelte ich hastig und mit unnatürlich gepresster und hoher Stimme eine Antwort.

»Hallo, Anneli, hier ist Anna Samuelsson! Ich weiß nicht, ob du dich an mich erinnerst.« Ich sah zu Henrik, der meinen Blick erwiderte, und hielt den gestreckten Daumen hoch. Anneli antwortete:

»Klar doch. Das ist aber eine Überraschung.«

Bei ihrer Stimme sah ich sie vor mir: eine Frau ungefähr Anfang sechzig, klein mit kantigem Gesicht, gerade geschnittenem Pony und halblangen Haaren. Anneli arbeitete schon ewig beim Amtsgericht Nacka, sie war erfahren und professionell, nie unfreundlich, aber reserviert. Ich wusste nichts von ihrem Privatleben, genauso wenig, wie sie etwas von meinem wusste. Ich war mir nicht sicher, ob sie mir helfen würde. Aber sie war meine beste, meine einzige Chance.

Wir tauschten ein paar Floskeln, doch an ihrem geschäftsmäßigen Ton hörte ich, dass sie eigentlich keine Zeit für Small Talk hatte, ebenso wie ich.

»Also, weshalb ich anrufe … Ich bräuchte Hilfe bei etwas, und mir ist klar, dass das nicht in deinen normalen Aufgabenbereich fällt, aber für mich ist es sehr wichtig und außerdem leider auch wirklich dringend«, sagte ich, um meine seltsame Anfrage einzuleiten.

»Okay«, erwiderte Anneli neutral.

»Ich versuche die Identität eines Mannes zu ermitteln, der wegen häuslicher Gewalt verurteilt wurde. Es war einer meiner ersten Fälle am Amtsgericht und muss im April oder Mai 2015 gewesen sein.« Ich machte eine kleine Pause, falls sie etwas sagen wollte, doch sie schwieg. Kein gutes Zeichen. Ich sprach weiter.

»Jetzt frage ich mich, ob du mir dabei helfen kannst. Wie gesagt, es ist leider sehr dringend. Ich bräuchte die Informationen innerhalb der nächsten Stunde.« Wieder machte ich eine Pause. Es war immer noch still.

»Anneli? Hallo?«

Ich sah aufs Display, die Leitung war tot. Null von vier Balken. Kein Netz.

»Gottverdammte Scheiße …«, fluchte ich unterdrückt. Henrik sah auf sein Handy.

»Ich habe auch kein Netz«, sagte er.

Ich vergrub das Gesicht in den Handflächen.

Das durfte nicht wahr sein.

Kapitel 12

Die Straße verlief parallel zum See über dem Staudamm, sie war jetzt sehr viel schmaler und in schlechterem Zustand, der Asphalt gesprungen und uneben. Der Bus fuhr langsamer, und falls uns ein Auto entgegenkommen sollte, würden wir zurücksetzen müssen. Rechts von uns ragten die Berge hoch auf. Kleine bewaldete Gipfel lösten einander ab, die Landschaft erinnerte eher an Südchina oder Vietnam als an Norrland. Auf der anderen Seeseite, diverse Kilometer entfernt, sahen wir die ersten großen Bergmassive des Sarek, deren schneebedeckte Gipfel in den Wolken verschwanden.

»Lass es gut sein«, sagte Henrik und nahm meine Hand. »Ich sehe doch, dass es dich quält. Wir brechen die Reise ab.«

Ich zog meine Hand zurück. »Hör auf«, zischte ich. Bevor ich nicht wirklich alle Möglichkeiten ausgeschöpft hatte, würde ich nicht aufgeben. Ich stand auf und ging zu Jacob und Milena, atmete tief durch und sagte:

»Jacob, ich habe kein Netz mehr, muss mich aber noch um etwas in der Arbeit kümmern. Dürfte ich mir dein Satellitentelefon ausleihen?« Jacob sah mich an.

»Das ist kein Satellitentelefon, sondern ein Tracker.«

»Äh, ein was?«

»Damit kann man nicht telefonieren, nur Nachrichten schicken. An vorab eingestellte Adressen.« Mir wurde das Herz schwer.

»Okay, ich verstehe. Und ihr habt auch kein Netz?«

»Nein«, antwortete Milena. »Ist es dringend?«

»Ja, leider. Ich muss versuchen …«

»Ich dachte, du hättest Urlaub?«, sagte Jacob leicht unterkühlt.

»Das habe ich auch. Aber manchmal muss trotzdem etwas erledigt werden.«

Milena wirkte besorgt.

»Tut mir leid … Das Netz ist hier nicht gut.«

Ich nickte.

»Na gut, dann weiß ich Bescheid.« Ich wollte zu meinem Platz zurückgehen, da sagte Jacob: »In Ritsem steht ein Handymast. Da hast du wieder Netz.«

»Wirklich?«

»Aber der Hubschrauber wartet schon auf uns, du hast also nicht viel Zeit zum Telefonieren.«

»Nein. Aber trotzdem gut zu wissen. Super.« Ich ging zu meinem Platz, meine Hoffnung nur eine zarte Flamme, die aber immer noch brannte.

»In Ritsem steht ein Handymast«, sagte ich leise zu Henrik. »Es kann sich immer noch klären.« Er sah mich nur ergeben an.

Ich versuchte, auszurechnen, wie viel Zeit mir bleiben würde. Leider war die Reichweite der Masten hier oben in den Bergen begrenzt. Ich würde also wahrscheinlich wieder Netz haben, wenn wir in der Nähe von Ritsem waren. Vielleicht eine Viertelstunde vor der Ankunft. Wenn der Hubschrauber dann wirklich schon auf uns wartete, würde es wohl fünf Minuten dauern, das Gepäck zu verstauen und einzusteigen. In der Luft würden wir nach weiteren fünf Minuten kein Netz mehr haben, überlegte ich. Mit ein bisschen Glück blieben mir also noch fünfundzwanzig Minuten.

Das sah überhaupt nicht gut aus.

Aber ich konnte nur warten. Jede Minute überprüfte ich die Balken auf dem Handy. Jedes Mal null von vier.

Zum ersten Mal riss die Wolkendecke richtig auf, und eine Weile war der sich windende Weg in Sonnenlicht getaucht. Der See neben uns glitzerte zwischen den Schatten, den die rasch dahinziehenden Wolken aufs Wasser warfen.

Jacob kam zu uns und beugte sich dicht über mich, als er zu den Bergen auf der anderen Seeseite zeigte.

»Seht ihr? Da drüben ist der Ähpar. Dann kommt das Sarektjåhkkå-Massiv.«

»Schön«, murmelte Henrik. Auch über dem Sarek riss die Wolkendecke auf, wir sahen ein paar schroffe Gipfel, bevor sich wieder Wolken davorschoben. Jacob lehnte sich auf die Kopfstütze vor mir, er beugte sich immer noch über mich.

»Man kann von Suorva aus reingehen, am Staudamm. Von da ist man schnell im Sarek, der Weg ist am Anfang allerdings eher langweilig und für Sarek-Verhältnisse ziemlich bevölkert.«

»Wie lange ist es noch bis Ritsem?«, fragte ich. Jacob lächelte.

»Scheint ja sehr wichtig zu sein, was du für die Arbeit erledigen musst.«

»Ja, das ist es.«

»Geht es um Leben und Tod?«

Ja, das könnte durchaus sein. Du verdammter Frauenschläger.

»Wahrscheinlich nicht.«

»Na also.« Jacob deutete in Richtung der Berggipfel auf der anderen Seite des Sees.

»Hier hast du eine der schönsten Aussichten der Welt. Genieß sie.«

Schweigend sah ich aus dem Fenster, zu den Bergen im Nationalpark hinüber. Und ja, sie sahen fantastisch aus. Aber was spielte das für eine Rolle? Henrik hatte vielleicht doch recht, und wir sollten die Reise abbrechen, mit oder ohne Milena.

»Aber du weißt nicht, wie lange es noch bis Ritsem ist?«, wiederholte ich meine Frage.

»Nein«, antwortete er. »Eine halbe Stunde vielleicht. Da vorne seht ihr das Áhkká-Massiv, es liegt gegenüber von Ritsem. Es dauert also nicht mehr lange.«

Ich warf einen Blick auf mein Handy. Ich hatte einen Balken! Nur einen von vier, aber immerhin. Das Spiel war vielleicht noch nicht vorbei. Mit klopfendem Herzen wählte ich Annelis Nummer.

»Hast du Netz?«, fragte Jacob, und ich nickte. Ich hoffte, dass er kapierte, dass ich bei einem wichtigen dienstlichen Telefonat etwas Privatsphäre brauchte, doch er wich keinen Millimeter zurück.

»Wir fahren nicht den ganzen Weg bis hinauf zur Fjällstation«, sagte er. »Ich habe mit dem Fahrer gesprochen, er lässt uns am Hubschrauberlandeplatz raus.«

Henrik nickte. Ich hielt mir demonstrativ das andere Ohr zu. Jacob betrachtete mich, ohne sich zu bewegen.

In diesem Moment hasste ich ihn aus tiefster Seele.

Verschwinde, du Mistkerl. Hau ab.

»Hallo, Anneli am Apparat.«

»Hallo, hier ist noch mal Anna. Anna Samuelsson.« Ich stand abrupt auf und drängte mich an Jacob vorbei in den Mittelgang, musste ihn fast zur Seite schieben. Rasch ging ich nach hinten, um ungestört zu sein.

Endlich schien Jacob es kapiert zu haben und verzog sich wieder an seinen Platz neben Milena. Trotzdem wanderte ich im Mittelgang auf und ab, mein Puls war zu hoch, um mich hinzusetzen.

»Ah, hallo.«

»Tut mir leid, wir wurden unterbrochen. Ich weiß nicht, wie viel du noch gehört hast, aber ich brauche deine Hilfe.« Wieder erklärte ich mein Anliegen.

Wieder war es still am anderen Ende der Leitung.

Das ist nicht wahr. Bitte nicht schon wieder.

Dann räusperte sich Anneli.

»Ähm, ja. Da müsste ich dir helfen können.«

In diesem Moment liebte ich ihre trockene, ausdruckslose Stimme. Es bestand noch eine Chance.

»Danke, das wäre großartig«, sagte ich. »Leider ist es etwas eilig. Also sehr eilig.«

»Aha …«, meinte Anneli. »Ich kann versuchen, es bis morgen herauszufinden.«

Aus meiner Zeit am Amtsgericht Nacka wusste ich, dass das sehr schnell war. Ein großzügiges Angebot. Und trotzdem zu langsam für mich.

»Leider«, sagte ich und ignorierte das Unbehagen, weil ich um etwas Unverschämtes bitten musste, »bräuchte ich die Information sehr viel schneller. In spätestens einer halben Stunde.«

Annelis Stimme wurde noch spröder.

»In einer halben Stunde? Nein, das geht nicht.«

»Mir ist klar, dass ich kein Recht habe, dich darum zu bitten, aber …«

Anneli unterbrach mich.

»Ich muss bis zum Nachmittag eine Vorladung rausschicken, deshalb kann ich mich jetzt nicht um dein Anliegen kümmern.« Sie klang entschieden, es gab nichts zu diskutieren. Ich ärgerte mich, dass Ellen nicht mehr dort arbeitete, sie wäre jetzt schon auf dem Weg ins Archiv. Aber ich wollte noch nicht aufgeben. Gedämpft, aber eindringlich versuchte ich es weiter.

»Das verstehe ich, und normalerweise würde ich auch gar nicht darum bitten, aber meine beste Freundin will mit ihrem neuen Freund ins Ausland reisen, und ich habe ihn wiedererkannt«, sagte ich leicht verzweifelt. »Ich bin mir fast sicher, dass er der Verurteilte aus diesem Fall ist. Es kann sich also … um Leben und Tod handeln.«

Beste Freundin, Auslandsreise, neuer Freund. Ich hatte die Details ein wenig vereinfacht, aber nicht direkt gelogen. Anneli seufzte wieder.

»Ja, aber …« Ich hörte ein leichtes Zögern in ihrer Stimme, sie klang weniger abwehrend. Es war also noch nicht vorbei.

»Du weißt ja, wie viele Verhandlungen sich in ein paar Monaten ansammeln, die alle aus dem Archiv zu holen würde schon eine Weile dauern«, fuhr sie fort.

»Bengt war der Richter, Bengt Åkerberg. Du musst also nur seine Fälle holen und nur die, bei denen es um Gewalt in der Partnerschaft ging. Und nur im April und Mai.« Wieder wurde es still.

»Anneli? Ich bitte dich wirklich …«

»Ja, ich gehe ja schon runter und schaue nach«, sagte sie schließlich knapp und ein wenig aufgebracht. »Aber ich investiere nur zwanzig Minuten dafür.«

»Danke! Vielen Dank, Anneli, das ist …«

»Ich hole nur das, was ich sofort finde«, unterbrach sie mich. »Und damit tue ich sowieso schon mehr, als ich eigentlich sollte.«

»Das weiß ich, Anneli. Vielen, vielen Dank. Rufst du mich dann an?«

»Ja, das mache ich.« Dann beendete sie das Gespräch. Henrik sah fragend in meine Richtung. Ich atmete tief durch und ging zu ihm.

»Sie hat versprochen, nachzusehen.«

»Und was heißt das?«

»Dass sie runter ins Archiv geht und schaut, was sie finden kann. Was dachtest du?«

»Aber was willst du dann mit den Informationen machen?«

»Wenn es wirklich Jacob ist, dann brechen wir die Reise ab, ganz einfach.«

»Und wenn es nicht Jacob ist, machen wir weiter wie geplant?«

Ich schwieg.

»Du wirst dich verdammt schnell entscheiden müssen, überleg dir also lieber vorher die Alternativen«, sagte Henrik gedämpft und sah nach vorn zu Jacob und Milena. »Du weißt, was ich denke.«

In diesem Moment wurde der Bus langsamer. Auf der anderen Straßenseite führte ein Schotterweg hinunter zum Wasser und einer Grasfläche mit einer kleinen Baracke. Mein Magen verkrampfte sich.

Nein. Noch nicht.

Es knackte in den Lautsprechern, und der Fahrer verkündete:

»Hubschrauberlandeplatz, da wären wir.«

Wir mussten aussteigen.

Kapitel 13

Wir gingen mit unseren Rucksäcken den kleinen Abhang hinunter. Hinter uns fuhr der Bus mit den anderen Wanderern zur Fjällstation weiter. Jacob war guter Laune und erzählte, dass man früher mit dem Boot über den See fahren und vom Norden in den Sarek hineinlaufen konnte, über das Áhkká-Massiv, doch der schwedische Tourismusverband hatte die Linie eingestellt. Als er die Sarek-Traverse gegangen war, hatte er auch die Áhkká-Gipfel bestiegen.

Henrik machte zustimmende Geräusche und nickte, wirkte aber leicht abwesend. Nicht zu wissen, ob wir gleich in den Hubschrauber einsteigen oder die Reise abbrechen würden, machte ihm offensichtlich zu schaffen. Doch darauf konnte ich jetzt keine Rücksicht nehmen.

Ich schwieg. Mein Bauch war ein einziger Knoten. Ich sah Richtung Berge. Das Áhkká-Massiv sah vornehm und würdevoll und uneinnehmbar aus. Ich sah es zum ersten Mal, und nun würde ich diesen Anblick für immer mit leichter Übelkeit verbinden. Stresshormone pulsierten durch meinen Körper, das Blut pochte in meinen Schläfen. Ich konnte die majestätische Schönheit vor mir nicht genießen.

In dem Augenblick hörte ich den Hubschrauber. Das Geräusch entfernte sich zuerst wieder, kam dann zurück und wurde lauter. Rotorblätter, die die Luft durchschnitten. Schon bald entdeckte ich den kleinen schwarzen Fleck, der sich vor dem immer blaueren Himmel abzeichnete. Mein Bauch verkrampfte sich noch mehr.

Eine junge, schwarz gekleidete Frau kam aus der Hütte. Sie kaute Kaugummi und sah uns mürrisch an.

»Seid ihr die Gruppe nach Stalo?«, fragte sie mit breitem norrländischem Akzent.

»Ja«, bestätigte Jacob.

»Dann seid ihr hier richtig. Habt ihr die Rucksäcke gewogen?« Die Frau deutete auf eine Waagschale, die an einem Pfosten befestigt war.

»Nein. Wie viel dürfen wir denn mitnehmen?«

»Jeder zwanzig Kilo. Also achtzig insgesamt.«

Der Hubschrauber landete in einem weiten Bogen und wirbelte Gras und Staub von der Wiese auf. Der Lärm war ohrenbetäubend. Milena deutete auf die Hütte und rief der jungen Frau zu:

»Gibt es hier eine Toilette?«

Die junge Frau nickte und bedeutete Milena, ihr zu folgen. Ich schloss mich an. Wir ließen unsere Rucksäcke bei Jacob und Henrik und gingen in die Hütte. Die junge Frau deutete auf die Toilettentür.

»Ich muss leider noch auf einen Anruf warten, bevor wir losfliegen können«, sagte ich zu Milena, »denn dann haben wir sicher kein Netz mehr.« Milena nickte.

»Okay. So eilig haben wir es ja nicht.«

Sie ging zuerst auf die Toilette, während ich weiter auf das Handydisplay starrte und meine letzten Anrufe aufrief. Zwölf Minuten waren vergangen, seit ich mit Anneli gesprochen hatte. Und der Hubschrauber wartete abflugbereit auf uns. Anneli hatte gesagt, dass sie höchstens zwanzig Minuten dafür aufwenden würde. Dann müsste sie in spätestens acht Minuten anrufen.

Acht Minuten. So lange sollte ich den Abflug hinauszögern können. Dann würde ich noch ein paar Minuten brauchen, um etwas mit den Informationen von Anneli anzufangen.

Das Rotorengeräusch wurde leiser und erstarb, der Pilot hatte offensichtlich den Motor ausgeschaltet. Nach Milena benutzte ich die Toilette und blieb danach noch sitzen, das Handy fest in der Hand. Kein Laut war von dem Hubschrauber zu hören. Ich sah vor mir, wie die anderen die Rucksäcke einluden. Zwei Minuten vergingen. Vier. Sechs. Anneli meldete sich nicht.

Verdammt. Mach schon, Anneli. Bitte, bitte, beeil dich.

Draußen wurden Schritte laut, dann klopfte die junge Frau an die Tür.

»Hallo? Die anderen sind jetzt abflugbereit.«

»Ja, ich komme«, rief ich zurück. Langsam stand ich auf, wusch mir ruhig und systematisch die Hände, trocknete sie mit einem Papierhandtuch ab. Wieder sah ich auf die Uhr. Sieben Minuten, siebeneinhalb.

»Alles okay da drin?«, rief die junge Frau.

Ich öffnete die Tür und ging nach draußen.

»Alles in Ordnung.«

»Fliegst du zum ersten Mal? Da sind viele nervös.«

Ich lächelte angespannt.

»Alles okay.«

Ich ging ins Freie. Die anderen standen mit der Pilotin, einer jungen Frau in dunkelblauem Overall und mit blondem Pferdeschwanz unter einer Baseballkappe, vor dem Hubschrauber. Auch sie kaute Kaugummi. Die Rucksäcke waren offensichtlich schon verstaut.

»Also, wollen wir?«, fragte Jacob, als ich mich näherte. Ich schwenkte leicht das Handy und sagte:

»Sie müssten jede Sekunde zurückrufen.« Dann streckte ich der Pilotin die Hand hin.

»Hallo, ich heiße Anna.«

»Hallo, ich bin Jenny.« Sie lächelte.

»Tut mir leid, ich muss nur noch auf einen Anruf warten.«

»Wir sind schon ein bisschen spät dran«, warf Jacob ein, »und Jenny muss weiter, sie hat noch ein paar Flüge heute. Wir müssen jetzt also wirklich los.«

»Ach was, so eilig ist es auch wieder nicht«, sagte Jenny beruhigend. »Fünf Minuten können wir noch warten.« Ich nickte erleichtert.

»Danke. Das ist sehr nett.«

Jacob atmete genervt ein. Wahrscheinlich eher, weil wir nicht taten, was er sagte, und weniger wegen der Verspätung.

»In fünf Minuten fliegen wir«, schärfte er mir ein, »egal, ob du dann fertig telefoniert hast oder nicht.«

Ich nickte. Henrik schwieg, und ich sah ihm an, wie unangenehm ihm das alles war. Er wusste, dass ich die anderen wegen Annelis Rückruf ewig warten lassen würde.

Ich ging ein paar Schritte zur Seite, damit mich die anderen nicht belauschen konnte. Außerdem konnte ich sowieso nicht stillstehen, ich ging hin und her und wiegte mich auf den Fußballen.

Die Minuten vergingen. Die anderen beim Hubschrauber ließen mich nicht aus den Augen. Ich sah auf die Uhr: Vierundzwanzig Minuten waren seit dem Gespräch mit Anneli vergangen. Sie hätte schon angerufen haben müssen. Vielleicht hatte sie das mit den zwanzig Minuten auch nur so gesagt, und unten im Archiv verstrich die Zeit, und sie würde sich erst in einer Stunde melden?

Noch eine Minute verging. Jacob sah auf die Uhr, dann sagte er etwas zu Jenny, die nickte und ins Cockpit kletterte, wo sie den Motor startete.

»Abflug!«, rief Jacob mir zu und tippte mit dem Finger auf seine Armbanduhr. Ich starrte weiter auf mein Handy. Sollte ich Anneli noch einmal anrufen? Würde das etwas bringen? Eher nicht. Sie würde mich sicher direkt zurückrufen, wenn sie aus dem Archiv zurück war. Aber irgendetwas musste ich tun, auch wenn es sinnlos war, deshalb wählte ich ihre Nummer noch einmal.

Der Hubschrauber wurde immer lauter, die Rotorblätter drehten sich schneller. Henrik kam zu mir.

»Wir können nicht länger warten, Anna. Wir müssen los.«

»Ich steige erst ein, wenn ich mit Anneli gesprochen habe.«

»Okay, aber dann müssen die anderen ohne uns fliegen. So geht das nicht.«

»Schwachsinn, so eilig kann es doch gar nicht sein! Wir haben höchstens eine Viertelstunde Verspätung.«

»Ja, aber …«

»Nur Jacob drängelt!«

Der Motor lief jetzt beinahe mit voller Kraft, das Gras um den Hubschrauber wurde nach unten gedrückt, Staub und Schotter wirbelten vom Wendeplatz, auf dem ich stand, auf. Jacob marschierte entschlossen auf mich und Henrik zu.

»Also, was ist jetzt?«

»Ich muss auf den Rückruf warten!«, schrie ich laut zurück, um den Hubschrauber zu übertönen.

»Und wir müssen los! Kommt ihr mit, oder bleibt ihr hier?«

»Dann fliegt eben los!«, schrie ich aufgebracht zurück. »Macht schon!«

Wütend starrten Jacob und ich einander an.

Glaubst du, dass ich bluffe, Jacob? Vergiss es, ich bluffe nie. Wir machen es so, wie ich will, oder gar nicht. Ich pfeif auf den Sarek. Der ist nächstes Jahr auch noch da, und danach auch.

Jacob sah mich genauso herausfordernd an, doch er hatte wohl nicht erwartet, dass ich sie ohne mich und Henrik losschicken würde. Jetzt würden wir gleich wissen, wie dringend er uns im Sarek dabeihaben wollte.

»Es verbraucht höllenviel Sprit, wenn der Hubschrauber warten muss«, schrie er und ignorierte meinen Widerstand. »Dafür müssen wir extra bezahlen!«

»Dann hätte sie vielleicht einfach nicht den Motor anlassen sollen«, gab ich zurück. »Oder vielleicht hat ihr ja auch jemand gesagt, dass sie ihn starten soll?«

Ich sah Wut und Überraschung in seinem Blick, aber auch noch etwas anderes, schwer Fassbares.

»Fliegt ihr ruhig«, sagte Henrik, »das ist in Ordnung! Das hier kann noch eine Weile dauern.«

Jacob schien ihn nicht gehört zu haben und starrte mich weiter an. Ich starrte zurück. Jetzt musste er irgendetwas tun, um sich nicht lächerlich zu machen. Milena und Jenny kletterten in den Hubschrauber.

Und da klingelte mein Handy.

Annelis Nummer erschien im Display. Ich meldete mich und trat ein paar Schritte zur Seite. Hinter mir sagte Jacob zu Henrik, dass er mir noch ein paar Minuten geben würde, danach würden sie abheben.

»Hallo, Anneli, danke für den Rückruf.«

»Hallo. Also, ich habe ein paar Verfahren gefunden, die auf deine Beschreibung passen.« Ich hielt mir das andere Ohr zu, um besser zu hören. Anneli sprach wieder mit ihrer üblichen ruhigen, spröden und kompetenten Stimme. Hoffnung und Anspannung in mir wurden immer stärker.

»Oh, toll!«

»Ich verstehe dich ganz schlecht«, sagte Anneli.

»Tut mir leid, hinter mir ist ein Hubschrauber, der gleich starten wird.« Ich ging noch ein Stück weiter und hielt die Hand über den Lautsprecher des Handys, während ich einen Blick zurück warf. Jacob stieg gerade ein.

»Am 18. Mai 2015 erging das Urteil in einem Verfahren, dem Bengt vorgesessen hat, Misshandlung der Ehefrau, verurteilt zu achtzehn Monaten Gefängnis, Verurteilter war Jimmy Toivonen, 870 519–2737.«

»Was war das, 870 519?«

»Ja. 870 519–2737.«

Wenn Jimmy 1987 geboren ist, dann war er jetzt zweiunddreißig. Viel zu jung, um Jacob zu sein.

»Okay, danke. Und der andere Fall?«

»Am 23. Mai, Misshandlung der Lebenspartnerin, verurteilt zu zwei Jahren und sechs Monaten, Verurteilter Kent Stefan Jernrud, 761 010–4139.«

»761010?«

»Genau. Und dann 4139.«

Ich hatte ein komisches Gefühl im Mund, etwa so, wie wenn man hungrig ist und auf etwas richtig, richtig Lust hat. Es schmeckte fast nach Blut.

Geboren 1976, dann war Kent Stefan Jernrud dreiundvierzig Jahre alt. Jernrud klang falsch. Falls er es war, wäre er nicht der erste verurteilte Verbrecher, der einen oder mehrere neue Namen angenommen hatte. Lars-Inge Andersson. Lars-Inge Svartenbrandt. Lars Ferm. Lars Patrick Carlander. Derselbe Mann, vier unterschiedliche Namen.

Und er hieß Stefan. Wie Stefan Jakob Johansson.

Alles passte. Er musste es sein.

Ich bat Anneli, den Namen noch einmal mit der korrekten Schreibweise sowie die Personennummer zu wiederholen und tippte beides ins Handy ein.

»Vielen, vielen Dank«, sagte ich. »Du hast mir einen Riesengefallen getan.«

»Kein Problem.« Anneli legte auf. Henrik war neben mich getreten und sah mich fragend an.

»Er ist es«, sagte ich. »Ich bin mir sicher.« Henrik nickte ernst. »Hieß er auch Jacob Tessin?«

»Nein, Kent Stefan Jernrud.«

Henrik überlegte und sah mich wieder fragend an.

»Okay, dann … sage ich den anderen jetzt, dass wir nicht mitfliegen?«

»Mach das«, antwortete ich. »Ich google ihn nur noch schnell.«

»Soll ich warten?«

»Nein, nein, er ist es. Geh nur.« Doch Henrik blieb stehen.

»Ich kann noch einen Moment warten, kein Problem. Wenn er es tatsächlich ist, musst du mit Milena reden.«

Milena stieg aus dem Hubschrauber und kam auf uns zu. Ihre Haare peitschten im Wind der Rotorblätter um ihren Kopf. Jacob fand es wohl unter seiner Würde, ständig hin und her zu laufen und zu diskutieren. Ich tippte den Namen in die Suchmaschine und erhielt einige Treffer. Ein Kent Stefan Jernrud wohnte in Flemingsberg und war dreiundvierzig Jahre alt, es war jedoch keine Telefonnummer oder etwas anderes Nützliches angegeben. Die anderen Treffer hatten nichts mit ihm zu tun. Er schien der einzige Mann in Schweden mit dem Nachnamen Jernrud zu sein. Ich rief die Bildersuche auf und erhielt ein paar Treffer zu einem gewissen Kent Jerker Nilsson und diverse Bilder zu verschiedenen Stefan Jerns, doch kein Bild von Kent Stefan Jernrud.

Was sollte ich jetzt daraus schließen? Wenn Jacob den Namen Kent Stefan Jernrud abgelegt hatte, könnte dieser natürlich noch in irgendwelchen Verzeichnissen sein.

Milena fragte mich, wie es aussah, und Henrik antwortete, dass wir wahrscheinlich nicht mitfliegen konnten.

»Die Arbeit«, erklärte er. »Leider etwas, das nicht warten kann.« Milena nickte, blieb aber stehen, wollte es wohl auch von mir hören.

Ich suchte bei Facebook und bekam einen Treffer. Kent Stefan Jernrud hatte einen Account, es schien ihn also zu geben. Ich rief das Profilbild auf, das eine Fjällandschaft zeigte.

Milena sah mich fragend an.

»Anna? Wir fliegen dann los, okay?«

Ich tippte auf den Reiter »Fotos«, und viele kleine Bilder von ein und derselben Person füllten das Display, in verschiedenen Umgebungen und Kontexten.

Ich erkannte den Mann wieder. Aber es war nicht Jacob Tessin.

Aus der Zeugenbefragung von Anna Samuelsson, Personennummer 880 216-3382, 18. September 2019, Krankenhaus Gällivare, durchgeführt von Kriminalinspektor Anders Suhonen.

»Was dachten Sie in dem Moment?«

»Ich war völlig überrascht. Ich war mir so sicher gewesen, dass er es war.«

»Und wie ging es weiter?«

»Ich habe kurz mit Henrik gesprochen, ihm die Fotos gezeigt. Das war nicht Jacob.«

»Aber Sie haben den Mann auf den Bildern wiedererkannt, nicht wahr?«

»Ja. Mir ist die Gerichtsverhandlung wieder eingefallen. Aber es war nicht die, bei der ich Jacob gesehen hatte.«

»Okay.«

»Ich sah immer noch vor mir, wie ich Jacob im Gerichtssaal gesehen hatte.«

»Ich verstehe.«

»Aber ich war mir natürlich nicht mehr so sicher. Ich war in dem Augenblick ziemlich verwirrt.«

»Ja.«

»Also … sind wir mit Milena zum Hubschrauber gegangen und losgeflogen.«

»Was hat Henrik dazu gesagt?«

»Nichts.«

»Er hatte die Reise eher abbrechen wollen, richtig?«

»Ja. Aber als es darauf ankam, fand er es wohl auch unangenehm, so kurzfristig auszusteigen. Der Hubschrauber wartete ja mit laufendem Motor auf uns.«

»Ja.«

»Also hat keiner von uns etwas gesagt.«

»Schaffen Sie es noch? Oder sollen wir eine Pause machen?«

»Nein, es geht schon.«

»Sie haben keine Schmerzen?«

»Nein.«

»Heute wirken Sie ein wenig wacher.«

»Ja.«

Schweigen.

»Auf jeden Fall … Wie sehen Sie das jetzt? Dass Sie sich wegen Jacob geirrt hatten?«

»Ich glaube nicht, dass ich mich geirrt habe.«

»Nein?«

»Ich habe ihn am Amtsgericht Nacka gesehen, als ich dort Referendarin war. Das weiß ich.«

»Okay.«

»Man kann Stefan Jakob Johansson doch bestimmt leicht überprüfen.«

»Natürlich, das werden wir tun.«

»Vielleicht habe ich irgendein Detail verwechselt. Vielleicht war nicht Bengt Åkerberg der Richter. Oder das Verfahren war nicht im Frühjahr, sondern im Herbst. Irgendwie so etwas.«

»Das ist möglich. Wir schauen uns das natürlich an.«

Schweigen.

»Wir hätten nie in den Hubschrauber steigen dürfen.«

Kapitel 14

Der Lärm war ohrenbetäubend, und es stank nach Treibstoff. Wir trugen alle Helme mit Mikrofon, damit wir uns verständigen konnten. Jenny hob behutsam ab und flog in einem weiten Bogen hinaus über den großen See. Die Wolken hatten sich verzogen, im Westen war der Himmel strahlend blau. Unter uns glitzerte das Wasser, das sich weit nach Nordwesten erstreckte und in viele kleinere Seen aufteilte. Die Erde unter uns sah zerrissen aus wie eine löchrige Plastiktüte.

Bald flogen wir über sanfte Bergkämme, die gelb und rot bewachsen waren. Wir überquerten den Nationalpark Padjelanta, der sich nach Süden zu ein paar lang gezogenen Seen hin erstreckte. Am Horizont sah ich das Sulitelma, das große Bergmassiv an der Grenze zu Norwegen. Links von uns lag das Áhkká, dessen Gletscher in der Sonne glitzerten und wo scharfe Bergrücken zwischen den Gipfeln verliefen. Dahinter konnte man die Gipfel im Sarek erahnen, die teilweise noch wolkenverhangen waren. Silberglänzende Wasserläufe schlängelten sich durch tief eingeschnittene Täler.

Der Anblick war atemberaubend. So etwas Schönes hatte ich noch nie im Leben gesehen.

Ansonsten war ich verwirrt und fühlte mich leer und erschöpft. Die Auseinandersetzung im Bordbistro war erst gestern Abend gewesen und keine vierundzwanzig Stunden her, doch es fühlte sich wie eine Woche an. Seither hatte ich ununterbrochen über Jacob nachgegrübelt und wer er in Wirklichkeit war. Ich hatte schlecht geschlafen. Am Morgen hatte ich noch geglaubt zu wissen, wo ich ihn schon einmal gesehen hatte, und alles darangesetzt, meinen Verdacht zu beweisen. Im Bus und auf dem Hubschrauberlandeplatz hatte ich unter großem Stress gestanden. Ich hatte gedacht, beweisen zu können, dass ich ihn vom Gericht her kannte, doch ich hatte mich geirrt.

Und jetzt schien ich aus der Blase, in der ich mich seit gestern Abend befunden hatte, herauszutreten. Desorientiert blinzelte ich ins Licht, und die Müdigkeit holte mich ein. Ich war wie ein Ballon und die Müdigkeit eine Nadel, doch ich platzte nicht mit einem Knall, sondern die Energie entwich mit einem stillen Zischen, und ich sank in mich zusammen. Kraft- und willenlos.

Wahrscheinlich konnte ich deshalb die fantastische Aussicht genießen. Gar nichts zu wollen, ist untypisch für mich. Ich bin in Gedanken fast immer woanders, setze mir Ziele und überlege, was ich tun muss, um sie zu erreichen. Doch jetzt wollte ich gar nichts und konnte voll im Moment sein. Wohin ich auch sah, hatte ich diesen magischen Blick über die Fjälllandschaft. Wenn ich den Rest meines Lebens nur noch das sehen würde, wäre ich zufrieden, dachte ich mir. Ich glaube sogar, dass ich glücklich war.

Jacob saß vorn neben Jenny.

»Wohin wollt ihr denn wandern?«, fragte sie. Auch sie sprach breites Norrländisch, aber etwas weicher als die junge Frau beim Landeplatz, sie kam wohl weiter aus dem Süden.

»Wir gehen durchs Álggavágge über Skárjá und dann durchs Rapadalen nach Süden«, erklärte Jacob.

»Álggavágge, ja. Da sind um diese Jahreszeit viele Bären.«

Wir anderen spitzten die Ohren, und Henrik und ich sahen uns an.

»Das ist mir nie aufgefallen«, sagte Jacob.

»Doch. Um diese Zeit wandern sie dorthin und fressen sich vor dem Winter voll. Mit allem, was sie finden können. Also viele Schwarze Krähenbeeren und Stockholmer.« Wir lachten alle, auch Jenny.

»Gut, dass ich aus Huddinge komme«, erwiderte Jacob.

»Die Bären nehmen es da nicht so genau«, meinte Jenny.

Ich sah zu Henrik und lächelte. Sein Lächeln war jedoch ein wenig steif. Jenny deutete nach links.

»Dort drüben könnt ihr den Álggajávrre sehen. Der grünblaue Fleck. Dort müsst ihr etwas rudern, um den Fluss zu überqueren.«

Jacob drehte sich zu mir um.

»Und, lohnt es sich, dass du mitgekommen bist?« Ich lächelte müde und nickte. Er erwiderte das Lächeln und zeigte mir den gestreckten Daumen. Henrik war gefesselt vom Anblick der schneebedeckten Berggipfel im Sarek. Ich legte meine Hand auf seine, und er drehte sich zu mir. Er sah mich liebevoll an, zärtlich. Ich streichelte ihm lächelnd über die Wange.

Der Flug hinunter nach Staloluokta dauerte etwa zwanzig Minuten. Staloluokta war eine samische Siedlung, wo sich auch eine Fjällstation befand, am Ufer des großen Sees Virihávrre, der an einem lang gestreckten Berg lag. Jenny flog einen Bogen und landete den Hubschrauber vorsichtig in einer kleinen Einfriedung am Wasser. Wir stiegen aus und bedankten uns für den fantastischen Flug, und sie wünschte uns Glück für unsere Tour in den Sarek. Wir holten unsere Rucksäcke aus dem Ladefach und gingen Richtung Fjällstation. Der Boden war weich und mit Heidekraut und Weidengestrüpp bewachsen.

Es war halb drei Uhr nachmittags, und wir hatten seit dem Morgen nichts Vernünftiges mehr gegessen, weshalb wir erst in Parfas Kiosk einkaufen und dann in der Fjällstation zu Mittag essen wollten.

Der Kiosk war eine kleine Holzhütte und erinnerte an eine

alte Würstchenbude. Er stand ein Stück entfernt bei den samischen Hütten und war geschlossen, doch als wir uns davorstellten, kam sofort ein freundlicher Mann aus einem anderen Gebäude und öffnete.

Ich hatte noch nie so viele Waren auf so wenig Raum gesehen. Jeder Quadratzentimeter an den Wänden, auf dem Boden und unter der Decke war mit allem zugestellt, was man für eine Fjällwanderung brauchen könnte. Konserven und Tütensuppen und gefriergetrocknete Trekkingmahlzeiten, Süßigkeiten und Snacks, Klopapier und Spülmittel und Flüssiggas, einheimische Produkte wie Wollhandschuhe und geräucherter Fjällsaibling, vakuumverpacktes Fleisch für tausend Kronen das Kilo. Wir kauften, was wir fürs Mittagessen und die restliche Woche brauchten, bedankten uns und gingen mit diversen Kilo mehr in den Rucksäcken zur Fjällstation.

Die Küche war einfach eingerichtet, mit Gaskochern. Wasser musste man aus großen Stahleimern schöpfen. Mit unserem Essen – Köttbullar mit Nudeln und Sahnesoße – setzten wir uns in den Essraum, der eine fantastische Aussicht über den Virihávrre bot.

Nachdem wir abgespült hatten, breitete Jacob seine Landkarte auf dem Tisch aus und zeigte uns, wo wir mit der Wanderung beginnen würden. Zuerst würde es einige Kilometer steil bergauf gehen, bis zur Südseite des Berges Stuor Dijdder, wo wir den Weg verlassen und zwischen einigen Seen hindurch Richtung Álájávrre wandern würden, dem See, den wir vom Hubschrauber aus gesehen hatten. Mit zwanzig Kilometern würde der erste Tag lang werden, aber wir wollten doch bestimmt so schnell wie möglich in den Sarek?

Wir waren satt und zufrieden, hatten es warm und wollten loslegen. Für uns klang der Plan ausgezeichnet.

Ich bezahlte für die Benutzung der Küche, und wir statteten

nacheinander noch einmal dem Plumpsklo einen Besuch ab. Vor uns lag eine Woche mit sehr primitiven Möglichkeiten, was diese Dinge anging, und der schlecht riechende Holzverschlag würde uns in ein paar Tagen bestimmt wie der Gipfel der Zivilisation vorkommen.

Wir schulterten die Rucksäcke und setzten uns in Bewegung. Der Weg führte an einer samischen Kirche vorbei, dann ging es bergauf. Jacob übernahm die Führung, und wir folgten ihm durch das Weidengebüsch. Nach ein paar Minuten blieb ich stehen und sah zurück. Wir waren schon ein gutes Stück vorangekommen, und unter uns lagen die Fjällstation und die samischen Hütten zwischen dem tiefblauen Virihávrre und dem Berg Unna Dijdder, der in allen Farben des Herbstes leuchtete. Hinter dem großen See ragte eine Bergkette mit schneebedeckten Gipfeln auf. Es war unglaublich schön.

Ohne es geplant zu haben, waren wir mitten in der herbstlichen Farbexplosion in Lappland gelandet. Ich machte ein Foto mit dem Handy. Die Sonne stand immer noch hoch am Himmel, und es war angenehm warm, wie an einem sonnigen Tag im Oktober in Stockholm. Ich stellte den Rucksack ab, zog die Windjacke aus und ging im T-Shirt weiter. Eine leichte Brise strich mir über Hals und Gesicht.

Milena hatte auf mich gewartet und lächelte. »Wunderschön, nicht wahr?«

»Ja«, sagte ich und lächelte zurück. »Ich könnte die ganze Zeit fotografieren.«

»Hat sich das Problem in der Arbeit eigentlich geklärt?«

»Ja. Sie brauchten nur mein Ja oder Nein.«

Wir unterhielten uns weiter über unsere Jobs, über neue Kolleginnen und Kollegen und gemeinsame Bekannte, die gekündigt und woanders eine neue Stelle angefangen hatten. Danach redeten wir über persönliche Dinge, nachdem wir zum ersten

Mal seit der Abfahrt unter uns waren. Die Vertrautheit seit unserem Kennenlernen in Uppsala vor zehn Jahren war auch dann noch da, wenn wir monatelang kaum Kontakt gehabt hatten.

Auf Fragen zu Jacob verzichtete ich. Wenn sie etwas über ihn erzählen wollte, würde sie das tun. Es war mir aber auch nicht mehr so wichtig, etwas über ihn herauszufinden. Im Rückblick erschienen mir die ganzen Nachforschungen und Anrufe völlig übertrieben. Ich hatte keine Angst mehr vor Jacob, war auch nicht mehr neugierig. Ich wanderte durch eine überwältigende Landschaft, zusammen mit einer Freundin, mit der ich gut reden konnte. Alles andere war unwichtig.

Der Weg führte hinunter in eine enge Schlucht voller Gestrüpp, danach ging es wieder steil bergauf, und wir mussten uns an Weidenzweigen hochziehen. Gut, dass es nicht regnete, der lehmige Weg wäre sonst kaum passierbar gewesen. Doch es war nur ein kurzer Abschnitt, und vom nächsten Bergrücken konnten wir zum Stuor Dijdder und den kleinen Seen am Fuß des Berges blicken.

Jacob und Henrik gingen ein paar hundert Meter vor uns. Worüber sie wohl redeten? Vielleicht schwiegen sie auch. Ich dachte an unsere früheren Fjällwanderungen: In den ersten Tagen unterhielten Milena und ich uns fast die ganze Zeit, und Henrik lief oft allein, später redeten wir von Tag zu Tag weniger. Nicht, weil wir einander satthatten, sondern weil das Wichtigste bereits gesagt war. Und wenn man ständig zusammen ist, wirkt das Schweigen auch nicht mehr unbehaglich.

Milena machte sich ein wenig Sorgen um Henrik. »Irgendwie scheint er nicht ganz er selbst zu sein«, sagte sie. »Er sieht müde aus.«

Sollte ich ihr erzählen, dass er sich den ganzen Sommer fast nicht aus der Wohnung bewegt hatte? Dass er zu einem Stubenhocker geworden war? Nein, das wäre zu privat. Daher antwortete ich, immer noch wahrheitsgemäß, dass er gerade einen Durchhänger bei der Arbeit hatte.

»Es nagt an ihm, dass er nicht Professor wird. Eigentlich hatte er schon vor ein paar Jahren damit gerechnet. Er findet, dass seine Karriere zu langsam vorangeht.«

»Aber muss es unbedingt Uppsala sein? Er könnte sich doch auch woanders eine Stelle suchen?«

»Ja … Auf jeden Fall hat er zum ersten Mal davon gesprochen, etwas anderes machen zu wollen.«

»Er will die Uni verlassen?« Milena klang überrascht.

»Ich glaube nicht, dass er es ernst meint«, fuhr ich fort. »Aber er kennt ja nur die Universitätswelt, hat nie was anderes gemacht.«

»Was soll er denn sonst auch machen? In einer Anwaltskanzlei anfangen?«

»Oder bei irgendeinem Amt oder einer Behörde. Keine Ahnung. Wie gesagt, ich glaube nicht, dass er es ernst meint.«

Wir waren bereits ein paar Stunden gelaufen, und der Körper hatte sich ans Wandern gewöhnt. Am Anfang ist der Rucksack immer schwer, der Körper hat einen anderen Schwerpunkt, und bei jedem Schritt geht man leicht in die Knie, um nicht das Gleichgewicht zu verlieren. Die Wanderstiefel sind hart, irgendein Muskel auf der Rückseite der Oberschenkel macht sich bemerkbar. Doch nach einer Weile ist man aufgewärmt, die Muskeln entspannen sich, der ganze Körper arbeitet. Der Puls ist angenehm beschleunigt, Endorphine werden freigesetzt, man fühlt sich leicht euphorisch.

Auf einmal sahen wir Jacob und Henrik nicht mehr. Wir waren vom Weg abgebogen und gingen zwischen den Seen entlang. Es ging auf und ab, mit kleinen Tümpeln und dichtem Gebüsch. Hier konnte man leicht den Überblick verlieren. Milena und ich blieben stehen und überlegten, welchen Weg wir nehmen sollten, als Jacob plötzlich ein Stück vor uns auftauchte und uns zu sich winkte. Wir gingen zu ihm.

Die Männer hatten einen windgeschützten Kessel zwischen drei Hügeln bei einem der Seen gefunden. Henrik kam gerade mit Wasser zurück. Jacob kochte Kaffee und füllte unsere Outdoortassen. Ich holte die kleine Flasche mit Milchersatz aus dem Rucksack und streute das weiße Pulver über meinen Kaffee. Wir hatten weder Gebäck noch Obst, doch Henrik reichte einen Plastikbeutel mit Erdnüssen und Rosinen herum. Der Boden war mit Moos und Heidekraut bewachsen und relativ trocken, weshalb ich mich ohne Isomatte hinsetzte und gegen einen Stein lehnte. Ich schlürfte den heißen Kaffee, fühlte mich ruhig und wach und genoss die Stille, den blauen Himmel und die Abendsonne.

Die anderen unterhielten sich darüber, welcher Kaffee am besten war – Espresso, Filter- oder Pulverkaffee. Jacob gab zu, dass er Pulverkaffee liebte und den Sinn von Espresso nie verstanden hatte. Milena und Henrik versprachen, es niemandem zu erzählen.

Nach einer halben Stunde wischten wir unsere Tassen mit ein wenig Moos aus und gingen weiter. Ich hielt die Landkarte in der Hand und sah, dass wir schräg den Unna Liemak hinaufwanderten. Daneben lag gleich der nächste Berg, der Stuor Liemak. Unna und Stuor, genau wie Unna und Stuor Dijdder. Vielleicht hieß das klein und groß? Der Stuor Liemak war ungefähr hundert Meter höher, meine Theorie könnte also stimmen. Die beiden Berge waren rund tausend Meter hoch, und ich dachte, dass sie hier im Sarek neben dem Áhkká-Massiv und dem Sulitelma Hügeln glichen. An jedem anderen Ort in Schweden wären sie mächtige Berge.

Zuerst gingen wir noch gemeinsam, doch schon bald liefen

Jacob und ich voran. Es ging weiter bergauf, ich war immer noch fit, der Puls leicht erhöht. Das Terrain war völlig anders, als ich es mir vom Blick auf die Karte her vorgestellt hatte. Ich hatte mit einem breiten Tal gerechnet, durch das wir zum Álájávrre hinunter wandern würden, stattdessen ging es die ganze Zeit bergauf. Wir kamen an einem Bach vorbei, den wir durchqueren mussten, was uns im Großen und Ganzen trockenen Fußes gelang. Ich füllte meine Wasserflasche. Vielleicht war das Gerücht bezüglich der anstrengenden Furten im Sarek ja übertrieben. Bei einem Rentierzaun hielten wir an und warteten auf Henrik und Milena, denen die Höhenmeter zunehmend zu schaffen machten. Vor allem Henrik, der schwitzte und mit rotem Gesicht keuchte.

»Wie geht es dir?«, fragte ich. »Willst du eine Pause machen?«

»Nein, schon gut«, sagte er kurzatmig und blieb stehen. »Wir schlagen doch bestimmt sowieso bald unser Lager auf und essen zu Abend?«

»Eine Stunde oder so machen wir noch«, sagte Jacob, »dann sind wir oben am Álájávrre. Da ist es verdammt schön.« Er hob den Rentierzaun an, wir schoben uns und die Rucksäcke darunter hindurch. Jacob nahm ein paar Energieriegel aus seinem Rucksack und verteilte sie an uns, bevor wir weitergingen.

Die Sonne ging langsam unter, es wurde kühl, und ich zog meine Jacke wieder an.

Endlich sahen wir das westliche Ende des Álájávrre, und vom nächsten Hügel hatten wir einen Blick über den ganzen lang gestreckten See. Auf der anderen Seite erhob sich ein kleinerer Berg, hinter dem die schneebedeckten Gipfel des Sarek aufragten. Allein schon, dass die mächtigen Berge in Sichtweite waren, verursachte Bauchkribbeln.

»Dort wollen wir hin«, sagte Jacob, beugte sich näher zu mir und deutete in die Richtung. »Ans Ende des Sees.«

»Heute Abend noch?«

»Ja, aber von hier ist es ein leichter Weg. Man geht einfach am Ufer entlang.«

Ich sah mich um. Henrik und Milena waren weiter hinten und außer Sicht. Leichte Unruhe machte sich in mir breit. Ich war allein mit Jacob Tessin. Doch das Gefühl verschwand genauso schnell, wie es gekommen war.

Kapitel 15

Wir gingen noch ein Stück weiter, hinaus auf eine große Fläche mit saftigem grünem Gras beim See. Ich holte Wasser, und Jacob baute den Campingkocher auf. Es dämmerte, war aber immer noch relativ hell. Der Himmel und die Berge am anderen Ufer spiegelten sich im Álájávrre. Ich hatte das schwindelerregende Gefühl, dass der Boden eine dünne Platte und der See ein Riss war, durch den man in den Himmel unter unseren Füßen sehen konnte.

»Man sagt, dass der Gipfel des Álátjåhkkå den schönsten Ausblick im ganzen Fjäll bietet«, sagte Jacob und zeigte auf den Berg, zu dessen Fuß wir saßen. Die Minestrone kochte, und ich holte Roggenfladen und eine Tube Krabbenkäsecreme aus dem Rucksack.

»Welcher?«, fragte ich. »Ich sehe eine ganze Bergkette.«

»Der hinterste, glaube ich«, antwortete er und sah auf der Landkarte nach. »Er ist auch der höchste. 1430 Meter hoch.«

»Du warst noch nicht auf dem Gipfel?«

»Nein. Und das klappt heute auch nicht mehr, wenn wir noch ans andere Ende vom See wollen.«

»Wie oft warst du schon im Sarek?«

»Das ist jetzt das vierte Mal. Den Weg hier bin ich aber erst einmal gegangen.«

Jacob erzählte, dass er bei seinen ersten Wanderungen im Sarek zwischen fünfundzwanzig und dreißig gewesen und hauptsächlich geklettert war. Er und seine Freunde wollten die höchsten Gipfel des Sarektjåhkkå-Massivs bezwingen, ihre Grenzen austesten. Dann hatte es zehn Jahre bis zur nächsten Reise gedauert, und da hatte er den Sarek ganz neu entdeckt, die schönen, engen Täler, in denen man keiner Menschenseele begegnete, das Delta am Ende vom Rapadalen, die majestätischen Elche beim Rovdjurstorget.

»Da habe ich mich ernsthaft in den Sarek verliebt«, sagte er.

Ein Gedanke vom gestrigen Abend kam zurück. Bei seinen ersten Besuchen war Jacob zwischen fünfundzwanzig und dreißig gewesen, dann vergingen zehn Jahre, da war er mindestens sechsunddreißig. Jetzt war er angeblich achtunddreißig. Wenn ich ihn fragte, wann er zum letzten Mal hier war, und er antwortete, das sei vor mehr als zwei Jahren gewesen, dann stimmte etwas nicht.

Doch ich überlegte nicht ernsthaft, eher wie auf Autopilot. Ich musste die Antwort nicht wissen, und ich fragte auch nicht nach. Jacob lächelte mich an.

»Aber jetzt erzähl mal von euren Wanderungen. Wo wart ihr schon?«

»Hat Milena dir das nicht erzählt?«, fragte ich zurück.

»Ein wenig. Ihr wart schon auf dem Kebnekaise, richtig?«

Wir erzählten von unseren Trekkingtouren und verglichen verschiedene Reiseziele. Wir waren uns einig, dass die Blåhammaren-Fjällstation das beste Essen im schwedischen Fjäll hatte.

Schließlich holten Henrik und Milena uns ein. Beide sahen erschöpft aus, als sie ihre Rucksäcke zu Boden gleiten ließen.

»Bist du müde, Schatz?«, fragte Jacob und umarmte Milena.

»Ja, jetzt bin ich müde«, antwortete sie keuchend.

»Die Suppe ist gleich fertig«, meinte ich lächelnd zu Henrik, der sich im leicht feuchten Gras ausstreckte, tief durchatmete und die Augen schloss.

»Ich muss mich nur ein paar Minuten ausruhen«, sagte er. Ich kniete mich neben ihn und gab ihm einen Kuss.

»Natürlich, mach nur. Wir haben Zeit.«

Ich holte mein Campinggeschirr heraus, und Jacob goss die Suppe direkt aus dem Topf hinein. Ich setzte mich auf einen Stein und aß, wobei ich leichte Unruhe darüber verspürte, dass Henrik jetzt schon so müde war, nach gut vier Stunden Wanderung. Gut, wir waren die meiste Zeit bergauf gegangen, aber es war nicht steil gewesen. Das Wetter war perfekt. Das waren keine guten Vorzeichen für die Strapazen, die einen im Sarek erwarten konnten.

Und ich spürte noch etwas. Etwas, wofür ich mich schämte und das ich nicht richtig benennen wollte.

Ärger. Henrik war schlechter in Form als früher. Vielleicht hatte er gedacht, dass wir die Fjällwanderung absagen würden, nachdem wir sie hatten verschieben müssen, und hatte deshalb weniger trainiert. Im Sommer war ich fast rund um die Uhr im Büro gewesen, weswegen ich natürlich nicht so genau wusste, was er tagsüber getrieben hatte. Aber er hatte sieben oder acht Wochen Urlaub gehabt, die er in der Stadt verbracht hatte, bis auf die eine Woche, in der er mit der Familie seines Bruders an der Westküste gewesen war.

Beim Wäschewaschen war mir aufgefallen, dass seine Sportkleidung nie im Wäschekorb lag. Wenn ich zu Hause gearbeitet hatte, hatte er meistens geschlafen, wenn er nicht gelesen oder Sudokus gelöst hatte. Ich selbst war wie immer fast jeden Tag ins Fitnessstudio in der Nähe der Arbeit gegangen. Wir hatten nicht wie sonst Zeit für ein paar Trainingswanderungen mit schweren Rucksäcken gehabt, und allein hatte er auch keine unternommen.

Henrik setzte sich mühsam auf und holte seinen Teller aus dem Rucksack.

»Du wirst sehen«, sagte Jacob aufmunternd, »ein bisschen heiße Suppe, dann geht's dir wieder besser.« Henrik lächelte bleich und hielt ihm seinen Campingteller hin.

Wir aßen weitgehend schweigend. Es war halb neun Uhr abends und wurde jetzt schnell dunkel und kalt. An einem sonnigen Septembertag wie heute konnte man fast glauben, dass es noch Sommer war, doch am Abend war die Illusion vorbei. Heute Nacht könnte es sogar um die null Grad werden. Das war kein Problem, unsere Schlafsäcke hielten das aus, aber das Zähneputzen und so weiter würde eine kalte Angelegenheit werden.

Jacob war als Erster fertig und kochte Wasser für eine Tasse Kaffee. Henrik sah ihn fragend an.

»Aber … wir schlagen hier doch unser Lager auf, oder?«

Jacob lächelte. »Nein.«

Stille. Milena sah unsicher aus, Henrik warf mir einen Blick zu.

»Aber es ist doch fast dunkel?«

»Ach was, noch längst nicht«, sagte Jacob. »Die Augen gewöhnen sich daran. Nein, ich finde, wir sollten noch weiter am See entlanggehen, bis ans andere Ende. Dann sind wir morgen zum Mittagessen im Sarek.«

Henrik wirkte skeptisch. Jacob sprach weiter.

»Das ist ein superleichter Weg. Man geht einfach am Ufer entlang. Anderthalb, maximal zwei Stunden.«

»Aber dann ist es auf jeden Fall dunkel.«

»Wir haben doch alle Stirnlampen?« Jacob sah uns an. »Milena und ich haben zumindest welche dabei.«

Henrik sah mich an, doch ich schwieg. Ehrlich gesagt, wollte ich weitergehen, ich fühlte mich wach und munter. Er wandte sich an Milena.

»Wir zwei sind wohl am müdesten. Was denkst du?«

Milena zögerte. Jacob sah sie eindringlich an.

»Keine Ahnung, also, wegen mir können wir hier unser Lager aufschlagen, aber genauso auch weitergehen«, sagte sie defensiv.

»Mhm«, brummte Henrik. Er hatte gehofft, Unterstützung zu finden. Wir schwiegen.

»Es geht zumindest nicht bergauf«, sagte ich schließlich und sah Jacob an. »Die Strecke ist doch eben, oder?«

»Ja, ja. Total«, antwortete er. »Und wie gesagt, man läuft am Ufer entlang, das ist ein sehr leichter Weg.«

Ich nickte. »Dann sollten wir weitergehen, finde ich. Aber wir laufen langsam und bleiben zusammen.« Ich sah zu Henrik. »Was meinst du? Wäre das okay?«

Nach kurzem Zögern nickte er und sagte tonlos: »Ja.«

Plötzlich hatte ich ein schlechtes Gewissen. Ich hätte leicht durchsetzen können, dass wir hier die Zelte aufbauten. Vielleicht wollte ich Henrik bestrafen, weil er so wenig trainiert hatte.

»Gut«, sagte Jacob, ging zu Henrik und klopfte ihm auf die Schulter. »Wenn wir dort sind, bekommst du einen ordentlichen Schluck Lagavulin.«

Jacob hatte etwas Militärisches an sich, als wäre er ein Sergeant, der seine Männer antrieb, und als wüsste er genau, wie er sie motivieren musste. Zumindest sah er sich wohl selbst so. Aber Henrik hatte keinen Militärdienst geleistet, und er hasste rauchigen Single Malt Whisky. Der überschätzteste Alkohol in der Geschichte der Menschheit, sagte er immer.

»Danke«, erwiderte er knapp und stand auf. »Wollen wir?«

Ein paar Minuten später waren wir wieder unterwegs. Wir trugen alle unsere Stirnlampen, wollten sie aber erst einschalten, wenn es richtig dunkel war, um unsere Nachtsicht nicht unnötig zu verschlechtern. Noch konnten wir die schwarzen Umrisse der Berge von dem dunkelblauen Himmel unterscheiden. Hinter uns im Westen war es sogar noch heller.

Der Weg am Seeufer entlang war nur einen Meter breit, doch nach den vielen Höhenmetern des Tages war es eine angenehme Wanderung. Kleine Wellen schwappten träge über den Sand. Ich blieb bei Henrik und achtete darauf, nicht schneller zu gehen als er.

Jacob wollte wieder davonstürmen, doch als auch Milena in unserem Tempo weiterging, blieb er stehen und wartete. Am Anfang war Henrik wortkarg, aber als er merkte, dass die Wanderung wirklich einfach war und er die Geschwindigkeit bestimmen durfte, besserte sich seine Laune.

Als es schließlich stockfinster war, schalteten wir die Stirnlampen ein. Ich stellte mir vor, wie wir für jemanden aussahen, der ein paar hundert Meter über uns auf dem Berg stand: vier schmale Lichtkegel, die sich hin- und herbewegten und von der schwarzen Nacht verschluckt wurden. Ich kam mir wie eine Taucherin vor, die auf dem Meeresgrund dahinging. Es war ein Abenteuer und gleichzeitig irgendwie gemütlich. Ich hätte die ganze Nacht so weiterlaufen können. Da war sie wieder, die leichte Euphorie.

Alles war so, wie es bei unseren Fjällwanderungen sein sollte. Zwar war diesmal jemand dabei, den weder ich noch Henrik kannten, doch der Neuzugang hatte sich gut eingefügt. Sobald wir losgegangen waren, war alles wie immer gewesen. Und das musste ich Jacob zugestehen. Seit wir die eigentliche Wanderung begonnen hatten, war er rücksichtsvoll und entspannt und schien ganz in seinem Element zu sein.

Kurz vor dem anderen Ende des Sees wurde das Terrain wieder anstrengender, als der Sandstrand aufhörte und wir nicht länger direkt am Wasser laufen konnten. Kies wurde zu Geröll und Felsen, und plötzlich liefen wir durch eine Art Mondlandschaft, die nur ein paar Meter durch unsere Stirnlampen erleuchtet war. Jacob war nicht ganz ehrlich gewesen, was die Leichtigkeit und die Länge der Wanderung anging. Oder er hatte es seit seinem letzten Besuch hier vergessen.

Es war fast Mitternacht, als wir endlich am anderen Ende des Sees ankamen und die Zelte aufbauen konnten. Feuchte Nachtkälte zog über dem Álájávrre auf, und wenn man sich nicht mehr bewegte, fror man schnell. In tiefer Dunkelheit und bei steinigem Untergrund mussten wir erst einen guten Platz für die Zelte suchen. Nachdem Jacob und ich eine Stelle gefunden hatten, riefen wir nach Henrik und Milena, die zu müde zum Suchen gewesen waren.

Henrik war völlig erschöpft und fror so sehr, dass seine Zähne klapperten. Wir bauten die Zelte auf, rollten die aufblasbaren Isomatten und darüber die Schlafsäcke aus. Henrik putzte sich gleich vor dem Zelt die Zähne und kroch sofort in den Schlafsack. Ich war mittlerweile auch schrecklich müde, doch ich wollte nicht in meinen verschwitzten und kalt an der Haut klebenden Kleidern schlafen. Im Schein der Stirnlampe zog ich frische Unterwäsche, mein Handtuch und meinen Kosmetikbeutel aus dem Rucksack und ging zum See.

Ich musste über große Steine klettern, dann zog ich mich nackt aus, stellte mich in das eiskalte Wasser und wusch mich. Danach trocknete ich mich ab und zog frische Kleidung an. Die trockenen, sauberen Wollstrümpfe an den Füßen waren himmlisch.

Als ich zurückkam, war Milenas und Jacobs Zelt bereits dunkel. Das Geräusch des Reißverschlusses, als ich unser Zelt öffnete, durchschnitt die Stille. Auf allen vieren krabbelte ich hinein und in den Schlafsack. Henrik schlief bereits.

Diese Laute und Gerüche, an die ich mich aus meiner frühen Kindheit erinnerte, als ich mit meinen Brüdern im Garten gezeltet hatte: die Zeltwände, die sich im Wind bewegten, der Geruch nach strapazierfähigem Kunststoff. Der Körper schmerzte, aber auf eine gute Weise, und jetzt durfte er sich ausruhen. Ich lag im Warmen und war trocken.

Das hier könnte die schönste Wanderung werden, die ich je erlebt habe, dachte ich noch, bevor ich einschlief.

Kapitel 16

Die Wettergötter meinten es auch am nächsten Tag gut mit uns. Die Sonne schien, und die Luft war klar und kalt. Im Gras und auf den Steinen glitzerte noch der Tau. Obwohl ich als Letzte in den Schlafsack gekrochen war, war ich als Erste auf. Ich hatte gut geschlafen, war ein bisschen steif, aber ansonsten ging es mir gut.

Ich holte Wasser aus dem See und kochte Haferbrei mit getrockneten Blaubeeren zum Frühstück. Während ich Roggenfladen und Tuben mit Aufstrich hervorholte, kroch Milena aus dem anderen Zelt, streckte sich und gähnte.

»Guten Morgen«, begrüßte ich sie. »Gut geschlafen?«

»Geht so. Das Zelt steht nicht ganz eben, und ich bin dauernd aufgewacht, weil ich gegen die Zeltwand gerollt bin. Himmel, ist mein Rücken steif.«

Kurz darauf gesellte sich Jacob zu uns. Auch er gähnte und streckte sich. Milena umarmte ihn. Jacob war schweigsam und wohl noch nicht richtig wach, schien aber guter Laune zu sein. Wenn sich unsere Blicke trafen, lächelte er.

Unsere Stimmen hatten Henrik geweckt, der auf allen vieren aus dem Zelt kroch. Ich streckte mich ihm für eine Umarmung entgegen, und er legte mir etwas halbherzig einen Arm um die Schultern.

»Wie hast du geschlafen?«, fragte ich.

»Ganz okay«, antwortete er ausdruckslos.

Auch Henrik war schweigsam, strahlte allerdings im Gegensatz zu Jacob keinen Frieden und keine innere Ruhe aus, sondern wirkte geistesabwesend und nachdenklich. Manchmal tauchte er in düstere Grübeleien ab, und ich wusste, dass er auch auf Nachfragen hin nicht erzählen würde, was ihn beschäftigte. Nach ein paar Stunden hellte sich sein Gesicht normalerweise wieder auf, weshalb ich seiner Stimmung jetzt nicht viel Bedeutung beimaß. Doch diese Seite an ihm konnte ich nur schwer akzeptieren. Vielleicht weil ich so völlig anders bin. Ich kann auch mal schlechte Laune haben oder richtig stinkwütend werden und Leute anschreien, aber das geht schnell vorbei, und dann blicke ich wieder nach vorn. Ich sehe keinen Sinn darin, über Vergangenes nachzugrübeln. Etwas zu bereuen … Ja, klar. Man kann eine Situation analysieren und sich denken: »Hier hätte ich mich anders verhalten sollen.« Aber dann lässt man es hinter sich und blickt nach vorne.

Ich hatte auch das Gefühl, dass es sich mit den Jahren verschlimmert hatte. War es vor zehn Jahren, als wir ein Paar geworden waren, auch schon so gewesen? Nein. Die Neigung hatte er von Anfang an gehabt, ja, aber nicht so ausgeprägt.

Oder es lag an der Entscheidung von gestern, noch zwei Stunden weiterzuwandern, obwohl er lieber die Zelte aufgebaut hätte. Bei unseren Wanderungen herrschte die unausgesprochene, aber eindeutige Übereinkunft, dass der oder die Müdeste bestimmte, wie weit wir an einem Tag liefen. Gestern hatten wir dagegen verstoßen. Andererseits hatte er schon wieder entspannter gewirkt, als wir am Seeufer entlanggewandert waren.

Vielleicht hatte er auch nur schlecht geschlafen.

Wir beendeten langsam das Frühstück.

»Wie geht es dir, Henrik?«, fragte Milena, und er zuckte mit den Schultern.

»Ganz okay.«

»Du bist doch wohl nicht schon kaputt?«, fragte Jacob lächelnd.

»Nein.«

»Hattet ihr nicht gesagt, dass ihr schon viel im Fjäll gewandert seid?«

»Das stimmt auch.« Ich legte meine Hand auf Henriks. »Er beschwert sich manchmal ein wenig, aber er ist zäh wie eine alte Schuhsohle.« Mein Tonfall war neckend, doch ich erkannte sofort, dass Henrik es anders auffasste. Jacob bemerkte es nicht oder ignorierte es.

»Na ja, Schuhsohle nicht gerade, aber zäh und alt passt«, meinte er lachend und sah mich um Zustimmung heischend an, wollte sich mit mir gegen Henrik verbünden. Plötzlich war mir nicht mehr nach Scherzen zumute.

»Jacob …«, sagte Milena.

»Tut mir leid. War nur Spaß. Alles okay?« Jacob sah Henrik an.

»Jaja«, antwortete Henrik genauso ausdruckslos wie zuvor.

Ich stand auf. »Na los, packen wir zusammen und gehen wir weiter.«

Jacob erhob sich ebenfalls. Milena übernahm den Abwasch. Während Henrik und ich unsere Sachen packten, nahm ich ihn am Arm und sagte leise: »Bitte entschuldige, das war eine blöde Bemerkung. Du?«

»Mhm.«

»Henrik? Es tut mir wirklich leid.«

»Jaja, schon gut.«

Schweigend packten wir weiter, und ich wusste, dass überhaupt nichts gut war, aber es war sicher besser, wenn wir bald weiterwanderten.

Wir befanden uns am Fuß des Nuortap Rissávárre und gingen ein wenig bergauf, um den schlimmsten Geröllfeldern auszuweichen. Wir umrundeten den Berg auf der Südseite. Die Sonne stieg immer höher, und es wurde beständig wärmer. Der Sarek ragte vor unseren Augen auf, näher jetzt und noch beeindruckender. Der Berg reichte terrassenförmig bis hinunter zum See

Álggajávrre, dessen Wasser fast unwirklich blaugrün leuchtete. Hinter dem See erstreckte sich das Álggavágge zur Mitte des Nationalparks hin, ein enges, u-förmiges Tal mit steilen Bergen auf beiden Seiten. Die Gipfelkette auf der Südseite erinnerte an riesige Kühe, die mit gesenkten Köpfen aus ihrem Trog tranken. Wie weit war es hinunter bis zum See? Bis zum hintersten Berg im Tal? Bestimmt zehn Kilometer, doch es war kaum abschätzbar, angesichts dieser Großartigkeit verlor man das Gefühl für Proportionen.

Auf der anderen Seite des Sees, ein wenig den Berg hinauf, sah ich ein kleines Gebäude, und Jacob erklärte, dass es sich um eine Kapelle handelte, in der einmal im Jahr, im Sommer, ein Gottesdienst abgehalten wurde. Ich war nicht gläubig, aber mir war klar, dass ein Gottesdienst in dieser Umgebung ein ganz besonderes Erlebnis sein musste. Sogar ich war ergriffen und empfand so etwas wie Demut im Angesicht der Natur.

Jacob und ich gingen an einem langen Bergrücken entlang abwärts und schon bald lag die erste große Herausforderung der Wanderung vor uns: die Durchquerung des Alep Sarvesjåhkkå. Wir mussten ihn durchqueren, um an der Südseite des Álggajávrre weiterzugehen. Die Stromschnellen waren relativ breit und reißend. Hier und da ragten Felsen über die Wasseroberfläche, doch man konnte nicht erkennen, wie tief das Wasser in der Mitte war. Von unserem Standort aus wirkte es nicht so, als könnte man hindurchwaten.

Wir warteten auf Henrik und Milena, die gemächlich und tief ins Gespräch versunken heranschlenderten. Sie verstummten, als sie uns erreichten. Henriks Haare klebten verschwitzt an seiner Stirn. Er und Milena mussten eine Weile verschnaufen, während ich eine Plastiktüte mit Erdnüssen und Rosinen herumreichte.

»Der Fluss führt mehr Wasser, als ich dachte«, sagte Jacob.

»Wir folgen ihm stromabwärts, bis er in den See mündet, dort sollte man ihn leichter durchqueren können.«

Gemeinsam gingen wir weiter und kletterten von Grasbüschel zu Grasbüschel. An einigen Stellen war es sehr sumpfig, und wir stapften durch etwas, das einem Reisfeld ähnelte. Doch Jacob hatte recht: Bei der Mündung in den Álggajávrre teilte sich der Fluss in ein kleines Delta mit mehreren Wasserläufen und Kiesbänken. Das Wasser schien hier flacher zu sein, die Strömung war allerdings immer noch stark, und im Hauptarm war die Tiefe nach wie vor schwer einzuschätzen. Wir mussten lauter sprechen, um das Tosen des Wassers zu übertönen.

Jacob zog Stiefel und Socken aus und streifte ein Paar dünne Gymnastikschuhe über.

»Ich kundschafte mal den Weg aus«, sagte er, während er Hüft- und Brustgurt seines Rucksacks löste. »Öffnet die Riemen, denn wenn ihr im Wasser stürzt, müsst ihr den Rucksack abstreifen können, sonst verhakt ihr euch unter Wasser. Das ist lebensgefährlich. Versucht nicht, auf die Steine zu klettern, hangelt euch auf dem Grund voran. Auch wenn das Wasser tief ist.« Er holte ein Paar Teleskopwanderstöcke aus dem Rucksack und sah zu Henrik und mir.

»Habt ihr Stöcke dabei?«, fragte er, und wir schüttelten den Kopf.

»Okay, dann könnt ihr unsere ausleihen. Ich gehe voraus und werfe sie euch dann rüber. Vergesst nicht, dass ihr euch im Wasser immer auf drei Punkte stützen müsst. Fuß-Fuß-Stock oder Stock-Stock-Fuß. Hebt nicht Fuß und Stock gleichzeitig. Verstanden?«

»Ja«, sagte ich. Henrik nickte und schluckte angestrengt.

»Also dann«, meinte Jacob, »los geht's.« Er hängte die Wanderstiefel an den Rucksack und trat mit den nackten Füßen in den Gymnastikschuhen in die Stromschnellen.

»Verdammt, ist das kalt. Daran gewöhnt man sich nie«, beschwerte er sich. Die ersten Flussarme hatte er schnell durchquert und sprang geschickt mithilfe der Stöcke von Kiesbank zu Kiesbank. Einmal kletterte er auf einen Felsen und rief uns grinsend zu: »Ich wollte euch nur zeigen, wie man es nicht machen soll!« Er ging weiter bis zum Hauptarm, der vier bis fünf Meter breit war und in dessen Mitte keine Steine aus dem Wasser ragten. Das war kein gutes Zeichen.

Ruhig und methodisch machte er einen Schritt nach dem anderen durch das rasch dahinströmende Wasser und befolgte seinen eigenen Rat, immer mindestens drei Stützpunkte zu haben. Das Wasser rauschte über seine Füße und wirbelte um seine Knie. Langsam arbeitete er sich in die Mitte der Furt vor. Das Wasser reichte ihm nun bis zum Oberschenkel. Jacob war groß, uns würde das Wasser sicher bis zur Taille gehen.

Noch ein paar Schritte, und es wurde wieder flacher. Er drehte sich um und warf die Stöcke zu uns herüber, dann trat er auf eine Kiesbank. Ein paar weitere Wasserläufe lagen noch zwischen ihm und festem Boden, doch sie sahen unkompliziert aus. Er legte die Handflächen um den Mund und rief über das Tosen hinweg: »Milena! Los!«

Milena wirkte unsicher, doch sie schaffte es ohne Probleme bis zum Hauptarm, wo sie stehen blieb. Sie atmete tief durch und starrte auf das rauschende Wasser.

»Komm schon, Milena, du schaffst das!«, rief Jacob. »Na los!«

Zögernd ging sie Schritt für Schritt ins Wasser, das ihr fast bis zu den Knien reichte und an ihr zerrte. Dann verließ sie der Mut, sie sah zu Jacob und hob verzweifelt die Schultern.

»Du machst das super, weiter so!«

»Nein, es geht nicht!« Milena klang verängstigt. »Die Strömung ist so stark, sie reißt mir ständig den Fuß weg.«

»Doch, das geht schon«, versuchte Jacob, sie zu beruhigen.

»Nutz dein Gewicht, drück den Fuß gegen die Strömung. Stütz dich auf die Stöcke.«

Sie versuchte es noch ein paarmal, hob einen Fuß und versuchte, ihn aufzusetzen, doch sie hatte zu viel Angst.

»Es geht nicht …«, sagte sie resigniert. Jacob watete zurück ins reißende Wasser und streckte Milena die Hand entgegen, doch sie zögerte immer noch.

»Komm schon, verflucht noch mal!«, rief er schließlich, »es ist kalt.« Milena holte tief Luft, machte einen Schritt nach vorn und griff nach seiner Hand. Das Wasser reichte ihr bis zur Taille, und sie schrie auf. Einen Moment standen beide wie erstarrt, dann kämpften sie sich Schritt für Schritt auf die andere Seite.

Milena war zutiefst erleichtert, als sie endlich auf die Kiesbank klettern konnte. Sie atmete tief durch und lächelte. Sie und Jacob umarmten und küssten sich, das Rauschen des Wassers übertönte jedoch, was sie zueinander sagten.

Ich hatte ebenfalls Gymnastikschuhe angezogen, und weil Henrik noch seine Stiefel aufschnürte, ging ich schon einmal vor ins Wasser.

Scheiße, ist das kalt.

Gletscherwasser strömte über meine Füße, und Jacob hatte recht, an diese schockartige Kälte gewöhnte man sich nicht. Wenn man im Frühjahr im Meer badet, ist das Wasser auch kalt, doch wenn man ein paarmal untergetaucht ist, gewöhnt sich der Körper daran, und man kann ein paar Meter schwimmen. Das Kältegefühl stabilisiert sich auf einem gewissen Niveau. Aber in einem Gebirgsbach zu waten, ist etwas völlig anderes. Die Kälte wird nach wenigen Sekunden zu purem Schmerz, der bis ins Mark geht. Kurz darauf wird der Körper steif und taub. Man trägt die Kälte wie ein zu enges Kleid, das überall spannt und in dem man sich nicht normal bewegen kann.

Als ich beim Hauptarm angekommen war, nahm ich Jacobs

Stöcke von der Kiesbank, stellte die Länge ein und trat wieder ins Wasser. Meine Füße waren bereits gefühllos. Ich konzentrierte mich darauf, das Gewicht exakt zu verteilen, bevor ich den nächsten Schritt machte. Vorsichtig testete ich den Untergrund, denn wenn ein Stein unter der Fußsohle wegrutschte, war es vorbei, und man stürzte. Das Wasser wirbelte immer höher um meine Oberschenkel. Ich verstand, warum Milena gezögert hatte. Das tosende Wasser riss an meinen Beinen, wollte mich umwerfen. Mit jedem Schritt geriet ich tiefer in die Stromschnellen. Ich stand da, beide Stöcke fest in den Grund gerammt, und wusste nicht, ob ich es jemals wagen würde, wieder einen Fuß zu heben. Jacob und Milena sahen mir erwartungsvoll zu, und Jacob machte Anstalten, auch mir zu helfen.

Nein. Den Triumph gönne ich ihm nicht.

Ich atmete ein paarmal tief durch, ging leicht in die Knie und spannte alle Muskeln an, dann ging ich weiter. Noch drei entschlossene Schritte, dann wurde es flacher. Ich hatte es geschafft. Die letzten Schritte zum festen Untergrund waren ein Kinderspiel. Milena und Jacob jubelten. »Gut gemacht!«

Jacob hob die Hand, und lächelnd klatschte ich ihn ab. Milena und ich klatschten uns auch ab, doch sie sah schon zu Henrik, der sich gerade den zweiten Gymnastikschuh übergestreift hatte und einen Stiefel in jeder Hand hielt.

»Das schaffst du, Henrik!«, rief ich.

»Knote die Stiefel aneinander und häng sie an den Rucksack!«, brüllte Jacob.

Doch Henrik hörte nicht auf Jacob, sah nicht einmal auf. Hoch konzentriert durchquerte er die flacheren Flussarme.

»Das sieht gut aus, Liebling!«, rief ich.

Jetzt war er am Hauptarm. Jacob hob seine Stöcke auf, die ich auf den Boden gelegt hatte, und warf sie zu Henrik hinüber.

»Wirf die Stiefel zu uns rüber!«, rief er. Henrik blickte auf und gehorchte. Die Stiefel landeten auf dem Kies zu unseren Füßen. Dann stieg Henrik ins Wasser, so langsam und vorsichtig wie wir anderen auch.

In der Mitte blieb er stehen, sah unentschlossen flussauf- und abwärts, ob es vielleicht einen leichteren Übergang gab, den wir bisher übersehen hatten.

Ich sah an seiner Körperhaltung und seinem Gesichtsausdruck, dass er Angst hatte. Er umklammerte die Stöcke so fest, dass seine Fingerknöchel weiß hervortraten. Milena, die ihn fast so gut kannte wie ich, sah es auch.

»Du musst ihm helfen«, sagte sie leise zu Jacob.

Der rief: »Warte, Henrik! Hilfe ist unterwegs!« Wieder ging er ins Wasser. Ich war mir sicher, dass Henrik es aus dem Augenwinkel sah, auch wenn er den Kopf nicht hob. Die Erniedrigung, bei der Durchquerung der Stromschnellen auf Jacobs Hilfe angewiesen zu sein, war zu viel. Statt auf Jacob zu warten, machte Henrik noch einen Schritt und noch einen und noch einen, dann verlor er das Gleichgewicht und stürzte. Vielleicht war er auf einen wackligen Stein getreten, oder die Strömung war zu stark gewesen.

Milena schrie auf, und ich eilte ins Wasser.

Einen Moment verschwanden Henrik und sein Rucksack unter der Oberfläche, dann tauchte er nach Luft schnappend und durch die Eiseskälte unter Schock wieder auf. Doch die Strömung riss ihn wieder um, und er fiel rückwärts zwischen die Steine. Er wurde mitgerissen und war schon nach ein paar Sekunden zehn, fünfzehn Meter flussabwärts. Dort versuchte er vergeblich, aufzustehen. Immerhin war es dort flacher, und er wurde nicht weiter abgetrieben.

Ich eilte zu ihm, erwischte ihn am Kragen seiner Jacke und griff mit der anderen Hand nach seinem Rucksack. Zusammen schleppten wir uns auf die Kiesbank. Henrik umklammerte immer noch Jacobs Stöcke. Nach einer kurzen Atempause durchquerten wir die leicht passierbaren Nebenarme und hatten die Stromschnellen endlich hinter uns gebracht.

Henrik setzte den tropfnassen Rucksack ab und ließ sich ins Gras sinken, wo er die Gymnastikschuhe abstreifte und sich aus der Hose strampelte. Milena zog an den Hosenbeinen. Ich war mit meinen eigenen Kleidern beschäftigt, die auch ziemlich nass geworden waren.

Zum Glück schien die Sonne immer noch von einem wolkenlosen Himmel. So hatten wir wenigstens eine Chance, wieder trocken zu werden. Bei einem anderen Wetter wären wir dazu verdammt gewesen, die restliche Woche zu frieren.

»Warum hast du nicht gewartet, ich war doch schon auf dem Weg zu dir?«, sagte Jacob, der ein paar Meter neben uns stand. Henrik schwieg.

»Du kannst von mir trockene Kleidung haben«, sagte ich und ignorierte Jacob ebenfalls. Henrik nickte.

»Hattest du die Rucksackriemen nicht gelöst?«, fuhr Jacob fort.

»Doch«, antwortete Henrik knapp und wandte sich wieder zu mir. »Wir sollten trotzdem eine Pause machen und zu Mittag essen. Die Kleider trocknen dann vielleicht.«

Aber Jacob war noch nicht fertig.

»Das hätte richtig schiefgehen können. Wenn du dir den Fuß gebrochen oder den Kopf angeschlagen hättest. Wir hätten die ganze Wanderung abbrechen müssen. Das war verdammt unnötig.«

»Ja, aber so ist es ja nicht gekommen«, murmelte Henrik und stand auf.

»Vielleicht kannst ihm ja Kleider leihen?«, sagte Milena zu Jacob, der sich nur wortlos abwandte.

Henrik sah seinen Rucksack durch und stellte fest, dass nur

die Stiefel trocken geblieben waren, die er zu uns herübergeworfen hatte. Mit einem moderneren Rucksack wäre weniger passiert, doch seiner war sehr alt. Vor allem war sein Handy nass geworden und ließ sich nicht mehr einschalten. Im Sarek gab es zwar kein Mobilnetz, aber er hatte fotografieren und filmen wollen, außerdem hatte er sich eine Landkarte aufs Handy geladen. Die war jetzt weg.

Wieder machte sich leichter Ärger in mir breit. Ich hatte ihn daran erinnert, das Handy in eine wasserdichte Tüte zu packen. Ich hatte ihm sogar eine Tüte gegeben. Doch er hatte es vergessen.

Milena kümmerte sich um das Mittagessen. Es war früher, als Jacob geplant hatte, doch nach dem Alep Sarvesjåhkkå und den damit verbundenen Strapazen brauchten wir alle etwas Warmes im Bauch. Heute gab es gefriergetrocknete Trekkingmahlzeiten. Jacob erhob keinen Einspruch, wirkte aber übellaunig.

Henrik und ich breiteten unsere nassen Kleider zum Trocknen auf Steinen und flachen Weidenbüschen aus. Ich zog mir frische Sachen an, während Henrik eins meiner Unterhemden anprobierte, das aber zu eng und zu tailliert für ihn war. Sogar Jacob musste bei dem Anblick lächeln und lieh ihm ein T-Shirt. Das wiederum viel zu groß war.

Beim Essen verflogen Anspannung und schlechte Laune. Jacob scherzte, dass Henrik Sauberkeit wohl sehr wichtig war, wenn er schon vor dem Mittagessen hatte baden wollen. Wir lachten alle, auch Henrik.

Nach dem Essen legten wir uns hin und ruhten uns ein wenig aus. Es war mitten am Tag, und die Sonne schien warm. Ein paar vereinzelte Mücken surrten über mir, schwarze Punkte vor dem blauen Himmel, doch sie ließen mich in Ruhe.

»Darf ich euch auf etwas aufmerksam machen?«, fragte Jacob und stützte sich auf einen Ellbogen.

»Was denn?«, erwiderte Milena schläfrig. Sie lag mit geschlossenen Augen auf dem Bauch, die Wange auf dem Unterarm.

»Meine Damen und Herren, wir sind jetzt im Sarek.«

Wir ließen seine Worte auf uns wirken, dann sagte ich enttäuscht: »Also, ich weiß nicht … Wir hätten doch nach Abisko fahren sollen.«

Erst nach ein paar Sekunden merkte Jacob, dass ich einen Witz gemacht hatte. Ich lächelte, doch er wirkte verloren, fast schon gekränkt, wie ein getadeltes Kind. Milena kam ihm zu Hilfe und grinste demonstrativ.

»Haha, klar, genau«, sagte sie.

Ich setzte mich auf und deutete zum Álggavágge, dem dramatischen u-förmigen Tal, das unser Ziel war.

»Das sieht schon ganz schön platt und langweilig aus, oder?«

Jacob lächelte und entspannte sich. »Da ist wohl jemand wählerisch.«

Ich stand auf und verpasste ihm auf dem Weg zum Campingkocher einen Klaps auf die Schulter.

»Ich mache nur Spaß, das sieht wirklich sehr schön aus.« Er blickte zu mir hoch, und seine braunen Augen funkelten wieder.

»Wir trinken noch einen Kaffee, bevor wir weitergehen, ja?«, fragte ich und griff nach der Kaffeekanne.

Unser Weg in den Sarek hinein war voller Strapazen gewesen. Aber jetzt würde sicher alles leichter werden.

Kapitel 17

Wir gingen am Südufer des Álggajávrre entlang. Dichtes Weidengebüsch erstreckte sich vom Wasser den Hang hinauf und reichte uns an vielen Stellen bis ins Gesicht. Es gab zwar ein paar Trampelpfade, die vermutlich von Rentieren stammten, doch sie verliefen kreuz und quer und waren von Wurzeln und niedrigen Ästen überwuchert. Man hatte das Gefühl, als würde man sich durch eine mehrere hundert Meter breite Hecke zwängen, die dazu noch an einem stark abfallenden Berghang wuchs. Hier und da hatte sich ein Wasserlauf tief in den Berg geschnitten, und wir mussten ein oder zwei Meter steil nach unten klettern und auf der anderen Seite wieder hinauf. Der Sarek hütete seine Schätze gut.

Nach einer Stunde etwa dünnte sich das Gebüsch aus, und das Gehen wurde leichter. Das Álggavágge lag wie eine gewaltige Dachrinne vor uns. Ein paar Kilometer entfernt sahen wir die mächtige, fast senkrechte Wand des Härrábákte in den Himmel ragen. Neunhundert Meter vom Talboden bis zur Spitze.

Als wir die Mündung des Niejdariehpvágge erreichten, einem schmalen Tal, das sich rechts von uns öffnete, machten wir eine Pause, aßen Energieriegel und füllten unsere Wasserflaschen in einem Bach auf. Wir hatten den bisher steilsten Aufstieg vor uns.

Jacob und ich gingen wie üblich flott und mit gleichmäßigen Schritten voran.

Nach einer halben Stunde blieb ich stehen und blickte über das Tal, bis zu den schneebedeckten Gipfeln in einigen Kilometern

Entfernung auf der anderen Seite. Henrik und Milena waren ein ganzes Stück hinter uns, doch wir wollten nicht auf sie warten. Wir waren aufgewärmt und hatten ein Tempo gefunden, bei dem wir uns wohlfühlten. Die beiden würden uns später einholen.

»Ich habe gehört, dass ihr euch im Internet kennengelernt habt«, sagte ich, als wir weitergingen. »Du und Milena.«

»Ja«, antwortete Jacob knapp und schien nicht weiter darüber reden zu wollen, doch ich bohrte nach.

»Henrik und ich sind ja jetzt schon bald zehn Jahre zusammen, sodass ich das nie ausprobiert habe«, meinte ich. »Nein, warte, mit zwanzig hatte ich mal irgend so eine App. Aber ich habe nicht ernsthaft gesucht.«

»Na ja …«, erwiderte Jacob. »Ich hatte viele Beziehungen, habe oft eine Frau in einer Kneipe oder beim Klettern kennengelernt, du weißt schon, über gemeinsame Interessen.«

»Mhm. Mittlerweile sollen sich die meisten ja übers Internet kennenlernen.«

»Vielleicht, keine Ahnung. Irgendwie wollte ich mal etwas Neues ausprobieren. Etwas Ernsteres finden. Deshalb habe ich es mal versucht.«

»Und es hat ja auch funktioniert«, sagte ich lächelnd.

»Milena ist eine klasse Frau.«

Irgendwie klang das ein wenig herablassend. »Eine klasse Frau« – so nennt ein Mann eine Frau, nachdem er mit ihr Schluss gemacht hat. Eine Frau, die er mag und respektiert, in die er aber nicht verliebt ist.

»Das ist sie wirklich«, antwortete ich. »Eine bessere gibt es nicht.«

»Schauen wir mal, was daraus wird. Wir sind in manchem auch recht unterschiedlich.«

»Unterschiedlich zu sein, ist gut. Sich zu ergänzen statt miteinander wettzueifern.«

»Vielleicht«, sagte Jacob. »In mancher Hinsicht.«

»Aber … Du warst nie verheiratet oder hast Kinder oder so?«

»Verdammt, nein. Nein, nein.«

»Du hast also nicht drei Kinder in Helsingborg, für die du aufkommen musst?«

»Nicht, dass ich wüsste«, meinte Jacob lächelnd. »Aber ich war tatsächlich mal in eine Vaterschaftsklage verwickelt, mit DNA-Test und allem Drum und Dran. Doch das Kind war nicht von mir.«

»Noch mal Glück gehabt, was?«

»Ja, schon.« Er wirkte ernster. »Aber ich würde nicht … Also, wenn ich die Richtige treffen sollte, dann bin ich auch bereit, mich voll und ganz darauf einzulassen, völlig klar. Kinder, Haus, Hund – das volle Programm.«

»Wow«, meinte ich nur knapp, ich wollte ihn nicht unterbrechen, endlich sprach er einmal von sich.

»Na ja, wenn ich etwas mache, dann hundertprozentig. Entweder oder. Wenn ich klettere, dann klettere ich, bis es nicht mehr weitergeht. Wenn ich reise, dann bis ans verdammte Ende der Welt. Du verstehst, was ich meine.«

»Ja.«

»Und wenn ich eine Familie gründe, dann mache ich es richtig. Dann bin ich den Rest meines Lebens für sie da. Meine Kinder sollen es völlig anders haben, als ich es hatte.«

Jacob klang ein wenig wie ein Teilnehmer in einer Realityshow im Fernsehen. Plötzlich wünschte ich mir, Henrik könnte ihn hören. Wir hätten einen verstohlenen Blick gewechselt und dasselbe gedacht.

Klar doch, Jacob.

»Und was ist ein guter Vater?«, fragte ich.

Er zögerte, und einige Sekunden war nur unser Atem zu hören, das Knarzen der Rucksäcke, unsere Schritte auf dem

Boden. Wollte er nicht mehr erzählen? War ich zu persönlich geworden?

»Ich weiß es nicht«, sagte er schließlich. »Mein Vater ist noch vor meiner Geburt abgehauen.«

»Oje.«

»Meine Mutter hatte viele verschiedene Partner, ein paar waren auch ganz okay, aber es hat nie lange gehalten. Sie haben meine Mutter nicht ertragen und sind wieder abgehauen.«

»Aha.«

»Und dann war nur noch ich da, an dem sie sich abreagieren konnte.«

»Das klingt hart«, sagte ich so einfühlsam wie möglich.

»Sie war psychisch krank. Das hatte ich schon verstanden, als ich noch klein war. Dass sie anders war. Und ich weiß, dass ich eine Weile bei Pflegeeltern gelebt habe, als ich sieben oder acht war. Die Schule hatte wohl das Jugendamt informiert.«

»Aber dann hat sie das Sorgerecht zurückbekommen?«

»Ja. Es war ein Auf und Ab, manchmal hatte sie sich im Griff. Aber sie war … Unter anderem war sie ein Messie. Überall bei uns zu Hause stapelten sich alte Zeitungen und anderer Mist, wie Gänge, die von einem Zimmer ins andere führten. Ich habe nie einen Freund mit nach Hause gebracht. Nie. Nicht ein einziges Mal in neun Jahren Schulzeit. Die schlimmste Vorstellung für mich war, dass meine Mutter von einem Elternabend erfahren und dort auftauchen könnte. Einmal hatte sie einen Brief bekommen, aber da habe ich gesagt, dass die Lehrerin Grippe hätte und der Abend abgesagt worden sei. Zum Glück hat sie das geglaubt.«

Jacobs Selbstsicherheit war verschwunden, er klang traurig. Ich hatte Mitgefühl mit dem kleinen Jungen, der sich für seine psychisch kranke Mutter schämte.

»Oh, Mann, das klingt ja schrecklich.«

»Ja, es war hart.«

»Aber gab es wirklich keinen Erwachsenen, an den du dich wenden konntest?«

»In der Mittelstufe hatte ich einen tollen Lehrer, Tony. Er hat einiges verstanden, aber nicht alles. Manchmal konnte ich am Wochenende Zeit mit ihm und seiner Familie verbringen. Wir sind angeln gegangen und so was. Das war super. Und er hat dafür gesorgt, dass das Jugendamt sich noch mal eingeschaltet hat. Zumindest habe ich gedacht, dass er sie informiert haben musste. Aber … meine Mutter hat sich zusammengerissen, die Wohnung aufgeräumt, und dann fanden sie wohl, dass die Lage nicht ausreichend schlimm genug war.«

»Himmel, Jacob …«

»Ich weiß noch, wie ich sechs war oder so. Ich war wegen irgendetwas wütend und habe ›Scheiße‹ gesagt. Da hat mich meine Mutter ins Klo gezogen und mir Kloreiniger in den Mund gespritzt. Und dann wollte sie mir den Mund mit der Klobürste ausschrubben, doch sie war zu groß, deshalb hat sie mich stattdessen geschlagen.«

»Das ist ja furchtbar.«

Jacob lächelte schief.

»Ja, manchmal war es schon verrückt.«

Schweigend gingen wir weiter, bis ich schließlich fragte: »Hast du heute noch Kontakt zu ihr?«

»Sie ist tot, und darüber bin ich nicht besonders traurig. Wenn ich ein bisschen deprimiert bin, dann …« Er verstummte.

»Dann …?«

»Nein, das klingt jetzt sicher albern. Aber ich denke, dass ich trotz meiner Kindheit etwas aus meinem Leben gemacht habe. Und dass ich niemandem etwas schuldig bin.«

»Nein … Ich verstehe.«

»Himmel, ich rede so viel.« Er lächelte entschuldigend. »Jetzt weißt du viel mehr über mich als Milena.«

»Ach ja? Ich wollte nicht aufdringlich sein.«

»Nein, kein Problem, es ist gut, mal alles zu erzählen. Mit dir kann man gut reden.« Er sah mich lange und eindringlich an, und ich lächelte und nickte, fühlte mich aber ein wenig unbehaglich dabei. Er kam mir zu nahe. Ich wollte zwar mehr über ihn wissen, hatte aber nicht damit gerechnet, dass er so persönlich werden würde.

»Wie bist du aufgewachsen? Sicher mit dem Silberlöffel im Mund, oder?«

Ich erzählte von meiner Kindheit in Stocksund. Es war gut, das Thema zu wechseln und von der plötzlichen Vertrautheit zwischen uns abzulenken. Außerdem fühlte ich mich irgendwie verpflichtet, auch ein paar schwierige Erinnerungen preiszugeben, als Gegenleistung zu Jacobs Schilderung seiner schweren Kindheit.

»Nach außen hin hatten wir es sehr gut, genug Geld und so. Mein Vater hatte ein Unternehmen gegründet, es wieder verkauft und war damit steinreich geworden. Als ich klein war, war er daher vor allem in irgendwelchen Vorständen. Befreundet mit, du weißt schon, Wirtschaftsbossen und alten Politikern. Und meine Mutter ist ausgebildete Kunstlehrerin, war aber zu Hause und hat sich da um alles gekümmert.«

»Mhm.«

»Es ist auch überhaupt nicht schlecht, Hausfrau zu sein, finde ich. Warum nicht, wenn sich beide einig sind.«

»Auf jeden Fall.«

»Aber mein Vater ist ein sehr dominanter Mensch, sodass meine Mutter wohl einfach keine Wahl hatte. Sie hat sich nicht getraut, sich gegen ihn aufzulehnen. Keiner von uns hat das gewagt. Die ganze Familie hat sich nur nach ihm und seiner Stimmung gerichtet. ›Super, jetzt hat er gute Laune, wie schön, das wird ein ruhiger Abend.‹ Aber beim kleinsten Fehler oder wenn jemand nicht in allem Höchstleistungen erbracht hat, ist er böse geworden. Ärger in der Arbeit hat er auch an uns ausgelassen. Manchmal wussten wir den Grund nicht einmal. Und wenn er getrunken hatte, war es noch schlimmer.«

»Das klingt hart.«

»Ja, er hat einen wirklich verletzen können, wenn er in so einer Stimmung war. Er hat sich erst zufriedengegeben, wenn man völlig vernichtet war. Er ist auf meine Mutter losgegangen, weil das Essen nicht gut war oder weil sie zugenommen hatte oder weil sie nicht streng genug mit der Putzfrau war … Du weißt schon, alles konnte ein Grund sein. Und er hat erst aufgehört, wenn sie geweint hat.«

Die alte Trauer und Wut stiegen wieder in mir hoch. Jacob schwieg und wartete, dass ich weitersprach.

»Und wenn man sich gewehrt hat, wurde es doppelt so schlimm. Man musste den Mund halten und es durchstehen. Aber wenn wir Gäste hatten, da war er unglaublich charmant und großzügig, und alle liebten ihn. Wenn ihr wüsstet, habe ich oft gedacht.«

»Hat er euch auch geschlagen?«

»Ja, manchmal schon. Eine Ohrfeige oder so. Oder als ich klein war, hat er uns manchmal am Arm gepackt und durch das Wohnzimmer gezerrt und so was. Aber für meine Brüder war es schlimmer.«

Wir schwiegen und wanderten unverdrossen bergauf. Schließlich fragte Jacob: »Wie ist euer Kontakt heute? Feiert ihr zum Beispiel Weihnachten zusammen?«

»Äh … nein«, sagte ich und zögerte.

Wie viel soll ich erzählen? Alles?

STOCKHOLM, JUNI 2010

»Wo ist übrigens mein Fahrrad?«, sagt Papa, ohne von seinem Teller mit Nudeln aufzublicken.

Seit Freitag sind wir im Sommerhaus auf Värmdö, und jetzt ist Sonntag. Es regnet viel und ist windig. Zu Mamas großer Enttäuschung können wir nicht draußen essen. Aber davon abgesehen läuft alles besser als erwartet. Mein großer Bruder Erik ist aus Frankreich angereist, und Mama hat etwa zwanzig Leute zu einem Wochenende am Meer eingeladen. Mich und Henrik, meinen kleinen Bruder Gustaf und seine Freundin Ninne, ein paar Verwandte und enge Freunde.

Jetzt sind nur noch Erik, ich, Mama und Papa hier. Die Verwandten und Freunde sind gestern nach dem Frühstück abgereist, Gustaf und Ninne am Nachmittag, sie waren noch auf eine Feier in der Stadt eingeladen. Henrik ist heute Morgen nach dem Frühstück zurück nach Uppsala gefahren, er muss arbeiten.

Wir essen im Wohnzimmer zu Abend, das an die offene Küche anschließt. Weiß gestrichene Wishbone-Stühle und ein Tisch von Carl Hansen, horizontale Wandpanele. Eichenparkett. Mama hatte freie Hand bei der Einrichtung, aber sie wusste, dass sie sich nach Papas Geschmack richten musste. Er hätte niemals sandgestrahlten Beton oder irgendetwas anderes Neumodisches akzeptiert, er will echtes Holz unter den Füßen spüren.

Vor den Panoramafenstern wiegen sich die Kiefern im

Wind. Hinter der Terrasse und den Felsen liegt die Bucht. Weiße Schaumkronen tanzen auf dem bleigrauen Wasser.

Mama hat Papas Lieblingsessen gekocht, Spaghetti Carbonara mit echtem Pancetta und Unmengen Parmesan und schwarzem Pfeffer. So, wie er es haben möchte. Dazu Rotwein in großen, bauchigen Gläsern.

Als Mama vor ein paar Wochen von ihren Plänen erzählt hat, ist mir gleich unwohl gewesen. Erik ist seit einigen Jahren nicht mehr zu Hause in Stockholm gewesen. Papa hat er noch länger nicht gesehen. Und jetzt sollten sie ein ganzes Wochenende miteinander verbringen.

Erik hat wahrscheinlich am meisten in der Familie unter Papas schlechteren Seiten gelitten. Als ältester Sohn lasteten besondere Ansprüche und Erwartungen auf ihm. Doch er hat sich in der Schule schwergetan, litt an Dyslexie und Konzentrationsschwierigkeiten. Ich weiß, dass Mama ihn psychologisch untersuchen lassen wollte, doch dem hatte Papa sich widersetzt. Mit so etwas geben wir uns in dieser Familie nicht ab. Seine Diagnose lautete: Erik war faul und verwöhnt. Er brauchte eine harte Hand, keine Hätscheleien.

»Wo ist das Fahrrad? Erik?«, fragt Papa mit seiner tiefen, heiseren Stimme, die wie gemacht ist für Reden vor Hunderten von Zuhörern. Wenn er sich normal unterhalten soll, trägt sie nicht richtig.

Nach dem Verkauf seiner Firma vor zehn Jahren hat Papa sich einen Ferrari zugelegt, als er plötzlich eine halbe Milliarde Kronen auf der Bank hatte. Im Leerlauf knattert der Motor wie ein altes Mofa. Erst wenn man über hundert Stundenkilometer fährt, klingt er, wie er soll, weich und beinahe schön.

Papas Stimme ist wie dieser Ferrarimotor.

Er blickt vom Essen auf und sieht zu Erik hin. Papa ist fast sechzig, seine Augen sind blutunterlaufen und leicht wässrig hinter der Brille. Sein Gesicht ist geröteter als früher, Nase und Wangen sind fast violett. Er hat zugenommen, das sieht man am Hals unter dem aufgeknöpften weißen Hemd, und an den Hüften sieht man es auch. Seine zweireihig geknöpfte dunkelblaue Strickjacke kann das nicht verbergen.

Ja, Papa trinkt zu viel. Doch seine blonden Haare sind immer noch dicht und liegen in vornehmen Wellen um den Kopf, die silbernen Strähnen sind kaum zu sehen. Er trägt immer sein schweres, teures Herrenparfüm, das ihn wie eine Wolke umgibt, genauso wie sein Erfolg – der wirtschaftliche wie der gesellschaftliche. Papa ist eine beeindruckende Persönlichkeit und steht immer im Mittelpunkt. Wenn er in der richtigen Stimmung ist, kann er Menschen für sich einnehmen und lustig sein.

An diesem Wochenende war er in der richtigen Stimmung. Es war schlau von Mama, ein großes Abendessen zu veranstalten, sodass Papa und Erik sich erst einmal nicht allein begegnet sind, hier draußen im Sommerhaus, wo alle auf dem Grundstück verteilt in Gästehäusern und Hütten wohnen. So konnten sich die beiden wenn nötig aus dem Weg gehen. In Gesellschaft hat sich Papa auch besser im Griff, trinkt weniger und ist netter zu seiner Familie.

Mama wirkt müde. Kein Wunder, sie muss den ganzen Tag total angespannt gewesen sein. Sie ist fast fünfzig und wiegt genauso viel wie damals mit zwanzig. Ihre glatten Haare trägt sie schulterlang. Aber für mich sieht sie auf einmal alt aus. Irgendetwas an ihrem Gesicht hat sich verändert, an ihrem Hals, den Händen. Sie trägt einen dünnen, karamellfarbenen Baumwollpullover, der unauffällig ist, aber vermutlich teuer war. Eine Goldkette, ein paar goldene Armreifen. Diskret, altbacken.

Es ist lange her, dass wir drei Tage am Stück miteinander verbracht haben. Vielleicht liegt es daran. Wenn wir die ganze Zeit beieinander sind, kann sie nicht verbergen, wie erschöpft sie ist.

Papa sieht Erik an und wartet auf eine Antwort.

»Wo ist das Fahrrad?«

Ich will flüchten, einfach nur weglaufen, aber ich bleibe natürlich sitzen, steif und angespannt.

Was sieht Papa gerade?

Seinen ältesten Sohn, der inzwischen fünfundzwanzig ist. Rötlich gebräunte Haut von vielen salzgetränkten Stunden in der Sonne, eine Hautfarbe, die man bei Straßenarbeitern sieht, die den ganzen Sommer mit bloßem Oberkörper schuften. Das halblange Haar ist an den Wurzeln dunkelbraun, die Spitzen sind ausgeblichen. Ein kleiner Ring im Ohrläppchen. Ein Kapuzenpullover, der aus Südamerika zu stammen scheint, vielleicht aus Peru. So einer, wie man ihn an einem Straßenstand auf Mallorca kauft, wenn man zwanzig ist und kaum Geld hat. Eine orangefarbene Handwerkerhose mit vielen Taschen. Schwarze, löchrige Socken.

Sieht Papa die dunklen Ringe unter seinen Augen? Hört er, wie traurig Erik klingt, selbst wenn er lacht?

Erik war nie ein rebellischer Teenager, er ist nur bei der ersten sich bietenden Gelegenheit abgehauen. Nach dem Abitur hat er als Ski- und Surflehrer in ganz Europa gelebt. In den letzten Jahren hat er in Biarritz in einer Bar gearbeitet, zumindest ist das die offizielle Version. Doch als wir uns am Wochenende eine Weile unterhalten haben, kam heraus, dass er auch noch einige zwielichtigere Dinge betreibt. Er reist oft zwischen Frankreich und Spanien hin und her. Manchmal auch nach Nordafrika.

Als ich am Freitag gesehen habe, dass Erik sich für das Abendessen nicht extra umgezogen hatte, habe ich mir Sorgen gemacht, wie Papa wohl reagieren würde. Gleichzeitig habe ich mich gefreut, weil es Erik offenbar völlig egal war, was unser Vater davon hielt, und das hat mir gezeigt, dass er sich endlich von ihm befreit hatte. Das ist für Erik am wichtigsten, da bin ich mir sicher. Sich selbst nicht länger mit Papas Augen zu sehen.

Jetzt, zwei Tage später, bin ich mir nicht mehr so sicher, was es bedeutet. Vielleicht hatte er auch einfach nicht die Kraft dafür. Oder er besitzt keine anderen Kleider.

»Du hast dir am Freitag das Fahrrad ausgeliehen«, sagt Papa und starrt ihn anklagend an. »Wo ist es?«

»In der Garage, oder?«, antwortet Erik. »Da habe ich es zumindest abgestellt.«

Papa hat sich bisher zusammengerissen, am Freitag mit den vielen Gästen, und auch gestern, als nur noch Henrik, Gustaf und Ninne da waren. Für seine Verhältnisse zumindest. Am Freitag hat er scherzhaft zu einem alten Freund gesagt, dass jede große Familie in jeder Generation ein schwarzes Schaf hat, das sei ja bei Wallenbergs auch so gewesen. Gerade in einer großen Familie würde der Außenseiter negativ auffallen.

Erik hat in der Nähe gestanden und alles mitgehört, sich aber nichts anmerken lassen.

Papa kann noch viel bösere Dinge sagen. Viel, viel bösere. Und in die Richtung geht es jetzt, das spüren wir alle, ich, Mama, Erik. Das ganze Wochenende hat er seine Wut und seinen Frust zurückgehalten, doch jetzt sind wir unter uns, kein Außenstehender kann ihn sehen oder hören. Er hat mehrere Tage am Stück getrunken, auch jetzt bereits das riesige Rotweinglas in einem Zug geleert, wieder aufgefüllt und noch einmal fast ausgetrunken. Das ganze Gift bricht aus ihm heraus.

Und wir ziehen alle die Köpfe ein. Was sich seit Freitag angebahnt hat, kennen wir nur zu gut. Als freie Menschen sind wir ins Sommerhaus gekommen, Erik und ich. Als die Individuen, die wir sein wollen. Ein Surfer, eine Jurastudentin. Doch zwei Tage später sitzen wir trotzdem hier und spielen unsere alten Rollen. Sohn, Tochter, Bruder, Schwester. Eine eigene kleine Welt, in der Papa die absolute Macht hat.

»Nein, es steht nicht in der Garage«, erwidert Papa.

»Aber ich habe es zurückgestellt«, sagt Erik leise, »das schwöre ich.« Er klingt, als wäre er wieder vierzehn.

»Das Fahrrad hat fünfundsiebzigtausend Kronen gekostet.«

In den letzten Jahren ist Papa auf den Fahrradtrend aufgesprungen. Natürlich hat er das Teuerste gekauft, was es auf dem Markt gab, ein Fahrrad, das so leicht ist, dass man es nicht bei Wettbewerben einsetzen kann. Ich habe ihn einmal in einem engen Dress gesehen, als er eine Runde drehen wollte. Glänzendes Spandex spannte über dem Wohlstandsbauch auf zwei Storchenbeinen. Die Fahrradschuhe klapperten auf dem Asphalt. Er trug einen Helm und eine eng anliegende regenbogenfarbene Sonnenbrille.

Fast hätte ich schallend gelacht.

Aber Papa liebt sein Fahrrad, es bedeutet ihm fast so viel wie der Ferrari, und jetzt ist es weg.

»Ich weiß nicht, was ich noch sagen soll …«, murmelt Erik.

»Hast du es für Drogen verkauft?«, fragt Papa.

»Jan«, sagt Mama beschwichtigend, »bitte …«

»Was denn?« Papa richtet seine blutunterlaufenen Augen auf Mama. »Darf ich keine einfache Frage stellen? Er muss doch nur mit Ja oder Nein antworten.«

»Ja, aber ich glaube, ich habe gesehen, wie er das Fahrrad am Freitag in die Garage gestellt hat.«

»Du glaubst?«, sagt Papa höhnisch.

Ich bekomme kaum Luft, das Herz schlägt hart in der Brust. Ich muss meinen großen Bruder verteidigen, zu seiner Rettung kommen. Aber ich schweige.

Du bist doch keine dreizehn mehr! Du bist erwachsen, verdammt noch mal! Reiß dich zusammen!

Papa starrt wieder Erik an.

»Antworte auf meine Frage. Hast du mein Fahrrad für Drogen verkauft?«

»Nein, natürlich nicht.«

»Woher soll ich das wissen? Erik? Woher soll ich das verflucht noch mal wissen?« Papa hebt die Stimme. »Du siehst aus wie ein Junkie, du klingst wie ein Junkie. Du hast schon früher Geld von uns gestohlen. Wieso soll ich dir also auch nur ein einziges Wort glauben?«

Papa brüllt, und jetzt kommt seine Stimme zur Geltung, dafür ist sie gemacht, für lautstarke Tiraden.

»Jan, bitte …«, fleht Mama.

»Glaub ja nicht, dass ich nicht weiß, dass du sein Ticket nach Hause bezahlt hast!«, brüllt Papa sie an.

»Papa, beruhige dich«, mische ich mich endlich ein.

»Das ist alles deine Schuld«, wirft er Mama vor. »Das ist deine verdammte Schuld! Er hat nie die Konsequenzen seiner Entscheidungen tragen müssen! Kaum konnte er gehen, hat er gelernt, dass man auf alles scheißen kann und es trotzdem in Ordnung kommt! Du verdammtes wertloses Miststück!«

»Hör auf, Papa«, schreit Erik verzweifelt, und Papa verpasst ihm mit dem Handrücken einen Schlag auf den Mund.

»Jaaan!«, schreit Mama.

Ich stehe unter Schock, bin gelähmt, kann nicht atmen, nicht sprechen.

Erik befühlt seine Lippe, seine Finger sind blutverschmiert. Er will aufstehen, doch Papa packt ihn am Arm und drückt ihn brutal zurück auf den Stuhl.

»Du bleibst jetzt sitzen!«, schreit er. »Das ist mein Haus, und hier gelten meine Regeln! Keiner steht auf, bevor nicht alle aufgegessen haben!«

Erik gehorcht. Er ist fünfundzwanzig, wagt es aber nicht, aufzustehen, bevor sein Vater es ihm erlaubt. Er wischt sich mit der Serviette den Mund ab. Seine Unterlippe zittert, er verzieht das Gesicht und gibt ein ersticktes Geräusch von sich. Es klingt wie ein Seufzen, aber wir wissen es alle besser.

Papa isst weiter seine Spaghetti, blickt dann jedoch auf.

»Aber ... weinst du etwa?«

Er beugt sich zu Erik, mustert ihn, als könne er seinen Augen nicht trauen. Natürlich gehört das zu der Erniedrigung dazu.

»Himmel noch mal ...« Papa seufzt, wischt sich den Mund ab und lehnt sich zurück. Mama greift nach Eriks Hand, auch sie hat Tränen in den Augen. Papa sieht zu mir, er wirkt fast amüsiert.

»Wer sind diese Menschen?«, fragt er verwundert und deutet auf Mama und Erik. »Sind wir überhaupt mit ihnen verwandt? Woher kommen sie?«

Und ich weiß, was ich sagen sollte. Ich versuche es wirklich, doch meine Zunge gehorcht mir nicht. Stumm und erstarrt sitze ich da, leicht zusammengekrümmt, in Abwehrhaltung. Ich öffne den Mund und schließe ihn wieder.

Ich bin wieder dreizehn, Papas kleines Mädchen, und will nicht, dass er seinen Zorn auf mich richtet.

In diesem Moment verachte ich mich zutiefst. Aber ich schweige.

Ein paar Stunden später sind Erik und ich in der Küche und spülen die großen Weingläser von Hand, räumen die Spülmaschine aus und wieder ein. Papas Schnarchen dringt gedämpft aus dem Schlafzimmer. Mama macht einen langen Spaziergang. Vielleicht telefoniert sie mit einer alten Freundin, eine von denen, die immer für sie da waren. Vielleicht schüttet sie ihr ihr Herz aus. Vielleicht sagt die Freundin, dass sie ihren Mann verlassen muss, und vielleicht hört sie dieses Mal auf den Rat. Ich hoffe es zumindest.

Danach packe ich meine Sachen für die Rückfahrt nach Uppsala. Ich bin zu wütend auf Papa, um mich von ihm zu verabschieden, und ich werde auch nicht auf Mama warten. Ehrlich gesagt, kann ich nicht schnell genug von hier verschwinden. Fort von meinem Verrat an Erik.

Meine Familie macht mich zu einem schlechteren Menschen. Ich will zurück zu meinem normalen Leben, zu meinem normalen Ich.

Erik begleitet mich nach draußen. Die Kiefern biegen sich im starken Wind. Ein kalter, salziger Nieselregen weht vom Meer her.

Ich stelle meine Tasche ab und lege die Arme um Erik. Wir halten uns lange, fest. Ich will ihn nicht loslassen. Als könnte meine Umarmung ihn glücklich machen, ihm ein gutes Leben verschaffen.

Er gibt mich zuerst frei.

»Tschüs, Schwesterherz«, sagt er und lächelt, doch seine Augen sind müde und traurig.

»Tschüs, Erik, bis bald.« Ich nehme meine Tasche und gehe den steilen Hügel zur Straße und zur Bushaltestelle hoch, die ein paar Hundert Meter entfernt liegt.

Als ich mich auf dem Weg umdrehe, sehe ich Erik aufs Meer blicken.

Dann gehe ich weiter.

Ich sehe ihn nie wieder.

Kapitel 18

Wie viel soll ich erzählen? Alles?

Ich musste nicht lange überlegen. *Nein. Natürlich nicht.*

»Äh … nein, nicht direkt. Ich spreche nicht mehr mit meinem Vater.«

Jacob legte mir schweigend die Hand auf den Arm. Die Geste wirkte spontan, mitfühlend, tat mir gut. Doch mir war klar, dass ich deutlich mehr erzählt hatte als beabsichtigt, auch wenn ich das Wichtigste für mich behalten hatte. Jacob hatte es wohl so empfunden, als wollte ich mich »öffnen«, als bräuchte ich jemanden zum Zuhören. Was als Ablenkung gedacht war, hatte nur zu einer vertrauteren Atmosphäre zwischen uns geführt.

Wir schwiegen. Mehrere Stunden waren wir ständig bergauf gegangen und hatten nur kurz pausiert, um etwas Wasser zu trinken. Jetzt wurde es flacher, das Tal schmaler zwischen zwei hohen Bergen. Wir näherten uns dem Pass. Ich sah über die Schulter zurück. Wie gestern gingen Henrik und Milena so weit hinter uns, dass sie nicht mehr zu sehen waren.

Bald kamen wir zu einem langen, ebenen Schneefeld. Jacob erzählte, dass es bei seiner letzten Tour auch so gewesen war. Hier schien immer Schnee zu liegen. Ich presste meine Stiefel in die Schneedecke und spürte, wie die Kälte langsam meine überhitzten Füße erreichte. Ein angenehmes Gefühl. Jacob lächelte.

»Komm«, sagte er. »Wir müssen nur noch über den Kamm, dann sehen wir das nächste Tal. Und das nächste und das nächste. Der Ausblick ist der helle Wahnsinn.«

Ich trank noch etwas Wasser, und wir gingen weiter. Die

Sonne hatte den Schnee aufgeweicht, was das Vorankommen erschwerte. Ich setzte meine Sonnenbrille auf, das gleißende Weiß schmerzte in den Augen. Nach und nach baute sich das versprochene Panorama vor uns auf: Das nächste Tal, Sarvesvágge, auch das eingerahmt von hohen Bergen, und weit dahinter noch höhere, schartige Gipfel. Es sah eher wie im Himalaja aus und nicht wie in Schweden. Jacob blieb stehen und sah mich lächelnd an.

»Ganz ordentlicher Blick, was?«

»Ja, toll«, antwortete ich und ging an ihm vorbei, ohne langsamer zu werden. Dicht bei ihm zu stehen und die Aussicht zu bewundern, war mir unangenehm.

Das war wohl das, was man eine Warnglocke nennt. Oder Instinkt.

Ein Stück vor mir, bergab, sah ich das Ende des Schneefelds. Der Ausblick war wirklich spektakulär, aber ich hatte nicht vor, stehen zu bleiben und ihn zu genießen. Ich musste meine Wasserflasche auffüllen und ging über das Schneefeld hinaus, unter dem ein schnell fließender Bach hervorsprudelte, der einen kleinen Canyon in den Berg gegraben hatte. Ich folgte dem Wasserlauf bis zu einer Stelle, an der ich mich hinknien konnte. Das eiskalte Wasser strömte über die Flasche und meinen Unterarm. Dann kletterte ich wieder aus dem Canyon heraus, blickte über das Tal und trank. Das Wasser war so kalt, dass Zähne und Wangen schmerzten. Da passierte es.

Jacob legte von hinten fest die Arme um mich.

Ich erstarrte.

Ich hätte nicht so schockiert sein sollen, ich wusste ja, dass er hinter mir war. Doch wegen des rauschenden Wassers hatte ich nicht gehört, wie er mir nachgekommen war.

Ich war wie gelähmt.

Wenn ich daran zurückdenke, empfand ich als Erstes Scham.

Scham, dass ich erstarrte, dass ich ihn nicht sofort zurückschubste oder ihm eine Ohrfeige verpasste, dass ich es nicht schaffte, meine körperliche Integrität zu verteidigen. Ich weiß, dass Frauen und Männer oft so reagieren, wenn sie Übergriffen ausgesetzt sind, aber ich hätte nicht gedacht, dass es auch mir so gehen würde.

Die zweite Emotion war Wut. Wut über die Scham. Jacob überschritt eine Grenze, er sollte sich schämen, nicht ich.

Dann versuchte er, mich auf den Hals zu küssen. Da erwachte ich aus meiner Lähmung. Ich riss mich los, stieß ihn weg und schrie: »Verdammt, hör auf! Spinnst du?«

Aus der Zeugenbefragung von Anna Samuelsson, Personennummer 880 216-3382, 18. September 2019, Krankenhaus Gällivare, durchgeführt von Kriminalinspektor Anders Suhonen.

»Und da hat er Sie losgelassen?«

»Ja.«

»Wie hat er sich dann verhalten?«

»Er… Er hat sich entschuldigt, aber auch gesagt, dass er starke Gefühle für mich hätte. Dass er spürte, dass wir zusammengehörten, was völlig verrückt war, nachdem wir uns ja gerade mal zwei Tage kannten.«

»Ja.«

»Und er war mit einer guten Freundin von mir zusammen. Also habe ich gesagt, dass ich nicht wüsste, wovon er spräche, dass er sich etwas einbilden würde, was nicht da wäre. Aber das wollte er nicht hören.«

»Das wollte er nicht?«

»Nein. Er hat gesagt… dass er gemerkt hat, dass ich auch Gefühle für ihn hätte und dass es zwischen mir und Henrik nicht gut liefe. Lauter wirklich seltsames Zeug.«

»Ich verstehe.«

»Er hat auch nicht aufgehört. Er… fand, dass wir so viele Gemeinsamkeiten hätten. Das Wandern, das Klettern und… Oh, das ist so albern, dass ich es eigentlich gar nicht sagen will.«

Schweigen.

»Äh, er fand, dass wir beide gut aussehen. Dass er und ich zusammenpassen, weil wir hübscher seien als Henrik und Milena.«

»Aha.«

»Und auch durchtrainierter.«

»Verstehe.«

»Ich hatte mich ja gefragt, wer er eigentlich war, aber an seinem Verhalten war nichts besonders Auffälliges gewesen. Im Gegenteil, er war nett.«

»Ja.«

»Aber da erkannte ich, wie verrückt er tatsächlich war. Ich habe versucht, sein Gebrabbel zu unterbrechen, aber er hat die ganze Zeit immer nur ›Moment, lass mich ausreden‹, gesagt.«

»Wie lange ging das so?«

»Ich weiß es nicht. Lange.«

»Und wo waren Henrik und Milena?«

»Weit hinter uns. Es dauerte bestimmt eine Stunde, bis sie uns eingeholt hatten.«

»Hat er Sie bedroht?«

»Anfangs nicht. Aber … irgendwann hat er wohl kapiert, dass aus dem, was er sich da mit uns zusammenfantasiert hatte, nichts werden würde. Da … hat er einen anderen Ton angeschlagen.«

Kapitel 19

Jacob und ich, unter uns das Tal, der sprudelnde Bach. Das Schneefeld über uns. Henrik und Milena, die einfach nicht zu uns aufschlossen.

Ich überlegte, ihnen entgegenzugehen, weil ich es allein mit ihm kaum aushielt. Aber wenn sie mich sahen, würden sie sofort wissen, dass etwas passiert war. Ich würde ihre Fragen beantworten müssen. Und meine spontane Reaktion war, so zu tun, als wäre alles normal. Jacob hatte nicht die Arme um mich gelegt und versucht, mich auf den Hals zu küssen, und er hatte auch keine halbe Stunde versucht, mich davon zu überzeugen, dass wir zusammengehörten.

Schließlich hatte er aufgegeben, sich auf einen Stein in der Nähe gesetzt und über das Tal geblickt. Er drehte mir den Rücken zu und wirkte wie jemand, dessen Welt gerade auf den Kopf gestellt worden war. Offensichtlich versuchte er zu begreifen, dass ich seine Gefühle nicht erwiderte.

Angst hatte ich nicht vor ihm, noch nicht. Erst später wurde mir klar, dass er mich hätte angreifen können. Warum hatte ich nicht gleich daran gedacht? Ja, es wäre völlig irrational gewesen, da Henrik und Milena jeden Moment in Sichtweite hätten sein können, aber zu dem Zeitpunkt wusste ich ja schon, dass Jacob nicht ganz richtig im Kopf war. Woher sollte ich wissen, ob er sich nach meiner Zurückweisung nicht auf mich stürzen würde?

Das konnte ich tatsächlich nicht wissen, wie sich bald zeigen sollte.

Einen gruseligen Augenblick lang kam das beleidigte Kind in ihm wieder zum Vorschein, als er einsah, dass er mein Verhalten ihm gegenüber völlig falsch interpretiert hatte. Scham stand ihm ins Gesicht geschrieben, Selbsthass, Erniedrigung. Er wusste, dass er sich blamiert hatte und wirkte völlig verloren. Ich musste an das denken, was er mir über seine Kindheit erzählt hatte. Wieder war er der schutzlose, ausgelieferte Sechsjährige.

Dann drehte er sich um und setzte sich auf den Stein, mit dem Rücken zu mir. Vielleicht, damit ich sein Gesicht nicht sah. Ich beobachtete ihn eine Weile, dann sah ich zum Schneefeld hinauf.

Himmel noch mal, wie langsam waren die beiden denn eigentlich? Jetzt mussten sie doch bald kommen?

Aber sie kamen nicht.

Ich fand mich damit ab, dass es wohl noch dauern würde und dass Jacob und ich noch eine Weile allein hier sein würden. Er auf seinem Stein, ich am Wasser, mit Blick auf das Schneefeld. Ich fühlte mich ruhiger. So war es auszuhalten.

Da stand er tief seufzend auf und kam langsam zu mir. Er sah zu Boden und strich sich mit den Fingern über Mundwinkel und Kinn. Das beleidigte Kind war verschwunden, er wirkte verschlossen und hart. Instinktiv spannte ich mich an, und mein Herz schlug schneller. Ein Stück vor mir blieb er stehen.

»Wir müssen das den anderen ja nicht erzählen, oder?« Seine Stimme war heiser und brüchig.

»Nein«, antwortete ich. »Wir vergessen es einfach.«

Wir schwiegen, doch ich merkte ihm an, dass er noch etwas loswerden wollte und nach den richtigen Worten suchte.

»Eines begreife ich noch nicht«, sagte er schließlich. »Erklär es mir bitte.«

»Das bringt doch nichts, Jacob. Wir kommen da nicht weiter.«

»Im Bordbistro hast du mit mir geflirtet. Warum?«

Ich schwieg, wollte mich nicht in eine Diskussion verwickeln lassen, bei der ich nur verlieren konnte. Doch er gab nicht nach.

»Warum hast du mit mir geflirtet?«

»Das habe ich nicht. Es tut mir leid, wenn du den Eindruck hattest, aber das habe ich wirklich nicht.«

»Doch.«

»Nein.«

Ich sah zum Schneefeld hinauf.

Verdammt, jetzt kommt doch endlich.

»Du hast mich ganz besonders angesehen.«

»Dieses Gespräch ist doch völlig sinnlos.«

»Und die … die ganze Zeit hast du keine Gelegenheit ausgelassen, etwas allein mit mir zu machen, ohne Henrik und Milena.«

»Also, Jacob, jetzt aber mal im Ernst …« Ich konnte nicht fassen, wie verdreht seine Sicht der Wirklichkeit war.

»Gestern sind wir fast den ganzen Tag zusammen gelaufen, heute im Prinzip auch den ganzen Tag.«

»Ja, weil wir schneller gehen! Kapierst du das denn nicht? Glaubst du, das bedeutet, dass ich mit dir flirte? Das ist doch völlig …«

»Du sendest Signale aus, Anna.«

»Wenn ich mit Milena und Henrik unterwegs war, bin ich auch immer vorausgelaufen. Ich will einfach ein wenig schneller gehen. Wie kannst du das nicht verstehen?«

»Und heute hast du mich dazu gebracht, dir einen Haufen Sachen zu erzählen, die ich nicht einmal Milena erzählt habe.«

Ich seufzte, wollte mich verteidigen, hielt mich jedoch zurück. Alles, was ich sagte, würde die Diskussion nur weiter anheizen und zu neuen absurden Anschuldigungen führen.

»Ich hatte das Gefühl, als seist du an mir interessiert und wolltest mich besser kennenlernen. Dabei wolltest du nur in der Scheiße wühlen.«

Ich schwieg immer noch.

»Findest du das etwa nett?« Jacob starrte mich an, doch ich hielt weiter den Kopf leicht abgewandt und antwortete nicht.

Er trat auf mich zu.

»Na?«

»Das hier ist sinnlos«, sagte ich so ruhig wie möglich, ohne ihn anzusehen. »Ich will nicht weiter darüber sprechen.«

Jacob kam noch einen Schritt auf mich zu.

»Dann stimmst du mir also zu, wenn du es nicht abstreitest. Du hast mit mir geflirtet und mit mir gespielt.«

Ich reagierte nicht.

»Oder?«

Er kam noch näher, und ich spürte seinen Atem auf meiner Haut. Ich bewegte mich nicht, jeder Muskel in meinem Körper war angespannt, und ich wusste genau, wo mein Schwerpunkt war. Falls nötig, war ich bereit, zurückzuschlagen, mich zu befreien. Ich hatte Selbstverteidigungskurse absolviert. Zuerst würde ich auf seine Augen zielen. Ich wusste ungefähr, wie sich das anfühlen würde. Als ob man den Finger in eine reife Kirschtomate presst. Erst gibt die Haut nach, dann platzt sie auf, und die Flüssigkeit spritzt heraus. Mein Herz hämmerte, mein Mund war trocken.

»Hallo?« Jacob schnipste mit den Fingern vor meinem Gesicht, und ich flippte aus, schlug seine Hand weg und starrte ihn wütend an.

»Zurück! Fass mich nicht an!«

»Ich habe doch gar nicht …«, protestierte er, doch ich fiel ihm ins Wort.

»Halt dich von mir fern, sonst gehe ich zurück zu Henrik und Milena, und dann wissen sie, dass etwas passiert ist, und ich werde ihnen alles erzählen! Ich gebe dir eine letzte Chance. Halt dich von mir fern.«

Jacob trat einen Schritt zurück und lachte. Es klang so gezwungen, dass er nicht glauben konnte, dass ich es ihm abnehmen würde. Doch das war egal, denn sein Lachen sollte verächtlich sein, mir zeigen, wie sehr er es genoss, mich aus dem Gleichgewicht gebracht zu haben.

Die Maske war verschwunden. Jacob hatte gezeigt, wer er wirklich war.

»Haha … Aber warum bist du denn so böse? Wir reden doch nur ein bisschen. Hm?«

Ich starrte ihn weiter an und sagte etwas ruhiger:

»Ich warne dich. Wenn du willst, dass das unter uns bleibt, kommst du nicht näher.«

Ich stand mit dem Rücken zum Schneefeld und sah, wie Jacob über meine Schulter nach oben blickte. Ich drehte mich um und sah endlich zwei Gestalten, die sich vor dem blauen Himmel abzeichneten. Henrik und Milena. Ich winkte ihnen zu, doch sie sahen mich wohl noch nicht. Trotzdem verspürte ich eine tiefe Erleichterung. Jacob hingegen wirkte auf einmal weniger selbstsicher. Ich konnte mir eine Bemerkung nicht verkneifen.

»Magst du ihnen nicht winken, Jacob?«, sagte ich. »Sonst fragen sie sich vielleicht, ob etwas nicht stimmt.«

»Ich warne dich auch«, erwiderte er. »Du hast deine Version von dem, was passiert ist, ich habe meine.«

»Eine andere Version?«

»Meine Version. Meine Wahrheit. Du weißt nicht, wem sie glauben werden.«

»Meine Wahrheit? Was soll das heißen?«

»Das, was ich sage.«

»Willst du dir eine Geschichte zusammenlügen, dass ich dich angebaggert hätte?«

»Ich muss überhaupt nicht lügen«, erwiderte Jacob. »Ich sage einfach, wie es ist. Du hast mit mir geflirtet, seit wir uns am

Hauptbahnhof in Stockholm getroffen haben, und mir war überhaupt nicht klar, was du da machst, denn ich habe ja eine Freundin, Milena, in die ich total verliebt bin, und du bist verlobt …«

Henrik und Milena näherten sich gemächlich und hatten noch etwa das halbe Schneefeld vor sich.

»Im Ernst, Jacob? Milena und Henrik waren doch dabei. Sie wissen, dass du lügst.«

»Genau, sie waren dabei. Im Bordbistro. Sie haben genau gesehen und gehört, was du getrieben hast.«

Ein verzweifelter Versuch von Jacob, mich irgendwie einzuschüchtern, aber ich ging nicht darauf ein. Ja, vielleicht war ich im Bordbistro extranett zu ihm gewesen. Aber ich hatte ihn beruhigen wollen, damit sich seine Laune wieder besserte. Henrik und Milena hatten sich ähnlich verhalten. Das konnte meine Drohung, Milena alles zu erzählen, nicht aufwiegen, weshalb immer noch ich die Bedingungen diktierte. Das wusste Jacob.

»Wem werden sie wohl glauben? Mir, die beide seit über zehn Jahren kennen, oder dir, mit dem Milena gerade mal einen Monat zusammen ist?«

»Milena wird mir glauben«, erwiderte Jacob mit ehrlicher Überzeugung. »Ich bin ihr Freund, sie ist in mich verliebt, ich habe etwas, das sie braucht.«

»Nein«, sagte ich, »du hast nichts, was Milena braucht. Ganz bestimmt nicht. Du bist das Letzte, was sie braucht.«

Jacob lächelte und winkte Henrik und Milena hinter mir zu. Ich drehte mich um, die beiden waren nur noch ein paar Hundert Meter entfernt. Nebeneinander warteten wir auf sie.

»Du kennst sie nicht«, sagte Jacob, ohne sich zu mir umzudrehen. Auch ich sah beharrlich weiter zu Henrik und Milena, die gerade stehen blieb. Vielleicht wollte sie ein Foto machen. »Wie gut seid ihr überhaupt befreundet?«

»Ich kenne sie sehr viel besser als du.«

»Sie wird mir glauben, und sie wird alles tun, was ich sage«, entgegnete Jacob. »Wart's ab.« Wieder klang er beunruhigend selbstsicher. Ich lächelte und rief nach Henrik.

»Hallo, ihr zwei!«

»Hallo«, sagte Henrik. Als er gleich darauf vor mir stand, umarmten wir uns und küssten uns pflichtschuldig. Henrik war schweißnass.

»Ihr habt ja ganz schön lange gebraucht«, sagte ich.

»Ja, der Aufstieg war anstrengend«, antwortete er. »Wir haben eine Weile Pause gemacht.«

Jacob ging zu Milena und zog sie lächelnd an sich.

»Schatz, war es hart?«

Sie küssten sich, leidenschaftlicher als Henrik und ich.

»Ein bisschen«, antwortete sie atemlos.

»Habt ihr lange gewartet?«, fragte Henrik mich.

»Keine Ahnung, eine Stunde vielleicht?«, sagte ich so neutral wie möglich. »Ich koche mal Kaffee.«

Jacob hielt Milena immer noch im Arm und sah sie mit einem warmen, verliebten Blick an. Und noch vor gar nicht langer Zeit hatte er mir einen endlosen Vortrag darüber gehalten, warum er und ich Seelenverwandte waren, die den Rest ihres Lebens zusammen verbringen sollten.

Ich verachtete ihn, hasste ihn in diesem Augenblick sogar.

Aus der Zeugenbefragung von Anna Samuelsson, Personennummer 880 216-3382, 18. September 2019, Krankenhaus Gällivare, durchgeführt von Kriminalinspektor Anders Suhonen.

»Wie spät war es da ungefähr? Wissen Sie das?«

»Vielleicht vier, halb fünf.«

»Mhm.«

»Wir haben noch eine Tasse Kaffee getrunken, bevor wir weitergegangen sind. Die Stimmung… war ziemlich schlecht.«

»Ja.«

»Henrik hat bald gemerkt, dass etwas passiert war, er hat es mir angesehen. Und Jacob hat so getan, als hätte er eine Spitzenlaune. Er hat gelacht und viel geredet, Milena ständig umarmt. Doch Milena ist ja nicht dumm, sie hat mir auch angemerkt, dass etwas nicht stimmte. Und ich glaube, sie hat auch gemerkt, dass Jacob uns etwas vorspielte.«

»Ich verstehe.«

»Bevor wir aufgebrochen sind, hat sie mich gefragt, wie es mir ging.«

»Und was haben Sie gesagt?«

»Dass alles in Ordnung sei und ich vielleicht nur zu wenig getrunken hätte. Irgend so etwas, ich weiß es nicht mehr genau.«

»Okay.«

»Und Jacob hat sich die ganze Zeit in meiner Nähe gehalten. Während, ja … des ganzen restlichen Tages und auch am Abend.«

»Aha?«

»Er hatte eine Scheißangst, dass ich auch nur eine Sekunde mit Henrik oder Milena allein sein könnte.«

»Weil er dachte, Sie würden es ihnen erzählen?«

»Ja. Und er war sehr diskret dabei, ich glaube nicht, dass es Henrik oder Milena überhaupt aufgefallen ist. Aber ich habe mich sehr unwohl gefühlt.«

»Das verstehe ich.«

»Als wir dann weitergegangen sind, bin ich natürlich bei Henrik und Milena geblieben. Jacob auch. Den restlichen Weg sind wir also gemeinsam gewandert, ein paar Stunden noch, hinunter ins nächste Tal.«

»Mhm.«

Schweigen.

»Und ich … ich habe die ganze Zeit überlegt, was ich machen sollte. Ob ich es erzählen sollte, und wenn ja, wem? Nur Henrik oder auch Milena, ob ich die Wanderung abbrechen sollte oder ob ich so tun könnte, als wäre nichts passiert.«

»Ich verstehe. Da hatten Sie viel zu überlegen.«

»Ja. Sehr viel.«

Schweigen.

»Schon bald ist mir dann klar geworden, dass ich so nicht weitermachen konnte. Jacobs Nähe war mir zu unangenehm. Mir… war richtig schlecht bei seinem Anblick. Und dann hatte ich auch das Gefühl… Wir waren auf dem Weg in den Sarek. Der fast so groß ist wie, keine Ahnung, Gotland, und im ganzen Nationalpark gibt es nur ein Nottelefon, in der Mitte, man kann wochenlang wandern, ohne einer Menschenseele zu begegnen. Wollte ich wirklich mit einem Menschen in die Wildnis, der so gestört war wie er? Ich habe gedacht, dass es richtig unangenehm werden könnte, ja, sogar gefährlich.«

»Ja.«

»Deshalb habe ich beschlossen, am nächsten Morgen zu sagen, dass es mir nicht gut ging, dass ich eine Erkältung ausbrütete und dass ich zurück nach Staloluokta müsse. Und da würde Henrik natürlich mitkommen.«

»Ja.«

»Und ich habe gedacht, dass das Milena nicht misstrauisch machen würde, da sie mich am Nachmittag ja schon gefragt hatte, wie es mir ging. Da hatte ich gesagt, ich hätte wohl zu wenig getrunken, und so könnte sie sich dann denken, dass das schon die Erkältung gewesen war oder so.«

»Ich verstehe. Sie hatten sich also entschieden, ihr nichts davon zu sagen, was zwischen Ihnen und Jacob passiert war?«

»Genau. Vielleicht war das feige, aber ich wollte es ihr erst erzählen, wenn wir alle wieder in Stockholm waren. Erst einmal war mir wichtig, die Wanderung abzubrechen, so unkompliziert und so schnell wie möglich.«

»Ich verstehe.«

»Und ich wollte es auch Henrik erst erzählen, wenn wir uns von den anderen getrennt hatten. Es gab keinen Grund, es direkt zu tun. Als wir also die Zelte aufbauten, fühlte ich mich mit diesem Plan ziemlich sicher.«

»Ja. Aber dann ist es anders gekommen?«

»Genau. An dem Abend wurde alles … dringlicher.«

»Was ist passiert?«

Schweigen.

»Anna?«

»Ich weiß nicht, ob ich …«

»Sind Sie müde?«

»Ja.«

»Dann machen wir eine Pause, und Sie können sich ausruhen.«

Kapitel 20

Wir gingen nicht bis hinunter ins Sarvesvágge, sondern fanden ein kleines Plateau etwas weiter oben am Berghang, wo wir unsere Zelte aufbauten. Nach der Kaffeepause waren wir noch ein paar Stunden gelaufen, jetzt war es früher Abend. Die Sonne stand schon tief, und die milde Herbstwärme des Tages war schnell kühlerer Luft gewichen. Doch der schneebedeckte Gipfel des Rijddatjåhkkå, des Berges im Osten, strahlte golden. Das ganze Tal leuchtete in den Farben des Herbstes.

Ich hatte diese wunderbare Natur um mich herum, konnte sie aber nicht genießen. Wenn ich jetzt daran zurückdenke, wird mir klar, dass sie für immer mit meiner Stimmung an diesem Abend verbunden sein wird: wütend, aufgebracht, besorgt, ungeduldig. Ich hatte beschlossen, die Wanderung erst am nächsten Morgen abzubrechen, weil es so am einfachsten und reibungslosesten wäre. Doch nachdem die Entscheidung erst gefallen war, wollte ich so schnell wie möglich von Jacob weg.

Außerdem musste ich ständig an meine Verantwortung gegenüber Milena denken. Wenn ich es schon zu gefährlich fand, mit Jacob in den Sarek zu gehen, sollte ich dann meine Freundin nicht dazu bringen, die Wanderung auch abzubrechen? Es zumindest versuchen? Aber dann müsste ich ihr sagen, was passiert war. Und Jacob würde merken, dass ich es ihr gesagt hatte. Es würde ihn provozieren, und wer wusste schon, wie er dann reagieren würde? Ich hatte auch das Gefühl, dass Milena weniger von Jacob zu befürchten hatte als Henrik und ich. Sie verhielt sich so unterwürfig, er konnte tun und lassen, was er wollte.

Deshalb hielt ich es für unwahrscheinlich, dass er die Beherrschung verlieren und etwas wirklich Dummes machen würde, wenn sie allein waren.

Außerdem war Milena erwachsen und schien die Augen vor allem zu verschließen, was mit Jacob nicht in Ordnung war, dann musste sie auch die Verantwortung für sich selbst übernehmen.

Henrik und ich suchten uns einen Platz und begannen, das Zelt aufzubauen. Am Abend zuvor hatten Jacob und Milena als Erste ihr Zelt aufgestellt, und Henrik und ich hatten uns einen Platz ein Stück entfernt gesucht, damit wir uns leise im Zelt unterhalten konnten, ohne gehört zu werden. Ein bisschen Privatsphäre nach einem langen Tag zusammen mit den anderen. Aber jetzt hatte Jacob auf uns gewartet und baute sein Zelt direkt neben unserem auf. Die Schnüre waren nur wenige Meter voneinander entfernt. Es war fast schon komisch: Wir konnten kilometerweit in die Ferne blicken, weit und breit war kein Mensch zu sehen, und dann drängten sich diese beiden Zelte auf demselben Fleck zusammen, wie auf einem Campingplatz auf Öland während Mittsommer.

Henriks Sachen waren nach seinem Sturz ins Wasser noch immer feucht oder sogar nass. Es würde eine kühle Nacht für ihn werden.

Nachdem wir das Zelt aufgebaut und die Matten und Schlafsäcke hineingelegt hatten, krochen wir hinein und legten uns eine Weile hin. Wir hielten uns in den Armen. Henrik sah mir tief in die Augen und fragte leise:

»Ist etwas passiert?«

Ich schüttelte beruhigend den Kopf und wollte gerade antworten, als wir Schritte vor dem Zelt und Jacobs Stimme hörten:

»Hallo da drin?«

»Hallo«, sagte Henrik und erhob sich halb. Der Reißverschluss wurde heruntergezogen, und Jacob streckte breit lächelnd den Kopf herein.

»Ihr habt es ja gemütlich.«

»Ja. Wir können nicht klagen«, erwiderte Henrik.

»Wir hatten weniger Glück mit den Zeltheringen«, fuhr Jacob fort. »Der Untergrund ist felsig, wir konnten sie nicht einschlagen. Wenn ihr also jemanden hier draußen herumräumen hört, das bin nur ich.«

»Versucht es doch woanders«, schlug ich vor. »Weiter weg.«

»Ach, hier ist es so eben und schön, wir bleiben hier«, meinte Jacob fröhlich. »Sollen wir in einer halben Stunde oder so essen?«

»Okay.« Henrik gähnte.

»Super.« Jacob zog sich zurück und schloss den Reißverschluss hinter sich. Wir hörten, wie er an den Heringen herumhantierte. Nur die Heringe auf unserer Seite des Zeltes schienen Probleme zu bereiten, jedenfalls klang es, als wäre Jacob direkt auf der anderen Seite der Zeltwand. Henrik und ich sahen uns an. Jacobs Verhalten hatte Henriks Misstrauen geweckt. Es bestärkte ihn sicher in seinem Gefühl, dass etwas zwischen Jacob und mir vorgefallen sein musste.

»Ich sage es dir morgen«, flüsterte ich. »Es ist alles in Ordnung. Denk nicht weiter darüber nach.« Ich gab ihm einen Kuss, den er jedoch nicht erwiderte. Und er sah noch besorgter aus.

Kurz darauf rief Milena uns von draußen zum Essen, es gab Hühnersuppe mit extra Nudeln. Zum Nachtisch reichte Jacob eine Tafel Schokolade herum. Doch die entspannte Stimmung vom Mittagessen wollte nicht zurückkehren. Henrik und ich waren schweigsam, und auch Milena sprach wenig, weil sie merkte, dass mit uns etwas nicht stimmte. Nur Jacob redete munter weiter. Seine Hartnäckigkeit war irgendwie bewundernswert. Schon bevor Milena und Henrik uns eingeholt hatten, hatte er beschlossen, eine fröhliche Fassade aufzusetzen, und davon ließ er sich jetzt auch nicht abbringen. Doch es wirkte immer seltsamer, da wir anderen so wortkarg waren.

Die bedrückende, seltsame Atmosphäre wurde Milena schließlich zu viel, und sie schlug vor, MIG zu spielen, ein Quiz, ähnlich wie Trivial Pursuit, aber als Kartenspiel, das wir auf unseren Wanderungen immer dabeihatten. Sie dachte wohl, dass es mich und Henrik aufmuntern würde. Aber ich war müde und nicht in der Stimmung, mehr Zeit als nötig in Jacobs Gesellschaft zu verbringen. Außerdem konnte ich so meine Geschichte, die ich am Morgen erzählen wollte, vorbereiten.

»Macht ihr nur«, sagte ich, »aber ich passe. Ich bin müde und schlapp.« Milena sah mich besorgt an.

»Wirst du krank?«

»Ich weiß es nicht«, antwortete ich. »Vielleicht. Ich fühle mich ein bisschen schwach.«

Jacob sah mich forschend an. Vielleicht ahnte er, was ich vorhatte. Ich fuhr fort:

»Ich gehe mal ins Bett, dann sehen wir morgen, wie es ist. Gute Nacht.«

»Gute Nacht«, sagte Milena. Ich beugte mich hinunter und küsste Henrik, bevor ich zum Zelt ging.

»Gute Nacht und gute Besserung«, sagte Jacob. Ich antwortete nicht, sondern ging einfach weiter. Hinter mir hörte ich Milenas Stimme:

»Aber ihr anderen macht doch mit, oder? Henrik?«

»Ja, gern«, erwiderte er.

»Was ist das für ein Spiel?«, fragte Jacob. »Ist das wie Uno oder was?«

Ich vermutete, dass Milena die Spielkarten hervorgeholt hatte.

»Nein, ein Quiz«, erklärte sie. »Du schaffst das schon, es ist ganz einfach.«

»Ich hole nur schnell noch den Whisky.«

Die anderen redeten weiter. Ich holte Kulturbeutel und Handtuch aus dem Zelt und machte mich auf den Weg zu einem Gebirgsbach, der in einiger Entfernung gemächlich den Berghang hinunterfloss. Er hatte sich nicht in den Fels gegraben, war aber dreißig, vierzig Zentimeter tief, und das Wasser war klar und eiskalt. Ich zog Stiefel und Socken aus und badete meine Füße. Die eisige Kälte packte meine Knöchel wieder wie ein Schraubstock. Ich zog auch das Shirt aus und spritzte mir Wasser ins Gesicht und unter die Arme. Danach fühlte ich mich frischer und energiegeladener. Während ich mir die Zähne putzte, blickte ich über das Sarvesvágge. Mit ein wenig Abstand zu den Zelten und den anderen konnte ich die herrliche Landschaft wieder genießen. Das atemberaubend schöne Tal lag hier seit Tausenden von Jahren, im Wechsel der Jahreszeiten und des Wetters. Ab und zu kam ein Mensch vorbei und genoss die Aussicht. Aber es würde immer noch da sein und genauso aussehen, wenn ich schon längst nicht mehr war. Eine seltsame Ruhe überkam mich bei der Vorstellung.

Ich ging zurück zum Zelt, kroch hinein und zog den Reißverschluss zu. Im Schlafsack lauschte ich den Stimmen der anderen, die jetzt MIG spielten.

»Wie hieß die Frau, die mit Bananen tanzte und für ihre Arbeit in der französischen Résistance in die Ehrenlegion aufgenommen wurde?«

»Äh … Josephine Baker.«

»Super! Henrik weiß echt irre viel.«

»Was habe ich jetzt … fünf?«

»Ja.«

»Und ich bin mit dem Lesen dran. Machst du?«

»Was?«

»Du sollst würfeln, Jacob.«

»Aha.«

»Rot oder Blau. Und MIG-Chance.«

»Dann nehme ich Blau. Aber was ist MIG-Chance, das verstehe ich nicht?«

»Wenn du richtig antwortest, machst du dein Kreuz bei der Farbe. Derjenige, der zuerst alle Farben ausgekreuzt hat, gewinnt.«

»Okay. Los.«

»Wie viele Längengrade verlaufen um die Erde: 24, 180 oder 360?«

»Wie viele Längengrade?«

»Ja. 24, 180 oder 360.«

»Äh … ja. Nein, verdammt, ich weiß es nicht. Da muss ich raten.«

»Du hast drei Möglichkeiten.«

»Dann sage ich … Verdammt, das ist schwierig … 24. Oder nein, 180. Ja, ganz bestimmt 180.«

»Tut mir leid, das ist falsch. 360.«

»Dreihundert-scheiß-sechzig?«

»Ja.«

»Das hätte ich auch nicht raten können. Das war echt schwer.«

»Du bist dran mit Würfeln.«

Ich hörte ein glucksendes Geräusch, das wohl von Jacobs Flachmann mit Whisky kam.

»Aaah … Will jemand einen Schluck?«

»Danke, für mich nicht.«

»Nein, danke.«

»Schatz, wenn wir zusammen sein wollen, musst du einen schönen rauchigen Whisky schätzen lernen. Nimm einen Schluck.«

»Okay, einen kleinen …«

Die Stimmen wurden leiser, während ich eindöste. Ich fühlte mich müde und ruhig und war zufrieden, dass wir morgen die Reise abbrechen würden. Als Letztes hörte ich Henrik:

»Die Hitze. Bikram Yoga wird bei fast vierzig Grad praktiziert.«

Mit rasendem Herzen schreckte ich hoch und setzte mich auf, ich wusste zuerst nicht, wo ich war. Doch bald war alles wieder da: die Wanderung, das Zelt und die anderen, die draußen saßen und MIG spielten.

Eine Sekunde lang dachte ich, ich hätte nur geträumt, aber dann hörte ich die Stimmen von draußen. Vor allem Jacobs, der laut und aggressiv sprach.

»Aber habe ich dich um Hilfe gebeten? Habe ich das?«

»Nein, tut mir leid.« Milena klang unterwürfig, abwehrend. »Nein, verdammt, das habe ich nicht.«

»Tut mir leid, Jacob. Ich … es fühlt sich einfach nicht fair an, du hast fünf superschwere Fragen hintereinander bekommen …« Jacob unterbrach sie.

»Sei ruhig, verdammt noch mal! Hör einfach auf!«

»Entschuldige bitte. Du …«

»Hör auf, mich wie ein verdammtes Kind zu behandeln!«

Plötzlich war ich hellwach. Ich hielt den Atem an und lauschte angestrengt. Jacob klang, als würde er gleich ausrasten. Selbst Henrik klang abwehrend, fast ängstlich, wie Milena versuchte er, Jacob zu beruhigen.

»Jacob, weißt du was, du würfelst noch mal und bekommst eine neue Frage. Wir vergessen die hier.«

»Ich hätte sie vielleicht beantworten können, aber jetzt hast du es verdorben«, fuhr Jacob Milena weiter an. »Bist du jetzt zufrieden? Bist du *zufrieden?*«

»Nein«, sagte Milena leise. Henrik versuchte weiter, Jacob zu beruhigen, er klang gestresst und suchte nach den richtigen Worten.

»Okay … Wir sagen einfach, dass du die Frage richtig beantwortet hast. Dann kannst du weitermachen.«

»Was meinst du damit, dass ich die Frage beantwortet habe? Das habe ich doch gar nicht?«

»Nein, aber …«

»Warum sollte ich dann weitermachen dürfen, wenn ich sie nicht beantwortet habe? Henrik?«

Ich hörte, wie Henrik tief einatmete.

»Äh … Ich weiß nicht, ich …«

»Sollen wir einfach weiterspielen? Ich kann …«, wagte sich Milena vor, doch Jacob unterbrach sie wieder.

»Herrgott, ihr redet die ganze Zeit, ich kann überhaupt nicht klar denken. Ich habe Henrik eine Frage gestellt. Darf ich bitte seine Antwort hören, ohne dass du auch noch herumquasselst? Kannst du mal für drei Sekunden die Klappe halten, schaffst du das?« Milena schwieg. Jacob murmelte etwas Undeutliches.

Verdammte Fotze? Hat er das wirklich gesagt?

Ich konnte mir das nicht länger anhören. Ich zog den Reißverschluss auf und kroch aus dem Zelt. Seit ich schlafen gegangen war, war es deutlich dunkler geworden, aber es war noch nicht stockfinster. Jacob ging immer noch auf Henrik los.

»Warum sollte ich Punkte bekommen, wenn ich die Frage nicht einmal beantwortet habe?«

»Äh … Ich weiß nicht. Lassen wir das doch einfach.«

»Du weißt es nicht? Aber das war doch dein Vorschlag?«

Jetzt war ich bei ihnen. Mein Herz klopfte wie wild, aber ich versuchte, so neutral und entspannt wie möglich zu klingen.

»Hey, was ist denn hier los?«

Milena und Henrik sahen zu mir auf, beiden merkte man ihr Unbehagen an. Jacob hingegen starrte weiter Henrik an, sein Blick war wild, er schien mich nicht einmal gehört zu haben.

»Na ja, wir sind … etwas emotional geworden«, antwortete Milena.

»Habe ich dir nicht gerade gesagt, du sollst die Klappe halten?«, schnauzte Jacob sie an.

Ich spürte, wie mich die Wut überwältigte.

»Jacob, es reicht. Beruhige dich.«

Erst jetzt schien er mich zu bemerken. Er sah mich an und streckte mir den Zeigefinger entgegen.

»Und du mischst dich nicht ein. Geh zurück ins Zelt.«

»Zurück ins Zelt gehen?«, sagte ich. »Willst du mir etwa befehlen, ob ich zum Zelt zurückgehe oder nicht? Spinnst du?«

Eigentlich hatte ich die Situation entschärfen wollen, doch jetzt war ich stinkwütend und konnte mich nicht mehr zurückhalten. Jacob stand auf.

»Misch dich nicht ein!«, schrie er.

»Jacob …« Milena stand ebenfalls auf.

»Beruhige dich«, sagte Henrik, fester als zuvor, und nun ging alles ganz schnell: Jacob machte ein paar rasche Schritte auf ihn zu, während Henrik versuchte, aufzustehen, aber Jacob war schneller und verpasste ihm einen kräftigen Stoß, sodass er auf dem Rücken landete. In der nächsten Sekunde war Jacob über ihm und schrie ihm ins Gesicht:

»BEANTWORTE DIE FRAGE! ICH HABE EINE EINFACHE FRAGE GESTELLT, BEANTWORTE SIE MIR, VERDAMMT NOCH MAL!«

»Jacob!«, rief Milena. Ich packte Jacob am Arm und zog ihn von Henrik weg, und Milena trat dazwischen. Jacob riss sich los und stapfte davon, wobei er schwer atmete und seltsame, grunzende Laute von sich gab. Er verschwand in der Dunkelheit. Henrik rappelte sich auf und sah schockiert und verängstigt aus.

»Himmel, bist du okay?«, fragte Milena.

»Alles in Ordnung«, murmelte Henrik. Er war schwer erschüttert, schien sich aber bei dem Sturz nicht verletzt zu haben.

»Es tut mir leid«, sagte Milena schluchzend, »es tut mir leid …« Sie schüttelte den Kopf.

»*Du* musst dich nicht entschuldigen«, sagte ich. »Er spinnt doch total.« Milena eilte davon, aber nicht in dieselbe Richtung wie Jacob.

Henrik und ich saßen noch eine Weile vor dem Zelt und dachten nach. Milena und Jacob waren nirgends zu sehen. Schon bald zitterte Henrik am ganzen Körper, als hätte er eine Erkältung. Ich schlug vor, dass wir in die Schlafsäcke kriechen und uns aufwärmen sollten, aber er wollte noch eine Weile draußen bleiben.

Ich erzählte ihm, was am Tag passiert war. Es gab keinen Grund, es noch länger zu verschweigen. Henrik hörte zu und schüttelte den Kopf. Auch er murmelte:

»Er spinnt doch total. Er ist völlig verrückt.«

Ich legte den Arm um ihn und streichelte seinen Rücken, um ihn zu wärmen. Er zitterte immer noch.

»Blasen wir die Sache ab«, sagte ich. Henrik nickte schnell. »Ja.«

Die Entscheidung war gefallen. Es gab nichts mehr zu sagen.

Wir krochen in die Schlafsäcke, ohne die Reißverschlüsse zu schließen, und hielten uns fest umschlungen. Der Gedanke beunruhigte mich, dass wir nicht sehen konnten, wenn sich jemand dem Zelt näherte. Was wäre, wenn Jacob mitten in der Nacht mit seinem Eispickel auftauchen und zuschlagen würde? Ich erinnerte mich daran, dass Thomas Quick irgendwann in den Achtzigerjahren wegen des Mordes an zwei holländischen Touristen verurteilt und dann freigesprochen wurde, der sich genau so zugetragen hatte.

Draußen waren Schritte zu hören, und ich stützte mich sofort nervös auf den Ellbogen. Henrik sah eher verwirrt als erschrocken aus. Es klang, als kämen Jacob und Milena zusammen näher.

»Hallo?« Jacobs Stimme war dumpf und tonlos, leiser als sonst. »Seid ihr wach?« Henrik und ich sahen uns an.

»Ja«, sagte Henrik schließlich. Jacob räusperte sich.

»Entschuldigung. Wegen vorhin.« Er hielt inne, um einem von uns die Möglichkeit zu geben, die erbetene Vergebung auszusprechen, aber wir blieben mucksmäuschenstill und hörten zu. Schließlich fuhr er fort:

»Ich habe die Beherrschung verloren. Und hätte den Whisky nicht trinken sollen. Tut mir leid.«

Schweigen. Ich stellte mir vor, wie Jacob und Milena draußen in der Dunkelheit standen und auf eine Reaktion warteten. Ich war mir sicher, dass sie Jacob dazu überredet hatte, sich zu entschuldigen. Die Zurückhaltung, die leise Stimme, all das zeugte davon, dass es nicht seine Idee gewesen war. Vielleicht hatte Milena ja doch einen gewissen Einfluss auf ihn. Vielleicht hatte er aber auch erkannt, dass eine Entschuldigung der einzige Weg war, um zu verhindern, dass dieser Sarektrip am nächsten Morgen zu Ende war.

Das Schweigen hielt an. Eine Windbö ließ das Zelt ein wenig rascheln. Jemand ging auf und ab.

»Schon okay«, erwiderte ich schließlich in einem Ton, der das Gegenteil aussagte.

»Bis morgen«, sagte Milena. Sie klang müde und traurig. Sofort hatte ich Mitleid mit ihr. Ach Milena. Sie hatte etwas so viel Besseres verdient als das hier. Ich antwortete in freundlicherem Tonfall:

»Bis morgen. Schlaf gut.« Bald hörten wir Milena und Jacob in ihr Zelt kriechen. Wir sahen uns an. Ich schüttelte stumm den

Kopf und zog den Reißverschluss meines Schlafsacks zu. Bald sank ich wieder in einen unruhigen Schlaf.

Geräusche aus dem anderen Zelt weckten mich. Nach einem Moment merkte ich, dass es Milena war, die schluchzte und stöhnte. Ich hörte auch rhythmische Geräusche, das Rascheln von aneinanderreibenden Stoffen. Stöhnen und Grunzen.

Sie hatten Sex.

Ich stützte mich auf den Ellbogen und lauschte angespannt. Henrik schlief neben mir.

Ja, sie hatten Sex. Aber es ähnelte eher einer Misshandlung. Milena klang gedämpft, als ob ihr jemand den Mund zuhielte. Und das waren keine Lust-, sondern Schmerzensschreie. Sie schrie und kreischte durch Jacobs Hand, wimmerte und schluchzte. Jacob stöhnte und brüllte noch heftiger.

Du verdammtes Tier.

Ich rüttelte Henrik wach, der sich abrupt aufsetzte, sich benommen umsah und heiser flüsterte:

»Was ist los? Was ist los?«

»Hör zu«, sagte ich leise. »Hörst du?«

Wir saßen still da und hielten den Atem an. Ich hörte Jacob immer noch grunzen und stöhnen, doch Milenas Schluchzen klang jetzt eher wie röchelnde Atemzüge. Henrik sah mich fragend an.

»Warte«, flüsterte ich.

Die Geräusche aus dem anderen Zelt wurden leiser und hörten bald auf.

»Vorher hat es geklungen, als würde sie weinen und schreien, aber er hat ihr den Mund zugehalten«, flüsterte ich.

Wir lauschten noch eine Weile. Alles war ruhig, dann wurde ein Reißverschluss geöffnet, und jemand kam aus dem Zelt und entfernte sich. Ich war mir nicht sicher, aber es klang wie Jacob.

»Milena?«, sagte ich leise. Henrik und ich sahen uns an. Keine Antwort.

»Milena?«, wiederholte ich, etwas lauter.

»Ja?«, antwortete sie gedämpft und wie aus weiter Ferne. Ihr Tonfall war seltsam, distanziert.

»Ist alles in Ordnung?«, fragte ich.

»Ja. Alles okay.«

»Wirklich?«

»Ja. Gute Nacht.«

Kapitel 21

Sanfter Regen fiel auf das Zelt, als ich aufwachte. In meinem Schlafsack lag ich warm und trocken, doch die Luft im Zelt war feucht und kalt. Es war bereits hell. Henrik schlief noch neben mir. Ich fragte mich, wie seine Nacht gewesen war. In feuchter Unterwäsche, in einem feuchten Schlafsack.

Ich kroch aus dem Zelt. Der Himmel war wolkenverhangen, eine graue Decke, wie sie in Gällivare schon über uns gehangen hatte, die Berggipfel waren in den tief hängenden Wolken nicht zu sehen. Es nieselte, und die Temperatur war um einige Grad gefallen. Ich fröstelte in meiner Unterwäsche und eilte ins Vorzelt, um die Regensachen herauszuholen. Die Rucksäcke und Stiefel waren vor dem Regen geschützt, doch die Feuchtigkeit war trotzdem in den Boden gezogen. Alles war klamm.

Ich fühlte mich ruhig und doch wieder nicht. Die Frage, ob wir mit Jacob ins Fjäll fahren sollten, hatte mich immer wieder umgetrieben, seit Milena das erste Mal von ihm gesprochen hatte. Jetzt war die Frage endgültig entschieden. Wir würden die Sache abblasen. Ein gutes Gefühl.

Wegen Milena war ich allerdings noch unruhig. Während meines nächtlichen Grübelns war ich zu dem Schluss gekommen, dass ich trotzdem versuchen musste, sie dazu zu bewegen, mit uns zurückzukommen, aber ich war mir keineswegs sicher, dass ich Erfolg haben würde.

Henrik wachte von meinem Herumräumen im Vorzelt auf und drehte sich im Schlafsack um.

»Guten Morgen«, sagte ich leise. »Gut geschlafen?«

»Nicht so toll«, murmelte er. »Regnet es?«

»Ja. Lass uns frühstücken, dann spreche ich mit Milena, sobald sie aufgewacht ist.«

Henrik nickte.

Ich ging Wasser holen, und schweigend bauten wir den Kocher zusammen. Schon bald zischte der blaue Gasring.

Wenn die Sonne scheint, ist das Kochen in den Bergen einfach. Man breitet den Inhalt des Rucksacks auf dem Boden oder auf dem Schlafsack aus, kommt an alles leicht heran, und eine Mahlzeit ist schnell zubereitet.

Wenn es regnet, muss so viel wie möglich im Vorzelt bleiben. Auf den Knien kramt man in seinem Rucksack, in dem die mühsam aufrechterhaltene Packordnung sofort zerstört ist. Und dann die Kälte: Die Hände werden steif, wenn man die Handschuhe auszieht, weil man sonst kein Streichholz aus der Schachtel nehmen kann.

Offenbar hatten wir genügend Lärm gemacht, um jemanden im anderen Zelt zu wecken, denn jetzt hörten wir Geräusche.

Bitte mach, dass Milena zuerst aufgewacht ist.

Jemand wühlte in seinem Rucksack, zog sich die Stiefel an. Der Reißverschluss wurde hochgezogen.

»Igitt, ist das kalt«, murmelte Milena, als sie aus dem Zelt kroch, die Regenjacke in der Hand. Ich nickte erleichtert.

»Wir kochen Brei für dich mit. Du … Ich möchte mit dir über etwas reden.«

Milena wirkte verwirrt, folgte mir aber zu dem kleinen Bach. In Anbetracht von Jacobs gestrigem Verhalten machte ich mir keine Illusionen, dass er uns in Ruhe lassen würde, sobald er aufgewacht war. Ich musste jetzt schnell sein und hoffte, dass das plätschernde Wasser unsere Stimmen übertönen würde.

Bevor Milena ihre Regenjacke anzog, bemerkte ich die roten Flecken an ihrem Hals.

Sie sahen aus wie Würgemale.

Du verdammtes Tier.

»Also«, begann ich, drehte mich um und blieb stehen. Auch Milena blieb stehen und sah mich erwartungsvoll an. Sie ahnte natürlich, dass das, was ich gleich sagen würde, mit dem Streit von gestern Abend zu tun hatte.

»Henrik und ich haben beschlossen, die Tour abzubrechen. Wir gehen zurück nach Staloluokta.«

Milena blickte auf das Sarvesvágge, das Tal, das sich gestern noch kilometerweit vor unseren Augen erstreckt hatte. Jetzt verschwand es im grauen Dunst des Nieselregens. Sie stand schweigend da und ließ meine Worte auf sich wirken. Damit hatte sie nicht gerechnet, das sah ich ihr an. Schließlich sagte sie einfach:

»Aha.« Ihre Stimme klang dünn, brüchig und traurig.

»Ich habe kein gutes Gefühl bei Jacob. So wie er sich gestern verhalten hat.«

»Nein …« Milena klang ein wenig zweifelnd.

»Das war nicht gut, wie er auf Henrik losgegangen ist. Und dich hat er wirklich schlecht behandelt.«

»Ja.« Milena suchte nach Worten. »Natürlich war das alles nicht in Ordnung. Aber er hat sich entschuldigt.«

»Ja, aber er hat Henrik körperlich angegriffen.«

»Äh …« Milena starrte auf den Boden. Was sollte das denn?

»Milena?«

»Also, ich heiße nicht gut, was Jacob gestern getan hat, aber … ich …«

»Was?«

»Soweit ich gesehen habe, hat er Henrik nicht angefasst. Sicher, er war wütend und ist auf ihn los …«

Wut flammte in mir auf, und ich unterbrach sie.

»Er hat ihn umgestoßen. Jacob hat Henrik geschubst.«

»So wie ich es verstanden habe, ist Henrik nach hinten gestolpert, aber das ist vielleicht auch …« Wieder unterbrach ich sie, ich konnte mich nicht beherrschen.

»Milena, Jacob hat Henrik nach hinten gestoßen. Er hat ihn körperlich angegriffen. Und das ist einfach … Ich bin überrascht, dass du das verteidigst.«

»Ich verteidige es nicht, aber … ach, egal.« Milena holte tief Luft.

Wir schwiegen. Wir waren nass und froren, hatten Hunger, weil wir noch nicht gefrühstückt hatten, und jetzt stritten wir auch noch. Warum waren wir in den Sarek gefahren? Warum waren wir nicht unserem ursprünglichen Plan gefolgt und nach Abisko gefahren, nur ich, Milena und Henrik, und von Hütte zu Hütte gewandert, wie all die Jahre zuvor?

»Henrik und ich möchten, dass du auch mitkommst.«

»Nein, ich werde mit Jacob weiterwandern.« Milenas Antwort kam schnell, ihre gedämpfte Stimme zitterte ein wenig, fast als würde sie gleich weinen. Aber sie war nicht traurig, sondern wütend. Das hatte ich noch nicht oft bei ihr erlebt, aber so hörte es sich an.

»Ja, aber …«

»Und ich finde, du bauschst das von gestern viel zu sehr auf«, unterbrach mich Milena aufgebracht, die Worte drängten nur so aus ihrem Mund. »Jacob hat die Beherrschung verloren, als wir gespielt haben, das hast du ja schließlich auch schon oft genug. Wenn wir Karten, wenn wir Trivial Pursuit gespielt haben … sehr, sehr oft. Und Jacob hat sich entschuldigt. Das hast du nie getan.«

»Warte …«

Doch Milena sprach schon weiter. »Er ist ein grottenschlechter Verlierer, aber er hat sich entschuldigt. Und er hat Henrik nicht geschubst. Definitiv nicht.«

»Okay«, sagte ich und versuchte, Zeit zu gewinnen, »äh …«

Es ärgerte mich schrecklich, dass Milena behauptete, Jacob hätte Henrik nicht geschubst. Sie hatten sicher gestern Abend darüber gesprochen, und Jacob hatte natürlich alles abgestritten, hatte Milena an dem zweifeln lassen, was sie gesehen hatte, und sie auf seine Seite gezogen. Aber jetzt darüber zu streiten, würde zu nichts führen. Ich holte tief Luft und versuchte, ruhig zu sprechen.

Ich musste die Karten auf den Tisch legen.

Da sah ich Jacob in einiger Entfernung aus dem Zelt kriechen. Mein Puls beschleunigte sich, mein Magen zog sich zusammen.

»Es geht nicht nur darum, was er gestern Abend getan hat«, sagte ich. Ich sah Milena an, beobachtete Jacob aber aus dem Augenwinkel.

»Ach nein?«

»Ich weiß nicht, ob dir aufgefallen ist, dass gestern eine ziemlich seltsame Atmosphäre geherrscht hat, als du und Henrik uns eingeholt habt.«

»Nein. Was war los?« Milena sah mich verständnislos an.

Bei den Zelten streckte sich Jacob und zog seine Regenjacke an. Seine Körperhaltung verriet, dass ihm kalt war. Er sah, dass Henrik Frühstück kochte, und obwohl ich etwa dreißig Meter entfernt war, konnte ich ihm seine Gedanken am Gesicht ablesen. Wo sind Milena und Anna? Er versteifte sich und schaute sich um. Nach einer Sekunde entdeckte er uns. Die Körperhaltung, der Blick.

Wie ein deutscher Schäferhund, mit starrem Blick und gespitzten Ohren.

Jetzt musste ich mich beeilen.

Milena stand mit dem Rücken zu den Zelten und sah Jacob nicht. Ich versuchte, so gefasst wie möglich zu klingen.

»Er hat mich angemacht. Jacob hat mich angemacht.« Milena starrte schweigend zu Boden.

Jacob kam auf uns zu.

»Du weißt, dass ich mir so etwas nie ausdenken würde, Milena. Du kennst mich doch schon so lange.«

»Guten Morgen«, rief Jacob fröhlich und laut, als er rasch auf uns zukam. Milena drehte sich um und sah ihn an.

»Und ich habe euch gestern Abend gehört«, fuhr ich mit gedämpfter Stimme fort und sprach schneller: »Ich sehe die Male an deinem Hals. Bitte komm mit uns.«

Milena starrte mich mit einem Blick an, den ich nur schwer deuten konnte. Wut, Traurigkeit, aber auch etwas anderes, das ich nicht genau benennen konnte. War es … Verachtung?

Im nächsten Moment war Jacob bei uns.

»Hallo, mein Schatz«, sagte er und legte Milena den Arm um die Schultern. Er küsste sie, oder besser gesagt, er drückte seine Lippen auf ihre, doch sie erwiderte die zärtliche Geste nicht. Jacob presste Milena fest an sich und lächelte gekünstelt in meine Richtung.

»Hast du gut geschlafen, Anna?«

»Ja.« Milena sah mich an, dann sagte sie:

»Sie wollen die Wanderung abbrechen.« Sie drehte sich um und ging zurück zu den Zelten.

Jacob und ich starrten uns an.

Aus der Zeugenbefragung von Anna Samuelsson, Personennummer 880 216-3382, 18. September 2019, Krankenhaus Gällivare, durchgeführt von Kriminalinspektor Anders Suhonen.

»Wie hat Jacob auf die Nachricht reagiert, dass Sie und Henrik die Wanderung abbrechen wollten?«

»Er hat nicht viel gesagt. Ich glaube, er war verdammt nervös, was ich Milena erzählen könnte, deshalb war er wohl irgendwie erleichtert.«

»Aber … Sie hatten es ihr doch schon erzählt?«

»Ja, aber das wusste er da noch nicht.«

»Okay.«

»Ich konnte nicht mehr. Ich wollte einfach nur weg, wollte ihn nicht mehr sehen.«

»Das verstehe ich.«

»Und ich … war auch ganz schön wütend auf Milena.«

»Okay.«

»Ich habe gedacht, ›willst du den Arsch jetzt auch noch verteidigen? Was soll das? Okay, dann ist das dein Problem. Wenn du mit einem Psychopathen in den Sarek gehen willst, dann mach nur.‹«

»Sie sagen, dass er sie einer Gehirnwäsche unterzogen hatte?«

»Ja …«

»Aber sie und Jacob waren doch erst einen Monat oder so zusammen?«

»Gehirnwäsche ist vielleicht auch etwas übertrieben.«

Schweigen.

»Aber … Also, mit Milena war es so …«

Schweigen.

»Nein, darüber will ich eigentlich nicht reden.«

»Warum nicht?«

»Es fühlt sich an, als würde ich sie verraten.«

»Ich verstehe.«

»Wir kannten uns schon lange, und sie war immer eine tolle Freundin. Die beste, die man sich vorstellen konnte. Man kann nichts Böses über sie sagen. Aber Milena war … Sie hatte nie einen Freund.«

»Okay.«

»Also, zumindest nichts Längeres. Und ich glaube, dass sie wirklich, wirklich jemanden haben wollte. Und als sie dann Jacob getroffen hat … Ich glaube, sie hat alles verdrängt, was an ihm seltsam und schlecht war.«

»Okay.«

»So funktioniert das wohl. Man will, dass die Wirklichkeit so oder so ist, und was nicht dazu passt, das verdrängt man, damit man mit seinem … schiefen Bild der Wirklichkeit leben kann.«

»Okay.«

»So war das auch bei Milena und Jacob. Sie wollte nicht sehen, wie er eigentlich war.«

»Okay. Sie und Henrik haben also Ihre Sachen gepackt und sind zurück Richtung Staloluokta gegangen.«

»Ja. Henrik hat auch versucht, Milena zum Mitkommen zu überreden, aber Jacob hat die beiden natürlich unterbrochen. Daraus ist also nichts geworden.«

»Nein.«

»Wir sind dann zurückgegangen, auf demselben Weg, auf dem wir gekommen waren.«

»Und was haben Milena und Jacob gemacht?«

»Sie sind weiter in den Sarek gewandert. Was wir eigentlich gemeinsam hatten machen wollen.«

»An diesem Punkt haben Sie sich also getrennt?«

»Ja. Und ich dachte wirklich, wir würden Jacob nie wiedersehen.«

»Aber so war es nicht?«

»Nein, so war es nicht.«

Kapitel 22

Henrik umarmte Milena kurz, und sie verabschiedeten sich leise voneinander. Ich war immer noch wütend auf sie und wollte nichts sagen, aber als sie sich zu mir umdrehte, mir zunickte und sich auch von mir verabschiedete, antwortete ich tonlos:

»Mach's gut.«

Jacob packte sein und Milenas Zelt zusammen, ohne uns einen Blick zuzuwerfen. Auch gut, ich war nicht scharf darauf, jemals wieder ein Wort mit Jacob Tessin zu wechseln.

Henrik und ich begannen den Aufstieg. Der Pass über uns war in Sprühregen und Wolken gehüllt, ich konnte nicht einmal den Anfang des Schneefeldes sehen. Mein Körper war steif und protestierte. Der Rucksack unter der dunkelgrünen Regenhülle fühlte sich schwerer an als gestern. Kein Wunder: Alles war nass und feucht, was bestimmt ein paar zusätzliche Kilo ausmachte.

Aus dem leichten Nieseln beim Aufwachen war richtiger Regen geworden, der auf meine Kapuze trommelte. Ich hatte eine wirklich gute Regenjacke, aber sie war aus atmungsaktivem Material und daher nicht hundertprozentig wasserdicht. Bei anhaltendem Regen fühlte sich die Innenseite feucht an und klebte am Shirt. Und man kühlte aus. Ich trug dünne Handschuhe, doch meine Finger waren bereits steif und kalt.

Nach dem Streit mit Milena war ich immer noch wütend und verärgert. War dies das Ende unserer Freundschaft? Ich konnte mich nicht daran erinnern, dass wir jemals so miteinander gesprochen hatten wie über Jacob. Wir hatten fast nie gestritten.

Aber Jacob hatte Milena verändert, sie war nicht mehr sie selbst. Die Zeit würde zeigen, ob diese Veränderung von Dauer war, oder ob sie sich trennen und Milena wieder sie selbst werden würde. Die Vorstellung, keinen Kontakt mehr zu ihr zu haben, war traurig, aber davon würde meine Welt nicht untergehen.

Wenn man mit dem Ende einer Beziehung konfrontiert wird, merkt man, wie viel sie wirklich bedeutet. Mir wurde klar, dass meine Freundschaft mit Milena weitgehend auf alter Gewohnheit beruhte. Vielleicht auch auf Nostalgie: Bei jedem Treffen ließen wir in gewisser Weise unsere Studentenzeit noch einmal aufleben. Wir holten noch mal die Menschen hervor, die wir damals waren, erinnerten uns an eine unbeschwertere und einfachere Zeit. Aber wie viel hatten wir eigentlich noch gemeinsam?

Es lag an ihr, ob wir den Kontakt halten würden oder ob es vorbei war, dachte ich grimmig.

Ich drehte mich um und stellte fest, dass ich Henrik weit hinter mir gelassen hatte, so sehr war ich in Gedanken versunken gewesen. Ich hielt an und wartete auf ihn. Wenigstens war mir bei meinem zügigen Marsch den Berg hinauf etwas wärmer geworden. Weit unter uns konnte ich durch die Regenschleier die Stelle sehen, an der wir geschlafen hatten. Jacob, Milena und das Zelt waren weg.

Henrik hatte mich eingeholt. Er sah bereits erschöpft aus und blieb schwer atmend neben mir stehen.

»Wie geht's?«, fragte ich.

»Zäh«, keuchte er, setzte den Rucksack ab und ließ sich auf einen Felsen sinken. »Mir wird einfach nicht warm. Auch wenn ich schwitze.«

»Sollen wir noch ein Stück weitergehen? Bis zum Rand des Schneefelds, und dort kochen wir dann Kaffee.«

»Ja. Ich muss nur kurz sitzen.«

Wir warteten, durchnässt von dem hartnäckigen Regen. Ich weiß nicht, ob ich es mir einbildete, doch er fühlte sich nicht nur stärker, sondern auch kälter an als am Morgen. Die Berge und das Tal unter uns waren hinter Regenschleiern verborgen.

Was für ein verdammt unwirtlicher Ort.

Ohne das Ziel der Wanderung, die Durchquerung des Sarek, konnte ich gar nicht schnell genug von hier wegkommen. Der Zauber war verflogen. Ich wollte zurück nach Staloluokta, ein Dach über dem Kopf haben, in die Sauna gehen, in einem Bett schlafen, warm und trocken sein. Wir sollten es mit nur einer Übernachtung schaffen, wie auf dem Herweg. Wenn Henriks Kraft reichte. Er sah beunruhigend müde aus.

Ich wollte weitergehen, denn der Regen hatte das bisschen Wärme, das ich mir erarbeitet hatte, schon wieder aus meinem Körper vertrieben, und ich fühlte mich erneut steif und kalt. Henrik hatte recht: Bei diesem Wetter wurde einem nie richtig warm. Der Unterschied zwischen Bewegung und Stillsitzen war dennoch enorm.

Schließlich stand Henrik mühsam auf, hievte den Rucksack auf die Schultern, und wir marschierten weiter nach oben. Er ging voraus, und ich passte mich seinem Tempo an. Wir redeten nur wenig. Der Regen und die Steigung trübten meine Stimmung.

Wir liefen eine halbe Stunde, fünfundvierzig Minuten. Eine Stunde. Die grasbewachsenen Hänge wurden von Felsen abgelöst, die glitschig vom Regen waren. Henrik rutschte aus und verlor fast das Gleichgewicht. Das Schneefeld war immer noch nicht zu sehen.

Er blieb stehen und holte tief Luft. »Ich muss jetzt eine Pause machen.«

»Sollen wir nicht bis zum Schneefeld gehen?«

»Ich bin müde, wir sind seit einer Stunde unterwegs.« Er klang entschlossen, fast schon gereizt und nahm seinen Rucksack ab.

»Es kann nicht mehr weit sein«, sagte ich aufmunternd. »Wahrscheinlich sehen wir es nur nicht hinter dem Kamm dort.«

»Ich denke, wir sollten noch mal einen Blick in die Karte werfen«, murmelte Henrik. Er zog den Regenschutz ab und kramte in seinem Rucksack nach dem Gaskocher.

»Das können wir tun, aber da drüben ist der Fluss, dem wir stromaufwärts folgen. Den ganzen Weg hierher war er links von uns. Wir können also nichts falsch machen.«

»Trotzdem«, sagte er, ohne mich anzusehen, während er den Kocher zusammenbaute und die Kaffeekanne herausholte.

Ich bewahrte die Karte in einer Brusttasche meiner Regenjacke auf, dreifach gefaltet und zerknittert. In der letzten Stunde hatte ich ein paarmal darauf geschaut. Ein wenig demonstrativ reichte ich sie Henrik.

»Danke«, erwiderte er trocken. »Holst du Wasser?«

»Wir essen also nicht nur schnell einen Energieriegel? Wir müssen wahrscheinlich sowieso bald Mittagspause machen.«

»Nein, ich möchte etwas Heißes trinken.« Henrik nahm die Kaffeekanne und ging mit entschlossenen Schritten auf den Bach in der Nähe zu. Seine passiv-aggressive Zurechtweisung zeigte Wirkung, ich eilte ihm nach.

»Ich gehe schon. Gib her.«

Henrik reichte mir wortlos die Kaffeekanne und ging zurück zum Kocher.

Am Bach tauchte ich das Gefäß in das eiskalte Wasser. Gestern war die Kälte ein Schock gewesen, heute war meine Hand schon so kalt, dass ich kaum noch reagierte. Danach stellte ich die Kanne auf den Kocher. Als das Wasser kochte, schüttete Henrik das Kaffeepulver direkt hinein. Wir füllten unsere zusammenfaltbaren Campingtassen und setzten uns auf zwei Steine. Ich legte die Hände um meine Tasse, als wäre sie ein schutzbedürftiges Vogeljunges, um meine steifen Finger zu wärmen.

Schweigend tranken wir unseren Kaffee. Henrik hatte recht gehabt, wir brauchten etwas Warmes im Bauch. Meine Laune wurde schon besser. »Es sieht so aus, als ob der Regen nachlässt«, sagte ich. Ich hatte den Eindruck, als wäre der Himmel etwas weniger grau. Henrik nippte nachdenklich an seinem Kaffee und starrte ausdruckslos auf die Kanne. Schließlich sagte er:

»Worüber hast du heute Morgen mit Milena gesprochen?«

»Worüber wir gesprochen haben?«

»Ja.«

»Das weißt du doch. Ich habe sie gebeten, mit uns zurückzukommen.«

»Es hörte sich so an, als hättet ihr euch gestritten.« Er warf mir einen kurzen Blick zu, dann starrte er wieder auf die Kanne.

»Nicht direkt gestritten, aber sie hat das, was gestern passiert ist, heruntergespielt. Und das hat mich geärgert.«

»Inwiefern heruntergespielt?«

»Nun, sie hat behauptet, Jacob hätte dich nicht geschubst. Zum Beispiel.«

Ich hatte gehofft, dass Henrik mir zustimmen würde: seufzen, stöhnen oder murmeln, wie unglaublich das doch sei. Egal was. Ich hatte es sogar erwartet. Aber er blieb stumm, trank noch einen Schluck Kaffee und starrte ausdruckslos vor sich hin. Also redete ich weiter:

»Aber es war nicht nur das, sondern ihre ganze Art. Sie sagte, dass ich auch schon beim Spielen die Beherrschung verloren hätte. Als ob das vergleichbar wäre. Okay, vielleicht bin ich auch eine schlechte Verliererin, aber ich habe noch nie jemanden eine ›verdammte Fotze‹ genannt oder bin handgreiflich geworden.«

Henrik zog die Augenbrauen zusammen und sah mich an. »›Verdammte Fotze‹? Wann hat er das gesagt?«

»Kurz bevor ich aus dem Zelt gekommen bin.«

»Das habe ich nicht gehört.«

»Findest du etwa, dass das vergleichbar ist? Findest du, ich habe mich jemals so verhalten wie er gestern?«

»Nein, natürlich nicht.«

»Ich dachte, wir waren uns gestern einig, dass es verdammt unangenehm war.«

»Das war es auch.«

»›Er spinnt‹, hast du gestern gesagt. ›Er spinnt.‹«

»Ich verteidige Jacob nicht …«

»Genau das hat Milena auch gesagt, aber ihr macht es trotzdem.«

Jetzt wurde Henrik ärgerlich.

»Wenn ich also sage, dass ich Jacob nicht ›verdammte Fotze‹ habe sagen hören, heißt das, dass ich ihn verteidige?« Er starrte mich an. »Willst du das damit sagen?«

Ich seufzte.

»Ich weiß nicht, warum wir uns über diesen Idioten streiten«, sagte ich etwas zurückhaltender.

»Es ist immer dasselbe mit dir. Du machst etwas, und wenn man dir nicht bis ins kleinste Detail zustimmt, dann ist man gegen dich, und dann … dann trampelst du einfach über einen hinweg. Du überinterpretierst und missinterpretierst und wirst so … verdammt aggressiv.«

Henrik war wütend und aufgebracht, er sprach laut, und seine Wangen waren gerötet. Die Heftigkeit seiner Reaktion überraschte mich.

»Schon gut«, sagte ich. »Tut mir leid.«

»Ich hasse das.«

Der eiskalte Regen prasselte weiter auf uns herab, wir waren nass und froren und hatten noch mehr als vierzig Kilometer zu Fuß zurückzulegen. Und jetzt stritten wir auch noch.

Henrik hatte nicht gesagt, dass er mich hasste, sondern ein Verhalten, das ich an den Tag legte, und mein Verhalten war Teil meiner Persönlichkeit, weshalb er einen Teil von mir hasste. Das waren starke Worte. So etwas hatte er noch nie gesagt.

Wir saßen eine Weile schweigend da.

Henrik holte tief Luft.

»Die Sache ist die …«, begann er. »Ich denke, es war hundertprozentig richtig, alles abzubrechen. Was gestern passiert ist, ist völlig inakzeptabel. Wir denken also eigentlich dasselbe, aber …« Er seufzte und verstummte.

»Aber?«, fragte ich.

»Nichts aber. Das ist alles. Aber er hat mich nicht berührt, da hat Milena recht. Das spielt überhaupt keine Rolle, er ist auf eine sehr bedrohliche Weise auf mich zugekommen, als wollte er mich schlagen. Aber dann bin ich gestolpert. Sonst hätte er mich vielleicht umgestoßen, ja. Aber es ist eigentlich nicht wichtig.«

Ich nickte langsam. Es regnete in meine Tasse, der Kaffee wurde dünn und kalt, aber ich trank trotzdem noch einen Schluck.

Meine Wut war nicht lodernd und heiß, sie war kalt wie der Regen. »Was meinst du damit, ›was gestern passiert ist‹?«

»Der Streit gestern Abend.«

»Gestern ist auch passiert, dass Jacob mich angemacht hat.«

»Ich weiß. Und das ist total irre.«

»Deshalb sehe ich ihn wohl ein bisschen anders als du.«

»Also, Anna, mir ist schon klar, dass Jacob spinnt. Vielleicht ein Psychopath ist. Wirklich.« Henriks Stimme war jetzt sanfter, er sah mich an.

»Ich kann dir gern erzählen, was er gestern gesagt hat. Als er mich angemacht hat.«

»Tut mir leid, dass ich mich aufgeregt habe. Ich … Du hast jedes Recht, wütend zu sein. Entschuldige.« Er klang fast flehend.

»Er hat gesagt, er findet, dass er und ich gut zusammenpassen, weil wir beide gut aussähen. Von uns vieren seien wir beide hübsch und durchtrainiert.« Wir schwiegen, während Henrik die Worte auf sich wirken ließ. Er hatte die Schultern hochgezogen, sowohl wegen des Regens als auch wegen meiner Worte. Schließlich schüttelte er den Kopf.

»Er spinnt wirklich total«, sagte er leise.

»Verstehst du jetzt, was ich meine?«

»Ja. Ich verstehe.«

Wir packten zusammen. Meine Wut war verraucht, und ich versuchte, etwas Aufmunterndes zu sagen. Henrik nickte und brummte, wirkte aber abwesend. Wir gingen weiter.

Dieses Mal hatte ich recht. Schon nach einer halben Stunde sahen wir den Anfang des Schneefeldes, und fünfzehn Minuten später hatten wir es erreicht. Das Gelände wurde flacher, das Laufen war weniger beschwerlich. Wir hielten an, um unsere Wasserflaschen aufzufüllen. Ich lächelte Henrik an.

»Habe ich dir nicht gesagt, dass wir bald beim Schneefeld sind? Habe ich es dir nicht gesagt?«

Er lächelte schwach.

»Ja, das hast du.«

Ich umarmte ihn und gab ihm einen Kuss. »Du weißt, dass ich immer recht habe, Schatz.«

»Mhm.«

»Wir sollten noch eine Stunde weitergehen, bis es wieder bergab geht, dann machen wir Mittagspause.«

Henrik brummte und nickte zustimmend, mied aber meinen Blick. Er war außer Atem, seine Wangen waren rot vor Anstrengung.

»Wenn wir den Gipfel hinter uns gelassen haben, kommen wir leicht hinunter ins Álggavágge. Von dort schauen wir in den Padjelanta. Und weißt du, was im Padjelanta ist?«

»Nein.«

»Staloluokta. Und dort gibt es Betten, Kamine und eine holzbeheizte Sauna.« Ich legte die Hände um Henriks Gesicht und küsste ihn auf den Mund.

Wir traten auf das Schneefeld, Henrik ging voran. Das Gehen wurde sofort anstrengender, da man mit jedem Schritt ein paar Zentimeter einsank. Die Sicht verschlechterte sich rasch: Der Regen hatte fast aufgehört, aber stattdessen hüllte uns ein kalter Nebel ein, oder vielleicht waren es auch tief hängende Wolken, die die Welt um uns herum noch weiter verschleierten.

Schweigend arbeiteten wir uns langsam nach oben. Das Knirschen unserer Schritte im Schnee und unser Atem waren die einzigen Geräusche. Ich konzentrierte mich auf den Tag, der vor uns lag, versuchte, unsere Rastplätze zu planen, mir vorzustellen, wo wir zu verschiedenen Zeiten sein könnten, und überlegte mir Strategien und Tricks, um Henrik bei Laune zu halten. Heute Morgen hatte ich noch die leise Hoffnung gehabt, dass wir es bis in den Padjelanta schaffen würden, aber bei Henriks Verfassung sollten wir wahrscheinlich besser am anderen Ende des Álggajávrre übernachten, an der Grenze zwischen den beiden Nationalparks. Und selbst diese Strecke dürfte eine echte Kraftprobe für ihn sein. Ich gewöhnte mich schon an den Gedanken, dass wir es vielleicht nicht mit nur einer Übernachtung nach Staloluokta schaffen würden.

Du hast dich verändert, Henrik. Vor fünf Jahren hättest du das Training nicht vernachlässigt.

Was er dachte, wusste ich nicht. Er hatte seit der Kaffeepause nichts mehr gesagt.

Das Schneefeld sollte eigentlich noch weiter abflachen, wenn wir uns dem Gipfel näherten. Wir waren schon eine Stunde bergauf gegangen, doch eine Ebene war nicht in Sicht. Könnte es sein …

Nein, das ist nicht möglich.

Schweigend stapften wir weiter.

Es wirkte tatsächlich so, als würde es … steiler werden. Aber das war unmöglich.

Das bildete ich mir ein.

Oder?

Auf dem Herweg war ich mit Jacob gelaufen, vielleicht war ich von seiner Umarmung so schockiert gewesen, dass ich nicht bemerkt hatte, wie sich das Gelände veränderte?

Nein.

Das mit Jacob war direkt am Ende des Schneefeldes passiert. Jetzt waren wir schon eine Stunde lang auf Schnee gelaufen. Sogar noch länger.

Wir müssten jetzt auf dem Gipfel sein, der Boden müsste flach oder sogar abfallend sein.

Ja. Es wurde tatsächlich steiler. Das konnte keine Einbildung sein.

Mein Magen verkrampfte sich, und mich überlief eine Gänsehaut, obwohl mir sowieso schon kalt war.

Konnten wir wirklich falsch gegangen sein? Wie war das überhaupt möglich?

Reiß dich zusammen, Anna. Du musst einen klaren Kopf bewahren. Beunruhige Henrik nicht unnötig.

Henrik blieb vor mir stehen. Er zeigte schräg links den Berghang hinauf und atmete schwer.

»Was ist das?«

Hundert Meter weiter tauchte ein dunklerer Umriss im Schnee auf, wie ein Einschnitt im weißen Meer, halb verdeckt vom Nebel.

»Ich weiß es nicht«, sagte ich, aber ich hatte eine unheilvolle Ahnung, um was es sich handeln könnte. Ich ging an Henrik vorbei, näherte mich dem Umriss und hörte, wie Henrik mir folgte.

Wir stapften weiter durch den Nebel, und mit jedem Schritt wurde es deutlicher.

Die Farbe wechselte tatsächlich ins Blaugrüne.

Eine Gletscherspalte.

Wir waren definitiv falsch gegangen.

Das Schneefeld war kein Gletscher. So etwas wie diese Spalte konnte es dort nicht geben.

Henrik holte auf und blieb neben mir stehen, immer noch außer Atem.

»Ist das eine Spalte?«, fragte er. Ich spürte, dass er mich ansah.

»Wir sollten mal einen Blick auf die Karte werfen«, sagte ich und versuchte, ruhig und gefasst zu klingen.

»Auf jeden Fall«, antwortete er keuchend.

Wir schwiegen. Henrik trank aus seiner Wasserflasche und blickte zu der Gletscherspalte hinauf. Als ob er darauf wartete, dass ich etwas tat.

»Die Karte?«, fragte ich.

Henrik sah mich verständnislos an.

Aus der Zeugenbefragung von Anna Samuelsson, Personennummer 880 216-3382, 18. September 2019, Krankenhaus Gällivare, durchgeführt von Kriminalinspektor Anders Suhonen.

»Die Karte war also weg?«

»Ja.«

»Wie war das passiert?«

»Ich hatte sie Henrik gegeben, als wir Kaffee getrunken haben. Und dann hat er sie wohl beiseitegelegt. Nehme ich an.«

»Okay.«

»Also … wie gesagt, in der Kaffeepause haben wir gestritten und waren beide etwas durcheinander deswegen. Ich habe auch nicht an die Karte gedacht.«

»Nein, ich verstehe.«

»Und Henrik wollte nicht zugeben, dass er sie verloren hatte, sondern hat behauptet, er hätte sie mir zurückgegeben. Was aber nicht stimmte.«

»Sie haben also wieder gestritten?«

»Nein. Wir durften keine Energie mit Diskutieren verschwenden. Deshalb habe ich gesagt, dass es keine Rolle spielt, wer schuld hatte, jetzt sei es eben so. Und ich habe beschlossen, zurückzugehen und die Karte zu holen. Wir wussten ja, wo wir sie zuletzt hatten.«

»Und Henrik sollte auf Sie warten?«

»Ja, er sollte auf mich warten. Er war zu müde, um auch nur einen zusätzlichen Meter zu gehen.«

»Ich verstehe.«

»Da war es noch nicht so spät, deshalb dachte ich, ich könnte die Karte holen, wir würden den richtigen Weg finden und dann immer noch ein paar Stunden wandern können, bevor wir das Zelt aufbauen müssten.«

»Ja.«

»Das war die falsche Entscheidung, wir hätten gemeinsam zurückgehen sollen. Aber hinterher weiß man es immer besser.«

Kapitel 23

Ich jogge mit kleinen, leichten, gut ausbalancierten Schritten in ruhigem und kontrolliertem Tempo über den Schnee und folge meinen eigenen Schritten nach unten. Den Rucksack habe ich bei Henrik gelassen, die Wasserflasche halte ich in der Hand. Mein Puls ist hoch, aber nicht zu hoch, ich fühle mich leicht und frei ohne Rucksack, diese Art der Fortbewegung bin ich von Ausdauerläufen gewohnt.

Körper und Seele. Meine Seele ist enttäuscht, besorgt und frustriert, weil wir falsch gegangen sind, weil die Karte weg ist, weil Henrik mir die Schuld gibt. Jetzt verlasse ich mich auf meinen Körper, um meine Seele wieder ins Gleichgewicht zu bringen. Die Hormone werden ihre Arbeit machen.

Seit der Kaffeepause sind wir etwa zwei Stunden gegangen. Hinunter und in meinem eigenen Tempo sollte ich eine halbe Stunde brauchen. Höchstens vierzig Minuten. Dann eine Stunde zurück zu Henrik, ohne mich dabei zu übernehmen. Wenn ich die Karte finde, ist es das auf jeden Fall wert.

Und warum sollte ich sie nicht finden? Irgendwo muss sie ja sein.

Aber es geht nicht nur um die Karte. Ich brauche diese Zeit auch für mich selbst. Ich muss eine Weile ohne Henrik sein, um wieder ins Gleichgewicht zu kommen. Ich weiß, dass ich jetzt die Stärkere sein muss, ich muss planen und antreiben, ich muss aufmuntern und aufrichten. Fast hätte ich die Geduld verloren, als er mir vorgeworfen hat, die Karte verloren zu haben, aber mit Müh und Not habe ich die Fassung bewahrt.

Geduld ist nicht meine Stärke. Vielleicht kann ich aus dem Ganzen etwas Wichtiges lernen.

Ich folge unseren Spuren im Schnee. Der Nebel und der Regen scheinen schwächer zu werden, während der Wind stärker wird. Vielleicht verziehen sich in einer Stunde oder so die Wolken, und die Sonne scheint wieder von einem klaren blauen Himmel. Dank der kilometerweiten Aussicht werden wir uns leicht orientieren und den Weg zum Pass finden können. Heute Abend übernachten wir im Álggavágge und reden dann bereits über das Abenteuer, wie der Sarek uns die Zähne gezeigt hat. Wir werden uns eine Geschichte ausdenken, eine gute Geschichte, mit der wir unsere Freunde unterhalten können, wenn wir sie an einem ungemütlichen Herbstabend zum Abendessen zu uns einladen. Erika und Olof, Simon und Jennifer, Mark und Valle. Wir essen Wildragout und trinken Amarone und lachen darüber, dass Henrik und ich die Karte verloren und uns im Sarek verirrt haben.

Ja. So wird es sein.

Ich lasse das Schneefeld hinter mir und jogge auf dem felsigen Untergrund. Die Steine sind nass und rutschig, und ich muss aufpassen, dass ich nicht ausgleite oder umknicke.

Ohne Fußspuren im Schnee ist es schwieriger, unserem Weg zu folgen. Hier und da sehe ich zum Glück die Abdrücke eines Wanderschuhs im Matsch. Und ich erkenne ein paar Orientierungspunkte, einen großen Felsblock hier, ein Weidengebüsch an einem Berghang dort. Links von mir höre ich die ganze Zeit den Bach.

Der Wind ist noch stärker geworden, der Regen auch. Beide scheinen nur Atem geschöpft zu haben, um sich dann unerbittlicher als zuvor auf mich zu stürzen. Das Wasser peitscht mir von der Seite ins Gesicht. Ich ziehe die Schnüre der Kapuze fester, sodass nur noch ein Oval von den Augenbrauen bis zur Unterlippe frei ist.

Plötzlich bin ich an der Stelle, an der wir Kaffee getrunken haben. Ich sehe die Steine, auf denen wir gesessen haben, ich sehe sogar einen kleinen Abdruck im Boden von unserem Kocher. Hoffnungsvoll schaue ich mich um, die bunte Karte mit dem orangefarbenen Rand müsste in all dem tristen Grün, Braun und Grau leicht zu sehen sein.

Doch ich kann sie nicht finden. Ich schaue mir die Steine an und blicke in kleine Hohlräume im Boden aus mit Erde, Moos und Gras bedecktem Geröll. Wenn Henrik sie weggelegt hat, als er mit dem Kocher hantiert hat, müsste sie noch hier sein. Aber sie kann natürlich weggeweht worden sein, oder er hat sie verloren, als er seine Tasse im Bach ausgespült hat, bevor wir weitergegangen sind.

Ich weite das Suchgebiet aus, gehe zum Bach hinüber und schaue mich um, folge ihm erst stromauf-, dann stromabwärts jeweils zwanzig Meter. Mein Gehirn ist darauf fixiert, etwas Orangefarbenes und Hellblaues und Weißes zu entdecken, so wie man ein Puzzleteil mit einer bestimmten Form unter Hunderten von anderen sucht. Ich laufe in immer größeren Kreisen um unseren Rastplatz herum, scanne das Gelände mit dem Blick, doch die Karte bleibt verschwunden.

Und der Regen peitscht in mein Gesicht und auf die eng anliegende Kapuze. Jeder Tropfen an meinem Ohr scheint direkt in meinem Kopf zu dröhnen.

Ich schaue in diese Richtung, in jene, versuche, systematisch zu suchen. Immer größere Kreise zu ziehen. Zehn Meter vom Rastplatz entfernt, zwanzig Meter, dreißig Meter, vierzig Meter.

Bestimmt fünfzehn Minuten habe ich jetzt schon gesucht, vielleicht auch zwanzig oder mehr.

Voller Hoffnung bin ich an diesen Ort zurückgekehrt und habe nicht vor, jetzt schon aufzugeben, aber der Zweifel nagt an mir. Vielleicht werde ich die Karte nicht finden. Jedenfalls nicht hier. Vielleicht hat Henrik sie in eine Tasche gesteckt und vergessen, den Reißverschluss zuzuziehen, und sie ist auf dem Weg herausgefallen. Ich bedaure, dass ich auf dem Weg nach unten nicht Ausschau gehalten habe.

Du wirst sie nie finden.

Für ein paar kurze Sekunden läuft das Gehirn Amok, lässt dem Zweifel freien Lauf und wird von Angst überflutet.

Die Karte ist verschwunden. Wir haben uns im Sarek verirrt. Der absolute Worst Case.

Ich reiße mich zusammen und zwinge mich zur Konzentration. Denke über weniger wahrscheinliche Möglichkeiten nach, man weiß ja nie. Die Karte könnte zum Beispiel in den Bach geweht und mitgerissen worden sein. Es ist weit hergeholt, aber ich folge dem Bach trotzdem hundert Meter stromabwärts, zweihundert Meter.

Sei ehrlich, du wirst die Karte nicht finden. Wie lange willst du noch suchen? Zeit vergeuden? Sicher, es klingt systematisch und gut, alle Optionen zu überprüfen, um sie auszuschließen, aber wem machst du eigentlich etwas vor? Du willst nur nicht wahrhaben, dass sie nicht mehr da ist.

Ein letztes Mal sehe ich mich um und entdecke an einem Stein am Bachufer einen orangefarbenen Strich neben etwas Weißem und etwas Hellblauem aufleuchten.

Die Karte. Verdammt, sie ist es tatsächlich.

Gott sei Dank.

Mein Herz macht einen Satz, bevor mich die Erleichterung wie eine warme Welle überspült. Erst jetzt wird mir bewusst, wie sehr ich die Hoffnung eigentlich schon aufgegeben hatte. Ich atme tief durch, spüre, wie ich unbewusst die Schultern hatte hängen lassen.

Ja. Ja, ja, ja.

Ich renne den Bach entlang, um die Karte einzufangen, bevor

sie noch weiter weggeweht wird. Der Wind ist noch stärker geworden, und der Regen fühlt sich anders an, fast wie …

Tatsächlich. Schneeregen.

Manchmal muss ich die Karte aus den Augen lassen und auf den Boden sehen, um nicht vor lauter Eifer mit dem Fuß umzuknicken.

Denn das ist doch die Karte, nicht wahr?

Ich werde langsamer, bleibe stehen. Hole Atem. Starre sie aus fünf Metern Entfernung an.

Die Karte, die keine Karte ist.

Das Orangefarbene ist eine Flechtenart, die ich an vielen Stellen im Fjäll gesehen habe. Das Weiße ist eine andere Flechtenart. Und das Hellblaue ist der graue Stein, auf dem die Flechten wachsen.

Die Enttäuschung schlägt über mir zusammen, so wie gerade die Erleichterung. Die Karte ist weg, ich muss es akzeptieren. Der Worst Case ist Realität.

Mist. Verdammter, verfluchter Mist.

Der Schneeregen hat sich in feuchten, schweren Schnee verwandelt, kalte Flocken landen auf meinem Gesicht. Staunend sehe ich mich um.

Schneegestöber im September? Was ist das nur für ein elender Ort?

Große Schneeflocken wirbeln um mich herum, manche scheinen sogar wieder nach oben zu fliegen, zurück in den Himmel. Der Boden ist bereits von einem weißen Schleier überzogen, wie ein dünner Vorhang, noch durchsichtig, aber nicht mehr lange.

Die Fußabdrücke im Schnee. Unsere Fußabdrücke. Meine einzige Chance, zurück zu Henrik zu finden.

Ich renne den Berg hinauf. Ich jogge nicht, ich renne. Plötzlich ist die Karte unwichtig, die Enttäuschung, mich geirrt zu haben, bereits vergessen. Denn jetzt habe ich richtig Angst. Wenn ich nicht zu Henrik zurückfinde …

Doch das muss ich.

Ich laufe hochkonzentriert, merke schnell, dass ich die meisten Orientierungspunkte vergessen kann, der Schneefall ist zu stark, um weiter als zehn Meter zu sehen. An einer Stelle verlaufe ich mich, muss umkehren und bei einem früheren Fußabdruck wieder anfangen. Diesmal halte ich mich etwas weiter rechts und finde den Weg zurück zu der Spur.

Ich renne zwar aufwärts, übertreibe es aber nicht. Unabhängig davon, wie fit man ist, bildet man beim Bergauflaufen Milchsäure. Und ich will nicht schon müde sein, wenn ich das Schneefeld erreiche, wo das Laufen nur noch schwerer werden wird.

Ich versuche, auszurechnen, wie lange ich bei dem derzeitigen Tempo bis zu Henrik brauchen werde. Bis zum Schneefeld sind es vielleicht nur fünf oder zehn Minuten. Von dort aus sind wir eine gute Stunde gelaufen, vielleicht eine Stunde und fünfzehn Minuten. Also mindestens eine weitere halbe Stunde von dort aus.

Werde ich in diesem Tempo noch vierzig Minuten laufen können? Eher nicht. Ich atme schwer und hole die eisige, feuchte Luft tief in meine Lungen. Ich schwitze im Schnee, heiße und kalte Feuchtigkeit treffen irgendwo auf dem Weg zwischen Haut und Oberbekleidung aufeinander. Ich sollte etwas langsamer machen, um mich nicht völlig zu erschöpfen.

Doch die Schneeschicht auf dem Boden wird immer dichter. Der durchsichtige Tüllvorhang sieht eher aus wie dicke, eng gewebte Wolle. Werden die Spuren im Schnee noch vierzig Minuten lang sichtbar sein?

Auf keinen Fall.

Werde ich in fünf Minuten überhaupt noch Spuren auf dem Boden sehen können? Werde ich die Fußabdrücke auf dem Schneefeld überhaupt noch rechtzeitig finden?

Ich darf nicht langsamer werden. Im Gegenteil, ich muss laufen, wie ich noch nie gelaufen bin. Und wenn ich zu erschöpft bin, muss ich trotzdem weiterlaufen und irgendwo die Kraft dafür finden.

Ich beschleunige meine Schritte und eile das letzte Stück hinauf zum Schneefeld, und ja, ich schaffe es rechtzeitig und sehe unsere Fußspuren am Berghang. Beim Weg bergauf bin ich in Henriks Fußspuren getreten, an einigen Stellen zurück nach unten noch einmal. Sie sind also ziemlich tief, und ich kann sie noch deutlich sehen, doch die Decke aus Neuschnee ist schon einige Zentimeter dick, und es schneit immer noch.

Auf dem Schneefeld wird das Laufen deutlich beschwerlicher. Ich renne immer noch konzentriert, mit guter technischer Kontrolle, und bewege Beine und Oberkörper im Takt. Aber das Tempo und der Untergrund fordern langsam ihren Tribut. Ich spüre die erste Milchsäure in den Oberschenkelmuskeln. Ein anhaltendes Ziehen. Meine Lunge schmerzt von der eisigen Luft.

Gerade noch habe ich die Fußspuren zehn Meter vor mir gesehen, jetzt sehe ich sie nur noch fünf Meter vor mir. Die flachsten Fußabdrücke verschwinden bereits. Der Sturm fegt unerbittlich über alles hinweg.

Ich lockere die Kapuze, die mich einengt, ich habe das Gefühl, nicht atmen zu können. Der Wind verfängt sich in der jetzt locker sitzenden Kapuze und reißt sie nach hinten. Ich renne weiter. Ich weiß, ich sollte sie wieder aufsetzen, aber die kalten, nassen Schneeflocken fühlen sich gut in meinem verschwitzten Nacken an.

Wie lange laufe ich schon so schnell? Nur ein paar Minuten. Es dauert wahrscheinlich noch mindestens eine halbe Stunde, bis ich bei Henrik bin.

Das wird niemals funktionieren. Ich werde es nicht schaffen.

Der Sturm wischt über den Berg wie ein Schwamm über ein

Whiteboard, unsere Spuren sind Buchstaben, die mit einem einzigen Strich ausradiert werden.

Die Milchsäure schmerzt in den Oberschenkeln. Meine Lunge schreit. Die Fußspuren sind nur noch hier und da zu erkennen, die tiefsten, aber auch diese nicht mehr lange.

Dort oben auf dem Berg sitzt Henrik allein im Schneesturm, und ich werde nicht zu ihm zurückfinden. Wir könnten hier tatsächlich sterben, alle beide.

Eine gute Gelegenheit, um in Panik zu geraten.

Ein wildes und völlig unkontrollierbares Gefühl ergreift von mir Besitz, als ob eine Bestie nach mir schnappt und ich in dieser Sekunde fliehen muss, weil mein Leben davon abhängt. Ich vergesse alles, was ich über einen effizienten und kraftsparenden Laufstil weiß, und spurte einfach los. Ich spüre weder die Milchsäure noch die Schmerzen in der Lunge.

Vielleicht ist das die zusätzliche Energiereserve, die ich brauche? Todesangst – besser als alle Energydrinks der Welt.

»Henrik!«, rufe ich in die Schneewand hinein. »Henrik!«

Immer weniger Fußspuren sind zu sehen, und ich sollte langsamer werden, um sie nicht zu verpassen, aber ich rase einfach blindlings weiter. Meter um Meter laufe ich, Sekunde um Sekunde, ohne eine Spur zu sehen, bis ich schließlich glaube, einen neuen Fußabdruck zu erkennen. Ich bleibe stehen. Ja, da ist der schwache Umriss eines Stiefels im Schnee. Schneeflocken wehen mir in die Augen, ich starre konzentriert auf den Boden, als ob ich ein dreidimensionales Bild betrachte und darauf warte, dass sich die Tiefe offenbart.

Das Gehirn tastet nach einem Muster, findet aber keines.

Der Fußabdruck ist verschwunden.

Ich hebe den Kopf und sehe nur eine gleichmäßige, dichte Schicht Neuschnee vor mir. Der Berg erinnert sich nicht mehr an uns.

»HENRIK!«, schreie ich aus voller Kehle. »HENRIK! HEE-ENRIIIIK!«

Ich befinde mich in einer vollkommen schallgedämpften Welt. Ohne Nachhall. Es ist, als ob der Schrei nur in meinem Kopf existiert, die Welt erstickt ihn sofort.

»HEEEENRIIIK!«

Natürlich bekomme ich keine Antwort.

Die Welt ist still und kalt und weiß, wie das Vergessen. Wie der Tod.

Kapitel 24

»HEEENRIIIIK!«

Ich weiß nicht, wie oft ich gerufen habe, jedenfalls tat mir irgendwann die Kehle weh. Und kein einziger Laut war zu hören. Ich war allein und verlassen im Schneesturm.

Die Panik hatte mich überrollt und aus dem Gleichgewicht gebracht. Doch schließlich legte sie sich, und ich fand wieder Halt.

Die Erkenntnis, dass ich tatsächlich sterben könnte, hatte mich überrumpelt. Nachdem ich mich eine Weile an den Gedanken gewöhnt hatte, dass dies eine realistische Option war, wurde mir auch klar, dass sie nicht unausweichlich war.

Einen Moment ließ ich meinen Puls ein wenig zur Ruhe kommen. Ich wischte mir ein paar Schneeflocken aus den Haaren, bevor ich die Kapuze hochzog und die Schnüre festzog. Wieder war nur mein Gesicht der Witterung ausgesetzt.

Die Atmung unter Kontrolle. Das Gehirn konnte anfangen zu arbeiten.

Es lag immer noch an mir, wie schlecht das hier laufen würde.

Die erste Entscheidung war die wichtigste: Sollte ich Henrik im Stich lassen und mich selbst retten? Oder versuchen, ihn zu finden?

Noch während ich die Frage formulierte, gab ich mir die Antwort. Es wäre absurd, Henrik auf dem Berg zurückzulassen.

Zugegebenermaßen verzichtete ich damit auf die Möglichkeit, mich auf einfache Weise in Sicherheit zu bringen. Ich zweifelte keine Sekunde daran, dass ich es schaffen würde, wenn ich allein wieder nach unten ginge. Wenn der Sturm nachließ, was er sicher bald tun würde, dürfte ich den Weg zurück nach Staloluokta relativ leicht finden. Wenn er doch anhielt, könnte ich ins Sarvesvágge weiterlaufen, Milena und Jacob einholen und mit ihnen wie geplant den Park durchqueren. Keine verlockende Option, aber eine sichere.

Wenn ich stattdessen weiter bergauf ging, erhöhte das mein Risiko erheblich. Die Wahrscheinlichkeit, Henrik zu finden, war bei den derzeitigen Witterungsverhältnissen nicht sehr hoch. Und er hatte das Zelt. Ich musste um jeden Preis vermeiden, die Nacht im Freien in einem Schneesturm zu verbringen.

Gleichzeitig war ich mir nicht sicher, ob er die Geistesgegenwart und die Kraft hatte, allein eine Nacht in einem Schneesturm zu überstehen. Allein das Zelt ohne Hilfe aufzubauen, war bei dem momentanen Wind eine Herausforderung.

Ich beschloss also, noch ein paar Stunden weiter nach Henrik zu suchen, bis es dunkel wurde. Wenn ich ihn bis dahin nicht gefunden hatte, würde ich ins Tal hinuntergehen, wo es ein paar Grad wärmer war und hoffentlich kein Schnee fiel. Ich fand bestimmt einen guten Platz unter einem Felsvorsprung. Die Nacht dürfte nicht besonders angenehm werden, aber auch nicht lebensbedrohlich.

Aber wo sollte ich nach Henrik suchen? In welcher Richtung?

Ich drehte mich um, sah ins Tal hinunter. Bisher war ich unseren Spuren vom Hinweg gefolgt. Meine neuesten Stiefelabdrücke waren noch sichtbar, obwohl der Sturm unermüdlich daran arbeitete, sie zu beseitigen. Sie bildeten eine schwache, aber deutlich erkennbare Linie.

In dieser Spur sollte ich einfach geradewegs weiter den Berg hinaufgehen.

Wie machte ich das am einfachsten? Wie vermied ich es, vom Kurs abzukommen?

Ich sollte rückwärtsgehen. Darauf achten, dass meine Schritte immer eine Linie bildeten.

Es wäre aber auch gut, wenn eine Spur ins Tal führte, der Henrik und ich folgen konnten, wenn ich ihn fand, ansonsten ich allein. Vielleicht sollte ich in regelmäßigen Abständen Schnee aufhäufen? Kleine Schneemänner bauen? Meinen Weg irgendwie markieren? Doch das würde zu viel Zeit und Kraft kosten. Einfacher und schneller wäre es, gelegentlich ein Stück in meinen eigenen Fußstapfen zurückzulaufen, dann umzudrehen und auf demselben Weg wieder hinaufzugehen und sie damit zu vertiefen. Natürlich wäre nicht die gesamte Strecke bis zum Ende des Schneefelds markiert, aber weit genug, um mir die Richtung beim Abstieg zu weisen.

Ich begann rückwärts den Berg hinaufzugehen. Zu überlegen, was in der aktuellen Situation das Klügste und Vernünftigste wäre, hatte mich beruhigt. Jetzt hatte ich einen Plan. Das hielt die Panik in Schach.

Nach ein paar Hundert Metern blieb ich stehen und rief nach Henrik. Immer noch keine Antwort. Also ging ich ein Stück zurück, trat sorgfältig in meine eigenen Fußstapfen und ging wieder bergauf. Am Ende meiner Spur drehte ich mich wieder um.

Ich schätzte, dass ich rückwärts etwa im gleichen Tempo lief wie Henrik und ich, als wir zusammen unterwegs waren. Meine Panik wegen der Schneedecke hatte höchstens fünf Minuten gedauert. Das entsprach vielleicht fünfzehn oder zwanzig Minuten Gehen bei meinem derzeitigen Tempo. Ich brauchte also noch fünfundvierzig Minuten bis eine Stunde, um zu Henrik zu kommen.

Kein Wunder, dass er mich nicht gehört hatte.

Ich blieb stehen und rief noch einmal, obwohl eine Antwort unwahrscheinlich war. Es war wichtig, den Plan jetzt zu befolgen. Der Plan war meine Sicherheit, mein Impfstoff gegen die Panik. Ich musste einen kühlen Kopf bewahren.

Ich trank etwas Wasser und ging mit gleichmäßigen, rhythmischen, zielstrebigen Schritten bergauf, die Augen die ganze Zeit auf die gerade Linie ins Tal gerichtet.

Gab es nicht ein altes Fernsehprogramm, das *La Linea* hieß? Ein wütender kleiner alter Mann auf einer Linie, der gestikulierend und schimpfend mit der Person spricht, die ihn gezeichnet hat. Ich glaube, ich hatte einige Clips auf YouTube gesehen.

Jetzt war ich dieser Mann. Nur mit dem Unterschied, dass ich meine eigene Linie durch den Schnee gezogen hatte. Und ich war ruhig und konzentriert. Mit mir als La Linea wäre die Fernsehsendung langweilig gewesen. Eine Frau, die in gemächlichem Tempo rückwärtsgeht, ab und zu anhält, um »Henrik« zu rufen, ein Stück zurückgeht, sich umdreht und vorwärtsgeht, sich umdreht und weiter rückwärtsgeht.

Und noch einmal.

Mir war so, als würde das Schneegestöber ein wenig nachlassen. Ich wusste, dass es im Sarek im September schneien konnte, aber nicht tagelang wie mitten im Winter.

Ich ging stur nach Plan weiter, meine Stimme wurde vom Rufen heiser, und ich spürte ein wenig in meinen Waden, dass ich rückwärts bergauf ging. Ich sah auf die Uhr. Eine halbe Stunde lief ich schon.

Ja, es schneite ein bisschen weniger, ich konnte meine Fußabdrücke ein bisschen länger sehen.

Ich ging weiter. Fünfzehn Minuten vergingen, zwanzig.

Das wird niemals funktionieren. Du wirst Henrik nicht finden.

Nach einer Stunde blieb ich stehen, trank etwas Wasser, räusperte mich kurz und schrie dann so laut ich konnte.

»HEEENRIIIIK! HEEEENRIIIIK!«

Ich brüllte die Schneeflocken an, die auf den Boden sanken.

»HEEEENRIIIK!«

Wieder kein Nachhall, dasselbe Gefühl, sich in einem schallisolierten Raum zu befinden. Kein Echo, keine Antwort.

»HEEEENRIIIK!«

Wenn er immer noch dort war, wo ich ihn zurückgelassen hatte, und ich in die richtige Richtung gegangen war, was ich hätte tun müssen, da ich dem PLAN sklavisch gefolgt war, sollte er mein Rufen jetzt auf jeden Fall hören.

Aber der PLAN hatte möglicherweise nicht funktioniert. Vielleicht war es ein beschissener PLAN.

Das wird niemals funktionieren. Du wirst Henrik nicht finden.

Zweifel kamen auf, wie das erste Kratzen im Hals, bevor die Erkältung ausbricht. Die Ruhe war wie die Panik eine Welle, die sich brach und wieder verebbte.

Mir wurden ein paar unsichere Faktoren klar. Vielleicht war ich jetzt gar nicht so schnell, wie Henrik und ich es gewesen waren. Vielleicht musste ich ja noch eine halbe Stunde gehen, bis ich in seiner Nähe war. Ich holte tief Luft und konzentrierte mich.

An dem Plan ist nichts auszusetzen. Er ist gut. Jetzt bloß nicht zu früh aufgeben, das wäre das Schlimmste.

Also ging ich hartnäckig weiter. Nach zehn Minuten starrte ich auf meine Fußspuren, ich war so darauf konzentriert, eine gerade Linie zu halten, dass ich den schmalen dunklen Streifen, der ein paar Meter rechts davon verlief, zunächst nicht bemerkte. Er war sechs oder sieben Meter lang, maß an der breitesten Stelle etwa dreißig Zentimeter und verjüngte sich zu den Enden hin wie ein Lachsmesser. Trotz des Schnees erkannte ich die Vertiefung darunter.

Es konnte eigentlich nur eines sein, trotzdem näherte ich mich vorsichtig.

Ja. Eine Gletscherspalte. Der Schnee war hineingeweht, sodass ich den Grund nicht sehen konnte, aber sie schien tief zu sein.

Ich drehte mich um, blickte nach oben, und mir blieb der Mund offen stehen.

Etwa fünfzehn Meter vor mir verlief ein mehrere Meter breiter Einschnitt durch das Gelände, der meinen Weg diagonal kreuzte. Die Spalte war lang, wahrscheinlich fünfzig Meter.

Vorsichtig trat ich an den Rand und schaute nach unten. Das türkisfarbene Glühen des Eises wurde durch den Schnee teilweise verdeckt und verlor sich im Dunkeln. Die Spalte war leicht gekrümmt, und ich hätte mich vorbeugen müssen, um bis auf den Grund sehen zu können.

Doch das war nicht nötig.

Die Spalte war bestimmt dreißig Meter tief. Wäre ich rückwärtsgelaufen, hätte ich sie wahrscheinlich erst bemerkt, wenn ich hineingestürzt und tief unten an einer zerklüfteten Eiskante aufgeschlitzt worden wäre. Und wenn ich den Sturz wider Erwarten überlebt hätte, hätte ich mich aus eigener Kraft nicht befreien können.

Bei der Vorstellung, wie nahe ich dem Tod gekommen war, hämmerte mein Herz.

Was für ein verdammt unwirtlicher Ort.

Ich musste den Berg weiter hinaufgegangen sein, als ich dachte. Vielleicht war ich rückwärts doch schneller gewesen als Henrik und ich vorwärts. Oder vielleicht war mein fantastischer PLAN, den richtigen Weg auf den Berg hoch zu finden, meine geniale METHODE, doch irgendwie gescheitert.

Vielleicht war ich nicht so geradeaus gegangen, wie ich gedacht hatte.

Ich hatte mich ein paar Meter von der Gletscherspalte entfernt, doch die türkisfarbene Düsternis schien über den Rand zu schwappen und die Welt zu verdunkeln.

Ich sah auf die Uhr und stellte fest, dass es unmöglich schon dunkel sein konnte, es war zu früh. Die Wolkendecke musste dichter geworden sein.

Aber es *fühlte sich* wie die Dämmerung an.

Natürlich könnte ich um die Spalte herum und weiter nach oben gehen, aber ich hatte das starke Gefühl, dass ich schon zu weit hinaufgegangen war. Ich musste wieder nach unten gehen. Ich könnte einen seitlichen Abstecher machen und nach Henrik suchen, aber das Terrain war tückisch. Unter dem treibenden Neuschnee könnte sich eine weitere Gletscherspalte verbergen, die nur darauf wartete, mich zu verschlingen.

Ich hörte einen seltsamen Laut, fast wie eine klagende Stimme. Das musste das Eis sein, das sich bewegte. Ich wusste nicht, wie Gletscherspalten entstanden, vielleicht erzeugten Temperaturstürze im Herbst Spannungen im Eis und ließen es aufbrechen?

Da war der Laut wieder.

Aaa.

Wie eine Flamme, die flackerte und von Wind und Schnee wieder gelöscht wurde.

Aaann…

Ich hielt den Atem an. Das leichte Scharren der Schneeflocken an der Kapuze störte mich, hastig löste ich die Schnüre und streifte sie nach hinten. Mein Mund stand offen, als wollte ich auch damit lauschen. Unwillkürlich drehte ich ein Ohr in den Wind.

Lange stand ich so da, lauschte und hielt den Atem an, bis meine Brust schmerzte. Als ich tief Luft holte, hörte ich den Laut wieder.

Aaannaaa!

»HEEENRIIIK!«, brüllte ich.

Aaaannaa!

Kapitel 25

Ich rannte auf Henriks Stimme zu und rief und schrie weiter, während ich den Boden im Auge behielt, um nicht mit dem Fuß in einer versteckten Spalte stecken zu bleiben. Dann sah ich einen dunkleren Umriss im Schnee, und schon hatte ich ihn gefunden. Wir fielen uns in die Arme, eine kalte und nasse Umarmung, Wange an Wange. Henrik zitterte vor Kälte.

»Oh Henrik«, sagte ich, »Gott sei Dank ...« Vor Erleichterung hatte ich Tränen in den Augen. Allmählich hatte ich wirklich geglaubt, dass wir uns nicht mehr finden würden. Nun war zumindest ein Teil des Albtraums vorbei. Welche Prüfungen auch immer noch vor uns liegen mochten, wir würden sie gemeinsam meistern.

Henrik konnte vor Zähneklappern kaum sprechen.

»Du bist zurückgekommen«, keuchte er, »du bist zurückgekommen.«

Ich hielt ihn fest, wollte ihn nie mehr loslassen, und rieb mit kräftigen Bewegungen seinen Rücken, um uns beide aufzuwärmen. Erst jetzt merkte ich, dass mir auch kalt war. Ich hatte stark geschwitzt, als ich in Panik den Berg hinaufgerannt war, doch dann hatte ich mich über eine Stunde lang in einem gemächlichen Tempo fortbewegt, und nun überzog eisige Feuchtigkeit meinen Körper. Außerdem kroch der schwere, nasse Schnee unter die Oberbekleidung.

Ich hatte mich immerhin bewegt, doch Henrik stand seit über zwei Stunden an derselben Stelle, mitten im Schneesturm, und hatte Schüttelfrost.

»Du bist zurückgekommen …«, keuchte er noch einmal.

»Natürlich bin ich zurückgekommen. Jetzt müssen wir runter von diesem Berg.«

»Ich habe versucht … das Zelt aufzustellen … aber …«

Erst jetzt bemerkte ich, was um uns herum auf dem Boden lag. Mein eigener Rucksack war zur Hälfte mit Schnee bedeckt, und Henrik hatte ihn anscheinend nicht angerührt. Der Regenschutz war noch darübergezogen, sodass der Inhalt einigermaßen trocken sein dürfte.

Sein eigener Rucksack hingegen stand mit offener Klappe da und starrte in den Himmel wie ein Kind, das Schneeflocken auf der Zunge fangen wollte. Ausrüstung und Kleidung lagen überall verstreut, und das Zelt war auf dem Boden ausgebreitet. Überall lagen Taschen und Heringe. Henrik hatte es geschafft, ein paar Stangen in die Zeltplane zu schieben, war dann aber nicht weitergekommen.

Das war nicht gut. Seine Sachen waren nun wieder durchnässt. Außerdem konnten Dinge im Schnee verloren gehen. Es wehte nicht mehr so stark wie noch vor ein paar Stunden, aber wer wusste schon, was bereits weggewirbelt worden war? Ich löste mich von Henrik und sagte:

»Wir müssen so schnell wie möglich alles zusammenpacken und ins Tal hinunter.« Er nickte.

»Tut mir leid, ich dachte, ich müsste mich irgendwie schützen …«

»Schon gut, packen wir zusammen und gehen.«

»Das war dumm … Es tut mir leid …«

Wir arbeiteten schnell und effizient, schüttelten und bürsteten den Schnee von allem ab und stopften alles in Henriks Rucksack. Ich fragte mich, wie er ihn mitten im Schneesturm mit offener Klappe hatte stehen lassen können. Er musste völlig den Verstand verloren haben.

Du hast gut reden. Eine Weile hattest du auch nackte Panik.

Der Regenschutz für Henriks Rucksack war weg, doch seine Sachen waren sowieso bereits nass. Wir zogen die leichten Metallstangen aus dem Zelt und suchten eine Zeit lang im Schnee nach der dazugehörigen Nylontasche, konnten sie aber nicht finden. Das war kein großer Verlust, wir konnten die Stangen auseinanderziehen und sie in das Zelt einwickeln. Aber Henrik wollte nicht aufhören zu suchen.

»Ich muss sie hier irgendwo hingelegt haben …«

»Das macht doch nichts, wir kommen auch ohne sie aus.«

»Aber vielleicht ist sie weggeweht … Es war ziemlich windig, als ich angefangen habe …«

»Hilf mir mal mit dem Zelt.«

Ich packte das eine Ende und nickte ihm zu, er solle das andere Ende nehmen, dann schüttelten wir so viel Schnee wie möglich ab. Henrik zitterte immer noch am ganzen Körper.

»Hast du die Karte gefunden?«, fragte er zähneklappernd.

»Nein.«

»Aber du hattest recht, ich habe sie verloren …«

»Vergiss es, das ist jetzt nicht wichtig.«

»Doch, ich erinnere mich jetzt, du hast sie mir gegeben, und dann habe ich sie weggelegt, als ich den Kocher anzünden wollte …«

»Komm, wir schütteln noch den letzten Schnee ab, dann packen wir das Zelt ein.«

»Oder wenn sie … Sie könnte mir unterwegs auch aus der Tasche gefallen sein …«

Wir legten das Zelt auf den Boden, Henrik kniete sich auf den Rand, um es festzuhalten. Ich rollte es zusammen und bürstete dabei die Schneeflocken ab.

»Sonst hättest du die Karte ja da finden müssen, wo wir Kaffee getrunken haben … Die Stelle hast du doch wiedergefunden, oder?«

»Mhm.«

»Wenn sie nicht auch weggeweht wurde …«

Als ich fertig war, hielt Henrik das aufgerollte Zelt fest, und ich zog die Tasche darüber, die wir in der Zwischenzeit wiedergefunden hatten. Wir schnallten es unter meinen Rucksack und konnten endlich losgehen.

Zusammen. Ausgekühlt, müde und hungrig, aber zusammen.

Ich war nach rechts gelaufen, um Henrik zu finden, jetzt hielt ich mich daher leicht links und hoffte, zu unseren Fußspuren zurückzufinden. Falls nicht, wäre es keine Katastrophe, wir wollten ja einfach nur hinunter ins Tal. Solange wir bergab gingen, machten wir nichts falsch.

Der Schnee ließ immer mehr nach, die Sicht wurde besser, die Berge traten deutlicher hervor.

Ich stellte fest, dass meine Methode, zu Henrik zurückzufinden, doch relativ gut funktioniert hatte. Sicher, ich war nicht direkt auf ihn zugelaufen, aber ich hatte ihn nur um etwa hundert Meter verfehlt. Und ungefähr dort, wo er meinen Berechnungen nach meine Stimme hatte hören sollen, hatte er mich auch gehört, und ich ihn.

Henrik erzählte, dass der Schneesturm ihn hinterrücks überfallen hatte, und dass er dasselbe gedacht hatte wie ich: Wie soll sie zu mir zurückfinden, wenn die Fußspuren unter dem Schnee verschwinden? Er war ein Stück bergab gegangen, war aber schnell erschöpft gewesen, weil er zwei Rucksäcke hatte schleppen müssen. Alle zwanzig Meter musste er eine Pause einlegen. Es schneite erbarmungslos, er hatte gefroren und war bald durchnässt gewesen. Er hatte beschlossen, das Zelt aufzustellen, hatte aber im Schnee manches nicht wiedergefunden, und der Wind war zu stark gewesen … und ihm war kalt, er hatte fürchterlich gefroren …

Er erzählte fieberhaft, ohne Pause.

»Und dann hörte ich dich plötzlich rufen, und ich habe zurückgerufen, aber deine Antwort kam so spät … Du hast mich nicht gehört …«

»Nein.«

»Dann klang es, als wärst du näher bei mir, und ich hatte das Gefühl, dass wir es vielleicht doch schaffen … Dass ich das hier vielleicht doch überlebe …«

»Natürlich überleben wir das.«

Ich hörte selbst, dass ich etwas hart klang und hoffte, er erkannte nicht den Grund dafür. Ich hatte dieselben Ängste ausgestanden wie er, konnte es mir aber nicht leisten, ihnen auch nur eine Sekunde nachzugeben, sie nicht einmal einzugestehen, denn Zweifel schwächten uns.

»Ich dachte wirklich, ich würde dort oben sterben. Ich dachte, ›jetzt erfriere ich‹.«

»Mhm.«

Er plapperte weiter, was er gedacht und gefühlt hatte, allein im Schneesturm auf dem Berg, während ich schwieg. Die aufgedrehte Gesprächigkeit sah ihm gar nicht ähnlich. Wahrscheinlich war es die Erleichterung: Der Albtraum war vorbei, wir hatten uns wiedergefunden und konnten uns in Sicherheit bringen.

Da war er optimistischer als ich, denn ich war mir nicht sicher, ob das Schlimmste schon überstanden war.

Obwohl wir nun schon eine Viertelstunde zügig marschiert waren, fror Henrik immer noch so, dass er kaum sprechen konnte, wenn der Schüttelfrost ihn packte. Seine Zähne schlugen laut aufeinander. Er war offensichtlich unterkühlt. Aber war es schon gefährlich?

Wahrscheinlich nicht. Dass er zitterte und mit den Zähnen klapperte war positiv. Ich wusste, dass man bei schwerer Unterkühlung nicht mehr zittern und der Körper keine Wärme mehr erzeugen kann. Aber ich würde ihn genau im Auge behalten.

Henrik hatte eine Theorie, wie wir auf die falsche Route gelangt sein könnten. Sicherlich lag es daran, dass wir gestern recht spät einen kleinen Fluss überquert hatten? Ja, das hatten wir. Und danach waren wir noch eine Weile schräg am Berghang entlanggegangen, bis wir unsere Zelte aufgeschlagen hatten. Aber heute Morgen, als wir Milena und Jacob zurückgelassen hatten, waren wir den Berghang gerade hinaufgegangen und dann einem anderen Bach gefolgt.

»Könnte sein«, sagte ich gedämpft. Es ärgerte mich, dass er darüber nachgrübelte, was wir bisher falsch gemacht hatten, statt sich auf das zu konzentrieren, was wir jetzt tun mussten. Aber ich musste zugeben, dass er wahrscheinlich recht hatte.

»Kein Wunder, wir waren heute Morgen ja beide ziemlich aufgeregt«, fuhr Henrik fort.

Unsere alte Spur fanden wir nicht mehr, ließen den Gletscher aber bald hinter uns. Der zuvor kahle Boden war mit mehreren Zentimetern Neuschnee bedeckt, aber ich beschloss trotzdem, dass wir eine Pause machen sollten.

Während ich heiße Schokolade kochte, zog Henrik trockene Unterwäsche von mir an. Von ganz unten aus seinem Rucksack holte er einen Fleecepullover hervor, der nur feucht und nicht völlig durchnässt war. Ich selbst zog alles an, was ich an warmen Sachen hatte, um nicht wieder auszukühlen, einen Wollfrotteepullover, eine Daunenweste und eine dünne Strickmütze.

Der Wind hatte fast aufgehört, doch kleine Schneeflocken fielen weiterhin leise zu Boden.

Wir schlürften die Schokolade, die Hände um die heißen, dampfenden Tassen gelegt. Unsere erfrorenen Finger schmerzten leicht, aber wir brauchten jedes bisschen Wärme, das wir bekommen konnten.

»In den Bergen sollte man immer zwei Karten dabeihaben«, sagte Henrik.

»Mhm.«

»Zumindest wenn man mit mir unterwegs ist.«

Ich schwieg.

»Aber es ist trotzdem komisch … Diese Brusttasche hier, auf der linken Seite, ist meine Kartentasche. Nur dort bewahre ich sie auf, wenn ich sie habe. Wie beim Fliegen, die Tickets sind immer im Außenfach meiner Tasche. Genauso wie der Pass. Und trotzdem … Wenn ich an zwei Dinge gleichzeitig denken muss, werfe ich sie einfach auf den Boden … Wie dämlich …«

»Willst du noch mehr Schokolade?« Ich holte den Topf vom Kocher, und füllte seine Tasse auf, obwohl ich keine Antwort bekam.

»Meinst du, wir sollten noch mal nach der Karte suchen? Wir kommen doch an der Stelle vorbei, oder?«

»Nein.«

»Wenn wir das Zelt in der Nähe aufbauen, kann ich nachsehen.«

Hör endlich auf, wegen der Karte herumzujammern.

»Wir sollten noch weiter Richtung Tal gehen, einen geschützten Ort im Windschatten finden.«

»Ja.«

»Wenn ein starker Wind weht, könnte es eine verdammt kalte Nacht werden, so nass wie alles ist.«

»Dann machen wir das.«

Henrik lächelte mich blass und unterwürfig an und trank einen Schluck heiße Schokolade. Er zitterte immer noch.

Ein paar Stunden später hatten wir es bis zum Talboden geschafft und eine halbwegs windgeschützte Stelle gefunden. Der Boden war uneben und abfallend, aber das mussten wir jetzt in Kauf nehmen. Es hatte aufgehört zu schneien, doch eine eisige, feuchte Kälte lag noch in der Luft, und der Himmel war tiefgrau.

Es sah nicht danach aus, als würden wir in absehbarer Zeit trocken und warm sein.

Wir schlugen das Zelt auf, das innen und außen nass war. Ebenso wie die Isomatten. Mein Schlafsack war trocken geblieben, und ich wollte ihn erst beim Schlafengehen aus seinem Sack nehmen, damit möglichst wenig Feuchtigkeit eindringen konnte.

Wir kochten gefriergetrocknete Trekkingmahlzeiten, indischen Eintopf mit Reis und Huhn. Kein kulinarisches Meisterwerk, aber das warme Essen tat gut. Danach tranken wir noch einmal heiße Schokolade. Die Dunkelheit begann sich über das Sarvesvágge zu legen.

Im Lauf des Tages war Henrik immer stiller geworden, und beim Abendessen sagte er fast gar nichts mehr. Er schien todmüde zu sein. Nachdem er in den ersten Stunden seit unserem Wiedersehen nahezu ununterbrochen geredet hatte, war es fast eine Erleichterung, dass er wieder in seine gewohnte grüblerische Ruhe zurückgefallen war. Aber ich fragte mich schon, ob er die Energie haben würde, bereits am nächsten Tag einen neuen Versuch zu unternehmen, den Pass zu finden. Vielleicht war er nicht nur müde, sondern auch ein wenig traumatisiert von den Stunden allein auf dem Berg im Schneesturm, als er gedacht hatte, er würde sterben. Ich selbst verdrängte diesen kurzen Moment der Panik, als ich den Berg hinaufgerannt war, doch mein Körper erinnerte sich. Schon beim bloßen Gedanken daran überlief mich ein kalter Schauder, und mein Herz raste.

Wenn am Morgen ein weiterer Schneesturm aufzog oder drohte … nein. Dann mussten wir einen Tag hierbleiben, um wieder zu Kräften zu kommen.

Als ich mir die Zähne putzte, war es dunkel geworden. Ein eisiger Regen fiel, bis auf das Prasseln der Tropfen auf meiner Regenjacke war es still. Es roch nach nichts, ich schmeckte nichts.

Es war, als hätte der Sarek beschlossen, alle anderen Sinneseindrücke bis auf das Gefühl auszuschalten, um seinen Standpunkt ein für alle Mal klarzumachen.

Willkommen. Stellen Sie sich darauf ein, dass Sie frieren werden, wie Sie noch nie in Ihrem Leben gefroren haben.

Eigentlich sollte ich mich jetzt waschen und frische, trockene Kleidung anziehen, um besser schlafen zu können. Allerdings hatte ich Henrik meine letzte trockene Kleidung gegeben. Es wäre sinnlos, mich in diesem kalten Regen auszuziehen und im noch kälteren Bach zu waschen, nur um dann wieder in die gleiche feuchte, klamme Unterwäsche zu schlüpfen. Deshalb ließ ich es.

Ich kroch ins Zelt und zog die Reißverschlüsse hinter mir zu. Auf den Knien breitete ich den Schlafsack auf der Isomatte aus. Er war trocken, aber das war ein schwacher Trost, denn ich selbst war missgelaunt und bis auf die Knochen durchgefroren.

Henrik lag bereits in seinem Schlafsack und starrte ausdruckslos zum Zeltdach hoch. Ich wickelte mir den Schlafsack um die Beine und rollte dabei auf dem schiefen Untergrund zu Henrik. Ich beugte mich über ihn und küsste ihn sanft auf den Mund.

»Gute Nacht.«

»Gute Nacht«, murmelte er.

Eine automatische Geste, ohne jegliche Emotion. Keine Zärtlichkeit, keine Sehnsucht nach Nähe. Aber auch eine automatische Geste hat ihren Wert. Wenn sie ausbleibt, ist etwas nicht in Ordnung.

Ich legte mich auf der Isomatte zurecht und lauschte dem Regen. Mir war immer noch kalt, und ich wusste, dass ich noch einige Tage lang frieren würde, die ganze Zeit, bis wir in Staloluokta ein Dach über dem Kopf hatten.

Plötzlich öffnete Henrik seinen Schlafsack und richtete sich halb auf. Er setzte seine Stirnlampe auf und kroch ins Vorzelt.

Der Lichtstrahl wanderte hin und her, über die Zeltplane, manchmal über mein Gesicht. Ich hörte, wie er draußen in seinen Sachen wühlte.

»Was machst du da? Wonach suchst du?«

»Ich glaube, ich …« Er beendete den Satz nicht.

»Was?«

»Vielleicht habe ich die Karte in die Außentasche meiner Regenhose gesteckt …«

Ich seufzte.

»Henrik? Lass es gut sein.«

Er antwortete nicht, sondern kramte weiter in seinen Sachen.

Reißverschlüsse wurden hoch- und runtergezogen, Druckknöpfe auf- und wieder zugemacht. Rucksäcke raschelten.

»Henrik? Kannst du die Regenhose nicht finden?«

»Doch.«

»Und – ist die Karte in der Außentasche?«

»Nein.«

»Dann komm und leg dich schlafen.«

»Ich überprüfe nur noch mal die Jackentaschen …«

»Hast du das nicht schon fünfmal gemacht?«

Keine Antwort. Er suchte weiter, manisch geradezu. Wie lange konnte das denn dauern? Mir kam ein Verdacht, und ich sah durch die Zeltöffnung zu ihm hin.

»Du durchsuchst doch nicht etwa meine Kleidung, oder?«

Henrik sah mich verständnislos und leicht beleidigt an.

»Nein. Natürlich nicht.«

»Dann leg dich schlafen, mir reicht es.«

Schließlich gab er auf, kroch zurück ins Zelt und in den Schlafsack. Nachdem er die Stirnlampe verstaut hatte, kehrten Stille und Ruhe ein. Eine Zeit lang. Dann hörte ich Henrik in der Dunkelheit:

»Vielleicht hat Jacob recht. Vielleicht sind wir nicht die Richtigen füreinander.« Seine Stimme war tonlos und traurig, er klang resigniert.

Und ich wurde stinkwütend.

»Das will ich nicht hören«, sagte ich, und meine Stimme zitterte vor Empörung und Wut. »Komm mir jetzt nicht mit so einem Mist.«

Er antwortete nicht, also fuhr ich fort.

»Wir kämpfen immer noch ums Überleben, verstehst du das nicht? Wir befinden uns mitten in der Wildnis und haben keine Karte. Das ist lebensgefährlich.«

Ich hatte den Frust zu lange unterdrückt. Dass er die Karte verloren hatte, dass er sich mit unseren Fehlern beschäftigte, anstatt nach vorn zu blicken, dass er mich zwang, für uns beide psychisch stark zu sein. Jetzt brach alles aus mir heraus.

»Wenn wir hier lebend herauskommen, können wir über alles reden.«

»Du glaubst also, dass wir sterben werden?«

»Nein, nicht wenn wir uns auf unser Ziel konzentrieren und einen kühlen Kopf bewahren. Aber wir können nicht ständig grübeln, verstehst du das nicht?«

»Alle fragen sich, warum wir nicht heiraten«, fuhr Henrik tonlos und abwesend fort.

»Hör bitte einfach auf.«

»Warum willst du nie über Kinder sprechen?«

»HÖR AUF!«, rief ich und schlug ihm auf den Arm, ziemlich fest. Ich wollte nur, dass er aufhörte. Es konnte ihm nicht wehtun, sein Arm war durch den Schlafsack und mehrere Kleidungsschichten geschützt. Aber ich hätte es nicht tun sollen. Das war etwas völlig Neues in unserer Beziehung. Keiner von uns beiden war während eines Streits jemals handgreiflich geworden.

Er verstummte, wahrscheinlich vor allem vor Überraschung, und ich schämte mich, entschuldigte mich sofort. Wir umarmten und küssten uns, lagen mit den Gesichtern dicht beieinander, eingewickelt in unsere Schlafsäcke, und bald verlangsamte sich Henriks Atem, er war eingeschlafen.

Aber ich lag noch lange wach.

Warum willst du nie über Kinder sprechen?

Ich dachte an das Frühjahr vor sieben Jahren, als wir nach Florenz gefahren waren. Wie warm es schon im April gewesen war, zumindest tagsüber. Wie Schweden im Juli. Wie kurz die Dämmerung am Abend war, die Dunkelheit, die wie ein Vorhang fiel, und dann die überraschende Kühle.

Es waren fast zwei Jahre vergangen seit jenem schrecklichen Mittsommer und allem, was danach geschehen war und meine Familie zerrüttet hatte. Ich sprach nicht mehr mit meinem Vater. Henrik war zu meinem Fixpunkt geworden, meinem sicheren Hafen im Leben.

Er hatte gerade eine Festanstellung als Dozent an der Universität erhalten, die wir mit der Reise feiern wollten. Nach zweieinhalb Jahren hatten wir das Gefühl, dass wir unsere Beziehung nicht mehr zu verstecken brauchten. Nicht, dass ich darunter gelitten hätte: Im Gegenteil, die Heimlichtuerei hatte das Leben aufregender gemacht. Sich in einer langweiligen Pizzeria in einem abgelegenen Teil von Uppsala zu verabreden, in den niemand von der Universität kommt. Mit dem Vorortzug nach Knivsta zu fahren, vom Bahnhof hundert Meter zu Fuß zu gehen und schnell von Henrik in einem Mietauto abgeholt zu werden, um ein Wochenende in einem luxuriösen Herrenhaus in Sörmland zu verbringen.

Vielleicht war es nur ein Spiel, das wir spielten, weil es uns Spaß machte. Henrik hatte einmal erwähnt, dass seine Kollegen wohl wüssten, was los war.

Aber jetzt waren wir in Florenz. Henrik war schon mehrere

Male dort gewesen und kannte die Stadt gut. Tagsüber besuchten wir Kunstmuseen und Kirchen. Henrik war ein mitreißender Fremdenführer, doch ich besaß nicht seine Fähigkeit, mich in ein Gemälde oder eine Skulptur zu vertiefen und alles um mich herum zu vergessen. Oft verließ ich das Museum oder die Kirche vor ihm und setzte mich in das nächste Café. Ich trank einen Latte in der Frühlingssonne und beobachtete die vorbeiziehenden Menschenströme. Chinesen, Japaner, Amerikaner. Todschicke Italiener, florentinische Oberschicht, nahm ich an, mit glänzendem schwarzem Haar, perfekt mit Gel zurückgekämmt, olivfarbenem Teint, Sonnenbrille, rosa Hemd mit lässig aufgekrempelten Ärmeln, barfuß in dunkelblauen Mokassins.

Nach einer Weile kam Henrik dann ins Freie, und ich winkte ihm zu. Er lächelte und kam zu mir, bestellte einen Latte und setzte sich. Wir saßen immer eng aneinandergeschmiegt.

Abends aßen wir in kleinen Restaurants abseits der Touristenecken, umgeben von lärmenden Italienern, großen Gruppen, manchmal auch Familien mit kleinen Kindern, auch wenn es schon spät war. Zurück im Hotel liebten wir uns. Oder am nächsten Morgen nach dem Aufwachen, wenn wir abends zu viel Wein getrunken hatten und zu müde waren.

Wir mieteten ein Auto und blieben ein paar Nächte auf einem zum Hotel umgebauten Bauernhof, einige Kilometer von Florenz entfernt. Der Hof befand sich auf einem Hügel. Eine Zypressenallee führte hinauf zu den alten Gebäuden. Von außen sahen sie baufällig aus, aber innen waren sie nach den höchsten Standards renoviert worden. Die Aussicht auf die hügelige Landschaft der Toskana war magisch.

Eines Abends, als die Sonne schon tief über den Hügeln stand, lieh Henrik sich von der Gastgeberin eine Vespa, und wir fuhren zu einer schönen Anhöhe auf der anderen Seite des Tals. Er am Lenker, ich dahinter mit festem Griff um seine Taille. Der

Wind wehte mir warm ins Gesicht. Wir parkten und liefen ein kurzes Stück zu einem Kiefernwäldchen. Die Landschaft glänzte wie Gold in der Abendsonne.

Henrik ging auf die Knie und machte mir einen Antrag.

Und ich dachte: So kann das Leben also auch sein. Ruhig, bequem, sicher, wie auf einem Floß auf einem breiten, schönen Fluss, in gemächlichem Tempo. Umgeben von Wohlwollen, von Liebe.

Ich sagte Ja.

Er sah glücklich aus. Vielleicht sogar ein wenig erleichtert. Wir vergossen beide ein paar Tränen.

Wie geht es weiter?

Die Monate vergehen, werden zu Jahren, das Leben mit Henrik wird zur Routine, zur Selbstverständlichkeit, zur Kulisse, vor der sich alles andere im Leben abspielt. Ich konzentriere mich darauf, Bestnoten zu erzielen. Ich konzentriere mich darauf, eine gute Stelle als Rechtsreferendarin zu bekommen. Ich konzentriere mich darauf, in einer Spitzenkanzlei eingestellt zu werden. Ich konzentriere mich darauf, so schnell wie möglich Anwältin zu werden.

So viel Konzentration. Vielleicht auch, um nicht auf diese innere Stimme zu hören.

Das ist nicht genug, Anna.

Das ist nicht das, wovon du geträumt hast.

Ein Gefühl der Sicherheit, der Ruhe und der Liebe, das reicht nicht. Das Leben muss mehr zu bieten haben.

An anderen Tagen *ist* es genug. Alles fühlt sich gut an. Ich verfluche mich dafür, dass ich immer mehr will, dass ich nie zufrieden sein kann.

Henrik hat mich aufgefangen, als ich gestürzt bin. Er liebt mich. Warum kann das nicht ausreichen?

Warum willst du nie über Kinder sprechen?

Ich lag lange wach.

Und wünschte mir, dass es Henrik morgen besser ging, und dass das Wetter besser sein würde, damit wir den Pass überqueren und Richtung Staloluokta laufen konnten. Ich hatte das unangenehme Gefühl, gefangen zu sein, dass der Sarek seine Pforten vor uns verschlossen hatte und wir vergeblich an die Tür klopften, um hinausgelassen zu werden.

Aus der Zeugenbefragung von Anna Samuelsson, Personennummer 880 216-3382, 18. September 2019, Krankenhaus Gällivare, durchgeführt von Kriminalinspektor Anders Suhonen.

»Sie wollten also am nächsten Tag noch einmal versuchen, nach Staloluokta zurückzufinden?«

»Ja.«

»Warum haben Sie sich umentschieden?«

»Weil Henrik auf dem Weg zum Pass eine Panikattacke hatte.«

»Was ist passiert?«

»Ich hatte schon am Morgen gemerkt, dass er noch mitgenommen war. Aber ich dachte, es sei trotzdem die beste Alternative.«

»Okay.«

»Es regnete immer noch, aber die Sicht war besser als am Tag zuvor.«

»Mhm.«

»Deshalb sind wir nach dem Frühstück aufgebrochen. Ich hatte geplant, dass wir viele Pausen machen und oft etwas Heißes trinken. Wir würden uns Zeit lassen. Und wir haben den richtigen Weg über den Berg gefunden.«

»Dessen waren Sie sich sicher?«

»Ja, ich war mir sicher. Ich … habe die Stelle wiedererkannt, an der Jacob zudringlich geworden war. Wir sind daran vorbeigekommen.«

»Ich verstehe.«

»Bevor wir hinauf zum Schneefeld gegangen sind, haben wir noch einmal Pause gemacht, Kaffee getrunken und einen Energieriegel gegessen. Alles war in Ordnung.«

»Okay.«

»Auf dem Schneefeld ist Henrik dann plötzlich stehen geblieben und … hat sich an die Brust gegriffen, als … glaubte er, sein Herz würde stehen bleiben oder so. Er ist in sich zusammengesunken. Erst auf die Knie, dann ist er auf die Seite gefallen. Hat das Gesicht verzogen.«

»War Ihnen klar, was mit ihm los war?«

»Zuerst habe ich gedacht, es sei etwas Körperliches. Dass er keine Luft bekam. Ich habe mich neben ihn auf den Boden geworfen und seine Jacke aufgemacht und all das, aber … er bekam immer noch keine Luft.«

»Okay.«

»Er konnte auch nicht sprechen. Ich habe es mit Mund-zu-Mund-Beatmung versucht, und irgendwann wurde es besser.«

»Ich verstehe.«

»Da habe ich gedacht, dass es vielleicht eine Panikattacke war.«

»Mhm.«

»Aber so etwas hatte Henrik noch nie gehabt. Deshalb …«

Schweigen.

»Glauben Sie, die Attacke hatte damit zu tun, was am Vortag passiert war?«

»Ja, natürlich habe ich das gedacht. Er hatte

ja geglaubt, er würde in dem Schneesturm sterben. Als wir dann wieder auf dem Berg waren, kam alles wieder hoch.«

»Mhm. Und da haben Sie den Plan aufgegeben, über den Pass zu wandern?«

»Noch nicht ganz.«

»Okay.«

Schweigen.

»Ich habe ein bisschen Fruchtsuppe auf dem Kocher aufgewärmt. Wenn er sich etwas erholt hatte, könnten wir weitergehen, habe ich gedacht. Doch es ging gar nichts mehr.«

»Mhm.«

»Er konnte nicht einmal am Berg hinaufblicken, ohne dass es ihm gleich wieder schlecht ging.«

»Oje.«

»Es war etwas neblig und verregnet, und die Sicht … war nicht gut. Wahrscheinlich hat er sich sofort wieder verloren gefühlt, ohne Orientierung.«

»Mhm. Ja, das ist verständlich.«

»Wir sind also noch eine Weile sitzen geblieben … und dann wieder hinuntergegangen. Er musste sich auf mich stützen. Bei dem Schneefeld wurde es wieder flacher, da sind wir besser vorangekommen. Dann haben wir zu Mittag gegessen und beschlossen, Plan B zu verfolgen.«

»Und wie sah Plan B aus?«

»Doch in den Sarek hineingehen, wie Milena und Jacob.«

»Haben Sie gedacht, Sie könnten sie einholen?«

»Nein, sie hatten ja einen Tag Vorsprung.«

»Noch einen Tag abzuwarten und dann noch einen Versuch zu machen, den Berg zu überqueren, war keine Alternative?«

»Doch. Ich hatte alles unzählige Male durchdacht.«

»Okay.«

»Aber Henrik war felsenfest davon überzeugt, dass er es nicht über den Pass schafft. ›Es geht einfach nicht‹, hat er die ganze Zeit gesagt. ›Ich kann nicht, es geht nicht.‹«

»Okay.«

»Und ich wollte ihn auch nicht zu sehr drängen.«

»Ja.«

»Die andere Alternative …«

Schweigen.

»Wie geht es Ihnen, Anna? Sind Sie müde? Wollen Sie eine Pause machen?«

Schweigen.

»Nein, es geht schon.«

»Bestimmt?«

»Ja.«

»Wir werden trotzdem bald eine Pause machen. Im Moment schaffen Sie es aber noch?«

»Ja. Die andere Alternative wäre gewesen, in die andere Richtung zum Sarvesvágge zu gehen und irgendwo im Padjelanta herauszukommen. Ich wusste ja, dass es dort Wege und Hütten und alles gab.«

»Ja.«

»Aber … zwischen den Hütten können auch mal

gut dreißig Kilometer liegen. Und ich wusste nicht, wie die Wege verlaufen. Das Risiko war also groß, dass wir mehrere Tage am Stück durch den Padjelanta irren würden.«

»Ich verstehe.«

»Die Karte vom Sarek hatte ich mir gut eingeprägt und wusste ungefähr, wie man vom Sarvesvágge zum Rovdjurstorget und weiter zum Rapadalen kommt und so weiter. Ich dachte, dass die Chance, mitten im Sarek auf andere Wanderer zu treffen, trotzdem nicht so schlecht sein dürfte. Dann hätten wir deren Karte abfotografieren können. Deshalb haben wir uns doch für den Sarek entschieden. Aber ich hatte kein gutes Gefühl dabei.«

»Mhm.«

»Sich ohne Karte in diese riesige Wildnis zu wagen … Und wir hatten ja gerade erlebt, wie leicht man sich ohne Karte verlaufen konnte. Mir war also wirklich ein bisschen schlecht und schwindelig.«

»Mhm. Anna, wissen Sie was, wir lassen es für heute gut sein. Ruhen Sie sich aus.«

Kapitel 26

Da geht einer, der fror und hungerte, aber trotzdem siegte.

»Fritiof Anderssons Parademarsch.« Auf den Studentenfeiern in Uppsala hatte ich ihn gesungen. Jetzt tauchte diese Zeile in meinem Kopf auf, während Henrik und ich auf die Senke des Sarvesvágge zuliefen. Das Tal und die umliegenden Berge waren hinter eiskaltem Nebel und Sprühregen verborgen.

Einer, der fror und hungerte.

Ich hatte mir nie darüber Gedanken gemacht, was das eigentlich hieß, denn zu erfrieren und zu verhungern war in unserem Teil der Welt keine echte Gefahr mehr. Doch das war noch gar nicht so lange so. Hunderttausende Jahre lang war der Kampf gegen Kälte und Hunger für den Menschen ein Kampf auf Leben und Tod gewesen. Bis vor ungefähr einer halben Sekunde. Und gleich pfeifen ein paar Verrückte auf diese Sicherheit und liefern sich den Naturgewalten aus.

Die Menschen der Vorzeit würden uns für völlig wahnsinnig erklären.

Die ersten Stunden war die Wanderung einfach. Wir spazierten über weiche Heide. Henrik hätte vorgehen sollen, da er sehr viel erschöpfter war als ich und ich mich sowieso seinem Tempo anpassen musste. Doch selbst eine so einfache Wanderung erforderte ständige Entscheidungen, da wir keinem festen Weg folgten. Wir mussten kleine Flüsse überqueren, plötzlich wurde es sumpfig, und wir mussten von Grasfleck zu Grasfleck auf festeren Boden springen. Henrik war zu müde, um den besten Weg durch das Gelände zu finden, weshalb ich sehr langsam vorausging. Er war in seine eigene Welt versunken.

Neben uns ragten die Berge im Regen immer höher auf. Ich versuchte, mir einzureden, dass die Karte überhaupt nicht verschwunden war, dass wir genau wussten, wo wir langgingen, Jacob war gar nicht zudringlich geworden, Milena und ich hatten nicht gestritten. Wie wäre mir die Wanderung dann vorgekommen? Fantastisch natürlich. Die Landschaft war überwältigend schön, die Regenschleier machten sie nur noch mystischer und verwunschener. Die gelben und roten Herbstfarben leuchteten nicht so wie bei Sonnenschein, doch manche Büsche schienen geradezu von innen heraus zu strahlen.

Der Sarvesjåhkkå, der Wasserlauf in der Talmitte, hatte sich tief in den felsigen Boden gegraben, und wir wanderten an einem etwa fünf Meter tiefen Canyon entlang. Er war hier etwa einen Meter breit, und an dieser Stelle würden wir ihn relativ leicht überqueren können. Wenn man den Sprung wagte. Der Boden war von niedrigem Gestrüpp bedeckt, durch das wir auf Ren-Trampelpfaden stapften. Der Schnee war im Dauerregen geschmolzen und hatte die Erde in Matsch verwandelt. Ich hielt Ausschau nach Stiefelabdrücken, sah aber keine. Milena und Jacob waren sicher gestern hier vorbeigekommen, doch man konnte auf vielen Wegen durch das Gestrüpp gehen. Der Matsch zerrte an den Stiefeln und bremste uns aus, und es war verlockend, auf Steine oder Wurzeln zu treten, doch sie waren nass und glitschig. Hinter mir hörte ich, wie Henrik mehrere Male ausrutschte und beinahe gestürzt wäre.

Wir kämpften uns weiter durch den Matsch und stolperten über Wurzeln. Auch wenn ich sehr viel langsamer ging als vorher, musste ich immer wieder auf Henrik warten. Wir machten Pausen und wärmten uns Fruchtsuppe auf, doch unsere Zähne klapperten vor Kälte, bis wir weitergingen. Ich ließ Henrik vorauslaufen. Rechts von uns ragte ein hoher Berg auf, dessen Gipfel sich im Dunst verlor. Allmählich näherten wir uns der massiven Wand.

Eine Stunde später fand ich eine Grasfläche beim Wasser, auf der wir das Zelt aufschlagen konnten. Ein Stück entfernt begann eine steile Anhöhe, die in eine kahle, senkrechte Bergwand überging. Ob sie über uns wachte oder uns bedrohte, war schwer zu sagen.

Ich schlug vor, es für heute gut sein zu lassen, und Henrik nickte müde. Er war zu erschöpft, um zu sprechen. Wir bauten das Zelt auf, legten Isomatten und Schlafsäcke aus, zogen unsere durchnässten Überkleider aus und krochen in der feuchten, kalten Unterwäsche in die Schlafsäcke. Ich behielt auch meinen Wollfrotteepullover an, zitterte aber trotzdem noch eine Weile vor Kälte im Schlafsack. Der alles andere als trocken war, der Dauerregen hatte zu unserem Pech letztendlich doch gewonnen.

Henrik schlief beinahe sofort ein, aber ich war nicht besonders müde. Ich sehnte mich nach Wärme, nicht nach Schlaf. Nach einer Weile hörte ich auf zu zittern, fror aber immer noch, kalte Schauder überliefen mich, wenn ich mich im Schlafsack wand und drehte. Nur wenn ich absolut still lag, hörten sie auf. Ich zog die feuchten Socken aus, umfasste einen Fuß mit der Hand. Eis auf Eis. Ich kniff mir in den Fußballen hinter dem großen Zeh und spürte rein gar nichts. Genauso gut hätte ich in ein Stück Fleisch kneifen können, das seit ein paar Stunden auftaute.

Warm wurde mir nicht, ich fror nur ein klein bisschen weniger. Und mir wurde klar, dass wir hier im Sarek nur unsere eigene Körperwärme hatten, die wir durch den Verzehr von warmem Essen erzeugen konnten, und die wir hüten mussten wie die

Urzeitmenschen das erste Feuer in ihrer Höhle. Wir durften nichts verschwenden.

Was für ein unwirtlicher, verdammter Ort das hier doch ist.

Wir aßen im Zelt zu Abend, halb auf unseren Isomatten liegend. Danach verschwanden wir kurz nach draußen in die Kälte, um zu pinkeln und uns die Zähne zu putzen. Es dämmerte, und die Welt wurde so dunkelgrau wie der Himmel über uns, wie der Regen, der immer noch fiel. Die riesige, schroffe Bergwand in unserer Nähe wachte weder über uns noch bedrohte sie uns, wir waren ihr völlig egal. Natürlich, doch aus irgendeinem Grund machte mich das trotzdem traurig. Dieser Bergwand war es egal, ob wir zu ihren Füßen überlebten oder starben wie ein sinnloses Opfer. Sie würde auch noch in ein paar Millionen Jahren hier stehen, stumm und unerschütterlich.

In der Nacht wachte ich ein paarmal auf. Der Regen schien schwächer zu werden, dann wieder stärker, und wieder schwächer. Henrik schnarchte neben mir, das war gut, er brauchte den Schlaf dringender als ich. Jedes Mal, wenn ich aufwachte, fror ich stärker. Die Kälte war eine Armee, die verlorenes Gebiet zurückeroberte.

Vor dem Zelt wurde es langsam hell. Ich sah auf die Uhr, Viertel nach sieben. Ich fror zu stark, um noch mal einschlafen zu können, weshalb ich vorsichtig nach draußen kroch und meinen steifen Körper streckte. Der eiskalte Sturzregen von gestern war zu einem sanften Treibregen geworden, der im Vergleich beinahe freundlich war. Der Himmel war etwas heller, und zum ersten Mal konnte ich den kegelförmigen Gipfel der senkrechten Bergwand ausmachen.

Ich holte Regenjacke und Topf aus dem Vorzelt und ging zum Fluss hinunter, um Wasser zu holen. Ich sehnte mich nach dem sättigenden Gefühl und der Wärme im Bauch nach einer großen Portion Hafergrütze. Den Kocher hatten wir über Nacht zusammengebaut im Vorzelt stehen gelassen. Ich stellte ihn ein Stück entfernt ab, zog die Streichhölzer aus der Plastiktüte und drehte den Gashahn auf.

Nichts.

Ich drehte noch einmal.

Warum hörte ich kein Zischen?

Ich drehte ein bisschen weiter.

Wieder nichts.

Die Kartusche war leer.

Kapitel 27

Ich kniete im Vorzelt und räumte meinen Rucksack aus. Kleidung und Lebensmittel und verschiedene Ausrüstungsgegenstände, ich stapelte alles auf Henriks Rucksack und auf meine Stiefel und schließlich direkt auf den feuchten und schlammigen Boden. Ich musste das Gesuchte einfach finden, und zwar sofort.

Die zweite Gaskartusche.

Wir hatten zwei Kartuschen aus Stockholm mitgebracht. Da war ich mir ganz sicher.

Ich leerte sogar die Seitentaschen und das untere Fach, wo ich normalerweise nur den Schlafsack und die Regenhülle für den Rucksack verstaute. Sogar in das obere Fach warf ich einen Blick, auch wenn ich natürlich wusste, dass die Kartusche dort nicht hineinpasste.

Okay. Vielleicht war sie doch in Henriks Rucksack.

Ich stopfte alles in meinen Rucksack zurück und stürzte mich mit derselben verzweifelten Energie auf Henriks. Da wurden Geräusche im Zelt laut. Mein Herumräumen hatte Henrik geweckt.

»Was hast du gesagt?«, hörte ich seine Stimme.

Erst da wurde mir bewusst, dass ich vor mich hin gemurmelt hatte, eine lange, ausufernde Rede von der Hölle und wie konnte sie nur und verdammt, bitte, und wo zum Teufel war sie nur hin.

»Äh … nichts«, sagte ich und versuchte, gelassen zu klingen.

»Suchst du was?«

»Mhm.«

Jetzt hatte ich das große Fach von Henriks Rucksack geleert. Auch dort war keine Gaskartusche.

Ich hörte, wie er seinen Schlafsack öffnete und sich aus ihm herauswand.

»Verdammt, ist mir kalt …«, murmelte er.

Wir saßen zusammengekauert im Zelt, aßen Roggenfladen mit Krabbenkäse und tranken eiskaltes Wasser. Vor dem Treibregen waren wir geschützt, immerhin, aber uns war trotzdem elendig kalt.

Und so würde es jetzt bleiben, bis wir den Weg aus dem Sarek herausfanden oder andere Wanderer trafen. Kein Gas, kein warmes Essen, kein heißes Getränk, nichts, was den Körper auch nur vorübergehend aufwärmte, ohne jeden Schutz vor Kälte und Nässe.

Wir konnten nur auf einen Wetterumschwung hoffen und dass die Sonne wieder schien. Tagsüber würde uns das helfen, doch nachts würden wir in unseren feuchten Kleidern und Schlafsäcken trotzdem frieren wie streunende Hunde.

In Gedanken ging ich unsere Vorräte durch. Tütensuppen, Nudeln, gefriergetrocknete Trekkingmahlzeiten. Und die Getränke: Pulverkaffee, Tee, Pulver für heiße Schokolade. Für alles brauchten wir kochendes Wasser. Was wir trotzdem essen konnten, waren belegte Brote, Süßigkeiten, Salami, Parmesan und ein paar getrocknete Pilze. Wie lange würde das reichen?

Einer, der fror und hungerte, aber trotzdem siegte.

Wir würden frieren und hungern, aber wir würden trotzdem gewinnen.

Denn das würden wir doch, oder?

Da zeigte sie wieder ihre hässliche Fratze, die Panik. Meine Stimmung stürzte wie ein brennendes Flugzeug in einer Todesspirale zu Boden.

Nein, verdammt. So darfst du nicht denken. Du wirst hier lebend rauskommen. Du wirst es trotzdem schaffen. Reiß dich zusammen.

Wir aßen unsere Fladen und sprachen über die Gaskartuschen. Oder besser gesagt, ich sprach darüber, und Henrik hörte zu.

»Ich weiß, dass wir zwei hatten«, sagte ich. »Die eine, die wir noch zu Hause hatten, war schon angebrochen, deshalb habe ich bei Naturkompaniet noch eine zweite gekauft, als Milena und ich dort waren. Zur Sicherheit.«

Henrik kaute mechanisch auf seinem Brot herum und starrte erschöpft vor sich hin. Ein Schauder überlief ihn, dann sagte er:

»Bist du sicher, dass du beide eingepackt hast? Nicht nur die neue?«

»Ja, ich bin sicher«, antwortete ich. »Aber ich verstehe das nicht, könnten Milena und Jacob versehentlich eine eingepackt haben?«

»Möglich«, meinte Henrik leise.

So könnte es gewesen sein, überlegte ich. Jacob und ich hatten am ersten Abend gekocht, aber wer hatte das Gas beigesteuert? Ja, ich. Aber ich konnte mich nicht erinnern, dass ich es von ihm zurückbekommen hatte.

Henrik zitterte und hatte Mühe, seine Stimme ruhig zu halten, als er sagte:

»Ich möchte wissen … wie schlimm das jetzt ist.«

»Nun, gut ist es nicht.«

»Aber wie schlimm? Werden wir sterben?«

Ob wir sterben werden? Woher zum Teufel soll ich das denn wissen? Wir sind mitten im Nirgendwo, nachts kann es unter null Grad werden, und wir können nicht mehr kochen. Ja, wir könnten sterben.

Ich sah ihm in die Augen und sagte mit so fester Stimme wie möglich:

»Nein. Wir werden nicht sterben.«

Sein Blick zuckte, ich konnte sehen, dass er mir nicht vertraute.

»Henrik? Henrik, sieh mich an. Wir werden nicht sterben.«

»Nein, natürlich nicht.«

»Uns wird verdammt kalt sein, und wir werden Hunger haben, aber wir werden nicht sterben.«

»Das war eine dumme Frage.«

»Nein.«

»Doch. Natürlich kannst du das nicht sicher wissen.«

»Ich denke, dass wir heute den Rapaälven erreichen werden. Und den Rovdjurstorget, da sind wir mitten im Sarek. Ich würde mich sehr wundern, wenn wir dort keine anderen Wanderer treffen würden.«

»Ja.«

»Außerdem soll es dort ein Notruftelefon geben. Und das steht sicher nicht unter freiem Himmel, sondern in einem kleinen Haus.«

»Mhm.«

»Wir haben also gute Chancen, das Haus mit dem Notruftelefon zu finden. Ich denke, wir … gehen bis zum Rapaälven, und wenn wir irgendwo ein Haus sehen, versuchen wir, dorthin zu gelangen. Und auf dem Weg dorthin werden wir wahrscheinlich einige andere Wanderer treffen. Hört sich das nach einem Plan an?«

»Mhm.«

»Und was das Essen angeht … Wir haben belegte Brote, Süßigkeiten und anderes, das reicht leicht für drei oder vier Tage. Und danach dürften wir eine weitere Woche ohne Essen auskommen. Mindestens. Wir werden also nicht sterben.«

Henrik schwieg und mied meinen Blick. Wir rollten unsere feuchten Schlafsäcke und Isomatten zusammen, räumten das Zelt aus und bauten es ab. Bald war alles wieder in den Rucksäcken verstaut. Das einzige Zeugnis menschlicher Aktivität an diesem Ort war ein Rechteck aus plattem Gras, wo das Zelt gestanden hatte, doch in ein oder zwei Tagen wäre auch diese Erinnerung ausgelöscht.

Ich sah mich um. Die massive Felswand, so still und erhaben wie zuvor. Das Tal, das sich in beiden Richtungen weit in die Ferne erstreckte, öffnete sich zu neuen Gipfeln. Und dahinter ragten weitere Gipfel auf.

Der Sarek war so fürchterlich groß und so fürchterlich still. Fürchterlich, im wahrsten Sinne des Wortes. Zum Fürchten. Und jetzt würden wir weiter in die Wildnis hineingehen. Wieder spürte ich so etwas wie Schwindel und setzte mich in Bewegung, damit Henrik es mir nicht anmerkte.

Der Regen nahm zu, wie gestern prasselte es eiskalt auf uns herunter. Das Gelände wurde auch unwegsamer, dichtes Weidengestrüpp erstreckte sich vor uns. Sogar hier gab es Rentierpfade, doch krumme, harte Äste ragten hervor und verfingen sich an Füßen und Beinen. Ich stellte mir vor, dass die Weiden die spindeldürren Knöchel und die harten Hufe der Rentiere nicht festhalten konnten, während unsere unförmigen Stiefel eine leichte Beute waren. Die Natur hatte eine perfekte Methode entwickelt, um Bergwanderer aufzuhalten.

An einem kleinen Fluss füllten wir unsere Wasserflaschen auf und aßen ein paar Rosinen und Nüsse. Das eisige Gebirgswasser fühlte sich wie ein kalter Bach an, der durch unsere Kehlen an den Lungen vorbei in den Magen rann. Gestern bei unserer Pause dachten wir, wir würden frieren, obwohl wir da etwas Warmes zu trinken hatten. Aber das war noch gar nichts gewesen. Nach ein paar Minuten zitterten wir unkontrolliert am ganzen Körper und waren kaum in der Lage, Nüsse und Rosinen aus der Tüte holen.

»Wenigstens sind wir nicht gefährlich unterkühlt, wenn wir

zittern«, sagte ich, »dieser Reflex lässt nach, wenn es wirklich schlimm wird.« Ich achtete darauf, mir nicht auf die Zunge zu beißen.

»Verdammt«, murmelte Henrik leise.

»Wahrscheinlich ist es am besten, wenn wir so wenig wie möglich anhalten und stattdessen versuchen, langsam zu gehen. Komm.«

Während der nächsten Stunden wanderte ich in Gedanken versunken durch das beschwerlicher werdende Gestrüpp. Plötzlich stellte ich fest, dass Henrik weit zurückgefallen war. Ich wartete auf ihn, dann aßen wir auf einem niedrigen Bergrücken, der sich aus der Talsohle erhob, zu Mittag. Ich schlug vor, das Zelt aufzubauen, damit wir uns nach dem Essen eine Weile vor Regen und Wind schützen und ausruhen konnten. Henrik war zu erschöpft, der Aufstieg auf den Bergrücken hatte seine letzten Kräfte gefordert. Er streckte sich auf dem Boden aus, zu müde, um sich um die Kälte und die Feuchtigkeit zu kümmern, und um den Regen, der auf sein Gesicht fiel. Ich baute das Zelt selbst auf und rollte die Isomatten aus, doch dann konnte ich nicht mehr und musste etwas essen.

Ich überprüfte unseren Brotvorrat. Wir hatten noch vier doppelte Roggenfladen, also acht Brote, und eine halbe Packung Wasa-Sport-Knäckebrot. Zwei halb volle Tuben mit Brotaufstrich. Krabbenkäse und Kaviar.

Das würden jetzt unsere Hauptnahrungsmittel sein. Frühstück, Mittagessen und Abendessen. Wenn wir uns bei jeder Mahlzeit satt essen würden, wäre der Vorrat morgen Mittag aufgebraucht. Wir mussten sofort mit der Rationierung beginnen. Da wir zum Frühstück Roggenfladen gegessen hatten, aßen wir jetzt jeweils zwei Scheiben Knäckebrot mit Belag. Mir kam die Idee, Suppenpulver auf unsere Brote zu streuen, um die Mahlzeit etwas nahrhafter zu machen. Henrik protestierte nicht, als ich eine halbe Tüte Minestrone über sein Brot schüttete. Wir kauten unsere ballaststoffreichen Scheiben in angespannter Stille. Durch das Suppenpulver schien jeder Bissen in meinem Mund größer zu werden.

Danach krochen wir ins Zelt und streckten uns aus. Den Hunger hatten wir vertrieben, wenn auch nur vorübergehend. Kälte und Nässe folgten uns hinein. Henrik starrte mit leerem Blick zum Zeltdach hoch, regelmäßig überlief ihn ein Schauder, dann lag er wieder still da. Wir hielten uns gegenseitig, ich zitterte auch, aber nicht gleichzeitig mit ihm. Unsere Körper sangen einen Kanon.

Und wir wanderten weiter, gejagt von der Kälte. Sie wich nicht von unserer Seite, aber wenn wir uns bewegten, sprach sie nur mit lauter Stimme. Wenn wir anhielten, brüllte sie uns direkt ins Ohr.

Nach unserem mageren Mittagessen hatten wir bald wieder Hunger. Allmählich fühlte ich mich ausgehöhlt und schlapp, kämpfte mich aber weiter durch das Dickicht. Schritt für Schritt.

Langsam veränderte sich die Landschaft vor uns. Der Blick wurde weiter, immer mehr Gipfel tauchten vor unseren Augen auf. Wir näherten uns dem anderen Ende des Sarvesvágge, und das hätte mich eigentlich aufmuntern müssen, denn dann waren wir bald im Rapadalen. Aber mir war so kalt wie nie zuvor, ich hatte Hunger und war müde.

Da geht einer, der fror und hungerte, aber trotzdem siegte.

Ein weiterer schnell fließender Bach mündete in den Sarvesjåhkkå, und wir brauchten eine gute Stunde, um ihn zu überqueren. Auf der anderen Seite machten wir Rast, aßen jeder einen Energieriegel und teilten uns eine Packung Süßigkeiten. Wir hätten nicht so viel essen sollen. Das wusste ich eigentlich. Die Rationierung erforderte Disziplin.

Wir sprachen nicht mehr miteinander, stapften nur noch weiter Richtung Rapadalen. Zwei Zombies in Funktionskleidung. Immer wieder hielt ich an und wartete auf Henrik.

Mir war kalt bis ins Mark. Meine Beine und Gelenke waren wie Eis. Mein Körper war von innen gefroren. Ich wusste, dass mir nie wieder warm werden würde.

Das Weidengestrüpp wurde von einem Birkendickicht abgelöst, das bis über unsere Köpfe reichte. Ich verlor die Orientierung. Die Trampelpfade verliefen kreuz und quer und konnten plötzlich verschwinden. An einigen Stellen musste man sich mit bloßer Kraft hindurchzwängen. Birkenzweige rissen und zerrten an meiner Kleidung.

Der Sarek will nicht, dass wir ins Rapadalen gelangen. Der Sarek will, dass wir hier sterben.

Aber ich wollte nicht sterben. Ich kämpfte mich weiter und stellte irgendwann fest, dass Henrik nicht mehr bei mir war, aber ich blieb nicht stehen. Ich durfte hier nicht stecken bleiben. Ich durfte den Sarek nicht gewinnen lassen.

Ich war im Birkenhain verloren. Sah nichts als gelbe und grüne Blätter. Wusste nicht mehr, in welche Richtung ich gehen musste. Kraftlos. Allein. Verängstigt.

Da geht einer, der fror und hungerte, aber trotzdem siegte.

Ich kämpfte mich voran und sah durch das Laub hindurch einen Berghang. In diese Richtung ging ich weiter, das Birkenwäldchen lichtete sich, und plötzlich stolperte ich auf eine Grasfläche am Ufer des Rapaälven. Ich fiel auf die Knie und streifte meinen Rucksack ab, rollte mich auf den Rücken.

Völlig erschöpft. Endlich im Rapadalen. Der Hauptschlagader des Sarek.

Mit geschlossenen Augen holte ich einen Moment lang Luft. Die Anstrengung hatte die Kälte vorübergehend vertrieben, zum ersten Mal seit vielen, vielen Stunden war mir warm, mein Rücken war sogar ein wenig verschwitzt.

Ich setzte mich auf und nahm meine Umgebung bewusst in mich auf. Alles, was wir bisher vom Sarek gesehen hatten, war großartig und ehrfurchtgebietend gewesen, aber das hier übertraf alles bei Weitem. Hier trafen drei mächtige Täler aufeinander, die von hohen, schneebedeckten Bergen eingerahmt wurden. Der Sarvesjåhkkå mündete in den wilden, breiten Rapaälven, der direkt vor mir ein kaum zu überblickendes Delta aus Flussarmen und Sandbänken bildete. Das Wasser rauschte ohrenbetäubend. Überall sah ich hohe Berge, weitere Täler, die in das Rapadalen mündeten, Gletscher und Wasserfälle, senkrechte Felswände, undurchdringliche Birkenwälder und Dickichte. Wie ein arktischer Regenwald.

Das musste der Rovdjurstorget sein. Ich war im Herzen des Sarek. Und für einen kurzen Moment, einen sehr kurzen Moment, konnte ich meine Situation vergessen und mich darüber freuen, dass ich es bis hierher geschafft hatte und diese Einzigartigkeit erleben durfte.

Ich hatte befürchtet, tiefer in die Wildnis vorzudringen, mir war geradezu schwindelig bei dem Gedanken geworden, aber jetzt war ich mitten im Sarek, und egal, welchen Weg ich einschlug, ich würde dem Rand, der Zivilisation näher kommen. Ich hatte das Gefühl, wieder festen Boden unter den Füßen zu haben.

Ich ließ den Blick systematisch über den Rapaälven schweifen, entlang der Täler, in alle Richtungen. Über die Berghänge, hinauf zu den Hochebenen und Gletschern.

Nein. Da war nichts, das von Menschen erbaut war. Die Hütte mit dem Notruftelefon, die ich in der Nähe vermutet hatte, war von hier aus nicht zu sehen. Wahrscheinlich war sie hinter einem vorspringenden Fels oder in der dichten Vegetation in der Nähe des Flusses versteckt. Vielleicht hatte ich mich aber auch geirrt, und das Notruftelefon war gar nicht in der Nähe des Rovdjurstorget.

Welchen Weg sollten wir einschlagen?

Wir. Ich und Henrik.

Ich musste bald zurückgehen und ihn suchen. Zurück ins Birkenwäldchen. Ein Labyrinth, so groß wie mehrere Fußballfelder.

Ich hatte auch keine anderen Wanderer gesehen. Der Rovdjurstorget war heute verlassen. Ebenso wie die umliegenden Berge.

Vor mir rauschte der Rapaälven, mächtig und wild zugleich, in Richtung tiefer gelegener Gebiete. Ich sah, wie viele kleinere Flüsse stromaufwärts in ihn mündeten. Nach den Regen- und Schneefällen der letzten Tage musste der Zufluss enorm sein.

Wie tief war das Wasser? Konnte man es überhaupt durchqueren?

Und wohin sollten wir gehen, um den Park so schnell wie möglich zu verlassen? Sicher, wir könnten dem Rapadalen in die eine oder andere Richtung folgen, aber das war wahrscheinlich nicht die kürzeste Route. Und angesichts der Vegetation entlang des Flusses, dem Weiden- und Birkengestrüpp, würden wir nicht weit kommen, bevor uns das Essen ausging. Wir würden irgendwo stranden, frieren und hungern und den Elementen ausgeliefert sein. Ein Kälteeinbruch könnte uns schon in der nächsten Nacht treffen.

Vielleicht gab es eine Abkürzung aus dem Sarek heraus über die vor uns liegenden Berge. Aber sich ohne Karte auf die Suche zu machen, war ein wahnsinniges Unterfangen. Henrik würde es nicht einmal zur Hälfte den Berg hinaufschaffen.

Was ist, wenn ich ihn nicht wiederfinde?

Ich spürte ähnliche Panik wie bei dem Schneesturm.

Dieses Mal reagierte mein Körper jedoch nicht, ich war

genauso kraftlos, durchgefroren und hungrig wie zuvor. Die Panik versuchte, ein Motorrad mit nassen Zündkerzen und leerem Tank zu starten. Natürlich passierte nichts. Meine Reserven waren erschöpft.

Mühsam stand ich auf, um in den Regenwald zurückzukehren, doch dann hielt ich inne.

Im Augenwinkel hatte ich etwas Seltsames gesehen. Ein Stück den Berghang hinauf, auf der anderen Seite des Flusses. Wie ein Busch, der sich stark im Wind wiegte, obwohl es nahezu windstill war.

Wo war das gewesen? Ich sah noch einmal genauer hin.

Dort.

Ein frühlingsgrüner Strauch, der sich von dem düsteren Hintergrund abhob.

Jetzt winkte er mit den Armen.

Aus der Zeugenbefragung von Anna Samuelsson, Personennummer 880 216-3382, 19. September 2019, Krankenhaus Gällivare, durchgeführt von Kriminalinspektor Anders Suhonen.

»Und es war Milena?«

»Ja. Sie hatte mir schon eine Weile zugewinkt, aber ich hatte sie nicht gesehen.«

»Und Jacob? War er auch da?«

»Ja, er war auch da.«

»Dann haben Sie sich also wiedergetroffen.«

»Ja.«

»Und Sie waren erleichtert?«

»Ja … ich war den Tränen nahe. Bis zu dem Zeitpunkt hatte ich den Gedanken, dass wir tatsächlich sterben könnten, mit aller Kraft verdrängen müssen. Dass wir es nicht schafften. Und als mir klar wurde, dass das Milena war, die ich da sah, ja, da habe ich geweint.«

»Mhm.«

»In dem Moment war es mir egal, dass Milena und ich uns gestritten hatten und dass Jacob zudringlich geworden war. Ich war einfach nur so unglaublich froh, sie zu sehen.«

»Das verstehe ich. Und was passierte dann?«

»Äh, Jacob ist auf meine Flussseite gekommen. Dann haben wir nach Henrik gesucht.«

»Wie haben Sie das gemacht?«

»Wir haben uns aufgeteilt, dann sind wir zurück durch das Birkenwäldchen gegangen und haben nach ihm gerufen. Irgendwann hat er geantwortet.«

»Was war passiert?«

»Er war einfach nur sehr müde und weit hinter mich zurückgefallen, aber er konnte noch weiterlaufen. Gemeinsam sind wir dann zurück zum Fluss gegangen.«

»Ich verstehe.«

»Und das war das nächste Problem. Wie sollten wir den Fluss überqueren? Wie hieß er noch …«

»Tielmavadet?«

»Ja, genau. Im Fluss … ist eine Insel mit ein wenig Wald, über die kann man gehen. Dann kann man sich über Sandbänke vorarbeiten, aber das Wasser ist trotzdem gefährlich. Sehr tief, es ging mir bis zur Taille. Und es war reißend.«

»Mhm.«

»Nichts, was man normalerweise machen würde. Vor allem nach dem vielen Regen. Aber … Henrik und ich … Wir hatten kein Mitspracherecht in der Situation.«

»Nein.«

»Wir mussten uns nach Jacob richten.«

»Wie hat Henrik die Furt geschafft? Er scheint ja ziemlich schwach gewesen zu sein.«

»Ja. Aber irgendwie hat er es geschafft.«

»Mhm.«

»Ich habe es nicht gesehen … Als ich auf der anderen Seite war, habe ich Milena umarmt und ihr erzählt, was alles passiert war, deshalb habe ich nicht genau gesehen, wie Henrik die Furt überquert hat.«

»Aha.«

»Aber, wenn ich jetzt zurückdenke … und im Hinblick darauf, was danach passiert ist, glaube ich, dass Jacob vielleicht gedacht hat, Henrik würde es nicht schaffen. Vielleicht hat er es sogar gehofft.«

»Wieso glauben Sie das?«

»Ihm muss doch klar gewesen sein, wie gefährlich die Furt für uns war. Vor allem für Henrik, da er so schwach war. Es wäre also besser gewesen, auf unserer Seite weiterzugehen.«

»Und Milena wäre dann auch auf Ihre Seite hinübergekommen?«

»Ja. Aber davon war keine Rede. Wir sollten durch den rauschenden, reißenden Fluss zu ihnen kommen. Jacob hatte Karte, Kompass und Gaskocher, alles, was wir brauchten, um es lebend wieder aus dem Sarek herauszuschaffen. Wir mussten uns fügen.«

»Aber … Was meinen Sie damit, dass er vielleicht gehofft hat, dass Henrik die Durchquerung nicht schaffen würde?«

»Wenn Henrik mitgerissen worden und ertrunken wäre, wäre er ihn los gewesen.«

»Und warum hätte er das wollen sollen?«

»Weil er dann die absolute Macht gehabt hätte. Über mich und über Milena. Aber vor allem über mich.«

»Ja.«

»Jacob war ein Psychopath, irgendwie. Keine

Ahnung, wie die exakte klinische Definition lautet, aber soweit ich weiß, sind sie oft äußerst intelligent und gewandt, sehr manipulativ.«

»Mhm.«

»Und sehr narzisstisch und leicht zu kränken. Und ich hatte Jacob abgewiesen, ihn also richtig tief gekränkt.«

»Ja.«

»Etwas Schlimmeres konnte man ihm nicht antun. Als wir dann zurückgekommen sind und ihre Hilfe benötigten … Das war seine Chance, sich zu rächen.«

»Ich verstehe.«

»Und als er über den Fluss zu uns gekommen ist, habe ich ihm angesehen, wie er triumphiert hat. Weil wir wieder angekrochen kamen.«

»Ja, aber ist das nicht irgendwie logisch, dass er gedacht hat, ›habe ich es euch nicht gesagt?‹?«

»Ja, genau.«

»Aber jemanden töten zu wollen, ist noch mal etwas ganz anderes.«

»Für einen normalen Menschen ja.«

»Mhm.«

»Aber …«

Schweigen.

»Versetzen Sie sich mal in Jacobs Situation. Er kann sich nur schwer an die Gesellschaft anpassen. Hat keine ordentliche Arbeit, keine Familie. Hatte eine unglaublich harte Kindheit, wenn das, was er erzählt hat, stimmt. Hat sich immer ausgestoßen gefühlt, falsch und unzulänglich. Und dann ist er in der Wildnis, wo es … die Gesellschaft plötzlich nicht mehr gibt.«

»Nein.«

»Niemand hört einen, wenn man um Hilfe ruft. Nur wir vier sind dort, und es gilt das Recht des Stärkeren. Er ist am stärksten. Plötzlich bestimmt er die Regeln. Er kann vergewaltigen, er kann töten, er kann tun und lassen, was er will. Mehrere Tage lang.«

»Ja.«

»Davon hat er wahrscheinlich sein ganzes Leben lang geträumt.«

»Mhm. Aber selbst wenn er Sie alle töten wollte, bestand doch das Risiko, dass später jemand Fragen stellen würde.«

»Richtig.«

»So wie ich jetzt. Es wäre sogar sehr wahrscheinlich.«

»Ja, er müsste es richtig anstellen. Aber im Sarek ist man der Natur ausgeliefert. Man kann auf viele Arten sterben, die ganz natürlich aussehen. Man kann in einem Fluss ertrinken oder von einem Berg abstürzen oder erfrieren.«

»Mhm. Nur, damit ich Sie richtig verstehe, Anna. Wollen Sie damit sagen, dass er das alles von Anfang an geplant hatte?«

»Nein, das glaube ich nicht. Aber als wir zurückgekommen sind, hat er wahrscheinlich erkannt, was für eine Macht er über uns hatte. Er hatte die Möglichkeit, Gott zu spielen. Und ich kann mir sehr gut vorstellen, dass er darauf gehofft hat, dass Henrik im Fluss ertrinkt.«

»Mhm.«

»Aber Henrik hat es entgegen aller Wahrscheinlichkeit durch den Fluss geschafft.«

»Wirkte Jacob enttäuscht?«

»Nein, das kann ich nicht sagen. Er wusste ja, dass er noch mehr Chancen bekommen würde. Vielleicht hat er es sogar genossen, alles in die Länge zu ziehen.«

Kapitel 28

»Okay«, sagte Jacob und trank einen Schluck Kaffee aus seiner Tasse, »ihr müsst so schnell wie möglich aus dem Sarek herauskommen. Also werden wir umdisponieren.«

Es war der nächste Morgen. Im Moment hatte der Regen aufgehört, aber der Himmel war immer noch bedeckt, und es wehte ein frischer, kühler Wind. Jacob, Milena und ich saßen auf Steinen um den Kocher herum und beendeten gerade unser Frühstück. Henrik schlief noch in unserem Zelt. Milena hatte ihm ihren trockenen Schlafsack geliehen, trotz Henriks und meiner Proteste, und er hatte sich auch trockene und viel zu große Unterkleidung von Jacob geliehen. Beziehungsweise Milena hatte sie ihm gegeben. Seine Idee war es sicherlich nicht gewesen. Er war wortkarg und mürrisch.

Die Aussicht von unserem Zeltplatz war großartig. Wir waren ein ganzes Stück den Berghang hinaufgelaufen und sahen, wie der Sarvesjåhkkå etwa zehn Kilometer entfernt, weit unter uns, in den Rapaälven mündete. Ich konnte erahnen, wo ich am Vortag gestanden hatte, als ich Milena auf der anderen Flussseite gesehen hatte. Überall um uns herum erhoben sich weitere mächtige Bergmassive.

Der Weg hierher war noch ziemlich anstrengend gewesen gestern, doch als Milena vorsichtig vorgeschlagen hatte, die Zelte früher aufzubauen, hatte Jacob nur ungläubig den Kopf geschüttelt. »Das ist der schönste Platz, an dem man im Sarek zelten kann. Ich gehe dorthin, ihr könnt machen, was ihr wollt.«

Und so war er weitergestapft. Und wir waren ihm gefolgt.

Mir ging es trotzdem ziemlich gut. Milena hatte eine heiße Suppe für mich und Henrik gekocht, nachdem wir den Rapaälven überquert hatten, und damit sowohl unsere Körpertemperatur als auch unsere Laune angehoben. Uns war immer noch schrecklich kalt, doch die Suppe taute uns von innen auf. Die Erleichterung über unsere Rettung, denn so fühlte es sich an, verlieh uns ebenfalls Energie.

Milena erzählte mir, dass sie und Jacob einen Tag pausiert hatten, um den Nåite, einen Berg im Sarvesvágge, zu besteigen. Nach ihrer Beschreibung war der Nåite der Berg, an dessen Fuß wir auch gezeltet hatten. Am Vortag hatte Jacob lange nach einer geeigneten Stelle für die Überquerung des Rapaälven gesucht.

»Er war bereits etwas genervt, als ich dich gesehen habe«, sagte Milena leise zu mir, als wir wieder losgelaufen waren. »Weil wir mit dem Zeitplan in Verzug waren. Deshalb ist er auch ein bisschen … Na ja, du verstehst schon.«

Jacob ging allein, weit vor uns anderen.

»Ja, ich verstehe schon, kein Problem«, antwortete ich ebenso gedämpft.

Henrik wiederum war schon ein wenig hinter uns zurückgeblieben, obwohl ich mir vorgenommen hatte, die ganze Zeit als Letzte zu gehen. Ich war so ins Gespräch mit Milena vertieft gewesen, und schon waren wir zwanzig Meter vor ihm. Wir hielten an und warteten auf ihn. Henrik starrte mit leerem Blick auf den Boden und stapfte an uns vorbei, als ob er uns gar nicht bemerkt hätte. Milena sah mich besorgt an. Schweigend erwiderte ich ihren Blick. Ich ging Henrik nach und legte meine Hand leicht auf seine Schulter.

»Wir machen bald wieder Pause.«

Er antwortete nicht.

In den letzten Stunden bis zu unserem Zeltplatz brach bereits die Dämmerung herein, und außerdem ging es vom Fluss bergauf bis zu dem kleinen Plateau mit der fantastischen Aussicht. Obwohl Milena und ich Sachen aus Henriks Rucksack in unsere eigenen umgepackt hatten, um ihn zu entlasten, brach Henrik immer noch fast vor Erschöpfung zusammen. Wir mussten ständig Pausen einlegen. Milena rief Jacob zu, dass er warten sollte.

»Was?«, rief er zurück, ein paar Hundert Meter weiter oben am Berghang. Milena versuchte es noch einmal, lauter:

»Wollten wir nicht unser Lager aufschlagen?«

»Hier? Wie denn, zum Teufel!«

Jacob drehte sich um und stapfte weiter den Berg hinauf. Er hatte recht, hier war es zu steil.

Ich schlug vor, noch einmal eine Pause zu machen und Fruchtsuppe zu kochen, bevor wir das letzte Stück gingen, so weit konnte es nicht mehr sein, und außerdem konnten wir im Dunkeln nicht weiterlaufen. Aber in dem Moment, als ich es vorschlug, wurde mir klar, dass Jacob das Gas hatte.

»Es wäre gut, wenn wir eine Gaskartusche haben könnten«, sagte ich, »damit wir etwas Warmes kochen können, wenn wir es brauchen.« Milena nickte und murmelte etwas Unverständliches.

Wir tranken Wasser und aßen Nüsse, dann gingen wir weiter bergauf, über Grasflächen, Geröll und durch niedriges Gestrüpp. Einmal schob ich Henrik von unten am Rucksack an. Er blieb stehen und drehte sich zu mir um, seine Augen waren wie zwei ausgetrocknete Brunnen.

»Lass das«, sagte er tonlos, dann drehte er sich um und ging weiter.

Schon bald hörten wir Jacobs Rufe aus dem Halbdunkel über uns, und als das letzte Abendlicht erlosch, schlugen wir unsere Zelte auf und fielen in einen traumlosen Schlaf.

Am nächsten Morgen saßen wir um den Kocher herum und schlürften Kaffee aus unseren zusammenfaltbaren Campingtassen. Jacob erklärte uns die neue Route, die er sich ausgedacht hatte. Es stimmte, was er sagte, wir mussten so schnell wie möglich aus dem Sarek heraus. Angesichts von Henriks Erschöpfung stellte sich nur die Frage, welcher Weg am schnellsten war. Und welchen Henrik schaffte.

»Wir gehen über diesen Berg hier«, sagte Jacob und deutete über seine Schulter. »Über das Skårki-Massiv, runter ins Bastavágge und dann nach Suorva.«

Ich sah auf. Über dem Plateau wurde es bald wieder steiler, Gras und Sträucher lichteten sich, Schotter, Geröll und Schneeflecken traten hervor. Dann versperrte ein Bergrücken die Sicht, aber in der Ferne waren die scharfkantigen, schneebedeckten Gipfel des Skårki-Massivs zu sehen, die in den Wolken verschwanden.

Diese Route? Ich schüttelte den Kopf.

»Henrik kann nicht über die Berge gehen.«

Das Zelt war nur ein paar Meter entfernt, und ich sprach leise, um Henrik nicht vorzeitig zu wecken. Er brauchte so viel Schlaf wie möglich.

Jacob sah in seine Tasse, doch seine starre Miene sagte mir alles, was ich wissen musste. Mir war, als könnte ich seine Gedanken lesen, fast Wort für Wort.

Das ist deine verdammte Schuld. Du wolltest ja unbedingt allein gehen. Und hast es nicht geschafft. Und jetzt machst du wieder Ärger. Du verdammte nutzlose Fotze.

Nach einer langen Pause sprach er weiter.

»Wir sparen uns mindestens einen Tag, wenn wir diesen Weg nehmen.«

»Aber da müssen wir doch richtig bergsteigen«, sagte ich und nickte zu den Gipfeln hinauf, »das ist nicht … nein.«

»Das ist doch kein Bergsteigen. Ich bin die Route schon mehrmals gegangen. Der Weg ist nicht schwer.«

»Es tut mir leid, aber Henrik ist zu schwach.« Ich sah Milena an. »Du hast ihn gesehen, glaubst du, er schafft eine Bergüberquerung?«

Milena wirkte unsicher, jetzt sah auch Jacob sie an.

»Ich …«, begann sie, verstummte dann aber wieder.

»Milena? Ernsthaft?« Ich starrte sie an, während Jacob antwortete:

»Wir haben gestern Abend vierhundert Höhenmeter zurückgelegt. Das hat er geschafft, obwohl ihr schon ein ganz schönes Stück gelaufen wart.«

Ich sah zu Jacob.

»Aber wenn wir einen Berg überqueren sollen? Das sind doch mehr als vierhundert Höhenmeter, oder?«

»Wir machen es so, wie ich es sage«, erwiderte Jacob kurz, und in seinen Augen lag Zorn. Wieder kam das beleidigte Kind zum Vorschein. Sein Verlangen nach mir hatte sich ins Gegenteil verkehrt. Dieselbe Energie, nur negativ. Vielleicht war das Verlangen auch noch lebendig, neben Wut und Verachtung. Auf jeden Fall schien er wieder gefährlich kurz davor zu explodieren, so wie beim Kartenspiel. Ich sagte ruhig:

»Okay … Aus reiner Neugier, welche Route hattest du zuerst geplant?«

»Das spielt keine Rolle.«

»Das ist mir klar, aber … was hattest du gedacht?«

Jacob schwieg. Milena sah zu ihm.

»Wir wollten durchs Rapadalen gehen, hinunter nach … wie hieß das noch mal?«, sagte Milena.

»Aktse«, antwortete Jacob schließlich.

»Darf ich mir die Karte mal ansehen?«, fragte ich leise und unterwürfig, als wäre ich sechzehn Jahre alt.

»Aber es sind dreißig Kilometer von Aktse nach Salto«, fuhr Jacob fort. »Mindestens ein zusätzlicher Tag.«

»Mhm … Könntest du mir auf der Karte zeigen, wie wir deiner Meinung nach stattdessen gehen sollen?«

Widerwillig nahm er die Karte aus der Tasche und breitete sie vor sich aus.

»Wir sind hier«, sagte er und zeigte auf den Punkt. »Der Fluss hier drüben ist der Alep Vassjajågåsj. Wir gehen also hier hoch, über den Rücken … und dann runter ins Bastavágge. Und dann hier entlang weiter. Nach Suorva.«

Die Route, die Jacob mit seinem Finger abfuhr, schien der kürzeste Weg nach Suorva zu sein. Fast Luftlinie. Aber es bedeutete auch, dass wir durch das Skårki mussten, ein Hochgebirgsmassiv mit Gipfeln von über tausendachthundert Metern Höhe, zwischen Gletschern hindurch und entlang eines scharfen Bergrückens, der zu beiden Seiten schroff abzufallen schien.

Es war eine viel schwierigere Passage als alles andere, was er im Bordbistro beschrieben hatte. Und das sollten wir jetzt wagen, wo es Henrik schon sehr schlecht ging.

Und warum war Jacob plötzlich so bereit, uns zuliebe die Route zu ändern? Er war verärgert, dass wir die Tour abgebrochen und unseren eigenen Weg gegangen waren. Er war wütend, dass wir umgedreht und zurückgekommen waren und ihn und Milena noch mehr aufhielten. Er wusste, dass wir ihm und seinem guten Willen völlig ausgeliefert waren. Dennoch war er bereit, seine Pläne zu ändern, *weil es das Beste für uns war.*

Irgendetwas stimmte hier nicht. Irgendetwas war definitiv nicht in Ordnung.

Ich starrte auf die Karte, meine Gedanken rasten. Vorsichtig und zaghaft ergriff ich das Wort.

»Also … In Aktse gäbe es eine Hütte. Und ein Notruftelefon, wie auf der Karte angegeben.«

»Die gibt es nicht mehr«, schnauzte Jacob mich aggressiv an. Jeder Einwand würde sofort niedergetrampelt werden, wie glühende Ascheflocken im trockenen Gras. »Es gibt noch eine, aber die ist in Skárjá.«

»Wir könnten doch dorthin gehen. Dann hätten wir ein Dach über dem Kopf und könnten die Bergrettung kontaktieren.«

Jacob wirkte fast überrascht, dann lächelte er breit, als könnte er seinen Ohren kaum trauen, so idiotisch war mein Vorschlag. Er sah Milena an.

»Wer ist diese Frau? Wie kommt sie auf so was?«

Ich interessiere mich nicht besonders für Fußball, aber einige meiner Kollegen hatten mich einmal nach der Arbeit in eine Sportbar mitgenommen. Es war ein Samstagabend Ende Mai, und das Champions-League-Finale wurde ausgetragen. Ronaldo war dabei, und jedes Mal, wenn eine Entscheidung gegen ihn ausfiel, lächelte er breit und schüttelte den Kopf, als wollte er sagen, *das ist so absurd falsch, dass man darüber nur lachen kann.*

Genau dieses Lächeln hatte Jacob jetzt aufgesetzt. Es war übertrieben und unecht, eine rudimentäre, aber effektive Machtdemonstration. Er wandte sich wieder an mich.

»Die Bergrettung kommt nicht und holt einen, nur weil man ein bisschen müde bist.«

Bleib jetzt ruhig, verdammt. Geh ihm nicht in die Falle.

»Henrik ist nicht nur ein bisschen müde, er ist völlig erschöpft.«

»Wenn wir in Aktse ein Dach über dem Kopf haben, werden sie uns auf keinen Fall holen.«

»Okay, aber dann können wir vielleicht einen eigenen Hubschrauber rufen, der uns abholt. Wir zahlen.«

»Nein.«

»Warum nicht?«

»Weil sie jetzt damit beschäftigt sind, die Rentiere zusammenzutreiben.«

»Aber wir sind mit dem Hubschrauber nach Staloluokta geflogen. Vor ein paar Tagen.«

»Weil ich im Voraus gebucht hatte, ja.«

»Willst du ernsthaft behaupten, dass uns niemand holt, wenn ich anrufe und sage: ›Ihr bekommt zehntausend Kronen, wenn ihr uns in Aktse abholt‹?«

»Womit willst du anrufen?«

»Womit ich anrufen will?«

»Ja?«

»Äh … du hast doch …«

Jacob fiel mir ins Wort.

»Das ist ein GPS-Tracker, das habe ich dir schon tausendmal gesagt, kein Notruftelefon! Du kannst damit nicht telefonieren.«

»Aber man kann doch wohl etwas schicken …«

Er unterbrach mich erneut, erhob die Stimme und starrte mich wild an.

»Das wird nicht passieren! Was zum Teufel verstehst du nicht? Hier gelten meine Regeln!«

Da war sie, die Grenze. Ich hatte Jacob so lange unter Druck gesetzt, bis ihm seine hohlen Argumente ausgingen und er gezwungen war, seine wahren Karten zu zeigen. Es ging nicht darum, was das Beste für mich und Henrik war, es ging um Macht.

Es hatte vielleicht keinen Sinn, dagegen zu reden, aber zumindest hatte ich Milena gezeigt, was für ein Kartenhaus Jacobs Argumentation war. Ich hatte das vage Gefühl, dass es wichtig sein könnte, sie auf meine Seite zu ziehen.

Mein Herz klopfte, ich spürte Jacobs Aggressivität wie heißen Atem auf meiner Haut. Die latente Gewalt war wie ein starker Gegenwind, der versuchte, meine Richtung zu ändern. Ihm könnte die Hand ausrutschen, in einer Sekunde könnte ich mit einer blutenden Lippe oder einer gebrochenen Nase dastehen.

Ich zögerte, aber ich wollte nicht nachgeben. Ich versuchte, mit ruhiger Stimme zu sprechen.

»Kann ich ein Foto von der Karte machen?«

»Warum willst du ein Foto von der Karte machen?«

»Weil ich es gut fände, ein Back-up zu haben. Das ist schließlich unsere einzige Karte.«

»Aber sie gehört mir«, erwiderte Jacob, »und sie wird nicht verschwinden.«

»Warum«, sagte ich und begegnete ruhig seinem wilden Blick, »warum ist es ein Problem, wenn ich ein Foto von der Karte mache?«

Ich sah zu Milena, die ihrerseits abwartend Jacob ansah. Ich glaube nicht, dass ihr klar war, in welchem Ausmaß es in dieser Diskussion um sie ging. Es war wie ein Gerichtsverfahren, bei dem Milena die Richterin war, die beide Seiten zu beeinflussen versuchten. Solange Jacob sie auf seiner Seite hatte, konnte er seine Macht durch sie ausüben, es war bequemer für ihn, er musste nicht drohen oder Gewalt anwenden, um seinen Willen durchzusetzen.

Er starrte mich lange an und sagte schließlich:

»Das ist kein Problem. Habe ich gesagt, dass es ein Problem ist?«

»Nein, gut«, erwiderte ich und hielt ihm die Hand hin, damit er mir die Karte gab.

»Ich habe nicht gesagt, dass du die Karte haben kannst, sondern dass du ein Foto davon machen darfst.«

»Ich darf sie also nicht zum Zelt rüberbringen, das nur drei Meter entfernt ist, und ein Foto machen?«

»Nein, das darfst du nicht.«

Ich lächelte und warf Milena einen Blick zu, doch sie fixierte die Karte.

»Weil …?«

»Ihr habt bereits eine Karte verloren.«

»Du machst besser hier ein Foto davon«, sagte Milena leise, »ich kann sie festhalten.« Sie starrte stur auf die Karte.

War sie auf meiner oder auf Jacobs Seite? Sie unterstützte Jacob in seiner Weigerung, mir die Karte auch nur für eine Minute auszuhändigen. Andererseits könnte ihr auch daran gelegen sein, dass ich ein gutes Bild davon machen konnte.

Vielleicht hatte sie auch instinktiv erkannt, dass unser Leben davon abhängen könnte, dass wir eine Kopie der Karte hatten.

Also ging ich zu meinem Rucksack und holte das Handy heraus. Jetzt hörte ich auch Geräusche aus dem Zelt. Henrik streckte sich und gähnte, der Schlafsack raschelte, als er sich darin umdrehte. Ich zog den Reißverschluss herunter und spähte hinein. Er blinzelte mich an, seine Augen waren geschwollen und müde.

»Hallo. Gut geschlafen?«, fragte ich. Er nickte.

»Mhm … besser«, sagte er und gähnte erneut.

»Es gibt Frühstück. Heißen Brei.«

»Was war das mit der Karte? Worüber redet ihr?«

»Ich mache nur schnell ein Foto«, sagte ich und nahm das Handy aus der wasserdichten Nylontasche. Ich schaltete es ein und sah, wie das Display aufleuchtete.

Jacob hielt die Karte mit beiden Händen fest, während ich das Foto machte. Milena beschwerte die Ecken, damit sie trotz der Windböen glatt blieb.

»Danke«, sagte ich, als ich beide Seiten abfotografiert hatte. Jacob starrte mich schweigend an, während er die Karte zusammenfaltete und in die Brusttasche steckte. Verachtung. Misstrauen.

»Kommt Henrik?«, fragte Milena.

»Ja, gleich«, antwortete ich.

»Vielleicht sollten wir das Wasser aufwärmen«, sagte sie und hob den Deckel der Kaffeekanne an. Ein paar zarte Dampfschwaden stiegen auf. Jacob sagte:

»Das muss genügen. Wir dürfen das Gas nicht verschwenden.«

Ich atmete tief durch und wappnete mich. Das konnte ich auch gleich noch hinter mich bringen.

»Richtig, wegen des Gases … Darüber müssen wir reden.«

Jacob sah mich mit offener Feindseligkeit an, aber auch Milena wirkte abwartend.

»Also … Henrik wird es nicht über den Berg schaffen. Wir werden also wahrscheinlich allein gehen. Schon wieder.«

»Aber …«, begann Milena und seufzte tief.

»Ja, ich weiß, es mag seltsam klingen, und ich bin auch nicht wild darauf. Aber das hier«, sagte ich und gestikulierte zu den Gipfeln, die über uns aufragten, »ist in seinem Zustand einfach keine Option. Tut mir leid, aber es geht nicht.«

Jacob hatte den Blick auf den Boden zwischen seinen Füßen gerichtet, die Ellbogen auf die Knie gestützt, mit einer Hand umfasste er die andere und rieb mit den Fingern fest über den Handrücken. Die Wut verlieh ihm Energie, die er irgendwo loswerden musste. Sein ganzer Körper wirkte angespannt, als ob er gleich losspringen würde.

»Und dann ist da noch die Sache mit dem Gas«, fuhr ich fort.

Der Atem geht etwas abgehackt, wie wenn man weiß, dass etwas, das man gleich sagt, schlecht ankommen wird, nur nicht, wie schlecht. Der Druck in der Brust, die Worte, die im Hals stecken bleiben.

Komm schon, verdammt noch mal. Du bist nicht mehr dreizehn.

»Wir hatten zwei Kartuschen dabei. Aber ich habe nur eine gefunden. Als wir allein waren. Und die ist jetzt leer. Die andere Kartusche muss also irgendwie bei euch gelandet sein.«

Jacob starrte mich an.

»Hast du deinen verdammten Verstand verloren?«, fragte er schließlich.

»Jacob …«, sagte Milena mahnend.

Ganz ruhig. Atme. Sprich mit fester Stimme.

»Ich denke, es war so. Am ersten Abend haben wir mit meiner Kartusche gekocht, und ich glaube, du hast aus Versehen …« Ich hatte keine Zeit, zu Ende zu reden, bevor Jacob aufsprang und seine Tasse auf den Boden schleuderte, wie ein Pitcher beim Baseball. Die Campingtasse traf mit voller Wucht einen Stein, prallte ab und landete fünf Meter entfernt.

»Echt jetzt! Bist du KOMPLETT IRRE?«

Er brüllte aus voller Kehle, machte ein paar Schritte auf mich zu, ragte wie die Berggipfel hinter ihm über mir auf, fast zwei Meter pumpendes Blut und Adrenalin und Muskeln, die auf mich losgehen wollten.

Und ich bekam Angst um mein Leben.

Es war eine völlig instinktive Reaktion. Ich verstummte, duckte mich gegen den Schlag und zitterte wie ein kleines Kaninchen.

Milena war aufgesprungen und packte Jacob am Arm.

»Jacob«, sagte sie flehend, »Jacob, beruhige dich …«

»Verdammt, sie sagt, ich hätte ihr beschissenes Gas gestohlen!«

»Nein«, versuchte ich zu entgegnen, »das meine ich nicht …«, aber er fiel mir erneut ins Wort.

»Was für ein verdammter Bullshit! Ich hatte drei Kartuschen dabei, und die habe ich noch!«

»Das stimmt, Anna«, beeilte sich Milena hinzuzufügen. »Wir hatten drei Kartuschen dabei. Wir haben keine von euren.«

»So ein verdammter Bullshit«, wiederholte Jacob und wusste kaum, wohin mit seiner Wut, konnte nicht mehr stillstehen. »Was für ein verdammter Bullshit.«

Ein Reißverschluss wurde hochgezogen. Henrik kroch aus dem Zelt, sah besorgt von Jacob zu mir, zu Milena und fragte:

»Was ist hier los?«

»Frag deine blöde Freundin«, sagte Jacob mit rauer, vor Empörung zitternder Stimme.

»Wir reden über das Gas«, sagte ich.

»Aber über was habt ihr davor gesprochen? Irgendwas von einer Bergüberquerung?«

»Ja … Jacob will die Route ändern.«

»Euretwegen!«, zischte Jacob. »Euretwegen, verdammt noch mal!« Milena streichelte seinen Arm, versuchte ihn so zu beruhigen.

»Ich kann eine andere Route gehen, wenn es nötig ist«, sagte Henrik. »Ich finde, wir sollten jetzt zusammenbleiben.«

Henrik, verflucht noch mal. Du weißt nicht, worauf du dich einlässt. Kannst du nicht einfach die Klappe halten?

Seine Worte zogen mir den Boden weg. Würde auch er sich Jacob kampflos ergeben? Würde ich diesen Kampf ganz allein ausfechten müssen?

»Henrik …«, begann ich so ruhig ich konnte, »über den Berg ist keine gute Option.«

»Es ist der schnellste Weg aus dem Sarek heraus«, sagte Jacob mechanisch und abgehackt, »und ihr müsst so schnell wie möglich hier raus. Du auch«, sagte er und starrte mich wütend an, »du drehst ja allmählich durch.«

»Warum ist der Weg über den Berg keine gute Option?«, fragte Henrik leise und sah mich an.

»Weil er zu schwer ist. Für dich.«

Henrik schwieg einen Moment.

»Ich fühle mich heute besser«, sagte er schließlich.

»Henrik, im Ernst …«

»Doch, wirklich. Ich habe gut geschlafen, und ich …«

Ich unterbrach ihn.

»Wir müssen ungefähr zwölfhundert Höhenmeter gehen. Gestern warst du so müde, dass ich kaum mit dir reden konnte.«

»Wir hatten ja auch bis zum Abend nichts Warmes zu essen.«

»Wir gehen entlang eines Bergrückens mit Abgründen auf beiden Seiten, wir müssen über einen Gletscher ... Weißt du noch, was gerade erst passiert ist? Als wir über das Schneefeld laufen wollten?« Ich starrte ihn an. Schließlich sagte er leise:

»Das war eine besondere Situation.«

Ich wandte mich an die anderen und erklärte:

»Er hatte eine Panikattacke auf dem Schneefeld. Wir mussten umkehren, deshalb sind wir hier.«

Henrik sah mich an, und sein Blick schmerzte. Er sah müde und resigniert aus, aber vor allem verletzt, dass ich ihn so eindeutig für unsere Situation verantwortlich machte. Verletzt, weil ich die Wahrheit sagte.

Ich fühlte mich, als hätte ich ihn verraten, aber er musste verstehen, warum wir nicht die Route über die Berge nehmen konnten.

Henrik wandte schließlich den Blick ab und sagte zu den anderen:

»Ich denke, wir sollten zusammenbleiben.«

Läuft es jetzt so, Henrik? Dass du zu Jacob hältst und nicht zu mir? Gut, dann weiß ich Bescheid. Dann machen wir es eben so.

Jacob klang ruhiger, Henriks unerwartete Unterstützung hatte seine Wut von ihm auf mich verlagert, mein innerlicher Aufruhr gab ihm sein Gleichgewicht zurück.

»Ihr könnt natürlich tun, was ihr wollt«, sagte er fast freundlich, »aber das Gas bleibt bei mir. Und wir brechen in dreißig Minuten auf.«

Kapitel 29

Gleichmäßig gehe ich bergauf, konzentriere mich darauf, den anderen nicht davonzulaufen, setze bewusst und wohlüberlegt die Arme ein. In diesem Tempo kann ich eine Ewigkeit laufen. Der Körper ist in Bewegung, und das ist schön.

Über uns reißt der Himmel auf, Sonnenstrahlen fallen zwischen den im Wind schnell dahinziehenden Quellwolken hindurch. Die Luft ist frisch.

Die Vegetation wird immer spärlicher, es ist schon eine Weile her, dass ich das letzte Stück taufeuchtes Gras gesehen habe, das in der Sonne glitzerte. Wir wandern über felsiges Geröll, das mit grünen, rostroten und braunen Flechten bedeckt ist. Hier und da ein wenig Orange. Die wenigen Blumen in dieser Höhe sind so niedrig wie Moos.

Jacob läuft voran, achtet aber darauf, dass wir zusammenbleiben. Milena und Henrik sind im Moment an seiner Seite, er will mir offensichtlich keine Gelegenheit geben, mit einem von ihnen unter vier Augen zu sprechen. Ich gehe als Letzte, mit einem gewissen Abstand.

Ja, ich bin stinksauer.

Unsere einzige Chance – meine, Henriks und Milenas –, Jacob Widerstand zu leisten, besteht darin, zusammenzuhalten. Doch als es darauf ankam, sind sie eingeknickt.

So funktioniert Gewalt als Machtinstrument. Sie muss nicht einmal ausgeübt werden, die Androhung von Gewalt reicht schon aus, um das Verhalten von Menschen zu beeinflussen. Jacob wird aggressiv, und sowohl Milena als auch Henrik versuchen sofort, die Situation zu entschärfen, indem sie sich nach ihm richten.

Dass Milena das tut, schmerzt, aber es überrascht mich nicht. Seit wir uns in Stockholm am Hauptbahnhof getroffen haben, ist mir klar geworden, welche Macht Jacob über sie hat. Wie sie sein Bild von ihr zu ihrem eigenen Selbstbild gemacht hat.

Henriks Schwäche macht mir mehr zu schaffen.

Er hat im Schneesturm festgesteckt, und ich habe ihn unter Einsatz meines eigenen Lebens gesucht. Er hat es nicht über den Berg geschafft, in Richtung Staloluokta, und ich bin mit ihm umgedreht, weil ich wusste, dass es in meiner Verantwortung lag, dass er lebend aus dem Sarek herauskommt. Ich habe ihn ausruhen lassen und für uns gekocht, obwohl ich selbst todmüde war. Ich habe dafür gesorgt, dass wir Milena und Jacob eingeholt haben, damit er wieder etwas Warmes zu essen bekam und in trockenen Kleidern und einem trockenen Schlafsack schlafen konnte.

Verflucht, ich habe Henrik das Leben gerettet.

Aber sobald es ein bisschen ungemütlich wird, sobald Jacob seine Raubtierzähne zeigt, ist das alles nichts mehr wert, dann gibt es keine Loyalität und kein Vertrauen in mein Urteilsvermögen mehr, dann geht es nur noch darum, Jacob zu besänftigen.

Und das ist so verdammt kurzsichtig. Ja, Jacob hat sich beruhigt, er hat niemanden umgestoßen, er hat niemandem eine reingehauen. Es hat funktioniert. Andererseits bewegen wir uns jetzt in ein Gebiet, in dem der Spielraum noch kleiner wird, in dem der Unterschied zwischen Leben und Tod ein unvorsichtiger Schritt auf einen Stein sein kann, der wegrutscht, eine Sekunde, in der man das Gleichgewicht verliert, und alles ist vorbei.

Und unser Guide auf dieser Wanderung ist ein Mann mit eindeutig psychopathischen Zügen. Der es offensichtlich genießt, uns in seiner Gewalt zu haben.

Deshalb konzentriere ich mich jetzt nur auf mich. Ich übernehme für niemand anderen die Verantwortung. Ich gehe gleichmäßig bergauf, mache bewusste und wohlüberlegte Armbewegungen. Der Körper ist in Bewegung, und das ist schön.

Nach ein paar Stunden bleibt Jacob stehen und nimmt seinen Rucksack ab. Es ist Zeit für einen Kaffee, und er holt den Gaskocher heraus, um Wasser zu kochen. Wir anderen kramen Instantkaffee, Brot und Aufstriche hervor und setzen uns auf den Boden. Henrik fragt mich, wie es mir geht.

»Nun, mir geht's gut«, antworte ich ein wenig schnippisch.

Mach dir bloß keine Sorgen um mich.

Er ist außer Atem und trinkt ein paar Schlucke Wasser. »Mir auch«, sagt er, »besser als gestern.«

Er ist noch verärgert nach dem Konflikt von heute Morgen, stelle ich fest, genau wie ich. Nun denn. Ich werde nicht den ersten Schritt zu einer Versöhnung machen.

Ich drehe mich um und blicke auf das Tal hinaus. Das Terrain ist auf dem letzten Stück etwas flacher geworden, und jenseits des Bergrückens, ein paar Hundert Meter weiter unten, sehe ich nichts mehr von dem Berghang, den wir hochmarschiert sind, nur noch das Massiv auf der anderen Seite des Rapadalen, viele Kilometer entfernt.

Die Wolken haben sich fast vollständig verzogen. Die Sonne scheint die meiste Zeit und wärmt sogar ein wenig, obwohl wir uns weit oben befinden.

Hier wächst nichts mehr, nur noch Geröll und Schotter, so weit das Auge reicht, abgesehen von ein paar Flecken mit Schnee weiter oben an den Hängen und einem Gletscher, der im Nordwesten zwischen den Bergen hervorragt. Direkt vor mir und weit zur Seite hin ragt eine steile Felswand empor. Ich schätze, dass es drei- bis vierhundert Meter fast senkrechten Aufstiegs sind bis zum Kamm darüber. Da kommen wir nicht hinauf, wie will Jacob jetzt weitergehen? Ich betrachte das Foto von der Karte auf dem Handy. Wenn ich mich recht erinnere, hat er eine fast gerade Linie von unserem Lagerplatz nach Suorva im Norden gezogen. Ich sehe nur eine Möglichkeit: Wir gehen am Fuß der Felswand weiter nach Westen und biegen dann nach Norden auf einen Grat ab, der diesseits am Gletscher Alep Vassjajiegna vorbeiführt. Auch dort ist das Gefälle steil, aber man läuft nicht so schräg.

Dann beginnen die eigentlichen Probleme.

Wir folgen der Gletscherkante und passieren einen Gipfel auf gut achtzehnhundert Metern, dann sind wir seit dem Morgen etwa siebenhundert Höhenmeter gelaufen. Wird Henrik das überhaupt schaffen? Oder wird ihm die Kraft ausgehen? Von dort aus verläuft ein scharfer Grat direkt nach Norden, mit senkrechten Abhängen auf beiden Seiten, links und rechts geht es Hunderte von Metern in die Tiefe.

Wie hoch ist der Kaknästornet? Hundertfünfzig Meter oder so, richtig? Man stellt zwei Fernsehtürme aufeinander und stürzt von ganz oben hinunter – was für eine Vorstellung.

Wie breit ist der Grat? Das ist das Entscheidende. Wenn er fünf Meter breit ist – kein Problem. Dann sieht man die Abgründe neben sich nicht, und zu stolpern ist auch nicht gefährlich.

Wenn er nur einen Meter breit oder schmaler ist – hm. Dann werde sogar ich den Sog der Tiefe spüren, obwohl ich keine ausgeprägte Höhenangst habe.

Im Fjäll ist es einfach, auf einem Weg zu gehen, der nur einen Meter breit ist. Man tut es automatisch, ohne darüber nachzudenken. Man stößt sich aber auch immer wieder den Fuß an einem Stein, man stolpert und muss ein paar Schritte zur

Seite machen, um das Gleichgewicht nicht zu verlieren, oder man fällt vielleicht sogar hin und muss sich mit den Händen abfangen.

Zwanzigtausend Schritte an einem Tag, bei zweien oder dreien verschätzt man sich und stolpert. Auf einem einen Meter breiten Grat hat man ein Problem. Bei einer Breite von einem halben Meter ist man tot.

Man fängt an, über jeden Schritt nachzudenken, und plötzlich ist es nicht mehr so einfach. Was man sonst unbewusst macht, ist viel schwieriger, wenn es bewusst ablaufen soll. Wie hebt man eigentlich den Fuß an und setzt ihn ab? Das Herz schlägt schneller, die Muskeln fühlen sich weich und kraftlos an, die Knie sind wie Spaghetti. Man spürt den Sog aus der Tiefe, wie wenn man auf einem Bahnsteig steht und der Zug fährt ein, und man gegen den Impuls ankämpfen muss, sich vor die Lokomotive zu werfen. Das gleiche Gefühl, aber um ein Vielfaches stärker. Die Tiefe lockt, will, dass man den Sprung wagt. Und um Widerstand zu leisten, muss man stillstehen. Sich nicht bewegen. Wie gelähmt sein.

Ich habe es erlebt, ich habe es gefühlt. Die Höhenangst ist irrational, und es ist unmöglich, sich gegen sie zu wehren, wenn sie einen erst einmal gepackt hat.

Es kommt darauf an, was man als Nächstes tut. Die Atmung unter Kontrolle bringen. Sich selbst von außen betrachten. Sich klarmachen, dass das nur ein Gefühl ist, das man empfindet. Sich klarmachen, dass man nur denkt, dass man ein Gefühl empfindet. Die Welle über sich zusammenschlagen und auslaufen lassen. Weitergehen. Schritt für Schritt.

In meinem Fall hat sich die Höhenangst immer recht schnell gelegt. Bei Henrik ist es etwas anderes. Ich erinnere mich an das eine Mal am Sylarna-Bergmassiv, als er schon am Fuß der steilsten Passage zur Fjällstation zurückkehren musste. Ihm wurde schon schwindelig und übel, wenn er die Felswand nur emporblickte.

Was wir vor uns haben, ist genauso herausfordernd. Mindestens.

Ich glaube nicht, dass Henrik das klar ist. Aber er wird es bald merken.

Kapitel 30

Wir folgen der Felswand nach Westen, wo der Untergrund etwas flacher ist. Überall liegen große Felsblöcke, irgendwann hat es hier einen Steinschlag gegeben. Wann? Unmöglich zu sagen. Vor einer Million Jahren? Vor tausend Jahren? Am Dienstag? Manche Felsen sind merkwürdig symmetrisch, meterlange Blöcke mit glatten Seiten.

Das Gelände ist sehr beschwerlich, man verliert und gewinnt mit jedem Schritt an Höhe, dreißig Zentimeter hoch, vierzig Zentimeter runter. Die Felsen sind abschüssig, und man setzt den Fuß fast nie auf eine ebene Fläche, sondern biegt ständig die Knöchel. Einige Felsbrocken rutschen weg, wenn man auf sie tritt. Eine Wanderung, die volle Konzentration erfordert.

Und ich liebe es.

Es fühlt sich an, als wären wir auf einem fremden Planeten, in einer sterilen und toten Welt. Ich würde mich nicht wundern, wenn ein kleiner Mars-Geländewagen mit Kameras und breiten Gummireifen übers Gestein rollen würde. Hier sind nur Felsen, Berge und Eis unter einem klaren blauen Himmel. Der vor mir liegende Anstieg lässt meinen Bauch erwartungsvoll kribbeln, eine angenehm schwierige Herausforderung, die Konzentration und Aufmerksamkeit erfordert. Und die Aussicht von diesem Bergrücken muss an einem Tag wie diesem atemberaubend sein. Wir haben wirklich Glück mit dem Wetter.

Als wir fast am Gletscher sind, wird der Hang bedeutend steiler. Ich sehe an Henriks Haltung, während er einige Meter vor mir geht, dass er das als unangenehm empfindet. Er beugt sich vor und versucht, sich bei jedem Schritt mit einer Hand abzustützen. Und er verkrampft, was die körperliche Belastung verstärkt. Wir sind seit fast einer Stunde in diesem schwierigen Gelände unterwegs, und das merkt man ihm an. Als er mit einem Stiefel auf einer scharfen Kante stehen bleibt, bebt seine Ferse unkontrolliert, weil der Wadenmuskel den Fuß nicht ruhig halten kann. Er stützt sich mit beiden Händen an einem Stein ab, holt tief Luft und atmet aus. Sein Gesicht ist schweißnass und rot, als er mühsam den Rucksack abstreift.

»Verdammt, das ist echt kein Spaß«, murmelt er und trinkt aus seiner Wasserflasche.

»Es ist nicht mehr weit bis zum Gletscher«, sage ich. »Dann müssen wir nicht mehr schräg laufen. Bergauf geht es besser.«

Ich sehe zu Jacob und Milena, die weiter über das Geröll klettern. Jacob ist bereits am Gletscher, streckt den Rücken und trinkt Wasser. Milena ist dicht hinter ihm.

Ich bleibe neben Henrik stehen, da es mir zu mühsam ist, mich hinzusetzen und den Rucksack abzunehmen. Er trinkt noch etwas Wasser und blickt düster auf den Sarek, der groß und furchterregend ist, schön und eisig und unerbittlich.

Ich warte auf ihn, und nach zehn Minuten packt er die Wasserflasche ein und macht sich bereit zum Weitergehen. Ich schlage vor, dass ich uns den Weg über die Felsen suche und er hinter mir geht. Er nickt zustimmend, wirkt fast schon dankbar.

Ich weiß. Ich trage keine Verantwortung für Henrik. Aber meine schlechte Laune nach dem Konflikt mit Jacob hat sich verflüchtigt, ohne dass ich es richtig gemerkt habe. Die wenigen Tage im Sarek haben mich bereits gelehrt, dass sich die Stimmung hier so schnell ändert wie das Wetter. Alle Gefühle liegen bloß, die ganze Zeit. Von tiefster Niedergeschlagenheit zu Euphorie in einer halben Stunde. Dafür ist die geistige und körperliche Anstrengung verantwortlich, nehme ich an, sie beseitigt die Selbstbeherrschung so effektiv wie eine Schleifmaschine alten Lack.

Bald sind wir oben am Gletscher bei den anderen. Milena kocht bereits das Mittagessen, und ich gehe ihr zur Hand. Henrik erholt sich ein paar Minuten, dann hilft auch er. Jacob hingegen sitzt fast demonstrativ ein wenig abseits und hält das Gesicht in die Sonne. Keiner von uns würde auf die Idee kommen, ihn um Hilfe zu bitten.

Körperliche oder verbale Aggression lässt die Menschen auf Zehenspitzen gehen und alles daransetzen, ihr nicht ausgeliefert zu sein. Ich kenne das so gut aus meiner eigenen Familie.

Wir essen zu Mittag, und Milena und ich unterhalten uns über dies und das. Genau wie ich scheint sie ganz gut gelaunt zu sein, während Jacob mürrisch isst. Auch Henrik ist still geworden. Er sieht aus, als würde er sich unwohl fühlen, sich bei jedem Schritt festhalten wollen, auch wenn es hier gar nicht steil ist. Der Weg über die Felsbrocken scheint ihm einen gehörigen Schrecken eingejagt zu haben.

Wir gehen weiter, in der gleichen Reihenfolge wie zuvor. Jacob, Milena, Henrik, ich. Jacob stapft voraus, wir halten oft an, um durchzuatmen und den Puls zu beruhigen. Die Sonne scheint vom wolkenlosen Himmel, und wir schwitzen. Jedes Mal, wenn ich mich umdrehe und nach unten schaue, bin ich begeistert, wie viel an Höhe wir gewonnen haben. Wir könnten schon gut die Hälfte geschafft haben.

Jacob ist eine Bergziege und läuft weit vor uns. Ja, ich würde auch gerne in seinem Tempo gehen.

Der Aufstieg erschöpft Milena und Henrik, deren Gesichter gerötet sind, sie keuchen, und wir müssen jedes Mal länger stehen bleiben. Milena trinkt etwas Wasser und sagt atemlos:

»Dieser Berghang nimmt überhaupt kein Ende.«

Henrik nickt zustimmend und holt tief Luft.

»Blöd, dass man das Ende nicht sehen kann«, fährt sie fort. »Ständig denkt man, man hätte den Gipfel erreicht, und dann ist es doch nicht so.«

»Vierhundert Höhenmeter, das ist ein ganz schönes Stück«, erwidere ich. »Aber die Hälfte dürften wir bereits geschafft haben.«

»Halleluja«, murmelt Milena.

»Wollen wir weitergehen?«, frage ich.

»Ich muss mich noch etwas ausruhen«, sagt Henrik. »Einen Moment noch.«

Er sieht die ganze Zeit zum Berg. Nie zum Gipfel, nie ins Tal.

»Wie geht es dir? Macht dir die Höhe zu schaffen?«, fragt Milena.

»Ein wenig.«

Sie berührt ihn mitfühlend am Arm. Henrik setzt sich wieder in Bewegung, sie folgt ihm, und ich gehe wie immer als Letzte.

Milena hat sich zwischen uns geschoben, aber das macht mir nichts aus.

Dann wird es flacher, während der Bergrücken gleichzeitig schmaler wird, rechts von uns ist es richtig steil. Und endlich sehen wir den Gipfel. Denn das muss er doch sein, richtig? Etwa hundert Meter vor uns erhebt sich ein kleines Plateau, dahinter sieht man nur noch blauen Himmel.

Das Problem ist, dass sich der Grat noch weiter verengt und das letzte Stück bis zum Gipfel schräg und steil ist.

Jacob ist bereits auf dem Weg nach oben. Er sieht aus wie Spiderman – ein Bein gestreckt, das andere vor die Brust gezogen, die Arme weit gespreizt. Schritt für Schritt zieht er sich den Berg hinauf.

Wir bleiben stehen und schauen zu.

Nach einem letzten Schritt hievt er sich auf allen vieren auf das Plateau, richtet sich auf und dreht sich zu uns um. Er streckt die Hände in die Luft und jubelt.

»WOOU-HOOUUU! AAOOOOUU!«

Wie ein Wolf heult er. Seine Laune zumindest scheint sich entschieden gebessert zu haben.

Was man von Henrik nicht gerade sagen kann.

Er blickt zum Plateau hinauf und schluckt schwer.

Kapitel 31

Henrik, Milena und ich stehen an diesem herrlichen Herbsttag schweigend in der kargen Mondlandschaft des Sarek nebeneinander und sehen zu, wie Jacob auf dem Gipfel einen Siegestanz aufführt. Henrik sieht nachdenklich aus und trinkt etwas Wasser.

»Da sollen wir also hoch?«, sagt er schließlich. Sein Blick folgt dem Grat, auf dem wir in Richtung Plateau gehen, und der zu einer Kante wird. Ja, so muss man es wohl nennen. Auf der einen Seite geht es steil zum Gletscher hinunter. Wenn man dort hinabstürzt, kommt man vielleicht nicht um, aber es liegt eine Rutschpartie von gut einem Kilometer vor einem. Wenn man dabei auf eine Gletscherspalte oder einen hervorstehenden Felsen trifft, ist man garantiert verloren.

Auch auf der anderen Seite geht es steil nach unten; vielleicht nicht im freien Fall über Hunderte von Metern, aber steiler als alles, was wir bisher passiert haben.

»Von hier aus sieht es vielleicht schlimmer aus, als es ist«, sagt Milena.

Henrik steht wie angewurzelt da, unfähig, sich zu bewegen.

»Lasst uns weitergehen«, sage ich. »Na los.«

Milena geht los, aber Henrik bleibt stehen. Ich warte eine Weile. Vergeblich.

»Wir schauen uns das mal an«, fahre ich fort, »einen Schritt nach dem anderen.«

Ich folge Milena, höre aber nichts hinter mir.

Ich halte inne und drehe mich um.

»Henrik? Komm! Wir können hier nicht stehen bleiben.«

Ich klinge etwas härter als beabsichtigt, ein wenig schärfer, erziele aber die erwünschte Wirkung. Henrik setzt sich endlich in Bewegung.

»Du zuerst«, sage ich.

Er überholt mich, und ich folge ihm.

Du wolltest Jacobs Route gehen. Auch wenn ich dich gewarnt habe. Dann geh auch.

Nach ein paar Minuten erreichen wir den steilen Abschnitt, der Grat hat sich zu einer Kante verengt, zu gefährlich, um darauf zu gehen. Am besten ist es, ein paar Meter nach unten abzusteigen und sich dann an die Felswand gestützt darunter vorzuarbeiten.

Milena wartet auf uns. Und es ist tatsächlich so, wie sie gehofft hat: Von Nahem ist es nicht ganz so schlimm. Sicher, es ist steil, und sogar ich spüre einen Sog aus der Tiefe rechts von uns, aber wir müssen nicht klettern, auch wenn es bei Jacobs Weg nach oben so aussah. Wir werden uns an der Felswand festhalten müssen, aber ehrlich gesagt, sieht es nicht schwer aus.

Jacob ruft uns Anweisungen für den einfachsten Weg auf das Plateau zu. Vorsichtig macht Milena sich auf den Weg, Schritt für Schritt, immer darauf bedacht, nur einen Fuß oder eine Hand zu bewegen und sich an drei Punkten an der Felswand abzustützen.

Henrik lässt sich auf einen Stein sinken, mit Blick zu dem Abgrund neben uns, doch er kneift die Augen zusammen. Er hält sich mit beiden Händen fest, obwohl er sitzt, sein ganzer Körper ist angespannt, und er atmet in kurzen, intensiven Stößen.

Die Höhenangst hat ihn fest im Griff.

»Henrik«, sage ich und lege meine Hand auf seine Schulter, ich spreche sanft und freundlich. Jetzt liegt es an mir, ob er sich von der Lähmung befreien kann und wir weitergehen können. »Hör mir zu. Atme tief in den Bauch. Hörst du mich?«

Er nickt, die Augen noch immer fest zusammengekniffen.

»Atme tief ein, bis ganz in den Bauch.«

Henrik versucht es, tut sein Bestes.

»Und noch einmal. Schließ den Mund und atme durch die Nase. Ein langer, tiefer Atemzug. In den Bauch. Wir haben es nicht eilig, lass dir Zeit. Wir können hier eine Stunde lang sitzen, falls nötig.«

Er atmet tief durch die Nase ein, füllt die Lungen, und ich lege meine Hand auf seinen Bauch.

»Atme ruhig und sanft aus, dann atme wieder ein. Hier unten sollst du es spüren.«

Er gehorcht, und sein Bauch hebt sich beim Einatmen ein wenig.

»Gut. Noch mal.«

Ich stehe über Henrik gebeugt, einen Arm um seine Schultern, eine Hand auf seinem Bauch. Er atmet wieder ein.

»Du musst den Bauch nicht einziehen. Ich weiß, dass du ein kleines Bäuchlein hast, aber ich liebe dich trotzdem.«

Er lächelt und legt seine Hand über meine auf seinen Bauch. Ich streiche mit der anderen Hand durch seine dichten Haare, fühle die Rundung des Kopfes darunter.

Und schließlich beruhigt er sich. Ich spüre, wie sich die Spannung in seinen Schultern und seinem Nacken löst. Er holt noch einmal tief Luft, sein Körper gibt jeden Widerstand auf.

Henrik schluchzt auf, mir wird klar, dass er weint.

Natürlich sollte ich nicht überrascht sein. Wir sind im Sarek. Alle Gefühle liegen bloß, die ganze Zeit.

Ich halte ihn fest, küsse ihn sanft auf die Wange.

»Was ist denn los?«

Er holt noch einmal tief Luft, schnieft ein wenig und wischt sich mit dem Daumen die Nase ab.

»Nichts. Ich … keine Ahnung.«

»Vielleicht liegt es an der dünnen Luft.«

»Es tut mir leid, dass ich die Karte verloren habe.«

»Mach dir keine Gedanken.«

Wir umarmen uns, er zieht mich fest an sich. Eine Weile stehen wir so da, und Henriks Atem wird ruhiger.

Ich werfe einen Blick zu dem Plateau hoch. Milena hat es bis dorthin geschafft und schaut zu uns herunter. Jacob geht unruhig auf und ab, man merkt ihm deutlich an, wie frustriert er ist, dass wir schon wieder festsitzen.

Ich will Henrik so viel Zeit lassen, wie er braucht, schaffe es aber nicht. Schließlich sage ich, so sanft ich kann:

»Wollen wir es versuchen?«

»Mhm.« Henrik holt noch einmal tief Luft, streckt den Rücken und nickt entschlossen. »Los geht's.«

»Nicht nach unten schauen«, befehle ich. »Schau zum Berg. Konzentriere dich auf einen Schritt nach dem anderen. Denk an nichts anderes. Und dann bewegst du immer nur eine Hand oder einen Fuß auf einmal. Drei Punkte am Berg, die ganze Zeit.«

Henrik nickt erneut. Dann steht er auf und dreht sich zum Berg, um nicht in die Tiefe zu sehen. Er hält sich mit beiden Händen fest und bewegt den rechten Fuß nach vorne. Dann die rechte Hand. Dann die linke Hand. Verlagert den Schwerpunkt. Dann den linken Fuß. Langsam und systematisch.

Ich sehe ihm an, dass es ihm viel besser geht, er ist nicht mehr so verkrampft. Er stützt sich mit den Händen ab und klammert sich nicht mehr wie vorher fest.

Mit einer Mischung aus Wandern und Klettern arbeiten wir uns auf das Plateau vor. Die Neigung ist etwa wie die einer Leiter, die ziemlich steil an einer Hauswand steht. Ich kann der Versuchung nicht widerstehen, nach unten zu schauen. Ich möchte meine Widerstandsfähigkeit testen. Die zerklüftete Felswand geht weit unter uns in flachere Geröllfelder über.

Würde ich einen Sturz überleben? Ja, vielleicht. Mit ein bisschen Glück. Man würde nicht automatisch bis ganz nach unten fallen, so steil ist die Felswand nicht.

Henrik nähert sich der Kante. Milena feuert ihn an und streckt ihm die Hand entgegen, um ihm das letzte Stück hochzuhelfen, aber er ergreift sie nicht. Er hat seinen Rhythmus gefunden und will jetzt kein Risiko eingehen, aus dem Takt zu geraten.

Mit dem Oberkörper ist er auf dem Plateau, stößt sich mit dem rechten Bein ab und hat es geschafft. Milena applaudiert.

»Gut gemacht, Henke!«

Ich bin direkt hinter ihm.

Henrik krabbelt auf allen vieren ein Stück von der Kante weg, dann rollt er sich auf den Rücken. Stößt langsam die Luft aus. Milena umarmt ihn, während er auf dem Boden liegt.

»Gut gemacht …«

»Ist das schön. O Gott …«

In einiger Entfernung steht Jacob mit vor der Brust verschränkten Armen und sieht die beiden mit finsterem Blick an. Aber er sagt nichts.

Ich hieve mich auf das Plateau und stehe auf, und obwohl wir auf unserer Sarek-Wanderung immer wieder unglaubliche Ausblicke hatten, raubt mir diese Aussicht den Atem. In allen Richtungen sehe ich mächtige, schneebedeckte Bergmassive.

In der Schule haben wir gelernt, dass die schwedischen Berge durch das Inlandeis abgeschliffen wurden und deshalb nicht so hoch sind. Stumpfe Hügel im Vergleich zu den Alpen. Den Sarek hat das Inlandeis aber anscheinend vergessen. Wir könnten auch im Himalaja sein. Schwarze, spitze Bergkämme heben sich vom intensiven Blau des Himmels ab. Weit unten glitzert das mächtige Delta des Rapadalen in der Herbstsonne. Ein riesiger Felsen steht allein an der Stelle, an der sich die Flüsse verzweigen. Ich sehe auf die Karte auf meinem Handy und stelle fest, dass es sich um den Tjahkkelij handeln muss. Dahinter erstrecken sich ausgedehnte Seen und weitere Berge, die abflachen und schließlich in endlose Wälder übergehen. Ich fülle meine Lungen mit der frischen, kräftigen Herbstluft.

Leichte Euphorie. Wieder mal.

Wir haben es geschafft. Wir sind oben.

Vor allem spüre ich Erleichterung. Ich dachte wirklich, wir müssten umdrehen, weil Henrik es nicht schaffen würde. Wieder zurück ins Tal, einen Tag unnötig verschwendet. Aber jetzt sind wir oben, und es scheint, als hätten wir das Schlimmste hinter uns. Das Plateau ist der Anfang des Kammes, dem wir nach Nordosten folgen werden, und er sieht nicht annähernd so schmal aus, wie ich befürchtet hatte. Der Berg ähnelt einem riesigen Drachen, der auf dem Boden ruht. Godzilla, der mitten im Sarek schläft und dessen stacheliger Schwanz leicht gekrümmt in das nächste Tal hineinreicht. Zu beiden Seiten des Rückens geht es zwar senkrecht in die Tiefe, doch so weit ich das sehen kann, scheint er wenigstens drei oder vier Meter breit zu sein. Das sollte für keinen von uns ein Problem darstellen. Und die Aussicht wird auf jeden Fall magisch sein.

Henrik und Milena liegen eng beieinander auf dem Boden und unterhalten sich lächelnd, Milena legt ihre Hand auf seinen Arm.

Es sieht vertraut aus.

Vielleicht ein bisschen zu vertraut.

Im selben Moment, in dem mir der Gedanke durch den Kopf geht, macht Jacob ein paar Schritte auf sie zu.

»Los, gehen wir weiter«, sagt er ungeduldig.

Henrik dreht langsam seinen Kopf und sieht zu ihm auf.

»Ich mache nur fünf Minuten Pause.«

Dann wendet er den Blick wieder Milena zu, als ob sich Jacob damit zufriedengeben müsse.

Du spielst mit dem Feuer, Henrik.

»Wir müssen von diesem Berg runter, bevor es dunkel wird«, fährt Jacob fort und tritt noch einen Schritt näher, »also hoch mit euch.«

»Fünf Minuten, Jacob? Echt jetzt?« Henrik starrt verärgert zurück, stellt Jacobs Autorität infrage, und sofort bin ich alarmiert. Das hier ist nicht gut.

Jacob knurrt:

»Du machst ja nichts anderes als Pause. Hoch mit euch.«

Wütend packt er Milenas Arm und zieht sie abrupt vom Boden hoch. Sie stöhnt auf.

»Aua … du …«

»Was machst du da? Lass sie los!«, sagt Henrik laut, während ich zu ihnen gehe.

»Leute, beruhigt euch …«, sage ich noch, bevor Jacob Henrik anbrüllt:

»Steh auf, verdammt!«

Henrik starrt trotzig vom Boden zurück.

»Was ist das Problem? Bist du etwa eifersüchtig?«

Nein. Nein, nein, nein, nein. Henrik, verdammt noch mal.

Milena sieht verängstigt aus.

»Henrik, bitte steh auf, wir müssen weiter«, beeilt sie sich zu sagen und legt die Hand auf Jacobs Arm.

»Ja, Schluss jetzt, aufstehen«, sage ich.

Wir versuchen beide, Jacob zu beschwichtigen, der Henrik mit hasserfülltem Blick anstarrt, sein Atem geht schwer, ich merke, dass er jeden Moment die Kontrolle verlieren kann.

Ja, Jacob ist eifersüchtig. Und jetzt hat Henrik es ausgesprochen, und wir alle wissen, dass es wahr ist. Jacob auch. Er hat vor uns allen das Gesicht verloren.

»Hey«, fleht Milena und streichelt Jacobs Wange, »hey, beruhige dich.«

Schließlich schüttelt Jacob den Kopf und sagt mit rauer Stimme: »Verdammter Idiot.«

Er dreht sich um und geht weg, und Milena folgt ihm. Ich starre Henrik weiterhin an.

Wozu war das gut? Henrik?

Doch er meidet meinen Blick.

Ich krame meine letzte Tüte Süßigkeiten aus dem Rucksack, öffne sie und gehe zu Jacob und Milena. Halte sie Jacob versöhnlich hin.

»Tut mir leid«, sage ich, »er ist nicht ganz er selbst.« Jacob sieht mich nicht an, aber schließlich nimmt er sich ein paar Süßigkeiten aus der Tüte und steckt sie schweigend in den Mund.

»Verdammt, was für eine Aussicht«, sage ich.

»Oh ja«, stimmt Milena mir zu und nimmt sich auch ein paar Süßigkeiten.

»Ich hätte nicht gedacht, dass wir das schaffen«, fahre ich fort, »aber ich bin froh, dass ich mich geirrt habe.«

Die Operation »Jacob auf andere Gedanken bringen« geht weiter.

»Mhm.«

»Ich freue mich schon auf das nächste Stück.« Ich zeige zum Bergrücken, »das sieht toll aus«.

Ich lächle Jacob an, er verzieht ebenfalls den Mund. Sein Lächeln sieht völlig echt aus, als hätte ich gerade etwas Komisches gesagt. Schnell wendet er den Blick ab.

Warum finde ich das unheimlich?

Jacob scheint irgendwie leise zu triumphieren. Als ob er etwas wüsste, was ich nicht weiß.

Du hast ja keine Ahnung, du Schlampe. Keinen blassen Schimmer.

Plötzlich bin ich mir nicht mehr so sicher, dass das Schlimmste vorbei ist.

Kapitel 32

Wir gehen auf dem Rücken des Drachens.

Vor meinem geistigen Auge sehe ich, wie er erwacht und sich erhebt. Uns wie kleine Käfer abschüttelt, sich auf die Hinterbeine stellt und in den Himmel brüllt. Was für ein Anblick das wäre.

Neben uns geht es immer steiler in die Tiefe, doch das stört keinen von uns, Henrik anscheinend auch nicht. Der Aufstieg auf das Plateau hat ihm eine Strategie und vor allem Selbstvertrauen gegeben.

Nach der Auseinandersetzung ist die Stimmung gedrückt. Wir gehen schweigend.

Es geht bergab, was die Wanderung weniger anstrengend macht, aber es ist kein ebener Abhang. Nachdem wir erst viel an Höhe verlieren, müssen wir wieder bergauf. Nach einem neuen Gipfel in der Mitte des Kamms, niedriger diesmal, geht es wieder bergab, doch den Abschnitt können wir jetzt noch nicht sehen.

Es dauert eine gute Stunde, bis wir den zweiten Gipfel erreichen. Es ist jetzt später Nachmittag, und die Sonne scheint nicht mehr so warm. In ein paar Stunden wird es dunkel, und bis dahin sollten wir das Tal erreicht haben. Obwohl der Grat relativ breit ist, wäre es unangenehm, im Halbdunkel mit Abgründen zu beiden Seiten zu laufen.

Wir machen eine kurze Pause, essen Fruchtsuppe und Knäckebrot mit Speckkäsecreme. Jacob hantiert schweigsam mit dem Gaskocher und antwortet nur einsilbig, wenn Milena ihn anspricht.

Verstohlen beobachte ich seine Mimik, registriere jede noch so kleine Veränderung. Er sieht nicht mehr so verbissen aus, eher abwesend. Als ob er mit seinen Gedanken ganz woanders wäre.

Vielleicht bilde ich es mir nur ein. Aber mein ungutes Gefühl hat sich nur noch verstärkt.

Woran denkst du, Jacob?

Einen Hunderter für deine Gedanken. Oder zehntausend Kronen.

Milena fragt, ob ich ein Foto von ihr und Jacob machen kann. Jacob legt pflichtschuldig den Arm um sie, während ich das Foto mache. Im Hintergrund sind zerklüftete Berge und Gletscher zu sehen. Dann will Milena ein Foto von mir und Henrik machen.

»Kuss«, sage ich und spitze die Lippen. Er drückt seinen Mund auf meinen, aber ohne echtes Gefühl. Auch er wirkt abwesend. Milena macht das Foto.

Gute Freunde bei einer Trekkingtour in den Bergen. Eingefrorene Momente für gemeinsame Abendessen zu Hause in Stockholm.

Richtig, das war in dem Jahr, als du mit diesem komischen Typen zusammen warst, wie hieß er noch … Jacob? Weißt du noch, Milena? Also …

Werde ich mich an die Angst erinnern, an das Unbehagen, das diese Wanderung über den Bergrücken verdüsterte? Eher nicht, denke ich, denn rational ist mir bewusst, dass ich keinen objektiven Grund für meine Unruhe habe. Ein geheimnisvolles Lächeln von Jacob, und schon läuft mein Gehirn Amok.

Ich glaube nicht an Intuition, für mich ist das eine zerstörerische Mischung aus Vorurteilen und zu viel Fantasie. Unbewusst suchen wir ständig nach Bestätigung unserer Wahrnehmung der Welt.

Ich bemühe mich, im Moment zu sein und nicht darüber zu spekulieren, was in Jacobs Gehirn vor sich geht. Eine Weile gelingt es mir fast. Während wir zusammenpacken, denke ich, dass wir morgen um diese Zeit den Sarek hinter uns gelassen haben.

Wir wandern weiter, es geht wieder bergab, und Henrik, Milena und Jacob, die vor mir gehen, verdecken den Rest des Bergrückens. Ich gehe ein Stück Richtung Rand.

Nein, ein längerer Abschnitt ist auch jetzt noch verborgen.

Das kann nur bedeuten, dass es dort viel steiler ist.

Henrik hat es noch nicht bemerkt oder die richtigen Schlüsse gezogen, er weiß nicht, was ihn erwartet. Es geht immer weiter bergab.

Jacob dreht sich um und sagt: »Okay, Leute … Jetzt kommt ein etwas kniffliger Teil.«

Kniffliger Teil?

Wir anderen bleiben ebenfalls stehen. Die nächsten zehn Meter fällt der Grat immer steiler ab, und dann … verschwindet er.

Was soll der Scheiß?

Jacob geht noch ein paar Schritte vorwärts, dann dreht er sich zur Seite und klettert hinunter, Schritt für Schritt verschwindet er aus unserem Blickfeld. Milena tritt an den Rand und stöhnt.

»Jacob, also wirklich … Nein.«

Sie weicht zurück, merklich blass.

»Was ist denn, Schatz?«, ruft Jacob sanft und mit einem hörbaren Lächeln aus dem Abgrund.

Doch Milena antwortet nicht, und Henrik sieht sie ängstlich an. An ihrer Miene lässt sich der Abgrund erahnen, der hinter der Kante lauert.

Ich nehme den Rucksack ab und trete einen Schritt vor, um mir selbst ein Bild zu machen.

Jetzt wird sogar mir schwindelig.

Der steil abfallende Bergrücken verjüngt sich zu einer rasierklingenscharfen Kante, auf der man unmöglich gehen kann.

Jacob klettert nun seitwärts darunter entlang. Unter seinen Füßen geht es im freien Fall Hunderte von Metern nach unten. Fünfzehn bis zwanzig Meter weiter steigt der Grat an und wird wieder so breit, dass man darauf laufen kann.

Fünf oder sechs Meter von Jacob entfernt befindet sich seitlich ein kleiner Vorsprung im Felsen, auf dem man wohl stehen könnte. Zwanghaft stelle ich mir vor, wie ich von dort, wo Jacob steht, auf den Vorsprung springe. Wie unmöglich das eigentlich ist. Wie groß das Risiko, in den sicheren Tod zu stürzen.

Ich spüre den Sog aus der Tiefe geradezu körperlich, als würde ich nach vorne fallen. Instinktiv trete ich ein paar Schritte zurück.

Jacob lächelt triumphierend zu mir hinauf. Das hier wollte er uns zumuten, das war das Ziel der geänderten Route.

Ihr dachtet, das Schlimmste sei vorbei. Da konnte ich mir das Lachen kaum verbeißen, das kann ich euch sagen.

Er ist so glücklich wie ein Kind und genauso grausam. Mit Vergnügen reißt er der Spinne ein Bein nach dem anderen aus und sieht zu, wie sich der beinlose Körper windet und zappelt und sich nicht von der Stelle bewegen kann.

»Wir müssen uns sichern«, sage ich.

»Ach was«, antwortet er wegwerfend, ohne aufzublicken. Er geht seitlich an der Kante entlang.

»Aber du hast doch Seile und Karabiner dabei, oder?«

Er antwortet nicht.

»Sollten wir sie dann nicht auch benutzen? Das ist doch völlig irre!«

»Das ist doch nicht schwer«, sagt Jacob. Schon ist er auf der anderen Seite, wo die Kante ansteigt und breiter wird. Er geht ein paar Schritte nach oben und dreht sich zu uns.

»Jetzt hör schon auf!«, rufe ich ihm nach.

»Mit Seilen und Karabinern wird es Stunden dauern«, ruft er

zurück. »Bis dahin ist es dunkel. Dann wird es wirklich gefährlich.«

»Dann lassen wir es und drehen um«, sage ich verärgert und gehe zu Henrik, der seinen Rucksack abgenommen und sich auf den Boden gesetzt hat.

»Hör auf mit dem Quatsch, verdammt noch mal!«, schreit Jacob über den Abgrund hinweg.

»Er spinnt«, sage ich zu Henrik, laut genug, dass sogar Milena es hören kann.

»Milena! Komm schon!«, ruft Jacob in einem Ton, der keine Widerrede zulässt. Doch Milena bleibt stehen und zögert.

Wird sie jetzt die Seiten wechseln? Kapiert sie jetzt, dass Jacob völlig durchgeknallt ist?

»Im Ernst, Milena, wir müssen uns sichern«, sage ich gedämpft, Jacob soll mich nicht hören. »Das ist doch der helle Wahnsinn.«

Bitte, Milena, wach auf. Bitte, bitte, bitte.

Jacob klettert gerade rasch über die Schneide zurück, ihm ist klar geworden, dass Milena sich vielleicht weigern wird, und das macht ihn nervös.

»Lass den Rucksack da, ich nehme ihn«, ruft er. »Ich werde dir genau sagen, wo du deine Füße und Hände hinsetzen musst. Es ist nicht schwer, wirklich.«

Doch sie zögert immer noch.

Jacob klettert zu uns und geht mit bedrohlich energischen Schritten auf sie zu. Es brodelt in ihm, seine Autorität wird wieder einmal infrage gestellt, die Rebellion muss im Keim erstickt werden.

»Gib mir deinen Rucksack«, zischt er mit zusammengebissenen Zähnen, und Milena gehorcht automatisch. Sobald Jacob über ihr aufragt, ist sie wie ferngesteuert. Jacob setzt den Rucksack auf und geht zurück zur Kante.

Milena bleibt stehen.

»Das musst du nicht«, sage ich leise zu ihr.

Jacob dreht sich um und starrt sie wild an.

»Milena! Komm!«

Schließlich gehorcht sie, und mir wird das Herz schwer. Sie folgt Jacob, der bereits zu der Schneide hinuntergeklettert ist.

»Dreh dich um und geh seitlich. Halte dich mit den Händen fest und stell den rechten Fuß hierhin. Nicht nach unten schauen.«

Jacob leitet sie an, und Milena hat Todesangst, das sehe ich ihr an, aber sie gehorcht trotzdem, Schritt für Schritt. Kann nicht anders. Ihr Kopf verschwindet langsam unter der Kante.

Ich bin zu wütend und verärgert, um stillzustehen, und umkreise Henrik, der auf dem Boden sitzt.

»Verdammt … Das ist doch völlig wahnsinnig.«

Ein paar Minuten vergehen. Milena und Jacob sind nirgends zu sehen.

Sind sie abgestürzt?

Nein, natürlich nicht. Sie hätten geschrien, und wir haben nichts gehört.

Henrik starrt ängstlich auf die Kante.

»Wie weit ist es? Sollten wir sie jetzt nicht sehen?«

»Ja.«

Ich trete an die Kante, und schon sehe ich, wie Jacob auf der anderen Seite wieder auf den Kamm klettert. Er greift nach Milena und hilft ihr hinauf.

Sie haben es geschafft.

Beide richten sich auf. Jacob trinkt etwas Wasser. Milena sieht erleichtert aus, sie lächelt sogar und ruft mir über den Abgrund zu:

»Es war gar nicht so schlimm, wirklich!«

Ich erwidere das Lächeln nicht.

Blödsinn, Milena. Du hattest eine Scheißangst. Aber Jacob hat dich gezwungen. Erzähl mir jetzt nicht, dass es nicht so schlimm war.

Henrik tritt neben mich und sieht zum ersten Mal den Abgrund.

Er stöhnt tief auf, als hätte er Schmerzen, und sinkt auf die Knie, wie ein alter Mann, der Angst hat, sich etwas zu brechen, wenn er sich zu heftig bewegt. Er legt sich auf den Rücken, ein Bein seltsam angewinkelt.

Er hyperventiliert, sein Gesicht ist kreidebleich. Kleine Schweißperlen treten auf seine Stirn. Als er die Augen öffnet, irrt sein Blick panisch hin und her. Er schließt die Augen wieder.

»Ich kann nichts sehen«, keucht er.

»Was?«

»Ich kann nichts sehen.« Er klingt völlig verängstigt. »Gar nichts.«

»Leg dich gerade hin und atme«, sage ich. »Lass die Augen geschlossen.« Ich helfe ihm, das Bein zu strecken, sodass er gerade auf dem Boden liegt.

Milena und Jacob sehen zu uns hin, und Milena ruft ängstlich: »Was ist los?«

»Höhenangst«, rufe ich zurück.

In mir tobt ein Strudel aus negativen Emotionen. Wut, Frustration, Angst, Müdigkeit. Ich bin wütend auf Jacob, weil er uns in eine Falle gelockt hat. Ich bin wütend auf Milena, weil sie nicht in der Lage ist, sich gegen Jacob durchzusetzen. Ich bin wütend auf Henrik, weil er uns in diese verdammt aussichtslose Situation gebracht hat.

Ja, die Wut auf Henrik vom Morgen kommt zurück. Seine Höhenangst hat uns schon einmal ausgebremst, und jetzt passiert es wieder. Ich weiß, dass ich den Abgrund überwinden kann, aber bei Henrik ist das sehr unsicher. Was sind also unsere Optionen?

Vielleicht können wir Jacob dazu überreden, ihm mit der Kletterausrüstung zu helfen. Vielleicht. Aber das braucht Zeit, und bevor wir überhaupt damit anfangen können, muss sich Henrik erst einmal erholen.

Ich sehe ihn an, wie er neben mir auf dem Boden liegt. Er macht ein schnarchendes Geräusch. Sein Kopf ist auf die Seite gefallen, sein Mund steht offen. Er sieht aus, als schliefe er. Er ist immer noch kreidebleich, das Gesicht von einem dünnen Schweißfilm bedeckt.

Ich merke, dass er ohnmächtig geworden ist. Die Höhenangst hat ihn überwältigt. Vielleicht ist das auch ganz gut so, so erholt er sich hoffentlich schneller.

Wenn wir heute Morgen meinem Plan gefolgt wären, wären wir jetzt vielleicht noch einen Tag von Aktse entfernt. Es wäre beschissen gewesen, noch einmal kein Gas zu haben, die nächtliche Kälte bis ins Mark zu spüren. Aber wir hätten keine Zeit verloren und wären Jacob nicht ausgeliefert.

»Henrik? Wie geht es dir?«, ruft Milena.

»Er ist ohnmächtig«, rufe ich zurück. Im selben Moment öffnet Henrik vorsichtig die Augen und blinzelt benommen in die Sonne. Verwirrt schließt er wieder die Augen, atmet ein paarmal langsam und tief durch.

»Was ist passiert?«, sagt er schwach.

»Du warst ohnmächtig.«

»War ich lange weg?«

»Nein. Kannst du wieder sehen?«

»Ja. Ich kann sehen.«

Er wischt sich mit der Hand übers Gesicht und fragt sich, warum es so seltsam feucht und klebrig ist. Langsam bekommen seine Wangen wieder etwas Farbe.

Henrik ist ohnmächtig geworden. Aus Angst.

Und ich habe ein Bild aus einem Roman aus dem neunzehnten Jahrhundert im Kopf oder vielleicht auch aus einer Fernsehserie, wie eine adelige Dame ein Pferd auf einer Koppel sieht, das Pferd äpfelt, und das zierliche kleine Fräulein fällt vor lauter Entsetzen um.

Oder »ihr schwanden die Sinne«, wie man damals sagte.

Ich kichere, auch wenn ich weiß, dass es wirklich unangebracht ist, aber ich kann mich nicht beherrschen. Ich bin zu müde und war schon zu lange wütend und frustriert, ich brauche eine Pause und stürze mich auf die Gelegenheit.

Das ist der Sarek. Alle Emotionen liegen bloß, die ganze Zeit.

Ich finde es wirklich unheimlich witzig, dass Henrik vor Schreck in Ohnmacht gefallen ist. Ich presse die Lippen aufeinander, verziehe das Gesicht, wende mich ab. Doch mein Brustkorb bebt vor unterdrücktem Kichern.

»Was ist los?«, fragt Henrik und legt seine Hand auf meinen Arm. Er sieht, dass ich zittere und denkt vielleicht, dass ich weine.

Soll ich so tun, als würde ich weinen? Könnte ich damit durchkommen?

»Hey? Was ist los?«

Ich sehe ihn vor mir, in einem bodenlangen Kleid, dessen Taille knapp unter der Brust sitzt, auf dem Kopf eine hutartige Haube, Schute, oder wie das heißt, die ordentlich unter dem Kinn zusammengebunden ist. Er liegt ohnmächtig in einem Graben, den Handrücken theatralisch gegen die Stirn gedrückt.

Und nun bricht der Damm, das Kichern drängt sich prustend über die Lippen und geht in ein lautloses Lachen über.

»Es tut mir leid …«, stoße ich hervor, »Ich habe nur …« Ich halte mir den Bauch, als hätte ich Schmerzen.

Henrik setzt sich auf und stützt sich mit den Handflächen hinter dem Rücken ab. Er wirkt verwirrt und grimmig, sagt aber nichts. Er trinkt ein paar Schlucke Wasser aus seiner Flasche.

Seltsam rasselnd schnappe ich nach Luft, so klinge ich, wenn ich unkontrolliert lache.

»Es tut mir leid«, schaffe ich noch einmal zu sagen, bevor ich mich auf die Seite fallen lasse und weiterlache.

Henrik versteht wohl irgendwie, dass ich über ihn und seine Ohnmacht lache, aber die Einzelheiten werde ich ihm ersparen. Zumindest das kann ich für ihn tun.

»Was … Lachst du, weil ich ohnmächtig geworden bin?«

Ich liege auf dem Rücken und schaue in den blauen Himmel, während ich vor Lachen schluchze. Ich lasse es einfach zu. Das Lachen nährt sich jetzt von selbst, scheint nicht aufhören zu wollen. Der ursprüngliche Grund ist bereits vergessen.

Im Sarek übernimmt der Körper die Führung. Henrik musste in Ohnmacht fallen. Ich muss lachen. Keiner von uns muss sich schämen.

Irgendwann steht Henrik neben mir auf, und mein Lachkrampf lässt nach und verebbt schließlich. Tränen sind mir über die Wangen gelaufen, lange nicht mehr benutzte Bauchmuskeln schmerzen. Aber ich fühle mich befreit und habe neue Energie.

Ich stehe ebenfalls auf und gehe zu Henrik, der gerade seinen Rucksack aufsetzt. Ich lege ihm die Hand auf den Arm und sage leise:

»Was willst du tun?«

»Rübergehen.«

»Das müssen wir nicht.«

»Doch.«

»Nein. Wir können wieder nach unten gehen.«

Er sieht mich nicht an, während er seinen Rucksack zurechtrückt, Hüft- und Brustgurt schließt.

»Wir können Jacob bitten, uns wenigstens zu sichern? Am Seil gehen?«

»Wegen mir nicht.«

Er klingt dumpf, aber entschlossen. Diesen Ton habe ich

noch nicht oft bei ihm gehört. Er wird den Abgrund überqueren. Das ist nicht verhandelbar.

Vielleicht hat ihn mein Kichern so wütend gemacht, dass er seine Höhenangst überwunden hat. Vielleicht hat die Ohnmacht auch irgendwie sein ganzes System neu gestartet. Was er über sich selbst zu wissen glaubte, nämlich dass ihm schwindelig wird, gilt vielleicht nicht mehr.

Ich bin überrascht. Und besorgt. Und ein wenig beeindruckt.

Er geht auf die Kante zu, und Milena ruft von der anderen Seite: »Was ist los? Gehst du rüber?«

Er antwortet nicht. Er dreht sich um und macht sich für den Abstieg bereit. Ich folge.

»Ganz ruhig, Henrik!«, ruft Milena besorgt. »Jacob kann dich sichern!«

Henrik scheint sie nicht zu hören. Er drückt sich gegen den Felsen und tastet mit dem rechten Fuß in der Luft. Dann findet er Halt, verlagert seinen Schwerpunkt und lässt den Körper nach unten sinken. Er versetzt die linke Hand nach unten, dann die rechte Hand, dann den linken Fuß. Ein kleines Stück nach unten.

»Henrik! Mach lang-sam!« Ich betone jede Silbe.

Er ist zu schnell, hat nicht immer drei Punkte am Berg, er bewegt Fuß und Hand fast gleichzeitig. Es ist zwar kein anspruchsvolles Klettern, aber er ist es nicht gewohnt, und die Konsequenzen, wenn man den Halt verliert, sind endgültig. Freier Fall über Hunderte von Metern.

Milena scheint das genauso zu sehen wie ich.

»Warte, Henrik! Beweg dich nicht! Jacob kommt und hilft dir!« In ihrer Stimme liegt ein Hauch von Panik.

Jacob klettert bereits schnell und anmutig zurück zu der Schneide.

Henrik hört weder auf mich noch auf Milena, er klettert weiter, und schon ist er unten an der Schneide. Ich sehe erstaunt, wie entspannt er klettert. Überhaupt nicht verkrampft oder ängstlich, sondern genauso selbstverständlich, als stiege er eine Leiter von einem Apfelbaum herunter. Gemessene Bewegungen, sicheres Gleichgewicht.

Jacob nähert sich ihm von der anderen Seite. Henrik bleibt stehen und holt Luft. Ich rufe ihm zu:

»Super! Das hat klasse ausgesehen!«

Er schaut zu mir hinauf, unsere Blicke treffen sich, wir lächeln uns an.

»Aber bitte, mach langsam, ich bekomme hier oben gerade einen Herzinfarkt.«

Er sieht fast glücklich aus. Jetzt steht Jacob nur noch wenige Meter von ihm entfernt.

»Warte, ich helfe dir«, sagt er.

Wir sehen uns immer noch an, ich und Henrik, er da unten über dem Abgrund, ich hier oben.

»Du kletterst wie ein Champion, Schatz«, sage ich und lächle. Er erwidert das Lächeln etwas traurig, und es ist schön, dass wir uns wieder vertragen.

Henrik atmet tief durch und will weiterklettern. Er blickt hinunter in den Abgrund unter seinen Füßen. Hunderte von Metern Luft.

Hör auf, Henrik. Werd jetzt nicht übermütig. Forder dich bloß nicht heraus.

Er lehnt sich gegen den Felsen und schließt die Augen. Ein paar Sekunden vergehen.

Gerät er wieder in Panik? Verliert er jetzt die Nerven?

Jacob macht einen Schritt auf Henrik zu und hält ihm die Hand hin.

»Hier. Nimm meine Hand.«

Henrik sieht Jacob an, aber ich sehe keine Panik in seiner

Körpersprache, er ist nicht verkrampft. Er bewegt den rechten Fuß in Jacobs Richtung, dann die rechte Hand, den linken Fuß und die linke Hand.

Jacob streckt ihm immer noch die Hand entgegen und lächelt einladend, fast kameradschaftlich.

Henrik braucht Jacobs Hilfe nicht, aber er reicht ihm trotzdem die Hand, wahrscheinlich weil er die freundliche Geste nicht unbeantwortet lassen will.

Jacob nimmt sie.

Und irgendetwas an Jacobs Haltung wirkt plötzlich seltsam, er versteift sich und hält sich mit der anderen Hand am Felsen fest, als würde er … Ich öffne den Mund, kann aber nicht schreien.

Jacob zieht Henrik mit einem kräftigen Ruck zu sich.

Henrik verliert das Gleichgewicht und rudert mit der anderen Hand in der Luft.

Jacob lässt ihn los.

Henrik stürzt in die Tiefe.

Aus der Zeugenbefragung von Anna Samuelsson, Personennummer 880 216-3382, 19. September 2019, Krankenhaus Gällivare, durchgeführt von Kriminalinspektor Anders Suhonen.

Schweigen. Schluchzen.

»Sollen wir für heute aufhören?«

Schweigen. Schluchzen.

»Nein, schon gut.«

»Möchten Sie ein Glas Wasser?«

»Nein.«

Schweigen. Tiefe Atemzüge.

»Ich würde lieber weitermachen. Dann muss ich nicht … Ich will das nicht noch einmal durchmachen.«

»Das verstehe ich.«

Schweigen.

»Man … Man erlebt nicht so oft etwas, von dem man weiß, dass es das Leben für immer verändert.«

»Nein.«

»Deshalb kann man es auch nicht richtig glauben. Wenn es passiert. Ich weiß ja, dass es passiert ist. Aber es fühlt sich so unwirklich an.«

»Ja.«

»Manchmal denke ich etwas anderes, ganz kurz nur, nur eine Minute vielleicht. Und dann denke ich, dass Henrik tot ist, dass Jacob ihn getötet hat, und was das für ein Albtraum wäre, wenn Henrik abgestürzt und gestorben wäre. Dann versteht es mein Gehirn, und ich erinnere mich, dass … es kein Albtraum ist. Dass es wirklich passiert ist.«

»Mhm.«

Schweigen.

»Ich möchte gern noch mehr zum Hergang fragen, wenn das in Ordnung ist.«

»Ja.«

»Was für ein Motiv hatte Jacob, was glauben Sie?«

»Was er für ein Motiv hatte?«

»Ja.«

»Also, er war gekränkt. Und er hat sich provoziert gefühlt.«

»Von Henrik?«

»Ja. Als er gefragt hat, ob Jacob eifersüchtig ist. Da habe ich sofort gemerkt, dass er recht hat. Henrik und Milena liegen nebeneinander und reden, und Jacob fühlt sich ausgeschlossen.«

»Mhm.«

»Als Narzisst und Psychopath kann man eine solche Kränkung nicht hinnehmen.«

»Nein. Aber es ist trotzdem ein ganz schön drastischer Schritt, jemanden zu töten. Dafür müsste schon viel passieren.«

»Für einen normalen Menschen. Das habe ich ja vorhin schon gesagt.«

»Ja.«

»Selbst wenn Sie Henriks Leiche finden sollten, könnten Sie vermutlich nie beweisen, dass Jacob ihn umgebracht hat, oder?«

»Nein, vermutlich nicht. Da sind wir auf Ihre Zeugenaussage angewiesen.«

»Wenn Jacob als Einziger überlebt hätte, wie er es geplant hatte, hätte er natürlich gesagt, dass Henrik gestolpert ist. Etwas anderes wäre nicht zu beweisen gewesen.«

»Nein. Also, Jacob hat Henrik von dem Vorsprung abstürzen lassen. Was ist dann passiert?«

»Ich stand unter Schock, ich habe geschrien. Und Milena, die auf der anderen Seite stand, hat auch geschrien.«

»Mhm.«

»Ich habe Henrik fallen sehen … und dann instinktiv den Kopf weggedreht. Deshalb habe ich nicht gesehen, wie er aufgeschlagen ist. Und darüber bin ich auch froh.«

»Das verstehe ich.«

»Dann bin ich nur noch weggerannt.«

»Mhm.«

»Weg von Jacob. Es bestand kein Zweifel mehr. Jetzt würde er mich auch umbringen müssen.«

»Und wohin sind Sie gelaufen?«

»Den Weg zurück, den wir gekommen waren.«

»Was hat Jacob gemacht? Ist er Ihnen gefolgt?«

»Ja. Und da habe ich Panik bekommen.«

»Mhm.«

»Ich glaube … Wenn ich nicht so panisch gewesen wäre, hätte ich es geschafft. Aber ich bin gestolpert und habe mir das Knie angeschlagen. Ich habe versucht, mich aufzurappeln, doch da war er schon bei mir. Und dann ist alles schwarz geworden.«

Kapitel 33

Ich wache im Zelt auf und weiß nicht, wie ich hierhergekommen bin. Oder wie viele Stunden seit Henriks Sturz und meiner Flucht vergangen sind.

Wenigstens ist es noch nicht dunkel. Ich vermute, dass es dämmert, denn die Zeltwand hat einen ungewohnten Farbton.

Lauf um dein Leben.

Zurück am Abgrund, Henrik ist gerade gestürzt, und ich habe geschrien, den Mund vor Entsetzen weit aufgerissen. Ich sehe Jacob an, und sein Blick sagt mir, dass ich jetzt um mein Leben rennen muss.

Ich gehe ein paar Schritte zurück, drehe mich um und laufe los. Jacob schreit, ich soll stehen bleiben, aber ich ignoriere ihn. Meinen Rucksack lasse ich zurück. Erst einmal muss ich die nächsten zehn Minuten überstehen.

Lauf, wie du noch nie zuvor gelaufen bist.

Ich weiß nicht, wie lange ich laufe. Mein Blick ist auf den Boden gerichtet. Dann der Sturz und der Schmerz, der vom Knie wie ein glühender Speer durch den Körper schießt. Ist die Kniescheibe gebrochen? Ich versuche, wieder auf die Füße zu kommen, aber mein Bein knickt ein, und ich stürze nach vorne, ich höre Jacobs schnelle, schwere Schritte, die sich von hinten nähern, ich höre seinen Atem, dann wird alles schwarz.

Ich versuche, meine Kniescheibe zu betasten und stelle fest, dass ich in einem Schlafsack liege. Wie ist das passiert? Egal. Ich öffne den Schlafsack und befühle mein Knie. Es scheint nichts gebrochen zu sein, aber es tut weh und ist empfindlich.

Zurück. Wiedergabe.

Mein Gehirn ist wie ein Mediaplayer auf einem Tablet in den Händen eines Zweijährigen. Das Kind tippt wie wild darauf herum, und kleine Fragmente aus dem Speicher tauchen auf, werden unterbrochen, zu schnell zurückgespult, wiederholt. Völlig unsortiert.

Vor. Wiedergabe. Zurück. Wiedergabe.

Jacob streckt die Hand nach Henrik aus, Henrik ergreift sie, Jacob zieht ihn zu sich heran. Henrik verliert mit der anderen Hand den Halt am Felsen, macht eine hektische, panische Bewegung, rutscht ab. Augenblicke später rudert die Hand im Leeren.

Was fühlt er in diesem Moment? Als er dasteht? Unter ihm geht es Hunderte Meter in die Tiefe, er verliert langsam das Gleichgewicht, will sich festhalten, aber seine Finger rutschen kraftlos am Gestein ab? Zu viel Gewicht zieht bereits nach hinten, er kann sich nicht mit den Fingerspitzen halten.

Ich war schon oft kurz davor, das Gleichgewicht zu verlieren, hatte es aber immer gerade noch geschafft. Es durchzuckt den ganzen Körper, der Atem stockt. Sekunden später, wenn einem bewusst wird, was beinahe passiert wäre, spürt man ein Kribbeln auf der Kopfhaut. Das Blut pocht in den Schläfen, das Herz in der Brust. Man atmet tief durch. Gewinnt die Kontrolle über sich zurück.

Was hat Henrik gefühlt?

Ich sollte nicht mehr darüber nachdenken, es ist sinnlos und führt zu nichts. Aber ich kann nicht aufhören.

Was hat Henrik gefühlt?

Überraschung bestimmt. Er schaut in Jacobs lächelndes Gesicht und spürt gleichzeitig den Ruck in seiner Hand, in seinem Arm, seinem Körper.

Was machst du?

Dann das Zucken im Körper, als er spürt, dass er das Gleichgewicht verliert.

Neinneinnein.

Was ich auch schon so oft erlebt habe.

Das könnte richtig böse ausgehen.

Jacob lässt seine Hand los, und Henrik fällt nach hinten. Rudert mit den Armen, um sich aufrecht zu halten, er berührt nur noch mit einem Fuß den Felsen, und sein Gehirn versucht zu begreifen, dass das Unvorstellbare passiert.

Wow. Ich weiß, dass es passiert, aber passiert es wirklich?

Es geht nicht. Henrik fällt nach hinten, und als er wieder Schwung holt, dreht er sich langsam um die eigene Achse, jetzt zeigt der Kopf nach unten.

Sieht er, wie der Boden auf ihn zukommt? Und als er sich noch einmal dreht und der Kopf wieder oben ist, kann er da noch einen Blick auf Jacob werfen, fünfzig oder hundert Meter über ihm?

Der Wind. Die Beschleunigung muss brutal sein, wenn man sich im freien Fall befindet. Nach ein paar Sekunden hat man wahrscheinlich schon hundert Stundenkilometer oder mehr. Wie fühlt es sich an, den Kopf auf der Autobahn aus dem Autofenster zu halten? Die Haut spannt sich straff über den Wangenknochen, lose Haut flattert, die Haare peitschen in alle Richtungen. Ein lautes Rauschen, das alle anderen Geräusche übertönt.

Ich habe Henrik ein gutes Stück fallen sehen, bin ihm ein paar Sekunden lang mit den Augen gefolgt, bevor ich weggeschaut habe, und da hatte er immer noch einen langen Weg bis zum Boden vor sich. Der Fall musste fünf oder sechs Sekunden gedauert haben.

Hör auf, Anna. Hör auf, hör auf, hör auf.

Was denkt man in sechs Sekunden? Oder versucht man einfach nur instinktiv, das Gleichgewicht zurückzugewinnen, rudert in der Luft, bis man unten aufkommt?

Die Felswand ist nicht ganz senkrecht, sondern wölbt sich immer mehr nach außen, je näher man dem Boden kommt. Wahrscheinlich prallt man ein oder mehrere Male an der Wand ab, bevor man den Boden erreicht. Der Körper wird auseinandergerissen und platzt auf wie eine reife Wassermelone. Plötzlich sind ein Bein und die Hälfte des Rumpfes weg. Das dauert nur eine Sekunde. Blut spritzt in hohem Bogen durch die Luft. Gedärm und andere Eingeweide fallen aus dem Bauch, sind aber noch durch Sehnen und Häute mit dem Körper verbunden und flattern in den letzten Sekunden vor dem Aufprall im Wind. Der Magen ist ein kleiner Ballon, der in der Sonne glitzert.

Da ist jemand vor dem Zelt.

Plötzlich bin ich wieder hundertprozentig in der Gegenwart. Mein Herz schlägt schneller. Jemand öffnet das Vorzelt, ich höre den Reißverschluss, nicht energisch und fest, eher vorsichtig. Als würde derjenige versuchen, mich nicht zu wecken.

Jemand kriecht auf Knien ins Vorzelt. Keine abrupten Bewegungen, keine lauten Geräusche. Verstohlen.

Irgendetwas an den Geräuschen sagt mir, wer es ist.

Jacob.

Die Angst macht mich hellwach, das Herz pumpt Adrenalin in jeden Muskel, ich spanne den ganzen Körper an, bereit zu fliehen oder mich zu verteidigen.

Fliehen? Wie zum Teufel soll das gehen? Ich liege in einem Schlafsack, in einem Zelt. Ich sitze in der Falle.

Soll ich nach Milena rufen?

Weiß ich überhaupt, ob Milena noch am Leben ist?

Ich schlucke schwer, starre zur Zeltwand, atme lautlos mit offenem Mund.

Wenn ich schreie, verrate ich, dass ich wach bin und verliere vielleicht meinen einzigen Vorteil, das Überraschungsmoment. Was auch nichts bringt, wenn er Milena bereits getötet hat.

Wo ist das Multifunktionsmesser?

Ich liege auf der Seite und suche so leise wie möglich in der nach oben zeigenden Beintasche. Kein Messer.

Jemand zieht vorsichtig den Reißverschluss vom Innenzelt hoch.

Und die andere Beintasche? Auf der ich liege? Ich taste mit einer Hand die Außenseite ab und spüre den langen, abgerundeten Umriss des Messers.

Der Reißverschluss wird weiter geöffnet. Bald ist die Person im Zelt. Dann muss ich absolut still liegen. Vorher muss ich das Messer aus der Tasche holen.

So leise ich kann, drehe ich mich ein wenig auf die Seite, um an den Knopf der Tasche zu kommen.

Warum zum Teufel müssen Funktionskleidung und Schlafsäcke immer so verdammt laut rascheln?

Und natürlich ist der Knopf geschlossen und sitzt so fest, dass man beide Hände dafür braucht.

Der Reißverschlussschieber setzt seinen ruhigen Weg entlang der Zahnreihen fort. Das kratzende Geräusch löst sich in seine Bestandteile auf. Ich kann fast hören, wie sich die Öffnung Zahn für Zahn vergrößert.

Mit geballter, verzweifelter Kraft schiebe ich einen Daumennagel zwischen die beiden Teile des Druckknopfes und ziehe mit einer Hand an der Klappe, die andere hält dagegen, und ein *Klick* ist zu hören, als sich der Knopf löst.

Das Geräusch hallt durch das Zelt, und ich liege ganz still und halte den Atem an, unmöglich, dass Jacob es nicht gehört hat.

Aber das leise Kratzen des Reißverschlusses hört nicht auf.

Schnell ziehe ich das Messer aus der Tasche, lege mich vorsichtig hin, die Hand mit dem Messer auf dem Bauch. So kann ich die Klinge ausklappen, ohne dass man es merkt. Glaube ich.

Alles ist still. Bis auf die Atemzüge. Die Person atmet durch die Nase, es klingt angestrengt. Viel Luft soll in die Lungen und wieder hinaus. Der Puls geht schneller.

Natürlich ist es Jacob. Jetzt höre ich es ganz deutlich.

Und es wirkt, als hätte er gerade eine körperliche Anstrengung hinter sich und wäre außer Atem.

Oder … er ist aufgeregt.

Mein Gesicht ist zur Zeltwand gedreht, aber ich sehe ihn vor mir, wie er in der Öffnung kniet und auf mich herabschaut. Er überlegt, wie er die Sache angehen soll.

Ich betaste das Multifunktionsmesser. Mit der anderen Hand drehe ich es um. Wo ist die große Klinge?

Jacob bewegt sich im Zelt, jetzt kann ich ihn auch riechen. Feuchte Kleidung und Ausdünstungen, Schichten von frischem und getrocknetem Schweiß, ein Geruch, der sauer und streng und bitter zugleich ist. Und noch etwas anderes, wahrscheinlich sein ganz eigener Körpergeruch.

Im Schutz meiner leicht gedrehten Haltung ziehe ich eine Klinge halb aus dem Messer und betaste sie mit dem Daumen. Ja, das ist die richtige. Eine zehn Zentimeter lange Messerklinge. Ich klappe sie vollständig aus.

Es ist völlig still im Zelt. Jacob bewegt sich nicht, hält sicher den Atem an.

Hat er etwas gesehen? Hat sich mein Ellbogen bewegt, als ich die Messerklinge ausgeklappt habe?

Die Angst packt mich, unwillkürlich halte auch ich den Atem an, bis mir einfällt, dass ich atmen muss, als ob ich schlafe, ich höre selbst, dass meine Atmung unnatürlich klingt, und ich verfluche mich dafür, dass ich so eine verdammte Amateurin bin, ich warte nur auf den Moment, in dem er sich auf mich stürzt und mir das Messer aus der Hand reißt und es mir an die Kehle drückt.

Du dumme kleine Fotze, glaubst du, ich hätte das nicht bemerkt?

Ich fühle mich machtlos, ich schaffe das nicht, aber da atmet er wieder und bewegt sich, und ich stelle überrascht fest, dass es noch nicht vorbei ist. Er hat nichts bemerkt. Es klingt, als ob er sich auf der Matte neben mir ausstreckt.

Leise nehme ich das Messer in die rechte Hand. Halte es fest umklammert. Lege die linke Hand auf den Boden. Wenn es so weit ist, werde ich mich so schnell wie möglich aufsetzen, mich umdrehen und mit der rechten Hand zustoßen.

Auf das Gesicht zielen, das ungeschützt sein dürfte. Zustoßen, zustoßen, zustoßen.

Ich spüre, wie Jacob sich näher zu mir schiebt, höre seinen Atem immer deutlicher, der an meinem Ohr kitzelt.

Ich hole tief Luft. Jetzt.

Im selben Moment ertönt draußen eine Stimme.

»Jacob?«

Er erstarrt und hält erneut den Atem an.

»Jacob?«

Milena.

Kapitel 34

»Jacob?«

Milena klingt verängstigt, fast flehend.

Du lebst. Gott sei Dank.

Jacob verharrt noch einen Moment, dann seufzt er frustriert, steht auf und kriecht aus dem Innenzelt. Seine Bewegungen sind nicht mehr sanft und heimlich, sondern eher hektisch und laut. Er ist wütend.

Oh, Milena. Gott sei Dank.

Jacob verschwindet im Vorzelt und zieht den Reißverschluss mit einer langen, aggressiven Bewegung hinter sich zu.

RIIIIIIIIIIIIIIIIIIITSCH!

»Was ist denn?« Er klingt, als würde er gleichzeitig flüstern und schreien. Er kriecht aus dem Vorzelt, richtet sich auf, und er und Milena reden gedämpft miteinander.

»Ich habe mich nur gefragt, wo du …«

Jacob unterbricht sie aggressiv.

»Ich suche das Feuerzeug!«

Er sucht nach dem Feuerzeug. Klar doch.

Sie gehen vom Zelt weg, wollen mich wahrscheinlich nicht wecken. Ich kann ihre Worte nicht mehr verstehen, aber der Ton ist unverkennbar. Jacob ist wütend und dominant, Milena klingt abwehrend und flehend.

Ich atme tief durch.

Die akute Gefahr ist vorbei. Ich muss noch nicht richtig um mein Leben kämpfen. Und Milena lebt. Das verbessert meine Chancen erheblich. Jetzt muss ich all meine Energie darauf verwenden, sie auf meine Seite zu ziehen. Wir müssen einen Pakt schließen. Und sie muss genauso wachsam sein wie ich.

Ich klappe das Messer zusammen und stecke es in die Beintasche, dann hole ich es wieder heraus und klappe die Klinge erneut aus. Das Messer sollte immer einsatzbereit sein. Wenn ich um mein Leben kämpfen muss, möchte ich keine kostbaren Sekunden damit vergeuden, es erst ausklappen zu müssen. Ich schiebe das Messer zurück in die Beintasche.

Mein Knie ist wund und schmerzt. Ich knöpfe die Hose auf und befühle es mit der Hand. Ja, die Haut ist aufgeschürft, aber es scheint nicht allzu schlimm zu sein. Meine Fingerspitzen werden feucht, aber das ist auch schon alles. Die Wunde blutet nicht mehr.

Ich krieche aus dem Vorzelt. Mein Knie sticht, aber ich stehe trotzdem auf. Ich ziehe meine Shelljacke an und schließe den Reißverschluss.

Es dämmert, in einer halben Stunde wird es stockdunkel sein. Wir befinden uns hoch oben am Berghang, aber unterhalb des schlimmsten Geröllfeldes. Weit unten fließt der Rapaälven ins Tal. In der Ferne hören wir das Rauschen eines schnell dahinströmenden kleineren Flusses.

Jacob und Milena kochen ein Stück entfernt. Die blaue Flamme des Gasbrenners ist im Halbdunkel deutlich zu sehen. Milena entdeckt mich.

»Anna!« Sie steht auf und kommt auf mich zu. »Wie geht es dir?«

Während sie näher kommt, sehe ich, wie besorgt sie aussieht, wie traurig und müde, wie verloren. Henriks Tod muss natürlich auch für sie ein großer Schock sein. Dazu kommt die Erkenntnis, dass Jacob, ihr Freund, ein lebensgefährlicher Psychopath ist. Dass sie und ich in tödlicher Gefahr schweben.

Denn das musste ihr doch mittlerweile klar sein, oder?

Milena umarmt mich und beginnt leise zu weinen. Ich lege meine Arme um sie. Jacob sieht wachsam zu uns.

Ich habe euch im Blick. Vergesst das nicht.

Wir halten uns gegenseitig, sagen nichts, es muss auch nichts gesagt werden. Oder nein, es gäbe so viel zu besprechen, aber das geht jetzt nicht. Milena weint.

Wir essen im Schein unserer Stirnlampen zu Abend. Es ist fast völlig dunkel. Keiner sagt etwas. Schließlich stelle ich die Frage, die mich die ganze Zeit beschäftigt hat.

»Wie bin ich runtergekommen?«

Jacob und Milena sehen sich an, sie wirken etwas verständnislos.

»Ich weiß noch, dass ich dort oben auf dem Bergrücken weggerannt und gestürzt bin. Dann ist alles schwarz geworden. Und dann bin ich im Zelt aufgewacht.«

Jacob schaut schweigend auf seinen Campingteller, nimmt einen weiteren Bissen. Sein Gesicht ist verschlossen. Milena antwortet.

»Du bist wieder weggerannt.«

»Was meinst du damit?«

»Nach einer Weile bist du aufgewacht, und wir haben dir auf die Füße geholfen. Aber dann bist du wieder weggelaufen.«

»Ich bin wieder weggelaufen?«

»Ja.«

»Wie weit?«

»Bis auf das Plateau. Und als du auf dieser Seite hinunterklettern wolltest, bist du wieder gestürzt.«

Milena wirft Jacob einen Blick zu, und ich habe das starke Gefühl, dass an dieser Geschichte etwas faul ist. Milena fährt fort:

»Du warst ohnmächtig. Wir haben dich ein Stück getragen und dann das Zelt aufgeschlagen.«

Die Art und Weise, wie sie es erzählt. Die Art, wie sie Jacob ansieht. Als ob sie seine Bestätigung sucht.

Sage ich es richtig? Das haben wir doch vereinbart, oder?

Als würde sie eine Lektion wiederholen, die sie auswendig gelernt hat.

Was verbergen sie vor mir? Was ist wirklich während meines Blackouts passiert? Ich esse schweigend und denke angestrengt über mögliche Szenarien nach.

Vielleicht hat Jacob versucht, auch mich zu töten, und Milena hat es verhindern können. Ihre Blicke zu ihm, während sie erzählt, sollen ihn beruhigen, Unterwürfigkeit demonstrieren. Vielleicht lügt sie sich die Geschichte beim Erzählen zusammen. Es scheint, dass sie erkannt hat, wie gefährlich Jacob ist, dass sie versteht, wie wichtig es ist, ihn in Sicherheit zu wiegen.

Aber ich habe das Gefühl, dass auch bei diesem Szenario irgendetwas keinen Sinn ergibt, manche Informationen passen nicht zusammen, aber ich kann nicht herausfinden, welche. Sie sind am Rand meines Bewusstseins und entgleiten mir ständig.

Vielleicht bin ich einfach zu müde, um das Puzzle zusammenzusetzen.

Nach einiger Zeit räuspert sich Jacob, will etwas sagen, und ich höre gespannt zu. Schließlich sagt er sechs Worte:

»Ich habe versucht, ihn zu retten.«

Die Worte hängen in der Luft, und mir ist klar, dass es mit jeder Sekunde, in der sie so stehen bleiben, schwieriger wird, Jacobs Lüge von der Wahrheit zu unterscheiden. Aber es wäre ein großer taktischer Fehler, ihn auf seine Lüge hinzuweisen, ihn direkt zu provozieren, bevor ich Gelegenheit hatte, mit Milena zu sprechen. Wir müssen uns zusammentun und zuschlagen, wenn er es am wenigsten erwartet.

Deshalb bleibe ich ruhig sitzen. Das hier wird Jacob also als seine Wahrheit präsentieren.

Ich habe versucht, ihn zu retten.

Milena und ich wissen, was passiert ist, aber wenn wir immer wieder hören, *ich habe versucht, ihn zu retten*, könnten wir am Ende an dem zweifeln, was wir gesehen haben. Könnte man das Erlebte vielleicht anders interpretieren? Unsicherheit macht sich breit.

Eine der Insignien der Macht, wie der Zepter und der Apfel. Die Fähigkeit, die Grenze zwischen Lüge und Wahrheit zu verwischen.

Milena schluchzt und schaltet ihre Stirnlampe aus. Aus irgendeinem Grund schalte ich meine auch aus. Ein unbestimmter Akt des Mitgefühls, nehme ich an. Milena weint leise, während der letzte Lichtstreifen über den Bergen im Westen erlischt.

Jetzt ist es fast stockfinster. Nur Jacobs Stirnlampe schickt einen Lichtstrahl in die Dunkelheit. Die nächtliche Kälte zieht herauf, ein hungriger Wolf, der am Rand unseres Lagers scharrt.

»Milena, kannst du mir kurz helfen?«, bitte ich. »Ich habe eine Wunde am Knie, die ich mir gern ansehen würde, aber allein ist das schwierig.«

Ein Stück entfernt lehne ich mich an einen großen Felsen. Die Hose habe ich bis über das rechte Knie hochgekrempelt. Ich habe eine Wunde an der Seite des Knies und eine ziemlich hässliche Schramme. Milena hockt vor mir und schneidet im Schein ihrer Stirnlampe ein Pflaster von einer Rolle. Ich reiße ein Wundreinigungstuch auf und wische die Wunde und die Haut um sie herum ab. Es brennt, aber nicht allzu schlimm. Ich halte mein Bein gerade, und Milena klebt das Pflaster auf die Wunde. Während sie es mit den Daumen feststreicht, schaue ich zu Jacob hinüber. Er hat seine Stirnlampe ausgeschaltet; ich glaube, seinen Umriss zu erkennen. Vielleicht hat er sich leise davongeschlichen, um uns im Schutz der Dunkelheit zu beobachten.

Milena sieht zu mir hoch und lächelt schwach.

»So. Fertig.«

»Danke.«

Sie krempelt mein Hosenbein wieder herunter und steht auf. Ich zögere einen Moment, was ist, wenn Jacob aus einer völlig unerwarteten Richtung auftaucht, soll ich es wirklich tun? Aber ich nehme ihre Hände in meine und sehe ihr tief in die Augen. Ich flüstere:

»Milena … wir müssen jetzt zusammenhalten. Er will uns töten.«

Ihre Augen weiten sich. Sie sieht furchtsam aus. Richtig verängstigt sogar.

Aus der Zeugenbefragung von Anna Samuelsson, Personennummer 880 216-3382, 19. September 2019, Krankenhaus Gällivare, durchgeführt von Kriminalinspektor Anders Suhonen.

»Was dachten Sie, als Milena so erschrocken ausgesehen hat?«

Schweigen.

»Ich hatte gehofft, dass sie mir in die Augen sehen und nicken würde, zeigen, dass sie mich verstanden hatte. Dass sie dasselbe dachte und wusste, in welcher Gefahr wir schwebten. Doch das hat sie nicht getan.«

»Nein.«

»Und… ich habe nicht gewusst, ob sie solche Angst vor Jacob hatte, dass sie keinen Widerstand zu leisten wagte, auch wenn das unsere einzige Chance war zu überleben, oder ob sie seiner Gehirnwäsche immer noch so ausgesetzt war, dass sie gar nicht richtig gesehen hatte, was passiert war, als Jacob Henrik von dem Vorsprung gezogen hat.«

»Ja.«

»Ich weiß, dass sie geschrien hat, aber das kann auch in der Sekunde danach gewesen sein. Als Henrik schon fiel. Es ging alles so schnell, und ich konnte kaum begreifen, was ich da sah.«

»Mhm.«

»Aber unabhängig davon war das nicht gut für mich, das war mir klar. Unsere einzige Chance bestand darin, uns gegen Jacob zu verbünden.«

Kapitel 35

Ich liege wieder im Zelt, Milena neben mir. Sie denkt, ich schlafe gerade ein, und versucht zu verbergen, dass sie weint. Sie drückt wahrscheinlich ihr Gesicht in den Schlafsack, aber ich kann ihr gedämpftes Schluchzen trotzdem hören.

Henrik ist tot.

Ich weiß, dass Milena deshalb weint. Aber die Erkenntnis, dass Henrik tot ist, dringt nicht zu mir durch, ist nur eine Tatsache, so wie ich Anna heiße und noch am Leben bin.

Am Leben bleiben, aus dem Sarek herauskommen – das beansprucht gerade meine sämtlichen Ressourcen. Wenn mir das gelingt, dann kann ich um Henrik trauern.

Ich könnte wirklich etwas Schlaf brauchen, um wieder zu Kräften zu kommen, aber mein Körper ist in ständiger Alarmbereitschaft. Bei dem leisesten Geräusch von draußen hebe ich den Kopf, halte den Atem an und lausche aufmerksam. Kommt Jacob, schlitzt er die Zeltwand auf und schlachtet uns beide ab?

Eigentlich ist mir klar, dass das unwahrscheinlich ist. Jacob ist nicht geistesgestört. Er hat uns in seiner Gewalt und will das sicher bis ins Letzte auskosten. Außerdem müsste selbst er nach diesem Tag müde sein. Er schläft wahrscheinlich tief und fest in seinem Zelt.

Milena ist neben mir still geworden. Sie schläft, still wie ein Mäuschen. Milena gehört zu den wenigen Menschen, die keinen Mucks von sich geben, wenn sie schlafen. Der Schlafsack hebt und senkt sich in einem ruhigen, gleichmäßigen Rhythmus.

Ich bin mir immer noch nicht sicher, was sie denkt, aber

wenigstens schlafen wir im selben Zelt. Dass sie bei mir geblieben ist, muss etwas Gutes sein. Sie hat meine Botschaft gehört, und ich hoffe, dass sie bereits wirkt, wie die rote Pille in *Matrix*. Die Pille der Wahrheit.

Den ganzen restlichen Abend waren wir nie mehr als ein paar Meter voneinander entfernt. So will ich es Jacob schwerer machen. Jetzt liegen wir nebeneinander im Zelt, das ist gut.

Doch meine Blase meldet sich immer drängender, das ist ein Problem.

Ich war so darauf konzentriert, nicht von Milenas Seite zu weichen, dass ich mit ihr Zähne geputzt habe und ins Zelt gekrochen bin. Da musste ich noch nicht aufs Klo, aber das ist schon ein paar Stunden her. Jetzt muss ich ständig daran denken.

Ob ich einschlafen und es vergessen kann? Nein. Kurz eindösen, ja, aber mehr nicht.

Die Alternative ist jedoch nicht besonders verlockend. Alleine aus dem Zelt zu schleichen, in Dunkelheit und Kälte. Jacob ist vielleicht wach und wartet genau darauf.

Soll ich Milena wecken und sie bitten, mitzukommen? Das könnte ich tun. Ich stütze mich auf den Ellbogen und sehe in ihre Richtung. Aber dann denke ich daran, wie sie geschluchzt hat. Sie braucht ihren Schlaf heute Nacht mindestens genauso nötig wie ich. Sie ist erschöpft, körperlich und seelisch. Je mehr Zeit sie hat, um sich zu erholen, desto größer ist die Chance, dass sie die Realität erkennt.

Dass wir zusammenhalten müssen, um den Sarek zu überleben.

Habe ich nicht eben noch gedacht, dass Jacob sehr wahrscheinlich tief und fest in seinem Zelt schläft? Ja. Und seit er ins Zelt gekrochen ist, direkt nach uns, habe ich keinen Mucks mehr gehört. Nur das Rauschen des Baches in einiger Entfernung hallt durch die Nacht.

Seit mir klar ist, dass ich tatsächlich pinkeln muss, wird das Bedürfnis immer drängender. Ich habe keine Wahl. Mein Körper hat für mich entschieden.

Wenn man sich unbemerkt aus einem Zelt stehlen will, muss man es vor allem langsam tun. Ich rede mir ein, dass es dreißig Minuten dauern kann oder fünfundvierzig, falls nötig. Jetzt muss ich Geduld haben.

Langsam, ganz langsam, öffne ich den Schlafsack, ziehe die Beine heraus. Wie eine Schlafwandlerin drehe ich mich auf der Isomatte und schiebe mich näher an den Reißverschluss des Innenzelts, um den Arm nicht zu weit strecken zu müssen und dabei zu verkrampfen.

In Zeitlupe fange ich an zu ziehen, viel langsamer als Jacob vor ein paar Stunden. So langsam, dass Milena nicht aufwachen und Jacob im anderen Zelt nichts hören wird. Es dauert einige Minuten, ich muss zwischendurch auch mal die Position wechseln. Schließlich ist das Zelt offen, und Kälte dringt durchs Vorzelt hinein.

Daran habe ich nicht gedacht. Milena könnte von dem eisigen Wind aufwachen. Das Risiko muss ich eingehen. Falls sie aufwacht, kann ich ihr immer noch bedeuten, still zu sein oder sie fragen, ob sie mit nach draußen kommen will.

Auf allen vieren krieche ich vorsichtig durch die Öffnung, immer noch wie eine Schlafwandlerin. Mein Knie schmerzt bei jeder Bewegung. Im Vorzelt taste ich nach meinen Stiefeln und ziehe sie leise an.

Es ist anstrengend, etwas langsam zu tun, und ich bin ein wenig außer Atem. Dabei habe ich erst die Hälfte geschafft. Ich bewege mich vorsichtig zum äußeren Reißverschluss hin, den ich ebenfalls in Zeitlupe öffne und dabei noch mehr aufpasse, dass Jacob nichts hört.

Milena scheint trotz des kalten Luftzugs, der durch die Öffnung hereinkommt, immer noch tief zu schlafen. Sie hat sich nicht bewegt, keinen Ton von sich gegeben.

Ich überlege, ob ich die Reißverschlüsse hinter mir schließen soll. Nein, der innere kann offen bleiben, den äußeren sollte ich zuziehen, damit die Zeltwand bei einer Windböe nicht laut flattert.

Soll ich Klopapier mitnehmen? Ich weiß, wo mein Rucksack im Vorzelt steht, aber wo genau ist die Klopapierrolle? Ich müsste viele Druckknöpfe und Reißverschlüsse öffnen. Und wenn das niemand hören soll, werde ich lange brauchen.

Nein. Heute Abend muss es ohne Papier gehen.

Der Nachthimmel ist klar und wolkenlos. So viele Sterne habe ich noch nie gesehen. Der Himmel ist übersät damit. Überall sind Sterne, manche nah, manche fern. Manche leuchten hell wie eine Hundert-Watt-Birne, manche funkeln schüchtern. Die Milchstraße ist ein weißlicher Streifen, wie Fischlaich im Kosmos. Milliarden von Sternen, in Milliarden von Galaxien.

Es ist so schön und außergewöhnlich, dass ich für einen Moment vergesse, dass ich in Lebensgefahr schwebe. Ich lasse den Reißverschlussschieber los, blicke zu den Sternen hinauf und bin demütig angesichts dieser Unendlichkeit.

So sollte es im Sarek sein. Wegen solcher Momente sind wir hierhergekommen. Doch dann ist es ganz anders gekommen.

Jetzt krieche ich vorsichtig auf allen vieren aus dem Vorzelt. Mit der gleichen unendlichen Geduld schließe ich die Öffnung so weit, dass die Zeltplanen nicht flattern können.

Endlich im Freien.

Ich stehe auf, strecke mich, das Knacken einiger Wirbel ist wahrscheinlich das lauteste Geräusch, das ich von mir gegeben habe, seit ich aus dem Schlafsack gekrochen bin. Aber ich bin erleichtert. Der schwierigste Teil ist geschafft.

Mit vorsichtigen Schritten schleiche ich mich von den Zelten weg. Meine Augen haben sich an die Dunkelheit gewöhnt, und das Sternenlicht ist wie eine verhangene Nachtlampe. Zu meiner Rechten ragen schwarze Umrisse auf, kantige schwarze Pappstücke, die den Nachthimmel verdecken. Der Skårki und die anderen Gipfel. Die Gletscher leuchten schwach, als ob sie fluoreszieren würden.

Hinter einem Felsen knöpfe ich die Hose auf und gehe in die Hocke. Endlich.

Dann höre ich einen Zeltreißverschluss, der geöffnet wird. Sofort schlägt mein Herz schneller, die Nackenhaare stellen sich auf.

Vorsichtig stehe ich auf, ziehe die Hose wieder hoch und knöpfe sie zu. Ich lausche mit angehaltenem Atem. Die Stille heult in meinen Ohren, lange. Nichts ist zu hören.

Doch. Da ist es wieder.

Zwei Reißverschlüsse wurden geöffnet, und jetzt höre ich Schritte, die sich nähern. Ich hole das Messer aus der Beintasche.

Die Schritte verstummen, ich höre ein leises Knacken, dann erahne ich in einiger Entfernung den indirekten Schein eines Lichtstrahls. Er hat seine Stirnlampe eingeschaltet. Es wird heller, dann dunkler und wieder heller. Jacob, er muss es wohl sein, dreht den Kopf hin und her, sucht das Gelände ab.

»Anna?« Ein lautes Flüstern, ein Kompromiss zwischen zwei unvereinbaren Zielen. Ich soll ihn hören, aber Milena soll nicht aufwachen.

Ja, es ist Jacob.

Wie zur Hölle hat er mich hören können, als ich das Zelt verlassen habe? Ich war doch so still. Unmöglich. Er muss darauf gewartet haben, dass ich aufstehe.

Jacob will mich für sich allein. Ohne Milena, die mich ablenkt. Und mir ist klar, dass ich ihm eine einmalige Chance gegeben habe. Aber was hätte ich tun sollen?

Vielleicht lieber in den Schlafsack pinkeln, als Milena zurückzulassen.

Die Schritte kommen näher, der Lichtstrahl wandert über den großen Felsen, hinter dem ich mich verstecke. Ich hebe das Messer, bereit zuzustechen, meine Beine zittern vor Anstrengung und Angst, und mit Müh und Not kann ich das Schluchzen in meiner Kehle zurückdrängen.

Guter Gott, bitte mach, dass er mich nicht findet.

Ich habe solche Angst. So schreckliche Angst.

Die Schritte verstummen wieder.

»Anna?« Wieder ein lautes Flüstern. Es klingt, als stünde er genau auf der anderen Seite des Felsens. Ich kann nicht ruhig atmen, das hört er ganz sicher.

Ich halte es nicht mehr aus.

Ich renne davon.

In voller Panik rase ich wieder blindlings geradeaus, kümmere mich nicht darum, wie laut ich bin. Steine rutschen weg, ich stolpere, und mein plötzlicher Ausbruch erwischt Jacob eiskalt.

»Verdammt«, höre ich ihn wütend hinter mir zischen.

Ich renne so schnell ich kann und es wage, aber bei jedem Schritt sticht mein Knie, ich humple über Geröll und Steine. Der Schmerz bremst mich aus. Jacob hat den Felsen umrundet, und der Lichtstrahl seiner Stirnlampe durchbricht erst die Dunkelheit zu meiner Linken, dann zu meiner Rechten, dann hat er mich im Visier. Der Lichtstrahl brennt wie Feuer auf meinem Rücken.

Fuuuck.

Schwere Schritte hinter mir, als er die Verfolgung aufnimmt. »Anna, verdammt noch mal! Bleib stehen!«

Ich versuche, im Zickzack zu rennen, bin wie ein Hase, der von einem Fuchs verfolgt wird, aber ein verwundeter Hase, der keine echte Chance hat.

Jacob kommt mit jedem Schritt näher.

Das Rauschen des Bachs wird lauter, ich laufe offenbar darauf zu. Ich habe ihn mir eher lieblich und ganz in der Nähe unseres Zeltplatzes vorgestellt, doch als das Rauschen des Wassers immer lauter und mächtiger wird und ich ihn immer noch nicht sehen kann, wird mir klar, dass es sich um ein größeres Gewässer weit weg von den Zelten handeln muss.

Ein viel größeres.

Ich laufe nicht mehr im Zickzack, um dem Lichtstrahl auszuweichen, Jacob ist so nah, dass er mich sowieso sieht, außerdem kann er sich nach seinem Gehör orientieren. Stattdessen laufe ich geradeaus, so schnell ich kann, das Adrenalin betäubt den Schmerz in meinem Knie.

Der Fluss ist eine Möglichkeit. Ich muss ihn erreichen, bevor Jacob mich einholt. Je größer und mächtiger er ist, desto mehr Chancen habe ich. Vielleicht schaffe ich es auf die andere Seite, vielleicht wird Jacob vom Wasser umgeworfen.

Ich halte das Messer immer noch in der Hand und durchschneide bei jedem Schritt die Luft.

»Bleib stehen!«, schreit Jacob mir nach. Wahrscheinlich denkt er, dass das Rauschen des Wassers ihn übertönt und Milena im Zelt ihn nicht mehr hören kann.

Er ist dicht hinter mir. Verdammt dicht.

Ich versuche, schneller zu laufen, riskiere, ständig zu stolpern, aber Jacob darf mich nicht einholen. Ich höre nicht nur seine Schritte hinter mir, sondern auch seinen keuchenden, schweren Atem. Der Sprint macht sogar ihm zu schaffen. Trotzdem kommt er immer näher. Es kann nur noch eine Frage von Sekunden sein. Auf den letzten Metern scheint er noch einmal alles zu geben.

Der Fluss dröhnt immer lauter, wie gewaltige Stromschnellen, feuchte Kälte schlägt mir ins Gesicht. Als es abwärts geht, spüre ich Jacobs Finger, die nach meiner Jacke greifen wollen.

Neeein.

Ich taumle und reiße mich los, doch er stolpert und fällt direkt auf meine Beine, sodass auch ich das Gleichgewicht verliere, und wir beide den Abhang hinunterrollen. Ich fange mich mit den Händen ab und schürfe mir die Handflächen auf, aber ich merke es kaum, denn Jacob ist es gelungen, einen Arm um mein Bein zu schlingen. Verzweifelt versuche ich, mich zu befreien, doch das Bein steckt fest. Wir stürzen nicht mehr, wir kämpfen um Leben und Tod, ich merke, dass ich das Messer beim Sturz fallen gelassen habe.

Scheiße Scheiße Scheiße.

Jacob umklammert mit dem anderen Arm meine Taille, ich fühle mich wie im Griff einer Krake oder von zehn Boas, aber ich spüre seinen Kopf zu meiner Rechten und ziehe den Arm so weit wie möglich nach links und verpasse ihm mit verzweifelter Kraft einen Ellenbogenstoß gegen die Schläfe.

Aaahhhh!

Ich höre mich selbst stöhnen, es fühlt sich an, als wäre mein Arm gebrochen, Sterne tanzen vor meinen Augen, und mir ist übel, doch Jacobs Griff lockert sich für einen Moment, und das reicht, um auf die Beine zu kommen und zu den Stromschnellen hinunterzustolpern.

Denn es sind wirklich Stromschnellen, vielleicht sieben oder acht Meter breit. Die Wassermassen rauschen ohrenbetäubend und mit brutaler Kraft über die Steine. Ich kann die Tiefe nicht abschätzen, aber es wäre reiner Selbstmord, in der Dunkelheit hindurchgehen zu wollen.

Ich zögere. Wie möchte ich sterben? Im Fluss ertrinken oder von Jacob erschlagen werden?

Hinter mir höre ich, wie er sich aufrappelt.

Ertrinken, keine Frage. Ich wate ins Wasser, die ersten Schritte sind durch einige große Felsen geschützt, doch dann komme ich in die eigentlichen Stromschnellen und kann kaum den Fuß aufsetzen, weil die Strömung so furchtbar stark ist.

Jacob stolpert hinter mir her.

Ich gehe weiter, das Wasser reicht mir jetzt über die Stiefel, ein eiskalter Schraubstock um jeden Fuß. Es wird immer tiefer, die Strömung reißt und zerrt an mir, und alles in mir schreit, dass ich umkehren soll, dass ich sterben werde, aber die Angst vor Jacob ist größer. Deshalb zwinge ich mich weiter, Schritt für Schritt, taumle auf gut Glück vorwärts, und das kann natürlich nicht gut gehen.

Ich verliere das Gleichgewicht.

Und werde von der starken Strömung mitgerissen, so leicht wie ein Herbststurm ein trockenes Blatt vom Boden aufwirbelt. Die Kälte ist ein Schock, greift mich von allen Seiten gleichzeitig an und raubt mir den Atem. Unter der Oberfläche habe ich keine Orientierung, weiß nicht, was oben oder unten ist. Ich werde immer schneller, bis …

Rums.

Ein schwerer, dumpfer Aufschlag, der aus dem Inneren des Körpers bis in die Trommelfelle hallt. Ich bin mit dem Rücken gegen einen großen Felsbrocken geprallt. Vollbremsung. Ein neuer, heftiger Schmerz, der von der Wirbelsäule ausstrahlt, es fühlt sich an, als ob etwas gebrochen wäre.

Ich bestehe nur noch aus Schmerz. Der Ellbogen, die Kälte, der Rücken. All das raubt mir die Kraft.

Das Wasser drückt mich gegen den Felsen, während es gleichzeitig an mir reißt. Ich werde gegen den Felsen geschleudert und herumgedreht, und plötzlich ist mein Kopf über dem Wasser und meine Füße auf dem Grund.

Ich öffne den Mund, spüre jedoch keinen Unterschied. Meine Lunge schreit immer noch nach Luft. Ich bin überrascht. So atmet man doch, oder? Man öffnet einfach den Mund? Oder habe ich etwas vergessen? Dann lässt der Kälteschock nach, und endlich kann ich meine Lungen wieder füllen.

Einatmen ausatmen einatmen ausatmen einatmen ausatmen einatmen ausatmen einatmen ausatmen.

Ich schnappe nach Luft, schlinge sie geradezu hinunter, doch allmählich atme ich ruhiger.

Einatmen. Ausatmen. Einatmen. Ausat…

Aus dem Augenwinkel sehe ich, dass etwas auf mich zukommt, ich weiche zurück, doch zu spät, Jacob packt mich mit beiden Händen, zieht mich von dem Felsen weg und drückt mich unter Wasser.

Und ich gebe auf.

Niemand kann sagen, dass ich mich nicht gewehrt hätte. Ich habe ihm einen guten Kampf geliefert. Aber ich bin ihm unterlegen.

Ich darf mich ausruhen. Ich entspanne mich, kämpfe nicht mehr gegen Kälte und Schmerz, und wisst ihr, was?

Es ist wunderschön, wunderschön.

Jacob hält mich unter Wasser, und ich fühle mich schwerelos, als würde ich schweben. Sein Griff fühlt sich plötzlich fast zärtlich an, wie der eines Vaters, der seine kleine Tochter in den Armen hält und sie herumwirbelt.

Keine Angst, kein Hass, kein Kampf. Warum habe ich so lange gebraucht, um das zu erkennen? So kann das Leben also auch sein. Mit dem Strom schwimmen. Warum habe ich mein Leben nicht so gelebt? Warum dieses ständige Streben nach etwas Besserem, nach Leistung, nach Maximierung?

Wer weiß. Vielleicht wäre ich sogar glücklich geworden.

Ich denke an Henrik, an Erik, an Papa.

Papa hält mich unter Wasser. Er versucht, mich kleinzuhalten, wie schon mein ganzes Leben lang, und meine alte Wut kommt wieder hoch. Ich weiß, dass er mich ertränken will.

Vergiss es, alter Mann.

Ich taste mit der Hand unter Wasser, berühre ein Knie. Schlinge den Arm um seinen Unterschenkel, stemme den Fuß gegen den Felsen. Stoße mich ab.

Kapitel 36

Ich schaffe es, Papa umzustoßen, er brüllt wie ein wütender Bär, als er unter Wasser verschwindet, und es ist nicht Papas Stimme, sondern die von jemand anderem, wie heißt er noch mal? Er lässt mich los, wer auch immer er ist, und ich werde von der Strömung mitgerissen.

Doch jetzt kämpfe ich nicht mehr dagegen an. Unter Wasser erkenne ich, dass die Stromschnellen mir nichts Böses wollen. Sie sind meine Freunde. Ein wenig tollpatschig vielleicht, sie könnten mich versehentlich verletzen, aber dennoch meine Freunde. Wie Frankensteins Monster.

Jacob. So heißt er.

Ich lasse mich mitreißen und mache sogar ein paar Schwimmzüge, um noch schneller zu werden. Wenn Jacob wieder an die Oberfläche kommt, möchte ich so weit wie möglich weg sein. Vorstehende Felsen verlangsamen mich, schlagen mich, versuchen, mich zu verletzen. Irgendwann werde ich nicht weitergetrieben, und ich muss ein paar Schritte in die tiefe Mitte gehen. Mein Gesicht ist zerkratzt, vielleicht blute ich, aber das ist mir egal. Ein paar Schritte in die Stromschnellen hinein, dann entspanne ich mich und lasse die Strömung die Arbeit machen.

Es ist ein Spiel mit dem Tod, das mein Leben retten kann. Und ich habe gar keine Angst mehr. Im Gegenteil, ich fühle mich seltsam belebt. Ich habe mich damit abgefunden, dass ich sterben werde, und jetzt ist jede zusätzliche Minute ein Bonus. Dann kann ich auch noch ein bisschen Spaß haben, bevor es zu Ende geht.

Ich taumle flussabwärts, ich weiß nicht, wie lange, aber ich genieße es, vielleicht ist es keine *Aktivität* mehr, sondern ein *Lebensstil,* doch plötzlich verschwinden der Boden und das Wasser unter mir, hm, das ist ein neues Gefühl, ich scheine in der Luft zu schweben, und genau das tue ich auch

Ein Wasserfall, nur einen Meter hoch oder so.

Das reicht, um mich zu verletzen.

Verdammte Scheiße.

Ich lande auf der Schulter und stoße mir den Kopf, schürfe mir den Oberkörper an einer Seite auf und bleibe regungslos an einem großen Felsen liegen, halb im Wasser.

Kurz ruhe ich mich aus, vielleicht aber auch eine Viertelstunde oder eine Stunde. Ich habe das Gefühl für Zeit und Raum verloren. Ich spähe hinauf in die Dunkelheit, lausche auf ungewöhnliche Geräusche. Erwarte halb, dass Jacob über die Kante fällt, wie ich, ein schwarzer Umriss vor dem Sternenhimmel.

Aber Jacob kommt nicht.

Ich weiß, dass ich Glück gehabt habe. Bei der Landung hätte ich mir leicht ein Bein oder einen Arm brechen können. Ich hätte mir den Kopf stoßen und bewusstlos unter die Wasseroberfläche sinken können. Ich bin eiskalt, habe blaue Flecken und blute überall ein bisschen, aber ich lebe.

Mein einziges Problem ist meine Schulter. Weh tut sie eigentlich nicht, ich habe nirgends richtige Schmerzen, aber ich kann sie nicht bewegen, meinen Arm auch nicht. Sie scheint ausgekugelt zu sein.

Erst einmal habe ich genug vom Wasser, ich krieche an Land und stehe auf. Als ich mich ansehe, die zerrissene Kleidung und die Schrammen, die blutende Wunde an meinem Kopf betaste, das warme Blut an den tauben Fingerspitzen spüre, wundere ich mich, dass ich keine Schmerzen habe. Ich fühle mich immer noch euphorisch und völlig unbesiegbar. Ein unglaubliches Gefühl.

Ich gehe flussaufwärts. Mein Arm hängt kraftlos herunter, aber ich merke es kaum. Ich will dem Fluss bis zu der Stelle folgen, an der Jacob und ich miteinander gekämpft haben. Von dort finde ich hoffentlich zurück zu den Zelten. Und dann? Schwer zu sagen. So weit kann ich nicht im Voraus denken.

Ist Jacob am Leben? Ich schaue hinunter ins Wasser und hoffe, einen Arm oder ein Bein zu sehen, das leblos aus dem Wasser ragt. Jacob unnatürlich verdreht auf einem Felsbrocken, mit eingeschlagenem Schädel. Aber ich lasse den Blick auch um mich herum schweifen. Vielleicht hat er es aus dem Wasser geschafft und liegt jetzt auf der Lauer.

Meine durchnässten Kleider werden in der Kälte dieser sternenklaren und kalten Nacht allmählich steif und sind immer unbequemer beim Laufen. Seltsamerweise ist mir überhaupt nicht kalt. Im Gegenteil, mir ist warm, ich schwitze fast.

Ich habe keine Ahnung, wie lange ich schon unterwegs bin, aber ich sollte bald an der Stelle sein, an der wir miteinander gekämpft haben. Richtig? Es ist immer noch stockdunkel, nur die Sterne weisen mir den Weg, und es könnte schwierig werden, die Stelle zu finden. Meinetwegen könnte gern die Morgendämmerung heraufziehen.

Ich schaue nach Osten. Und sehe einen Lichtstreifen am Horizont, noch schmal, aber: ein Streifen.

Ich habe um die Morgendämmerung gebeten, und jetzt kommt sie.

Ich bin der Schöpfer des Universums, die Herrin über Sonne, Erde und Mond.

Ihr sollt keine anderen Götter neben mir haben.

Der schwarze Himmel wird im Osten schwarzblau, dunkelblau, tiefblau, kobaltblau. Die Morgendämmerung verschlingt die Sterne der Nacht, einer nach dem anderen verblassen sie. Ich gehe weiter nach oben, langsamer, den Blick auf den Boden gerichtet. War es hier? Oder da vorne?

Dunkelheit und Sternenlicht werden zu bläulichem Halbdunkel. Die Landschaft tritt vor meinen Augen hervor.

Plötzlich bleibe ich stehen. Ich kenne mich wieder aus. Hier hat sich der Fluss etwas tiefer in den Berghang geschnitten, der Boden fällt etwas mehr zum Wasser hin ab. Könnte es hier gewesen sein? Ich gehe den Hang hinauf, weg von den reißenden Stromschnellen, bleibe stehen und schaue mich um.

Ja. Vielleicht. Der Hang erstreckt sich einige Hundert Meter den Berg hinauf, am Wasser entlang. Der Boden ist vollständig mit Gesteinsbrocken bedeckt, Jacob und ich haben also keine Spuren hinterlassen. Weder hier noch anderswo.

Ich gehe weiter, doch dann fällt mir etwas Rotes ins Auge, das sich von dem schwarz-grauen Felsenmeer abhebt. Die bläuliche Morgendämmerung ist gerade hell genug, um den Farbunterschied zu erkennen. Wäre es etwas dunkler gewesen, hätte das Rot auch schwarz ausgesehen.

Es ist das Messer. Das Multifunktionsmesser.

Alles fügt sich zusammen. Es ist kaum zu glauben. Die verblassenden Sterne stehen genau richtig an diesem klaren, kalten Morgen, der mein letzter sein könnte. Aber zumindest scheint der Sarek dafür sorgen zu wollen, dass ich eine ehrliche Chance gegen Jacob habe. Ihm gewachsen bin. Der Sarek hat mir aus den Stromschnellen geholfen, und jetzt hat er mir das Messer gezeigt.

Vielleicht will der Sarek aber auch nur einen ausgeglichenen Kampf sehen.

Ich hebe das Messer auf. Als ich mich aufrichte, ist mir schwindlig. Der zügige Marsch am Wasser entlang fordert seinen Tribut. Ich lasse mich mit weichen Knien auf den Boden sinken, um zu Atem zu kommen. Der Arm ist immer noch gefühllos, als hätte ich eine ganze Nacht darauf geschlafen. Als ich mit der anderen Hand nach dem Unterarm greife und ihn auf meinen Schoß lege, fühlt er sich wie ein fremdes Stück Fleisch an. Mir ist vage bewusst, dass das kein gutes Zeichen ist, aber ich habe keine Schmerzen, also mache ich mir keine Sorgen.

Es soll niemand sagen, dass ich nicht im Moment lebe.

Ich schwitze immer noch. Eigentlich möchte ich auch gerne meine zerrissene, blutige Hose ausziehen, die mir nutzlos um die Beine flattert. Aber dann müsste ich erst meine Stiefel abstreifen, und das schaffe ich nicht.

Ich möchte mich einfach nur auf die kalten Steine legen und eine Weile ausruhen. Vielleicht ein wenig schlafen. Aber mir ist klar, dass ich damit eine leichte Beute für Jacob wäre. Ich kämpfe gegen den Drang an.

Lange sitze ich so da und denke, dass ich aufstehen und weiter zu den Zelten gehen sollte. Aber mein Körper will mir nicht gehorchen, er meutert, das Gehirn wird zu einem Organ von vielen degradiert. Die Hierarchie in mir ist völlig flach. Der Oberschenkelmuskel bestimmt genauso wie das Gehirn.

Steh auf und geh weiter oder stirb hier.

Kapitel 37

Im rechten Winkel gehe ich von den schäumenden Stromschnellen weg. Taumle voran, so erschöpft, dass ich kaum die Füße heben kann. Es war eine harte Nacht. Für Jacob aber auch. Er ist sicher gerade auch nicht in Topform, wenn er überhaupt noch lebt.

Schon nach wenigen Minuten sehe ich die Zelte im Licht der Morgendämmerung, einige Hundert Meter entfernt am Berghang. Sie stehen dicht beieinander, fast, als würden sie sich gegenseitig zum Schutz vor dem unbarmherzigen Berg festhalten. Weder Milena noch Jacob sind zu sehen.

Ich gehe ein kurzes Stück weiter, bis ich mich in den Schutz eines großen Felsblocks stellen kann. Ich atme tief durch, lege mir verschiedene Pläne zurecht, je nachdem, was da drüben bei den Zelten passiert. Zögern könnte mich das Leben kosten.

Okay. Los.

Ich schleiche zu den Zelten. Soll ich versuchen, Milena zu wecken und sie zum Mitkommen zu bewegen?

In welchem Zelt liegt sie?

Was ist, wenn Jacob aufwacht?

Ist Jacob überhaupt in einem der Zelte?

Schon jetzt gibt es zu viele Optionen. Ich gehe noch einmal die möglichen Szenarien durch:

Ich schleiche zu den Zelten. Versuche, meine Sachen zu finden. Wo ist mein Rucksack?

Ich spähe um den Felsen herum. Der Rucksack ist nirgends

zu sehen. Haben sie ihn in eins der Vorzelte gezogen? Wenn ja, in welches?

Ich habe eine vage Erinnerung daran, dass Milena und ich in dem einen Zelt geschlafen haben und ich zum Pinkeln hinausgeschlichen bin. Aber gleichzeitig finde ich, dass das andere Zelt wie meines und Henriks aussieht.

Wo also ist mein Rucksack?

Und wo ist Jacob?

Reiß dich zusammen, Anna. Konzentrier dich.

Ich versuche es noch einmal:

Ich schleiche zu den Zelten.

Ich schleiche zu den Zelten.

Ich schleiche zu den Zelten.

Weiter komme ich nicht, unmöglich, ich bin zu müde, weiße Punkte tanzen vor meinen Augen, obwohl ich an dem Felsen lehne. Leise fange ich an zu weinen, weil ich merke, dass es vorbei ist. Ich kann einfach nicht mehr.

Ich schleiche zu den Zelten. Das ist mein ganzer Plan. Und natürlich wird das nicht reichen, Jacob wird sich auf mich stürzen und mich töten, aber dann ist es eben so. Ich kann nicht mehr.

Ich schniefe und wische mir die Tränen von den Wangen. Da wird mir klar, dass ich etwas in meiner gesunden Hand halte – das Messer. Das hatte ich ganz vergessen. Ich habe das Gefühl, dass ich den Griff selbst dann nicht lockern könnte, wenn ich es versuchen würde.

Ich gehe weiter. Die Angst verdrängt die Erschöpfung, zumindest ein wenig, zumindest vorübergehend. Irgendwo in meinem Körper war offenbar noch ein kleiner Spritzer Adrenalin. Meine Knie fühlen sich nicht mehr ganz so schwach an wie gerade noch. Meter für Meter nähere ich mich den Zelten, lasse sie nicht aus den Augen, achte auf jede Bewegung. Ich lausche angespannt. Aber nirgends ist ein Lebenszeichen.

Entweder schlafen Milena und Jacob, oder sie sind nicht da.

Ich schleiche zu dem Zelt, von dem ich glaube, dass es mir und Henrik gehört. Bleibe davor stehen, das Messer im Anschlag. Das Herz klopft in der Brust, und ich atme leise mit offenem Mund. Es sieht nicht so aus, als läge jemand darin. Nirgends ist die Zeltwand ausgebeult.

Ich beuge mich vor und lausche aufmerksam. Es ist völlig still. Sollte ich nicht zumindest Atemzüge hören?

Es scheint wirklich niemand da zu sein.

Ich schleiche um das Zelt herum, auch von hinten ist es nicht ausgebeult, nichts ist zu hören.

Ich gehe zum Vorzelt, das ordentlich geschlossen ist. Ich muss den Reißverschluss aufziehen, um zu sehen, ob mein Rucksack drinnen steht. Lautlos wird das kaum möglich sein, aber ich habe keine Wahl.

Ich denke wirklich, dass das Zelt leer ist, aber wenn ich mich irre, werde ich in einer halben Minute mit Jacob um mein Leben kämpfen.

Ich greife nach dem Schieber und schaffe es, das Messer dabei festzuhalten. Vorsichtig ziehe ich, doch die Zeltwand ist zu schlaff, mit einer Hand funktioniert es nicht. Ich muss versuchen, mit der anderen dagegenzuhalten.

Leise gehe ich auf die Knie, aber mit der rechten Kniescheibe stoße ich gegen einen kleinen, spitzen Stein.

Aaaaahhh … Verdammt …

Ich stöhne leise auf, als der Schmerz von meinem Knie hochschießt und mir schwindelig wird. Mühsam halte ich mich aufrecht. Falls jemand im Zelt liegt, dürfte er jetzt wach sein. Mit der benutzbaren Hand lege ich die andere an die untere Zeltkante und schiebe sie zwischen Daumen und Zeigefinger. Ohne auf die Geräusche zu achten, ziehe ich den Reißverschluss hoch.

Es ist leer. Das Vorzelt ist leer.

Auch der Zugang zum Innenzelt steht offen, niemand liegt darin.

Der Rucksack mit allem, was ich zum Überleben brauche, muss in dem anderen Zelt sein.

Und im selben Moment höre ich, wie der Reißverschluss am anderen Zelt geöffnet wird.

Jetzt kommt Jacob und holt dich.

Mit verzweifelter Energie kämpfe ich mich wieder auf die Beine und stehe gerade noch rechtzeitig auf, um zu sehen, wie Milena aus dem anderen Zelt kriecht, aufsteht und mich mit wildem, entsetztem Gesichtsausdruck anstarrt.

Gott sei Dank, es ist Milena.

Ich stolpere auf sie zu.

»Wo ist Jacob?«, zische ich, doch sie sieht mich nur völlig verängstigt an.

»Er hat in der Nacht versucht, mich umzubringen«, fahre ich fort und versuche, ruhig und gefasst zu klingen, aber ich keuche vor Anspannung. »Ist er nicht zurückgekommen? Weißt du, ob er tot ist?«

Milena starrt mich und das Messer in meiner Hand an und schüttelt langsam den Kopf.

»Hör mir jetzt zu«, ich atme tief durch, versuche, mich zu beruhigen, vergeblich. »Jacob hat in der Nacht versucht, mich zu töten, du und ich, wir müssen jetzt zusammenhalten, sonst haben wir keine Chance, verstehst du? Wir müssen zusammenhalten, falls er zurückkommt, aber zuerst müssen wir alles zusammenpacken, was wir brauchen, und so schnell wie möglich von hier verschwinden …«

Ich verstumme.

Aus dem Zelt dringen Geräusche.

Ein Wildschwein oder ein Bär kämpft sich nach draußen, das ganze Zelt wackelt und droht einzustürzen. In der nächsten

Sekunde drängt sich Jacob aus der Öffnung, bleibt mit einer Schulter stecken. Er zieht das ganze Zelt mit, als er aufsteht, schüttelt es einfach ab und rennt auf mich zu. Alles in einer einzigen Bewegung, in wenigen Augenblicken.

Zwei Meter groß, vielleicht hundert Kilo schwer, stürmt Jacob auf mich zu.

Ich reiße das Messer hoch, und als er sich auf mich wirft, stoße ich es ihm seitlich in den Brustkorb. Die Klinge dringt bis zum Anschlag ein.

Wir taumeln rückwärts, sein schwerer Körper fällt auf mich, wir stürzen zu Boden, und ich komme mit voller Wucht auf meinem nutzlosen Arm zu liegen, der *Knack* wie ein trockener Ast bricht. Festgeklemmt liege ich unter Jacob und habe das Gefühl, als würde meine ganze Brust zusammengedrückt.

Keine Luft.

Kann nicht atmen.

Von den Rippen sind nur noch Splitter übrig, ich schaffe es, das Messer aus Jacobs Brustkorb zu ziehen und stattdessen in seinen Hals zu stechen, doch der Stich ist zu schwach oder Jacobs Halsmuskeln sind zu stark und zäh, jedenfalls rutscht die Klinge wirkungslos ab.

Gott, gib mir Luft.

Luft.

Milena steht über uns gebeugt und versucht, Jacob von mir wegzuziehen, aber er ist zu schwer und stark, ich will erneut zustechen.

Ich kann nicht, bin zu schwach.

Mit ebenso magerem Ergebnis, aber es scheint trotzdem weh getan zu haben, denn er legt die Hand in den Nacken und dreht sich zur Seite, und da kann ich ihn von mir herunterstoßen.

Endlich Luft.

Ich rolle mich auf die Knie und fülle meine Lungen mit Luft, während ich heftig huste, ich stelle einen Fuß auf, will mich aufrichten.

Muss hier weg.

Aber dann spüre ich Jacobs Hand an meinem Schienbein, er zieht daran, ich stürze, und das Messer fällt mir aus der Hand.

Nein, nein, nein!

»Hilf mir«, keuche ich und sehe zu Milena auf, »hilf mir.« Und dann ist Jacob wieder über mir, schwer und stark und blutig. Er packt mich an den Haaren und schlägt meinen Kopf auf den Boden, einmal, zweimal, dreimal. Mein Kopf explodiert vor Schmerz, und ich kann nichts mehr sehen, alles ist nur noch rot und gelb und pulsiert, aber ich spüre, wie er mich auf den Rücken dreht, dann setzt er sich rittlings auf mich. Seine großen Hände greifen nach meinem Hals. Meine Sicht klärt sich, und Milena sieht mich an, gelähmt vor Angst.

»Hilf mir«, flüstere ich wieder, und dann drückt Jacob zu.

Mit aller Kraft.

Ich bekomme keine Luft mehr.

Es knackt und knirscht in meinem Hals.

Ich glaube, er hat etwas gebrochen.

Mit rotem Gesicht starrt er auf mich herab, die Adern treten an seinen Unterarmen hervor. Mit der guten Hand versuche ich, wenigstens seinen Finger zu greifen, um seinen eisenharten Griff aufzubrechen, aber vergeblich. Ich könnte genauso gut versuchen, ein Vorhängeschloss mit den Händen auseinanderzureißen.

In Jacobs Blick liegt mörderische Entschlossenheit. Nicht einmal Hass, Hass wäre menschlich, nein, es ist etwas Animalisches, etwas Ursprüngliches.

Jetzt. Jetzt wirst du sterben.

Kapitel 38

Wir wanken den Berg hinunter zum Rapaälven. Der Morgen ist klar und kalt, es wird ein schöner Tag werden. Schön und unbarmherzig wie der Sarek selbst.

Ich habe schreckliche Kopfschmerzen. Wahrscheinlich eine Gehirnerschütterung. Meine Kehle fühlt sich immer noch wie zugeschnürt an, und wenn ich schlucke, brennt sie wie eine offene Wunde. Überall am Körper habe ich Schürfwunden. Die Schulter ist ausgekugelt, der Arm gebrochen. Die Röhrenknochen liegen ungefähr beim Ellbogen übereinander, und der untere drückt gegen die Haut.

Aber ich lebe. Das hätte ich nicht gedacht.

Milena läuft hinter mir. Sie ist nicht so schwer verletzt wie ich, aber sie hat eine ziemlich hässliche Schnittwunde am Hals.

Am Ende hat sich Milena für eine Seite entschieden. Und wie.

Mir war schwarz vor Augen geworden, ich war für eine Weile ohnmächtig. Als ich wieder aufwachte, spürte ich Jacobs Gewicht nicht mehr auf mir. Ich richtete mich halb auf und sah ihn ein Stück entfernt leblos auf dem Boden liegen.

Ein seltsamer Stock ragte aus seinem Kopf.

Mein Blick war leicht verschwommen. Mühsam stand ich auf und ging ein paar Schritte auf die Leiche zu.

Aus Jacobs Kopf ragte ein Griff heraus.

Der Eispickel.

Und Milena hatte nicht nur einmal auf ihn eingeschlagen. Der halbe Kopf bestand nur noch aus Hirnmasse, Blut, Haaren und

Knochenfragmenten. Das Gesicht war unversehrt und hatte einen seltsam friedlichen Ausdruck. Eine Kulisse, die den Abgrund dahinter verbarg.

Milena ging rastlos auf und ab und zitterte am ganzen Körper. Ich ging zu ihr, wollte den Arm um sie legen, doch sie entzog sich mir immer wieder. Als hinge ihr Leben davon ab, dass sie ständig in Bewegung blieb. Blut sickerte aus der Wunde an ihrem Hals, und ich zwang sie, ihre Hand daraufzulegen, bis ich Verbandszeug geholt hatte. Sie ließ mich die Wunde verpflastern, zitterte aber immer noch unkontrolliert.

Ich wollte nicht eine Minute länger als nötig an diesem Ort bleiben. Natürlich war mir klar, dass Jacob tot war. Doch ich wagte es kaum, den Blick von seiner Leiche abzuwenden. Ich hatte Angst, dass er sich gegen jede Logik erheben und wieder auf mich stürzen würde, während ihm die Hirnmasse aus dem Schädel quoll.

Wir mussten das Nötigste zusammensuchen und von hier verschwinden. So bald wie möglich.

Und ich musste mir etwas anderes anziehen. Was ich anhatte, war zerrissen. Ich bat Milena um Hilfe, und diese konkrete Aufgabe schien sie zurückzuholen. Sie kramte frische Kleidung aus meinem Rucksack, schnürte meine Stiefel auf und zog sie mir zusammen mit der Hose aus.

Beim Anziehen der frischen Kleider brauchte ich Hilfe, mein gebrochener Arm war im Weg. Doch mit Konzentration und Umsicht gelang es Milena, mir Unterhemd, Shirt und Shelljacke überzuziehen. Sie half mir auch mit der Mütze. Ich lächelte dankbar, und sie erwiderte das Lächeln schwach.

Mein Kopf schien immer noch zu zerspringen.

Wir packten das Zelt zusammen, das von Henrik und mir. Auch hier war ich keine große Hilfe, Milena führte meine Anweisungen aus. Wir ließen alles da, was nicht unbedingt notwendig war, da ich den Rucksack nur auf meiner gesunden Schulter tragen konnte. Jacobs Gaskocher packte Milena in ihren Rucksack.

Beim Packen liefen wir hin und her, und ich behielt Jacob die ganze Zeit im Augenwinkel. Ich wollte sichergehen, dass er sich nicht bewegte.

Schließlich waren wir bereit zum Aufbruch. Zurück ließen wir ein Zelt, eine Leiche und einen Eispickel.

Wir stolpern den Berg hinunter, gehen jetzt über Gras. Hier wächst Weidengebüsch und die eine oder andere knorrige Birke, die ihre rheumatischen Äste verdreht. Die Sonne scheint von einem wolkenlosen Himmel, wärmt allerdings nicht. In der Luft liegt herbstliche Kühle.

Ich friere. Zu den Kopf- und Halsschmerzen gesellt sich ein bohrender Schmerz in der Schulter und im gebrochenen Arm, der in einem unerträglichen Crescendo immer stärker werden wird.

Wir halten an, und ich krame die Plastiktüte mit den Medikamenten aus einer Seitentasche. In meiner Campingtasse löse ich in Wasser aus einem nahen Bach zwei Aspirin auf und nehme zur Sicherheit auch noch eine Ibuprofen. Keine Ahnung, ob die Kombination gut oder schlecht ist oder ob ich Nierenschäden oder etwas anderes riskiere, aber egal. Das nehme ich gern in Kauf, wenn die Tabletten den Schmerztsunami aufhalten können, der auf mich zurollt.

Wir haben beide keinen Hunger. Ich weiß, wir sollten etwas essen, vor allem etwas Warmes, nicht zuletzt ich. Aber wir sind zu müde, um jetzt den Gaskocher aufzubauen. Das muss warten.

Ich hole einen Energieriegel aus dem Rucksack und biete Milena die Hälfte an. Sie murmelt, dass ihr schlecht ist, und erbricht ein paar Speichelfäden ins Gras. Sie muss ihren Magen schon öfter entleert haben. Vielleicht als ich ohnmächtig war und sie auf Jacob eingestochen hat.

Sie sieht wirklich erschöpft aus. Ich flöße ihr etwas Wasser ein, dann legt sie sich ins Gras und schließt die Augen. Wahrscheinlich sollten wir vor einer längeren Pause noch ein Stück weitergehen, aber ich setze mich auch hin, es ist so verlockend. Milena scheint auf der Stelle eingeschlafen zu sein. Ich lasse den Rucksack von der Schulter gleiten, er fällt zur Seite.

Ich sollte mich nicht hinlegen, das weiß ich. Das Risiko einzuschlafen, ist zu groß. Wir müssen weitergehen. Ich werde mich also definitiv nicht hinlegen.

Oder ich könnte mich hinlegen, ohne die Augen zu schließen. Ein Kompromiss. Aber auf gar keinen Fall werde ich die Augen schließen, das schwöre ich.

Vorsichtig lasse ich mich nach hinten sinken. Jede kleinste Bewegung, jeder kleine Stoß gegen meinen Arm und die Schulter tun so weh, dass mir schwarz vor Augen wird. Wie Blitze aus der Gewitterwolke des Schmerzes.

Aber schließlich liege ich und blicke in den klaren blauen Himmel. Vorsichtig atme ich ein, um mich keinen Millimeter zu bewegen. Keine Ahnung, wie ich wieder aufstehen soll. Der Schmerz lässt etwas nach, die Kopfschmerzen sind schwächer geworden, weniger stechend. Mir ist kalt, aber das ist gut, dann schlafe ich nicht so leicht ein. Ich liege still und schaue in den Himmel.

Auf gar keinen Fall darf ich die Augen zumachen.

Als ich aufwache, ist es bereits Nachmittag. Die blasse Herbstsonne steht anders am Himmel als zuvor. Mir ist so kalt, dass ich zittere.

Alarmiert versuche ich, mich schnell aufzusetzen, aber der gebrochene Arm protestiert, und ich sinke mit einem lang gezogenen Stöhnen zurück auf den Boden. Wenigstens kann ich den Kopf heben und mich umsehen. Milena liegt immer noch neben mir.

Okay. Mein Puls beruhigt sich. Vielleicht ist es keine Katastrophe, dass wir ein paar Stunden geschlafen haben, nach der Nacht, die wir beide hatten. Und dem Tag zuvor …

Henrik ist tot.

In den letzten zwölf Stunden habe ich mich so sehr auf mein eigenes Überleben konzentriert, dass ich den Gedanken zurückdrängen konnte. Jetzt trifft mich die Erkenntnis mit voller Wucht. Henrik, mein Verlobter und bester Freund seit fast zehn Jahren, ist tot.

Der Schock ist fast so stark wie bei seinem Sturz in die Tiefe.

Henrik, ermordet von Jacob.

Ich fange an zu weinen, weil mir kalt ist und mein Arm höllisch wehtut, und weil Henrik tot ist. Ich schluchze laut und verzweifelt, fühle mich völlig verlassen und schutzlos. Alles bricht über mich herein.

Man sollte sich nicht selbst bemitleiden, habe ich immer gesagt, sondern etwas an der Situation ändern oder die Dinge so akzeptieren, wie sie sind. Aber jetzt tue ich mir selbst leid. Und habe allen Grund dazu, wie ich finde.

Ich weine und schluchze eine Weile, bis mir klar wird, dass Milena mich hören könnte. Wie schon bei Henrik weiß ich, dass es von mir abhängt, ob Milena und ich hier lebend herauskommen, also reiße ich mich zusammen. Ich will nicht, dass sie sieht, wie mich der Mut verlässt. Ich hebe den Kopf und sehe wieder zu ihr hinüber. Sie liegt immer noch da, fast leblos.

In unserer Freundschaft war ich immer die Starke, die Aktive, die Optimistische. Und diese Rolle hat immer noch Macht über mich, zwingt mich, ihr zu folgen.

Vielleicht ist es nur Eitelkeit. Doch die könnte uns helfen, das hier zu überleben. Mit unendlicher Anstrengung setze ich mich auf und drehe mich zu ihr.

»Milena?«

Keine Reaktion.

Jetzt mache ich mir langsam Sorgen. Ich wälze mich auf die Knie und überlege, ob ich auf allen vieren zu ihr kriechen soll, doch das würde sicher so weh tun, dass ich ohnmächtig werde. Also stehe ich auf wackeligen Beinen auf und gehe zu ihr hinüber.

»Milena?«

Sie ist sehr blass. Das große Pflaster an ihrem Hals ist rot und durchweicht und hat sich am Rand gelöst. Ihr Hals ist rot, das Gras unter ihrem Kopf dunkel und feucht.

»Milena!«

Ich sinke neben sie, ziehe das Pflaster leicht ab und sehe nach. Ja, die Wunde ist offen, blutet aber nicht mehr.

Ich fühle ihre weiße Stirn. Sie ist eiskalt.

»Milena! Milena!«

Ich lege die Finger an ihre unverletzte Halsseite, um ihren Puls zu fühlen. Für einen Moment glaube ich, ein paar schwache Schläge zu spüren, und ich beginne mit Mund-zu-Mund-Beatmung, beuge mich über sie, als wollte ich sie zurück ins Leben küssen, und blase ihr Luft in den Hals.

»Wach auf, Milena! Komm schon … wach auf!«

Keine Reaktion. Sie liegt immer noch da, blass, kalt und unbeweglich. Ich mache weiter, ohne Erfolg. Am Hals spüre ich keinen Puls mehr, ich versuche es am Handgelenk, zitternd und leicht panisch suche ich mit den Fingerspitzen nach der kleinsten Bewegung, der kleinsten Vibration.

Nichts.

Ich versuche es mit Herzmassage, lege meine gesunde Hand auf ihren Brustkorb und drücke dagegen. Doch ich habe keine

Kraft, der gebrochene Arm behindert mich. Ich stupse Milena nur leicht an, und dabei schmerzt meine Schulter höllisch.

Milena, du kannst mich nicht verlassen.

Ich versuche es noch einmal mit Mund-zu-Mund-Beatmung. Und Herzmassage.

Die Dämmerung zieht herauf, und ich weiß nicht, wie lange ich schon versuche, Milena wiederzubeleben. Doch solange ich nicht die Hoffnung aufgebe, ist sie noch nicht tot. Erst wenn ich aufgebe, stirbt Milena wirklich. Dann gibt es kein Zurück mehr, dann werden wir uns nie wieder SMS schreiben, nie wieder gemeinsam zu Mittag essen und die jährliche Tour im Fjäll planen, uns nie wieder am Stockholmer Hauptbahnhof treffen, um den Zug ins Abenteuer zu nehmen. Nie wieder werden wir uns am Fuß eines mächtigen Bergs einen Topf Minestrone mit Nudeln teilen. Nie wieder gemeinsam über eine Bemerkung von Henrik lachen, der von irgendeinem Ausrüstungsgegenstand schwärmt.

In diesem Moment wird Milena, meine liebe alte Freundin, Teil meiner Vergangenheit. Und das fühlt sich unerträglich an.

Du kannst mich nicht verlassen.

Irgendwann kann ich nicht mehr. Seit Stunden knie ich neben ihr und versuche, ihr Leben einzuhauchen, jetzt setze ich mich mühsam auf den Hintern. In meinem Kopf dreht sich alles, ich schließe die Augen und atme tief durch. Ich glaube, ich werde ohnmächtig, aber der Schwindelanfall geht vorbei.

Als ich meine Augen wieder öffne, blicke ich auf den Sarek. Das Rapadalen liegt unter mir im Schatten, aber einige schneebedeckte Gipfel auf der anderen Seite glänzen noch wie Gold in der Abendsonne.

Schön und unbarmherzig.

Ich nehme Milenas Hand, sie ist eiskalt. Aber es ist immer

noch so, als würden wir das gemeinsam erleben. Ein letzter Moment der Zweisamkeit. Ich sehe sie an. Sie sieht friedlich aus.

»Milena …« Ich stocke und drücke ihre Hand, versuche, mein Schluchzen zu unterdrücken. Erst nach einer Weile kann ich weitersprechen.

»Ich muss dich jetzt verlassen, weil ich Hilfe holen muss. Aber ich werde zurückkommen. Ich verspreche, dass ich zurückkomme. Du darfst also nicht sterben. Versprich mir, dass du weiterkämpfst.«

Ein letzter Akt der Selbsttäuschung, um sie zurücklassen zu können. Manchmal muss der Selbsterhaltungstrieb seltsame Umwege nehmen.

Erst jetzt fällt es mir ein: Jacobs GPS-Tracker, das Notfalltelefon. Warum haben wir ihn nicht mitgenommen?

Gott, wie dumm.

Ich hätte hierbleiben und Hilfe rufen können.

Wir wollten einfach so schnell wie möglich von Jacobs Leiche weg, von seinem zertrümmerten Schädel. Wir haben nicht gründlich genug nachgedacht und den Tracker vergessen.

Ich überlege, ob ich noch einmal zurückgehen soll, aber … nein. Es ginge bergauf, und ich muss meine Kräfte schonen. Würde ich in meinem benommenen Zustand überhaupt den Weg zurück finden? Und dann ist da noch die völlig irrationale Sorge.

Was, wenn der Irre noch am Leben ist?

Nein. Ich will nicht.

Es ist besser, zum Fluss hinunterzugehen und ihm nach Osten, in Richtung Aktse, zu folgen.

Es dauert ewig, den Rucksack wieder aufzusetzen. Dann erst wird mir klar, dass ich mehr Schmerztabletten hätte nehmen sollen. Ich hatte so starke Schmerzen in der Schulter und im Arm und an hundert anderen Stellen, dass ich bezweifelt habe, ob sie überhaupt geholfen haben. Jetzt lässt die Wirkung nach, und mir wird klar, wie sehr sie die Schmerzspitzen abgemildert haben. Mein Kopf fühlt sich an, als würde er gleich platzen. Bei der kleinsten Erschütterung in meinem gebrochenen Arm werden meine Knie weich.

Aber ich kann den Rucksack nicht wieder abnehmen, um die Tabletten herauszuholen. Dann bin ich in einer Stunde immer noch hier. Vielleicht für immer. Ich muss los.

Ein letzter Blick auf Milena, dann stolpere ich hinunter zum Rapaälven.

Aus der Zeugenbefragung von Anna Samuelsson, Personennummer 880 216-3382, 19. September 2019, Krankenhaus Gällivare, durchgeführt von Kriminalinspektor Anders Suhonen.

»Wie weit sind Sie an dem Tag gekommen?«

»Ich weiß es nicht.«

»Das muss ja der Tag vor dem gewesen sein, an dem man Sie gefunden hat, oder?«

»Ja. Ich habe es bis hinunter … Ich war fast am Fluss.«

»Und da haben Sie unter freiem Himmel geschlafen?«

»Ja, im Schlafsack. Aber ich war ziemlich übel dran.«

»Mhm.«

»Und ich hatte den Gaskocher vergessen, als ich Milena zurückgelassen habe, sodass ich nichts kochen konnte. Aber ich hätte sowieso keine Kraft gehabt. Ich habe ein paar Nüsse und Brot gegessen und Wasser getrunken.«

»Und Sie hatten Schmerzen?«

»Ja, sehr starke. Ich konnte kaum schlafen und war nicht richtig bei mir.«

»Ja.«

»Jetzt fällt es mir auch schwer, mich zu … Ich glaube, ich habe in der Nacht geträumt, dass ich am Fluss entlanggegangen bin und ein paar

Wanderer getroffen habe. Und als es dann am nächsten Tag wirklich passiert ist, war es wie eine Wiederholung.«

»Ein Déjà-vu.«

»Genau. Aber irgendwie auch nicht richtig. Es war wie zwei Versionen eines Ereignisses, sie glichen einander, aber sie waren nicht genau gleich.«

»Ja.«

»Ich kann es nicht erklären.«

»Das ist auch nicht wichtig. Am nächsten Tag gehen Sie also weiter und treffen beim Berg Nammásj auf ein deutsches Paar, Robert und Steffi Zimmer, mit ihrem Tracker setzen sie einen Notruf ab. Ungefähr eine Stunde später werden Sie mit dem Ambulanzhubschrauber geholt.«

»Ja. An den Hubschrauber kann ich mich schwach erinnern.«

»Mhm. Eins frage ich mich allerdings …«

Schweigen.

»Haben Sie vielleicht irgendetwas nicht ganz korrekt erzählt?«

»Nein.«

»Ich verstehe. Denken Sie noch mal nach.«

Schweigen.

»Ja … Nein, ich wüsste nicht, was das sein könnte.«

»Ich wollte nur fragen. Wir haben ja jetzt zwei Tage miteinander gesprochen, und ich habe gemerkt, dass es Ihnen immer besser geht. Körperlich haben Sie sich unglaublich gut erholt, das muss ich sagen. Sie haben wirklich viel Kraft.«

»Möglich.«

»Und da denke ich, dass Sie vielleicht am Anfang etwas erzählt haben, woran Sie sich jetzt im Nachhinein klarer erinnern, und es war eigentlich doch etwas anders, als zuerst gedacht. Gibt es da etwas?«

»Nein.«

»Okay …«

Schweigen.

»Sind wir fertig?«

»Nein, noch nicht ganz. Ich würde gern zu dem Morgen zurückgehen, an dem Jacob gestorben ist, damit ich auch ganz sicher alles richtig verstanden habe.«

»Ja, natürlich.«

»Sie sagten, Sie hätten einen Blackout gehabt.«

»Ja. Weil Jacob mich gewürgt hatte.«

»Darüber denke ich gerade nach … Sie haben öfter von einer Erinnerungslücke gesprochen, wenn Sie sich unsicher waren, was genau in einer Situation passiert ist.«

»Nein.«

»Doch, zum Beispiel …«

»In der letzten Nacht war es so, ja.«

»Mhm.«

»Sonst nicht.«

Schweigen.

»Sie haben auch gesagt, dass Sie nicht mehr wissen, wie Sie von dem Berg heruntergekommen sind. Nach Henriks Absturz.«

»Ja … nein. Das ist nicht dasselbe.«

»Nicht?«

»Nein. Ich bin gestürzt und habe mir das Knie aufgeschlagen, und vor Schmerz bin ich ohnmächtig geworden. Das ist nicht dasselbe wie eine Erinnerungslücke.«

»Mhm …«

»Das meint man doch nicht mit einer Erinnerungslücke, oder? Wenn man ohnmächtig wird?«

»Nein. Lassen Sie uns noch einmal auf ein paar Punkte zurückkommen, damit ich auch ganz sicher richtig verstehe, was Sie meinen, Anna.«

»Das können wir gern tun.«

»Gut. Wie gesagt, ich will noch einmal zurück zu dem Morgen, an dem Jacob gestorben ist. Sie hatten einen Blackout oder eine Erinnerungslücke oder wie auch immer. Könnte auch noch etwas anderes passiert sein, was das Geschehene erklären könnte? Fällt Ihnen da etwas ein?«

Schweigen.

»Lassen Sie sich Zeit.«

Schweigen.

»Anna?«

»Nein. Es war so, wie ich es erzählt habe.«

»Mhm. Der zentrale Punkt für mich ist, dass Milena Jacob getötet hat. Während Sie einen Blackout hatten. Ihre Version ist also eine Hypothese.«

»Aber anders kann es nicht gewesen sein.«

Schweigen.

»Ich interpretiere das so, dass Sie dazu nichts weiter zu sagen haben?«

»Ja.«

»Dann lassen Sie mich Ihnen Folgendes erzählen. Wir haben Milena gefunden. Sie lebt.«

Schweigen.

»Milena lebt?«

»Ja.«

Schweigen.

»Und ihre Version der Ereignisse unterscheidet sich in einigen wesentlichen Punkten von Ihrer.«

Zwei Tage zuvor

Aus der Zeugenbefragung von Milena Tankovic,
Personennummer 871 121-0140,
17. September 2019, Krankenhaus Gällivare,
durchgeführt von Kriminalinspektor Anders Suhonen.

»Hallo, Milena, mein Name ist Anders Suhonen.«

Schweigen.

»Ich habe nur ein paar Fragen, dann können Sie sich ausruhen.«

»Haben Sie Anna gefunden?«

»Ja. Sie lebt.«

Schweigen.

»Stimmt es, dass Sie gemeinsam mit Anna Samuelsson, Henrik Ljungman und Jacob Tessin unterwegs waren?«

Schluchzen.

»Milena?«

Schluchzen.

»Ja.«

»Und Sie und Anna kennen sich seit der Universität, richtig?«

»Ja.«

»Und Henrik kennen Sie auch schon lange?«

Schluchzen. Schweigen.

»Milena? Sie kennen Henrik von früher?«

Schweigen.

»Henrik kenne ich schon länger als Anna.«

UPPSALA, OKTOBER 2009

Heute ist der erste richtige kalte Herbsttag, seit ich im August nach Uppsala gezogen bin. Der warme Sommer hat noch bis in den September angehalten, dann wurde es kühler, ist aber sonnig geblieben. Heute Nacht hat es zu regnen begonnen, und jetzt schüttet es erbarmungslos. Die ersten gelben Blätter kleben auf den nassen Gehsteigen. Der Himmel ist dunkelgrau, und heute wird es sicher nicht richtig hell.

Normalerweise fahre ich mit dem Rad zu den Vorlesungen im Ekonomikum. Ich wohne in Norby, am Stadtrand von Uppsala, aber in dem schönen Herbstwetter bin ich gerne geradelt. Heute nehme ich zum ersten Mal den Bus. Ich trage meinen leuchtend gelben Regenmantel aus gummierter Baumwolle. Ich hatte mich im Laden in die Farbe verliebt, doch jetzt fühle ich mich jedes Mal ein bisschen unwohl, wenn ich ihn trage. Er zieht zu viele Blicke auf sich. Aber wahrscheinlich bilde ich mir das nur ein.

Im Bus ist es warm, die Fenster sind beschlagen. Es riecht nach feuchter Wolle und Heizung. Noch gibt es freie Plätze, es ist noch ein gutes Stück bis ins Zentrum. Als der Bus abfährt, setze ich mich auf einen Fensterplatz und hole mein Lehrbuch für Verfassungsrecht heraus. In der heutigen Vorlesung geht es um die Grundlagen der Redefreiheit. Ich blättere zu dem entsprechenden Kapitel und überfliege die Seiten.

Ein junger Dozent hält die Vorlesung, Henrik Ljungman,

von ihm hatte ich schon vor dem ersten Termin gehört. Es hieß, dass die meisten Vorlesungen der alten Knacker so langweilig waren, dass davon die Uhren stehen blieben, Henrik Ljungmans Unterricht dürfe man hingegen nicht verpassen. Er hatte bereits einen Vortrag zur Pressefreiheitsverordnung vor uns gehalten, und der hatte die Vorschusslorbeeren bestätigt. Er war wirklich brillant.

Als er in dem voll besetzten Hörsaal vor Hunderten von erwartungsvollen Jurastudenten zum Rednerpult ging, hatte ich eine leichte Enttäuschung empfunden. Sollte das wirklich der berühmte Henrik Ljungman sein? Es hieß, er sei erst siebenundzwanzig, aber er sah älter aus. Ich saß sogar ziemlich weit vorne, hätte ihn aber auch von da aus eher für vierzig gehalten. Sein Gesicht war durchschnittlich, und er wirkte leicht verbissen, fast schon erschöpft, als er seinen Laptop aus der Tasche zog. Doch dann begann er zu sprechen, und plötzlich erwachte er zum Leben, seine Begeisterung für das Thema ließ ihn geradezu leuchten. Seine Stimme war dunkel, klangvoll und angenehm. Er bewegte sich selbstbewusst vor uns und sah dabei fast jünger aus, als er war. Seine Sprache war anschaulich und voller Leben, mit einer fast schon kindlichen Freude am Formulieren, sein Humor trocken und selbstironisch, und einige Male war der ganze Hörsaal in Gelächter ausgebrochen.

Henrik ist einer der Autoren des Lehrbuchs für Verfassungsrecht, das ich gerade im Bus lese, und ich freue mich auf die Vorlesung.

Der Bus hält an einer Haltestelle in Eriksberg, und ein paar Fahrgäste steigen zu. Es wird voll, doch der Sitzplatz neben mir bleibt frei. Ich blicke nicht von meinem Buch auf, als sich jemand neben mich setzt. Aus dem Augenwinkel sehe ich eine dunkle Hose und höre, wie jemand seinen Regenschirm im Mittelgang ausschüttelt. Der Bus fährt weiter Richtung Zentrum. Vom Lesen, der Hitze und dem Geruch nach nasser Wolle ist mir leicht übel, und ich hebe den Kopf, damit sich mein Magen beruhigt. Rasch werfe ich der Person neben mir einen Blick zu.

Das ist er doch? Henrik Ljungman?

Ja, ich glaube schon. Er sitzt leicht abgewandt da, sodass ich mir nicht ganz sicher bin, und zu auffällig will ich ihn auch nicht anstarren. Aber ich glaube wirklich, dass es Henrik ist.

Und ich sitze neben ihm mit seinem Buch aufgeschlagen auf den Knien. Bestimmt hat er es gesehen, als er sich gesetzt hat. Hat er sich deshalb abgewendet? Weil er nicht in ein Gespräch mit einer Fremden verwickelt werden will?

Ich überlege, das Buch einzupacken, aber das wäre auch irgendwie eine Bestätigung, dass ich ihn erkannt habe und mir die Situation unangenehm ist. Es wäre fast schon unfreundlich. Deshalb mache ich gar nichts und blicke weiter starr geradeaus, damit mir nicht wieder schlecht wird. Und der Mann neben mir dreht sich ein wenig und sieht ebenfalls nach vorn. Ja, es ist Henrik Ljungman. Er lächelt mir bescheiden, fast ein wenig schuldbewusst zu, und ich erwidere das Lächeln.

»Ein sehr gutes Buch«, sage ich nach einer gefühlten Ewigkeit. Fällt mir wirklich nichts Besseres ein? »Ein sehr gutes Buch.« Vor Scham werde ich rot. Er schweigt so lange, dass ich mich frage, ob er überhaupt noch antworten wird.

»Danke«, sagt er endlich. Wieder herrscht Stille. Henrik scheint genauso nach einer schlagfertigen Antwort zu suchen wie ich.

»Fahren wir zur selben Vorlesung?«, fragt er schließlich.

Wir unterhalten uns, über das schreckliche Wetter, den

Bus und wo wir wohnen. Henrik ist gerade erst von Stockholm nach Uppsala gezogen und wohnt in Eriksberg. Ich erzähle, dass ich aus Norrköping komme und zur Untermiete bei einem Rentnerehepaar in Norby wohne. Es schüttet immer noch, als wir am Slottsbacken umsteigen, und Henrik bietet mir an, mit unter seinem Regenschirm zu gehen. Ich lehne ab, da ich ja meinen Regenmantel habe, freue mich aber über die Geste. Als wir ins Ekonomikum eilen und uns vor dem Hörsaal trennen, sage ich noch, dass ich mich auf die Vorlesung freue und dass die letzte wirklich toll war. Henrik lächelt breit und sieht sehr jung aus.

Aufgeregt setze ich mich neben meine neue Freundin Anna und warte darauf, dass Henrik ans Rednerpult kommt. Ich erzähle ihr, dass ich mit Henrik Ljungman zusammen Bus gefahren bin und wir uns fast die ganze Fahrt unterhalten haben. Sie wirkt weder besonders interessiert noch besonders beeindruckt.

Anna und ich haben uns bei der obligatorischen Erstsemesterveranstaltung zum Semesteranfang kennengelernt und angefreundet. Wir sind in derselben Studiengruppe und bereiten zusammen die Seminare vor. Anna ist immer fröhlich und positiv und voller Energie. Sie ist meine erste richtige Freundin in Uppsala.

Es regnet mehrere Tage lang ununterbrochen, und jeden Morgen nehme ich den Bus zur Uni, wo ich in den großen Schutzräumen im Keller lerne.

Meistens treffe ich Henrik morgens im Bus, es fühlt sich an, als wären wir schon Freunde. Ich denke nicht mehr daran, dass er Dozent ist und ich Studentin. Dass wir beide neu in Uppsala sind, macht uns gleich und bietet viele Gesprächsthemen. Der ständige beißende Wind, der durch die Stadt fegt. In welcher Studentenverbindung man am Sonntagnachmittag am besten Kaffee trinken kann. Wie man sich in der traditionsreichen Universitätsbibliothek Carolina Rediviva zurechtfindet.

Ich erzähle ein wenig von meiner Kindheit und Jugend in Norrköping, dass meine Eltern vor dem Balkankrieg geflohen sind und es für sie immer selbstverständlich war, dass ich in unserem neuen Heimatland die Möglichkeiten einer höheren Bildung nutze.

Henrik erzählt, dass ihn einige ältere Kollegen am Institut ablehnen und für einen Emporkömmling halten, der irgendwie in das Fach hineingerutscht ist und plötzlich seinen Doktor hatte. Ich tröste ihn damit, dass man unter den Studenten ausschließlich über ihn redet. Das freut ihn, auch wenn er es zu verbergen versucht.

Eines Morgens steige ich nicht wie gewohnt am Slottsbacken um und erkläre, dass ich mit meiner Studiengruppe ein Seminar im neuen Juridicum vorbereiten muss. Das stimmt zwar, aber erst in zwei Stunden. Ich lege meine Busfahrten mittlerweile so, dass ich Henrik treffe.

Eines Morgens sprechen wir über Sehenswürdigkeiten in Uppsala, die wir noch nicht gesehen haben. Ich erzähle ihm, dass ich noch nicht im Dom war, Henrik hingegen schon. Am Wochenende will er zu einem Konzert gehen, Mozarts Requiem. Er hält einen Moment inne, scheint zu zögern. Doch dann fragt er mich, ob ich mitkommen will. Ich bin verblüfft und freue mich und sage schnell, dass ich ihn gern begleite.

Je näher der Sonntag rückt, desto nervöser werde ich. Unsere Bekanntschaft im Bus hat zufällig begonnen, vielleicht können wir deshalb so ungezwungen miteinander reden? Inzwischen ist es kein Zufall mehr, dass wir uns fast jeden Morgen im Bus sehen, für Henrik vielleicht auch nicht, aber wir konnten wenigstens so tun, als ob. Jetzt stellt sich die Frage, ob wir bei so etwas wie einem Date genauso entspannt sein können.

Ich hätte mir keine Sorgen machen müssen. Die Nervosität legt sich, sobald wir durch die mächtigen Türen des Doms treten. Ich liebe die hohen Gewölbedecken, den besonderen Geruch nach alten Holzmöbeln, Gesangbüchern und Kerzen, das gedämpfte Licht und den feierlichen Nachhall. Und ein Blick auf Henrik verrät mir, dass es ihm genauso geht. Wir müssen gar nicht viel sagen, wir finden es beide schön und sind froh, den Moment mit jemandem teilen zu können.

Die Bänke füllen sich, Henrik und ich müssen zusammenrutschen. Wir sitzen dicht beieinander. Die Musiker und der Chor nehmen ihre Plätze ein. Ich lehne mich leicht zu Henrik und zeige auf eine Studentin, die ich bei den Sopranstimmen entdecke. Er erkennt sie nicht und fragt leise nach ihrem Namen. Wir lehnen uns aneinander. Ich rieche sein dezentes Männerparfüm, spüre seine Körperwärme.

Als das laute Murmeln des Publikums verstummt und die Kirchenglocken läuten, muss ich mich fast zwingen, nicht nach Henriks Hand zu greifen.

Das Orchester und der Chor setzen ein. Es ist großartig und würdevoll, traurig und schön. Die Musik ist zeitlos, genauso wie der Kirchenraum, in dem wir sitzen. Es liegt etwas Tröstliches in der Tatsache, dass schon lange vor meiner Geburt Menschen in diesen Kirchenbänken gesessen und Mozarts Requiem gehört haben, und dass sie das auch noch lange nach meinem Tod tun werden.

Nach dem Konzert trinken wir ein Bier und essen ein warmes Sandwich bei der Snerikes Nation, der Verbindung der Studenten aus Södermanland und Nerike, dann gehen wir durch den dunklen Park vor dem Universitätsgebäude zum Bus. Ich erzähle, dass ich in ein paar Wochen im neu gebauten Konzerthaus der Stadt Melissa Horn sehen werde. Sie hat gerade ein neues Album herausgebracht und ist auf Tour. Seit der Veröffentlichung vor einem Monat habe ich die CD ununterbrochen gehört.

Henrik kennt Melissa Horn nicht. Ich erkläre ihm, dass sie eine schwedische Singer-Songwriterin ist. Henrik weiß nicht, was ein Singer-Songwriter ist. Ich frage ihn, ob er ein Instrument namens »Gitarre« kennt. Henrik sieht besorgt aus, scheint nachzudenken. Ja, er glaubt, schon mal davon gehört zu haben. Ob das dieses gebogene Messingding ist? Ich lache darüber, dass er Melissa Horn nicht kennt, er weiß kaum etwas über Popmusik und lässt sich bereitwillig auslachen. Ich bin nicht einmal nervös, als ich ihn frage, ob er zu dem Konzert mitkommen will. Henrik lächelt mich an und sagt, dass er nachsehen wird, ob er Zeit hat, und dass das schön klingt. Wir tauschen unsere Handynummern aus.

Bevor er aussteigt, umarmen wir uns.

»Ich bin froh, dass du mitgekommen bist«, sagt Henrik mit seiner dunklen, warmen Stimme.

»Ich bin auch wirklich froh, dass du mich gefragt hast«, antworte ich und werfe ihm einen langen, lächelnden Blick zu, als er aufsteht und zu den Bustüren geht.

Zu Hause in meinem tristen, nach Keller riechenden Zimmer ziehe ich Jacke und Mütze aus und betrachte mich im Wandspiegel. Ich kann nicht aufhören zu lächeln. Ich werde Melissa Horn sehen, und Henrik wird wahrscheinlich mitkommen, und während des Konzerts werde ich es vielleicht wagen, seine Hand zu nehmen, vielleicht steht er auch hinter mir und legt plötzlich die Arme um mich, und nach dem Konzert fragt er mich, ob ich mit zu ihm kommen und noch einen Tee trinken möchte, und dann sitzen wir auf dem Sofa in seinem kleinen Wohnzimmer und küssen uns. Sogar das Sofa sehe ich vor mir, ein ziemlich hässliches Ledersofa.

Ich muss immerzu an Henrik denken. Ich mag ihn so sehr. Und ich glaube, er mag mich auch.

Aus der Zeugenbefragung von Milena Tankovic, Personennummer 871 121-0140, 17. September 2019, Krankenhaus Gällivare, durchgeführt von Kriminalinspektor Anders Suhonen.

»Sie kennen Henrik also schon genauso lange wie Anna? Sogar noch länger?«

»Ja.«

»Ich verstehe. Und Jacob Tessin ist Ihr Freund?«

Schweigen.

»Ja.«

»Wissen Sie, wo sich Henrik und Jacob gerade aufhalten?«

Schweigen. Schluchzen.

»Sie sind tot.«

»Henrik und Jacob sind tot?«

»Ja.«

»Sind Sie sich ganz sicher?«

»O Gott …«

Schluchzen.

»Er ist gesprungen.«

»Wer ist gesprungen?«

»Henrik.«

Kapitel 39

Vor mir ist der Abgrund, und Jacob klettert bereits nach unten. Zu beiden Seiten der schmalen Kante, die auf die andere Seite führt, geht es Hunderte Meter im freien Fall nach unten. Meine Knie werden weich, und ich muss ein paar Meter zurückgehen, weil mir schwindelig ist.

»Jacob, im Ernst …« Ich verstumme.

»Was ist denn, Schatz?«, antwortet er aus der Tiefe. Seine Stimme klingt fast liebevoll. Vielleicht höre nur ich den ironischen Unterton. Den Vorwurf.

Du wolltest es so, also trag auch die Konsequenzen.

Hatte Jacob diese Passage vergessen? Vielleicht ist es Jahre her, dass er hier war. Oder ist er einfach so an Höhen gewöhnt, dass er sich nicht vorstellen kann, wie schrecklich der Weg über diese Kante für uns andere ist?

Für Anna vielleicht nicht, aber für mich und Henrik auf jeden Fall.

Jacob ist bereits auf der anderen Seite. Er sieht zu mir rüber. Sein Gesicht und seine Geste sagen: »Das war doch kinderleicht, worauf wartest du noch?«

Anna spricht leise mit mir.

»Er spinnt. Im Ernst, Milena, wir müssen uns sichern.«

»Komm!«, ruft Jacob mir zu und winkt.

»Wir müssen uns sichern!«, ruft Anna zurück.

»Das kostet unnötig viel Zeit! Es ist nicht schwer, versprochen!«

»Er spinnt«, flüstert sie mir wieder zu. Sie scheint mich überzeugen, auf ihre Seite ziehen zu wollen.

Jacob lässt seinen Rucksack zurück und beginnt, zu uns zurückzuklettern.

»Wir müssen hinunter ins Tal, bevor es dunkel wird!«, ruft er. »Sonst wird es echt gefährlich.«

Da hat er nicht unrecht. Im Dunkeln über diesen Bergrücken zu laufen, selbst an den Stellen, an denen er mehrere Meter breit ist, wäre überhaupt nicht schön.

»Komm schon, Milena, das schaffen wir«, sagt er leise und kommt zu mir. »Ich helfe dir bei jedem Schritt.« Er lächelt und packt mich leicht an den Armen, und irgendetwas von seiner ruhigen und selbstsicheren Art färbt auf mich ab. Er nimmt mir die Entscheidung ab, und das ist ein gutes Gefühl. Vielleicht kämpfe ich auch einfach lieber gegen meine Höhenangst an als gegen Jacob.

Er geht vor mir zum Abgrund, dreht sich um und klettert nach unten, wobei er sagt:

»Schau nicht runter. Schau nur zum Fels und konzentrier dich auf das, was ich dir sage. Wo du den Fuß hinsetzen sollst, wo die Hand.«

Ich drehe mich ebenfalls um, knie mich hin und lege mich auf den Bauch, taste mit den Füßen nach Halt. Jacob leitet mich an, und bald finde ich einen Vorsprung für meinen linken Fuß. Dann für den rechten, die linke Hand, die rechte. Ich bin von Kopf bis Fuß angespannt und klammere mich krampfhaft an den Felsspalten fest.

Die Wand ist doch nicht so senkrecht, wie ich zuerst gedacht habe. Doch meine Knie sind wie Gummi, und meine Schienbeine kribbeln, und am liebsten würde ich mit aller Kraft in die Luft treten. Jacob gibt mir mit ruhiger Stimme Anweisungen für jeden neuen Schritt.

Konzentrier dich. Ein Schritt nach dem anderen. Sieh nicht nach unten.

Es geht nicht schnell, aber es ist sicher. Es gibt genügend Stellen, auf die man sicher die Füße setzen kann. Ich entspanne mich ein wenig, klammere mich nicht mehr so krampfhaft fest.

Jacob ist bereits auf der anderen Seite. Er lächelt breit, streckt mir die Hand entgegen und zieht mich hoch, und ich bin auch drüben. Ich bin erleichtert und stolz auf mich. Wir umarmen uns.

»Das hast du wirklich gut gemacht, Schatz.«

Anna steht auf der anderen Seite am Rand und sieht zu uns. Sie macht ein grimmiges Gesicht und hat die Arme vor der Brust verschränkt. Ich merke, wie ich albern lächle, als ich ihr zurufe:

»Es war gar nicht so schlimm, wirklich!« Ich strecke sogar den Daumen nach oben, denke ich. Uff, viel zu überdreht.

Ich sehe, wie Henrik hinter Anna aufsteht und sich neben sie stellt. Vorsichtig beugt er sich vor, das Gewicht auf dem hinteren Bein, und blickt in den Abgrund. Dann wankt er nach hinten, als würde er das Gleichgewicht verlieren, doch er streckt die Hände aus und sinkt auf die Knie, dann auf den Hintern. Er legt sich auf den Rücken. Anna geht neben ihm in die Hocke, fühlt seine Stirn. Sie sprechen miteinander, doch ich höre die Worte nicht.

O mein Gott, er hat Höhenangst. Henrik!

Sofort möchte ich zurückklettern, meine eigene Höhenangst ist wie weggeblasen, ich möchte mich neben ihn auf den Boden setzen, seine Hand nehmen und seine Stirn streicheln und ihm sagen, dass alles gut wird.

Jacob und ich stehen nebeneinander und sehen zu Anna und Henrik.

»Was macht er da?«, fragt Jacob.

Ich antworte nicht. Henrik bewegt sich nicht, es sieht aus, als würde er schlafen. Ich rufe hinüber:

»Was ist los?«

Anna ruft zurück. »Höhenangst. Das könnte eine Weile dauern.«

Jacob fährt sich frustriert mit den Händen durch die Haare, sagt aber nichts.

»Es ist wahrscheinlich das Beste, wenn wir sie sichern«, sage ich.

»Nein, das mache ich nicht«, antwortet er gereizt. »Das dauert viel zu lange.«

Jetzt werde ich auch ärgerlich.

»Wie lange wird das jetzt wohl dauern?«

»Weißt du überhaupt, was sichern bedeutet? Was alles dazugehört?«

»Nein, nicht im Detail, aber …«

»Da siehst du's.«

»Man klettert doch irgendwie mit einem Seil, oder? Damit man, selbst wenn man abstürzt, nicht stirbt. Richtig?«

Jacob schweigt, ich sehe die Wangenmuskeln arbeiten. Aber ich fahre fort.

»Das hier kann noch stundenlang dauern. Wir müssen Henrik herholen.«

»Du hast es ohne Probleme geschafft. Warum sollte er das nicht auch schaffen?«

»Weil er Höhenangst hat. Das siehst du doch?«

Henrik liegt immer noch ohnmächtig auf dem Boden, Anna hockt neben ihm.

»Tut mir leid, Jacob, ich verstehe, dass das nicht …«

Jacob fällt mir zischend ins Wort.

»Hör auf zu jammern, ich gehe ja schon.«

Er macht ein paar schnelle, wütende Schritte auf seinen Rucksack zu, reißt Dinge heraus und wirft sie demonstrativ zu Boden, sucht Seile, Schrauben und Schnallen. Wie ein wütendes Kind.

Ich sage nichts und lasse ihn kochen. Jetzt geht es um Henrik.

»Ich habe die Schnauze voll von deinen bescheuerten Freunden. Diese ganze Reise war ein einziger großer Fehler. Verdammte Weicheier, die haben im Sarek nichts verloren.«

Jacob schimpft vor sich hin. Es war doch seine Idee, dass wir in den Sarek gehen, seine Wut fällt also auf ihn selbst zurück. Aber das sage ich natürlich nicht. Stattdessen sehe ich zu den anderen hinüber. Henrik bewegt sich. Gut. Vielleicht erholt er sich gerade.

Aber was macht Anna? Sie wendet sich von Henrik ab, mit einem seltsamen Gesichtsausdruck. Weint sie? Nein, so sieht es nicht aus. Sondern wie …

Aber das kann nicht sein.

Und im selben Moment kann Anna das Lachen nicht mehr zurückhalten und prustet so laut, dass wir es deutlich hören. Jacob hält inne und sieht auch zu Anna.

»Was macht sie da? Lacht sie etwa?«

Ich antworte nicht. Anna bekommt vor Lachen keine Luft, sie beugt sich vor und gibt seltsame heisere Laute von sich. Es ist lange her, dass ich sie völlig ungehemmt lachen gehört habe, aber ich erinnere mich, dass es genauso geklungen hat.

Henrik setzt sich langsam neben ihr auf und sagt etwas. Anna hält sich die Hand vor den Mund, lacht aber einfach weiter. Ich spüre, wie Jacob mich ansieht.

»Hat sie völlig den Verstand verloren?« Seine Frage klingt aufrichtig; er versteht wirklich nicht, was auf der anderen Seite des Abgrunds vor sich geht. Ich schüttle nur den Kopf.

Anna lacht immer noch, Henrik sieht sie an, und sein Gesichtsausdruck bricht mir das Herz. Man sieht Henrik selten seine Gefühle an, doch jetzt sieht er völlig schutzlos aus. Ich erkenne Scham, Traurigkeit und Resignation.

Ich glaube, in diesem Moment hasse ich Anna wirklich. Sie ist stark und grausam und ohne Mitgefühl.

Sie legt ihre Hand auf Henriks Arm, wahrscheinlich entschuldigend, doch es ist zu spät. Henrik steht auf und hievt den Rucksack auf die Schultern. Anna folgt ihm, sie reden miteinander. Sie hat aufgehört zu lachen und berührt Henrik wieder. Jetzt versteht sie, dass sie zu weit gegangen ist, und versucht, sich zu entschuldigen. Er sieht sie nicht an. Mit entschlossenen Bewegungen schnallt er den Rucksack fest.

Was wird er tun? Wird er allein umkehren?

»Henrik!«, rufe ich. »Wie geht es dir?«

Doch er geht auf den Abgrund zu. Etwas an seinem entschlossenen Schritt macht mir schreckliche Angst. Ich kenne ihn schon so lange, und man sieht deutlich, dass er aus dem Gleichgewicht ist. Er fängt an, zu der Kante hinunterzuklettern, und er ist viel zu schnell, er hat keine Kontrolle. Er wird abstürzen. Himmel, er wird abstürzen.

»Jacob, bitte …«, sage ich, »ich glaube, er wird … Kannst du ihm helfen?«

Jacob hört die Angst in meiner Stimme.

»Bitte?«, flehe ich.

Jacob geht zur Kante und beginnt, zum Vorsprung hinunterzuklettern.

»Hey, warte! Ich helfe dir!«

Ich bin erleichtert und Jacob dankbar, aber ich habe immer noch Angst.

Henrik klettert aus der einen Richtung die Wand hinunter, Jacob erreicht die Kante aus der anderen Richtung vor ihm. Sie bewegen sich aufeinander zu, während Anna und ich auf beiden Seiten des Abgrunds stehen und zusehen.

Henrik hält inne und sieht zu Anna hoch, sie wechseln ein paar Worte. Anna lächelt ihn an. Ich kann nicht sehen, ob Henrik zurücklächelt.

Jacob klettert rasch zu Henrik und ruft:

»Warte, ich helfe dir!«

Henrik bleibt stehen und schaut nach unten.

Warum schaut er nach unten?

»Henrik!«, rufe ich erschrocken und von einer furchtbaren Vorahnung erfüllt.

Jacob streckt die Hand aus. Henrik zögert. So stehen sie da, einen Moment lang, wie eingefroren.

Dann fällt Henrik nach hinten, direkt ins Nichts.

Aus der Zeugenbefragung von Milena Tankovic, Personennummer 871 121-0140, 18. September 2019, Krankenhaus Gällivare, durchgeführt von Kriminalinspektor Anders Suhonen.

»Ich möchte noch einmal auf das zurückkommen, was Sie gestern erzählt haben. Dass Henrik gesprungen ist.«

»Mhm.«

»Sind Sie sich da absolut sicher? Dass er gesprungen ist?«

»Ja.«

»Jacob hat Henrik also nicht angefasst?«

»Nein… Oder doch, er hat ihn berührt, aber er wollte ihn packen.«

»Er wollte ihn also festhalten?«

»Ja. Er hat ihn noch am Arm erwischt, glaube ich, aber…«

Schweigen.

»Okay. Aber Sie haben es so erlebt, dass Henrik selbst gesprungen ist, richtig?«

»Ja.«

»Eine andere Möglichkeit wäre ja, dass er gestürzt ist oder gestolpert oder den Halt verloren hat…«

»Nein. Es war… Nein.«

»Das alles ist ausgeschlossen, meinen Sie?«

»So sah es wirklich nicht aus.«

»Okay.«

»Es war kein Unfall.«

»Es gäbe da noch eine dritte Möglichkeit.«

Schweigen.

»Dass Jacob Henrik zum Absturz gebracht hat.«

Schweigen.

»Sagt Anna das?«

»Mich interessiert, was Sie dazu sagen.«

»So war es nicht. Auf keinen Fall.«

»Ich möchte nur, dass Sie einmal darüber nachdenken.«

»So war es nicht.«

»Sie haben gesagt, Jacob hätte Henrik berührt?«

»Ja.«

»Und das können Sie nicht falsch verstanden haben? Dass Jacob Henrik in Wahrheit gezogen und damit den Absturz provoziert hat?«

»Nein.«

»Aber Sie standen doch ein Stück entfernt? Und Jacob hat Ihnen vielleicht zumindest teilweise die Sicht versperrt?«

Schweigen.

Unverständlich.

»Was haben Sie gesagt, Milena?«

Schweigen.

»Könnten Sie das noch einmal wiederholen?«

»Warum hätte Jacob Henrik töten wollen sollen?«

»Mhm.«

Schweigen.

»Sind Sie müde? Sollen wir aufhören?«

»Ich glaube, Anna hat das gesehen, was sie sehen musste.«

»Ja … Aber Sie sagen, dass Henrik aus eigenem Antrieb gesprungen ist. Dass er Selbstmord begangen hat.«

»Ja.«

»Also … Mir ist nicht ganz klar, was genau passiert ist. Es klingt, als hätte Henrik sich umgebracht, weil Anna über ihn gelacht hat. Gewissermaßen.«

»Nein …«

»Das war jetzt vereinfacht gesagt. Ich meine, ich verstehe, dass er erschöpft war, aber … normalerweise begeht man wegen so etwas doch keinen Selbstmord.«

Schweigen.

»Das war nicht der Grund.«

»Dass er sich umgebracht hat? Meinen Sie das?«

»Henrik war depressiv.«

Kapitel 40

»Manchmal frage ich mich: Worauf habe ich Lust? Was möchte ich tun? Worauf freue ich mich? Und mir fällt nichts ein. Ich habe auf nichts Lust. Nichts steht in meinem Kalender, bei dem ich mir denke: ›Das wird schön‹.«

Es war der zweite Tag der Wanderung. Die Sonne schien vom wolkenlosen Himmel, die Luft war frisch und klar. Wir wanderten vom Álggavágge zum Sarvesvágge, der Anstieg war ziemlich steil, und Anna und Jacob waren uns weit voraus. Ein paar Hundert Meter weiter oben sahen wir sie noch als kleine Punkte, aber bald würde der Aufstieg flacher werden, und sie würden aus unserem Blickfeld verschwinden.

Henrik und ich gingen in unserem eigenen Tempo. Er erzählte, und ich hörte zu. Im Frühjahr hatte er endgültig akzeptiert, dass er niemals Professor werden würde, zumindest nicht in Uppsala. Obwohl er bereits seit vielen Jahren als Dozent tätig war, hatte er noch keine Doktoranden betreuen dürfen, was eine Voraussetzung für eine Professur war. Auf seine Nachfrage hatte der Dekan erklärt, dass der Grund seine Beziehung zu Anna sei. Nicht die Beziehung an sich, sondern dass er etwas mit einer seiner Studentinnen angefangen und das Verhältnis jahrelang verheimlicht hatte. Deshalb war er als Betreuer von Doktoranden ungeeignet. Und konnte nicht Professor werden. Ich war schockiert.

»Mein Gott«, sagte ich, »die wissen doch, dass du keiner bist, der Studentinnen angräbt, oder? Sie kennen dich! Du bist doch nicht so!«

Henrik lächelte bitter.

»Manche finden, dass es am Anfang zu leicht für mich gelaufen ist. Aber im Grunde haben sie recht. Ich habe gegen die Regeln verstoßen. Und versucht, es zu verheimlichen.«

Jahrelang hatten ihn Selbstzweifel geplagt, die er aber in Schach hatte halten können. Eine Professur würde ihm beweisen, dass seine Zweifel nur Einbildung waren, dachte er. Als ihm jedoch klar wurde, dass dies nie geschehen würde, geriet er in eine Abwärtsspirale aus düsteren Gedanken und Selbstverachtung. Er quälte sich mit der Vorstellung, wie man hinter seinem Rücken über ihn redete. »Na, so viel ist ja nicht aus dem Wunderkind geworden.« »Seine Vorlesungen sind nicht mehr so gut, die Studenten finden ihn langweilig.« »Henrik! Der war doch mal so ein Star! Kannst du das glauben?«

Allein zur Arbeit zu gehen, der Gang durch die Fakultät und das Risiko, auf einen Kollegen zu treffen, bevor er in seinem kleinen Büro in Deckung gehen konnte, erforderte eine enorme Anstrengung. Er fühlte sich wie ein Faultier, alles war zäh und dauerte sehr lange. Die Welt wurde grau und dunkel, obwohl es fast Sommer war. Er war ständig müde und wollte nur noch schlafen.

»So war es den ganzen Sommer über«, sagte Henrik. »Ich konnte mich zu nichts aufraffen. Es ist wie … im Schlamm festzustecken.«

Was er erzählte, machte mich beklommen, und ich hatte tiefes Mitgefühl mit ihm.

»Henrik … das klingt ja furchtbar.«

Ich berührte ihn leicht am Arm und schlug vor, einen Kaffee zu trinken. Bald saßen wir mit unseren Tassen in der Hand auf zwei Felsen und genossen die Aussicht. Das Álggavágge erstreckte sich viele Kilometer weit bis in die Mitte des Sarek hinein. Die senkrechte Wand des Härrábákte wachte majestätisch über dem Talboden und leuchtete in allen Herbstfarben. Die Sonne schien von einem strahlend blauen Himmel und wärmte.

»Ich hatte keine Ahnung, dass es so schlimm ist«, sagte ich und blies auf den heißen Kaffee. »Du musst da weg. Du bist der klügste Mensch, den ich kenne, Henrik. Der klügste Mensch, den ich je getroffen habe. Du kannst überall Professor werden.«

Er antwortete nicht, starrte nur düster auf die gewaltige Szenerie vor uns und nippte an seinem Kaffee. Er seufzte.

»Ich weiß es nicht. Die Jura-Welt ist so klein. Das spricht sich herum.«

»Was ist mit dem Ausland?«

»Vielleicht. Aber Verfassungsrecht ist schwierig.«

Wir schwiegen. So war es mit mir und Henrik, keiner von uns störte sich an der Stille, wenn wir zusammen waren. Ich schätzte sie sogar. Für mich war das ungezwungene Schweigen ein Zeichen der Verbundenheit zwischen uns, und ich glaube, Henrik empfand das genauso.

»Was sagt Anna dazu?«, fragte ich schließlich.

Henrik zögerte, wandte den Blick ab.

»Ja …«, sagte er und verstummte wieder.

Ich schwieg, konnte mir vorstellen, wie die Situation war. Und dass es schmerzhaft war, davon zu erzählen, deshalb ließ ich ihm Zeit.

»Ich habe es ihr nicht gesagt«, antwortete Henrik schließlich mit dumpfer und rauer Stimme.

»Aber …«, begann ich, »wäre es nicht gut, wenn sie wüsste, warum du deprimiert bist?«

»Um ehrlich zu sein … Ich möchte auf sie nicht noch mehr wie ein Versager wirken, als ich es ohnehin schon bin.«

»Henrik, hör auf«, sagte ich. »Du bist kein Versager. Jetzt hör aber auf.«

»Doch«, beharrte er und sprach lauter, »doch, das bin ich, Milena. Du musst nicht versuchen, mich zu trösten.«

»Bitte …«, sagte ich, aber er unterbrach mich.

»Wenn man zehn Jahre zurückgeht, zu dem Zeitpunkt, als wir uns kennengelernt haben, wie ich mir die Zukunft vorgestellt habe, wie Anna sich die Zukunft vorgestellt hat … alles, was Anna sich vorgestellt hat, alles, wovon sie geträumt hat, das hat sie erreicht. Aber ich nicht.«

»Hast du schon mal mit einem Profi darüber gesprochen?«, fragte ich. »Wie es dir geht?«

Henrik schien meine Frage nicht gehört zu haben, er sprach weiter.

»Wir sind schon ewig verlobt, aber ich frage nicht mehr, ob wir bald heiraten wollen, ich weiß, dass ich keine Antwort bekomme … und Kinder, das darf ich auch nicht erwähnen, da wird sie fast wütend.« Er stieß einen tiefen Seufzer aus. »Sie will mich verlassen. Das spüre ich schon seit Langem.«

»Nein, Henrik«, sagte ich, »das glaube ich wirklich nicht.«

Aber wusste ich das so genau?

»Doch.«

»Aber woher weißt du das? Wenn ihr nicht darüber redet? Vielleicht solltet ihr zusammen mit jemandem reden? Eine Paartherapie oder …« Ich verstummte.

»In all den Jahren hatte ich nur einmal wirklich das Gefühl, dass sie mich braucht. Und das war vor neun Jahren, als das mit Erik war. Und ich glaube, dass ich da … Ich mochte sie, ich war verliebt in sie, aber dass sie mich wirklich brauchte, da … wurde es richtig ernst für mich. Aber es war eine extreme Situation. Seitdem hatte ich nie mehr das Gefühl, dass sie mich wirklich braucht.«

»Hey«, sagte ich leise.

»Die Sache ist die … Anna dachte, sie hätte sich einen Sieger ausgesucht. Aber sie hat auf das falsche Pferd gesetzt. Ich … bin wirklich kein Sieger.«

Henriks Stimme zitterte, er biss sich auf die Unterlippe, um nicht zu weinen, aber eine Träne bahnte sich leise ihren Weg über seine Wange. Er wandte sein Gesicht ab, aber es war zu spät, ich weinte auch. Ich ging zu ihm und umarmte ihn. Henrik weinte leise, lehnte sich an mich und legte schließlich auch die Arme um mich.

So hielten wir uns gegenseitig fest, ich stand über ihn gebeugt, den Sarek zu unseren Füßen. Wir weinten auf dieselbe Weise. Ohne große Ausbrüche. Schnieften nur ein wenig.

Ich streichelte seinen Kopf, und er ließ mich gewähren.

»Es tut mir leid«, sagte er schließlich und holte tief Luft. Er ließ mich los.

Ich setzte mich neben ihn.

»Rutsch mal.«

Henrik lächelte und rückte ein wenig zur Seite. Er wischte sich eine Träne aus dem Auge.

»Entschuldige. Ich habe zwei Stunden lang ununterbrochen über mich selbst geredet.«

»Das hast du gebraucht.«

»Weißt du … Vorhin habe ich doch gesagt, dass mir nichts einfällt, worauf ich Lust habe, worauf ich mich freue. Doch hierauf habe ich mich gefreut. Im Fjäll zu wandern und mit dir zu reden.«

Etwas in mir jubelte. Tief im Innern wusste ich, dass ich diese Wanderungen nicht machte, um meine Freundschaft zu Anna zu erhalten. Sondern wegen Henrik. Die Stunden, die wir in unserem eigenen Tempo durch eine herrliche Landschaft wanderten, Anna weit vor uns. Ein Gespräch, das sich wie ein Rentierpfad durch das Heidekraut schlängelte. Oder diese angenehme und vertraute Stille.

Aber ich sagte ihm nicht, dass ich genauso empfand, dass ich mich auch auf die Zeit mit ihm allein gefreut hatte. Es lag mir auf der Zunge, aber ich schwieg. Dieses Jahr hatte ich Jacob dabei. Ich wollte nicht illoyal erscheinen.

Als ob Henrik schlechter von mir gedacht hätte, wenn ich ihm erzählt hätte, was unsere gemeinsamen Momente mir bedeuteten. Das war so absurd, dass es fast schon lächerlich war.

Ich lächelte nur, und nach einer Weile stand er auf, und der Moment war vorbei.

»Wollen wir weitergehen?«

»Mhm.«

Wir packten den Gaskocher ein und setzten die Wanderung bergauf fort. Bald wurde es flacher, und schließlich erreichten wir ein Schneefeld. Wir näherten uns der höchsten Stelle des Passes.

Ich erzählte ihm von meiner Arbeit, die die gleiche war wie bei unserem letzten Treffen, und meiner Wohnung, die die gleiche war wie bei unserem letzten Treffen, und von meinen Freunden, die so ziemlich die gleichen waren wie bei unserem letzten Treffen. Ich hatte angefangen, einmal pro Woche, am Samstagmorgen, mit meiner Freundin Jennie Badminton zu spielen. Ich empfahl Henrik ein paar neue Popbands, die er sich anhören sollte. Das war ein ständiger Witz zwischen uns, dass ich ihm verschiedene obskure Bands empfahl, mit denen er seine Studenten beeindrucken wollte, ohne sie sich vorher anzuhören. Oft sprach er den Namen falsch aus.

In meinem Leben war nichts Revolutionäres passiert. Außer Jacob.

Früher oder später musste unser Gespräch auf ihn kommen. Doch ich zögerte, es war mir unangenehm. Also wagte sich Henrik an das Thema.

»Hör mal, ich muss mich dafür entschuldigen, wie ich mich im Bordbistro verhalten habe.«

»Mhm.«

»Ich schäme mich furchtbar. Ich weiß nicht, was über mich gekommen ist.«

»Kein Problem«, sagte ich lahm. Ich war froh, dass ich von dem anstrengenden Marsch über das Schneefeld bereits rot im Gesicht war. Henrik sah daher nicht, wie mir die Hitze in die Wangen stieg.

»Er muss mich für den größten Idioten der Welt halten.«

»Er ist nicht nachtragend.«

»Wie habt ihr euch kennengelernt?«

»Im Internet.« Ich schwieg, eigentlich sollte ich weitererzählen, tat es aber nicht. Schließlich sagte Henrik:

»Okay. Dann weiß ich ja jetzt alles.«

»Was soll ich denn sagen? Er ist mein Freund.«

»Ja, das habe ich mir fast gedacht.«

So machten wir scherzhaft eine Weile weiter, Henrik stellte Fragen, und ich wich aus.

Denn was sollte ich ihm erzählen? Alles? Dass ich ein paar Jahre lang intensiv Online-Dating betrieben hatte, nicht weil ich dachte, dass ich auf diese Weise den Richtigen finden würde, sondern weil ich »zurück in den Sattel« wollte? Dass ich Jacob bei unserer ersten Verabredung so attraktiv gefunden hatte, dass ich von einem Missverständnis ausging, dass er eigentlich jemand anderen hatte treffen wollen? Dass er unwiderstehlich aussah in engen Chinos und einem engen weißen Hemd, gebügelt und oben aufgeknöpft, sodass die gebräunte Brust zu sehen war?

Dass wir entspannt miteinander reden konnten, dass er interessiert und fürsorglich zu sein schien, aber dass ich schon bei diesem ersten Date das leise, leise Gefühl hatte, dass er schauspielerte. Dass er nicht den echten Jacob zeigte. Etwas an der Art, wie seine Augen mich anfunkelten, verriet es mir.

Im Lauf des Abends vibrierte mehrmals sein Handy, und er entschuldigte sich, das wäre die Arbeit, das müsse er annehmen. Nach dem dritten Mal stellte er das Handy auf lautlos und versprach, sich den Rest des Abends auf mich zu konzentrieren. Ich fragte ihn, wo er arbeitete.

»Ich bin Berater bei BCG«, erklärte er. »Die Kunden erwarten, dass ich vierundzwanzig Stunden am Tag erreichbar bin.«

Ich bin mir hundertprozentig sicher, dass er BCG gesagt hat. Hundertprozentig.

Am ersten Abend ging Jacob mit mir nach Hause, und wir hatten Sex. Er war ein guter Liebhaber, einfühlsam und sensibel, wild und kraftvoll, wenn ich es erlaubte, wenn ich es verlangte. Danach ging er wieder, und wir sahen uns erst Mitte der folgenden Woche wieder. In den Tagen dazwischen dachte ich nur an ihn.

Jacob erfuhr, dass ich bald mit zwei alten Freunden im Fjäll wandern würde. Er war Feuer und Flamme und erzählte mir, dass er das Fjäll liebe und sowohl im Winter als auch im Sommer viel Zeit dort verbracht habe. Er könne doch mitkommen, meinte er. Ich versprach, meine Freunde zu fragen, sprach aber ein paar Wochen lang nicht mit Anna darüber. Irgendetwas in mir wehrte sich dagegen.

Eines Abends saßen wir in einem gemütlichen Restaurant in Gamla Stan, der Altstadt von Stockholm. Mitten in der Vorspeise klingelte Jacobs Handy, er entschuldigte sich: »Die Arbeit, da muss ich rangehen, bin gleich zurück«. Er ging auf die Straße hinaus. Ich stand auf, um auf die Toilette zu gehen, die sich neben dem Eingang befand, aber die Tür zur Straße hatte sich noch nicht geschlossen, sodass ich ihn reden hörte. »Nein, ich kann heute Abend nicht, ich muss länger arbeiten.« Ich blieb stehen und hielt den Atem an, wollte den Rest hören. »Haha … Aber weißt du, was, ist es okay, wenn ich später am Abend noch vorbeikomme?«

Ich schloss mich in der Toilette ein und dachte mit Tränen der Enttäuschung in den Augen nach. Irgendwie hatte ich es gespürt, aber trotzdem. Ich holte tief Luft. Jetzt musste ich nur noch diesen Abend überstehen.

Ich ging zurück zu Jacob, der mir versprach, dass er das Handy nun endgültig ausgeschaltet hatte. Ich nickte und lächelte. Er merkte nichts.

An diesem Abend entschuldigte er sich damit, dass er müde sei und am nächsten Morgen um sieben in der Arbeit sein müsse. Ob es in Ordnung wäre, wenn er heute nicht mitkäme? Wir trennten uns mit einem Kuss vor dem Restaurant, es war ein dunkler Sommerabend, die Hitze des Tages strahlte noch von den Wänden der engen Gassen ab, der Himmel war ein tiefblauer Streifen weit über uns. Auf dem Weg zur U-Bahn dachte ich, dass ich Jacob nie wiedersehen wollte.

Aber dann vergingen ein paar Tage. Und ich dachte, dass ich ja wusste, dass ich den Mann meiner Träume nicht im Internet treffen würde, warum war ich dann so enttäuscht? Hatten wir nicht eine schöne Zeit zusammen? Ja. War das nicht der beste Sex, den ich je gehabt hatte? Ja. Konnten wir diese Scharade nicht noch eine Weile fortsetzen? Ja, klar konnten wir das.

Jacob drängte mich wegen des Fjälltrips. Was hatten meine Freunde dazu gesagt, dass er mitkommen wollte? Ich antwortete ausweichend, aber dann dachte ich, dass es vielleicht gut wäre, wenn er mitkäme. Dass ich mich selbst herausfordern und meine Angst vor unangenehmen sozialen Situationen überwinden musste. Dass ich üben musste, mich nicht für das zu schämen, was andere Menschen taten, selbst wenn sie mir nahestanden. Dass meine Freundschaft zu Anna in einem alten Muster feststeckte, in dem sie immer die energische Pippi war und ich die unterwürfige Annika. Dass es unserer Freundschaft guttäte, etwas aufgerüttelt zu werden, vielleicht würde Anna mich dann allmählich mit anderen Augen sehen.

Henrik sollte aufgerüttelt werden. Er sollte mich allmählich mit anderen Augen sehen. Nicht nur als alte Freundin, die seit Ewigkeiten Single war.

Eine Woche vor unserer Abreise erzählte ich Anna, dass ich einen Mann kennengelernt hatte, und fragte, ob er uns begleiten könne. Ich hatte fast gehofft, sie würde Nein sagen. Aber das tat sie nicht. Und dann lag es an mir, ob ich Jacob sagen wollte, dass Anna zugestimmt hatte, oder ob ich lügen sollte.

Ich dachte einen Tag lang darüber nach, dann sagte ich es Jacob. Er fing sofort an zu planen, dass wir stattdessen in den Sarek gehen sollten, und dummerweise erwähnte ich, dass Anna schon lange davon geträumt hatte, was ihn nur noch enthusiastischer machte. Na klar.

Jacob, dessen Augen funkelten, sobald Anna uns am Hauptbahnhof begrüßte, beim Einsteigen und im Bordbistro. Anna, mit dieser offenen, ein bisschen frechen Art, die auf fast alle Männer so unwiderstehlich wirkt. Die Eifersucht, die ich nicht empfinden wollte, die aber trotzdem da war. Ich hatte das schon einmal erlebt. Musste sie das wirklich tun?

Und dann sein Verhalten im Bordbistro, so peinlich und unangenehm. Die Visitenkarte, »BCW«. Jacob, der mich anstarrte: »Warum erzählst du den Leuten, dass ich bei BCG arbeite?«

Er hatte mir – und sicher auch vielen anderen – erzählt, dass er bei BCG, einer der renommiertesten Beratungsfirmen der Welt, arbeitete. Und da er wusste, dass jemand die Lüge aufdecken könnte, hatte er Visitenkarten mit der Aufschrift »BCW« drucken lassen, um sie als Erklärung zu benutzen.

Ich wusste ja schon vorher, dass er nicht ehrlich war, aber diese durchgeplante Lüge hat mich dann doch sprachlos gemacht.

Henrik entlarvte Jacob, er verstand es nur selbst nicht. Und ich half ihm nicht. Doch als ich an diesem Abend in meinem Liegewagen lag, beschloss ich, mich von Jacob zu trennen, sobald wir wieder in Stockholm waren.

Sollte ich Henrik das alles erzählen? Sollte ich meine Karten auf den Tisch legen, mich offenbaren, völlig ehrlich sein, was ich wirklich dachte und wollte?

Nein. Ich traute mich nicht. Ich dachte, es wäre noch Zeit. Stattdessen fragte ich:

»Was hältst du von ihm?«

»Von Jacob?«

»Ja.«

Er zögerte. Wir hatten den Pass überquert, mit hohen Bergen auf beiden Seiten, und das Schneefeld führte nun leicht bergab. Das Sarvesvágge lag weit unter uns.

»Er scheint nett zu sein. Er kennt sich gut im Fjäll aus.«

»Er weiß viel übers Fjäll? Ist das alles, was dir zu Jacob einfällt?«

Henrik lachte verlegen.

»Ich kann verstehen, warum du dich zu ihm hingezogen fühlst.«

»Wirklich? Und warum?«

»Na ja, er sieht gut aus, ist selbstsicher und ein echter Mann, wie …«

»Ein echter Mann? Glaubst du, das will ich? Einen echten Mann?«

Henrik lächelte ein wenig traurig.

»Ich weiß nicht, was du willst«, murmelte er.

Jetzt sah ich das Ende des Schneefeldes, und etwas unterhalb des Randes warteten Anna und Jacob auf uns. Es sah so aus, als würden sie über etwas reden. Ich wurde langsamer.

Eine weitere Gelegenheit, Henrik zu sagen, was ich über Jacob dachte und über alles andere. Fürs Erste die Letzte, denn bald würden wir wieder zu viert sein.

»Es ist ja noch ganz frisch«, sagte ich etwas unsicher. »Wir werden sehen, wie es sich entwickelt.«

»Weißt du«, sagte Henrik und wurde neben mir langsamer, seine Stimme war ein wenig rau und brüchig, als hätte er eine trockene Kehle. »Ich habe diesen Sommer viel Melissa Horn gehört. Ich bereue, dass ich sie nicht in Uppsala gesehen habe, als ich die Gelegenheit dazu hatte. Vielleicht wäre dann alles anders gekommen.«

Er warf mir einen raschen Blick zu, bevor er weiter zu Anna und Jacob ging. Ich stand noch einen Moment lang da, und Tränen stiegen mir in die Augen.

Aus der Zeugenbefragung von Anna Samuelsson, Personennummer 880 216-3382, 20. September 2019, Krankenhaus Gällivare, durchgeführt von Kriminalinspektor Anders Suhonen.

»Also, Anna, dann machen wir mal da weiter, wo wir gestern aufgehört haben.«

Schweigen.

»Ich möchte noch einmal über ein paar Punkte in Ihrer Geschichte reden und sichergehen, dass ich Sie richtig verstanden habe.«

»Zuerst habe ich ein paar Fragen.«

»Ja?«

»Sie haben mich angelogen.«

»Nein, das habe ich nicht.«

»Sie haben mich in dem Glauben gelassen, dass Milena tot ist.«

»Nein. Das stimmt nicht. Sie haben mir gesagt, sie sei tot.«

»Aber Sie haben mich nicht korrigiert.«

»Nein, aber die Sache ist die …«

»Sie haben die Wahrheit unterschlagen. Was praktisch dasselbe ist wie zu lügen.«

»Nein, das habe ich …«

»Ich weiß nicht genau, welches Regelwerk bei polizeilichen Vernehmungen zum Tragen kommt. Aber ich werde es herausfinden. Und ich bin mir ziemlich sicher, dass das, was ein Zeuge unter

Vorspiegelung falscher Tatsachen aussagt, vor Gericht nicht verwendbar ist.«

»Anna, es ist so …«

»Das bedeutet, dass Sie ein sehr inkompetenter Vernehmer sind.«

»Zum einen habe ich Sie rein informell befragt. Man verdächtigt Sie keines Verbrechens.«

Schweigen.

»Außerdem hatten wir Milena noch nicht gefunden, als Sie und ich das erste Mal miteinander gesprochen haben. Bis auf Weiteres bin ich also davon ausgegangen, dass sie tot war. Wie Sie gesagt hatten.«

»Wann haben Sie sie gefunden?«

»Äh … lassen Sie mich nachdenken, damit ich nichts Falsches sage. Wir haben Milena am sechzehnten gefunden.«

Schweigen.

»Und als Sie es mir gestern erzählt haben, war der neunzehnte.«

»Ja.«

»Sie haben also drei Tage damit gewartet, mir zu erzählen, dass eine meiner besten Freundinnen doch am Leben ist?«

»Ja.«

»Schämen Sie sich denn gar nicht? Was? Schämen Sie sich nicht?«

Schluchzen.

»Anna, ich verstehe, wie Sie sich fühlen.«

Schluchzen.

»Mir war tatsächlich schon sehr früh klar, dass Sie und Milena die Geschehnisse unterschiedlich schildern. Und wir ermitteln in einem potenziellen Mord. Einem sehr ernsten Verbrechen. Da erschien es uns gerechtfertigt, Sie Ihre Version erst in Ruhe fertig erzählen zu lassen.«

Schweigen.

»Ich kenne in Stockholm einige sehr gute Anwälte für Strafrecht, denen werde ich erzählen, was Sie hier gemacht haben.«

»Tun Sie das.«

»Das ist inakzeptabel.«

»Ich habe mein Vorgehen mit der Polizeiführung in Luleå abgestimmt, und sie haben es genehmigt. Sie können selbstverständlich Beistand zurate ziehen, wenn Sie untersuchen lassen wollen, ob Fehler begangen wurden.«

»Das werde ich auch.«

»Der Wahrheitsgehalt dessen, was Sie mir erzählt haben, hängt ja auch nicht davon ab, ob Milena am Leben oder tot ist.«

Schweigen.

»Oder, Anna? Bis auf den letzten Teil, als Sie dachten, dass Milena tot ist. Und da gibt es keinen Verdacht auf ein Verbrechen, sodass der nicht von Interesse ist.«

Schweigen.

»Es stimmt also nicht, dass Sie etwas unter Vorspiegelung falscher Tatsachen ausgesagt haben. Aber abgesehen davon möchte ich Ihnen jetzt die Möglichkeit geben, Ihre Aussage zu korrigieren oder zu vervollständigen. Wie gesagt, ich habe vollstes Verständnis. Bei den

Traumata, die Sie durchlebt haben, können sich Erinnerungen verändern oder nach einer gewissen Zeit klären.«

Schweigen.

»Ich möchte noch einmal durchgehen, wie Jacob zu Tode kam.«

»Dazu habe ich nichts mehr zu sagen. Es war genauso, wie ich es erzählt habe.«

»Aber ein paar Punkte sind unklar.«

»Was sagt Milena dazu?«

»Bleiben wir erst mal bei Ihrem Bericht.«

Schweigen.

»Ich möchte noch einmal betonen, dass Milena extrem unter Jacobs Einfluss stand.«

»Ja.«

»Sie hat die Welt quasi durch seine Augen gesehen.«

»Mhm.«

»Sie erzählt Ihnen also eigentlich Jacobs Version dessen, was passiert ist. Und die ist von Anfang bis Ende erlogen.«

Aus der Zeugenbefragung von Milena Tankovic, Personennummer 871 121-0140, 19. September 2019, Krankenhaus Gällivare, durchgeführt von Kriminalinspektor Anders Suhonen.

»Nur damit ich die Chronologie richtig verstehe, Milena. Was Sie mir gestern erzählt haben, wie Sie und Henrik gemeinsam gewandert sind … Das war am neunten September?«

»Ich weiß es nicht.«

»Doch. Und am zehnten September, also am Tag darauf, hat sich die Gruppe getrennt?«

»Ja.«

»Sie und Jacob sind in den Sarek weitergewandert, während Anna und Henrik umgekehrt sind.«

»Ja.«

»Warum?«

Schweigen.

»Die Stimmung war schlecht. Am Vorabend. Wir hatten ein Spiel gespielt und uns gestritten.«

»Haben alle mitgespielt?«

»Nein, Anna war schon schlafen gegangen.«

»Worüber haben Sie gestritten?«

Schweigen.

»Also … Jacob hat sehr schlechte Laune bekommen. Er hatte Pech beim Spiel.«

»Ich verstehe.«

»Er hat herumgebrüllt, und da ist Anna aufgewacht und aus dem Zelt gekommen, und dann ist es noch schlimmer geworden.«

»Ist Jacob körperlich übergriffig geworden?«

»Wie meinen Sie das?«

»Hat er Henrik zum Beispiel zu Boden gestoßen?«

»Nein. Hat Anna das gesagt?«

»Wie haben Sie die Situation aufgefasst?«

»Jacob war sehr wütend. Aber er hat Henrik nicht angefasst.«

»Da sind Sie sich sicher?«

»Ja. Und am Abend hat er sich entschuldigt.«

»Ich verstehe.«

»Deshalb hatte ich gedacht, wir hätten das abgehakt.«

»Mhm … Es gab also diesen großen Streit, und am nächsten Morgen haben Sie alle beschlossen, getrennte Wege zu gehen?«

»Ja. Anna und Henrik wollten zurück nach Staloluokta.«

»Haben Sie und Anna an diesem Morgen miteinander gesprochen?«

»Ja.«

Schweigen.

»Äh … wir haben uns gestritten.«

Schweigen.

»Worüber?«

Schweigen.

»Anna hat unter anderem gesagt, dass … Jacob sie angemacht hätte. Am Vortag.«

»Und wie fanden Sie das?«

»Ich bin wütend geworden, traurig.«

»Weil Sie gedacht haben, dass Anna lügt?«

»Nein.«

Schweigen.

»Ich wusste, dass es sehr gut so gewesen sein konnte.«

Schweigen.

»Zu dem Zeitpunkt wusste ich bereits, dass Jacob eine … nicht vertrauenswürdige Seite hatte.«

»Mhm. Ich habe auch eine Aussage, dass Jacob sich in dieser Nacht in Ihrem gemeinsamen Zelt an Ihnen vergriffen hat.«

»Wie bitte?«

»Ja … dass er Sie vergewaltigt hat.«

»Nein, das stimmt überhaupt nicht.«

»Anna sagt, sie hätte Sie weinen hören.«

»Ich hätte geweint?«

»Ja. Und sie sagt auch, dass Sie am nächsten Morgen Würgemale am Hals gehabt hätten.«

Schweigen.

»Im Ernst?«

»Was können Sie dazu sagen?«

»Das stimmt überhaupt nicht. Mehr kann ich dazu nicht sagen.«

»Wirklich?«

»Ja. Jacob und ich hatten Sex, das ist richtig. Aber es war … absolut einvernehmlich.«

»Mhm.«

»Anna hat keine Ahnung, wie ich beim Sex klinge.«

»Nein.«

Schweigen.

»Und das mit den Würgemalen … Ich habe keine Ahnung, woher sie das hat. Wirklich, das ist mir schleierhaft. Vielleicht war meine Haut am Hals gerötet, weil ich ein neues Polohemd anhatte und den ganzen Tag zuvor geschwitzt hatte. Keine Ahnung.«

»Okay. Aber es ist wichtig, dass Sie etwas zu diesen Angaben sagen.«

»Das verstehe ich. Aber wie gesagt, das ist völlig falsch.«

Schweigen.

»An diesem Morgen haben Sie sich jedenfalls getrennt.«

»Ja.«

»Und Sie und Jacob sind weiter in den Sarek gewandert.«

»Ja. Wir haben für zwei Nächte bei einem Berg gecampt. Jacob ist auf den Gipfel gestiegen, während ich mich im Zelt ausgeruht habe. Am nächsten Tag sind wir zum Rovdjurstorget gelaufen.«

»Und Sie haben den Fluss durchquert?«

»Ja. Jacob hat lange nach einem Übergang gesucht, und als wir dann auf der anderen Seite ein Stück gegangen waren, habe ich Anna unten am Wasser gesehen. Am anderen Ufer.«

»Die beiden waren also wieder umgekehrt.«

»Ja. Es ging ihnen ziemlich schlecht. Vor allem Henrik. Er war völlig erschöpft. Jacob und Anna mussten ihn suchen gehen. Da hatte ich das Gefühl, dass wir … so schnell wie möglich aus dem Sarek herausmussten.«

»Mhm. Was hat Jacob dazu gesagt?«

»Er ist stinkwütend geworden. Fand, nachdem Anna und Henrik sich von uns getrennt hatten, müssten sie jetzt allein zurechtkommen. Aber ich habe nicht nachgegeben.«

»Und da hat er die Route geändert?«

»Ja. Darüber haben wir dann auch diskutiert. Anna war absolut dagegen. Und da habe ich wohl allmählich erkannt, dass …«

Schweigen.

»Tut mir leid, ich muss nur kurz etwas Wasser trinken.«

»Wir können auch eine Pause machen, wenn Sie möchten.«

Schweigen.

»Mir war nicht klar, wie mitgenommen Anna war. Psychisch. Sie war fast schon paranoid, als wir darüber gesprochen haben. Und … sie hat Jacob beschuldigt, eine Gaskartusche gestohlen zu haben. Da hatte ich auch das Gefühl, dass sie gar nicht richtig anwesend war, dass sie irgendwie in ihrer eigenen Welt war.«

»Sie hatten also bereits da den Eindruck, dass Anna nicht richtig sie selbst war?«

»Ja. Und mir ist etwas von früher eingefallen, als wir noch in Uppsala studiert haben. Dieses Verhalten hatte ich schon einmal erlebt.«

UPPSALA, JUNI 2010

Es ist Anfang Juni, die Blätter sind noch frühlingshaft grün, doch schon seit Tagen prasselt ein kalter Regen auf die Stadt nieder. Kleine Bäche fließen den Carolinabacken hinunter. In allen Brunnen plätschert es. Heute Morgen waren es acht Grad. Der Sommer lässt auf sich warten.

Nicht, dass es mir etwas ausmacht. In drei Tagen haben wir die letzte große Prüfung vor den Sommerferien, weshalb ich von morgens bis abends in der Bibliothek sitze und lerne. Man muss rechtzeitig da sein, um einen Platz zu bekommen. Gegen neun Uhr wird es dann richtig voll, und um halb zehn sind alle Plätze belegt. Aber ich bin Frühaufsteherin und komme normalerweise schon um halb neun. Meistens bin ich vor Anna da und halte ihr den Platz neben mir frei, obwohl man das eigentlich nicht darf. Normalerweise kommt sie gegen neun.

Aber heute ist alles anders. Es ist fast viertel vor zehn, und Anna ist noch nicht da. Das stresst mich, denn der Platz, den ich für sie mit meinem Pullover über der Stuhllehne reserviert habe, ist der einzige freie im ganzen Saal, und ein paar andere Studenten haben schon gefragt, ob sie sich dort hinsetzen können. »Nein, tut mir leid«, habe ich geflüstert. Beim letzten Mal hat sich die Studentin schräg vor mir umgedreht und mir einen verärgerten Blick zugeworfen. Sie hat nichts gesagt, aber ich weiß, was sie gedacht hat. Das macht man nicht, vor allem nicht in der Prüfungsphase. Gib den Platz endlich frei.

Ich schäme mich und kann mich nicht auf das Lernen konzentrieren. Warum kommt Anna nicht?

Ich hole das Handy heraus, um ihr eine SMS zu schreiben und sie zu fragen, ob ich den Platz freigeben kann. Da höre ich schnelle Schritte, die sich durch den Lesesaal nähern, und ich weiß sofort, dass sie es ist. Ich drehe mich um und lächle sie erleichtert an.

»Hallo! Alles okay?«, flüstere ich, um meine Tischnachbarn nicht zu stören, und nehme den Pullover vom Stuhl.

»Äh ... ja«, antwortet Anna laut, ohne mich anzusehen. Ihre Haare und ihr Gesicht sind nass, sie ist offenbar ohne Regenschirm hergekommen. Ihr Pullover sieht trocken aus, er war wohl durch eine Jacke geschützt, Oberbekleidung und Taschen sind in den Lesesälen nicht erlaubt. Aber ihre Hose ist dunkel vor Feuchtigkeit. Sie legt ihre Bücher und das Stiftemäppchen auf den Tisch, ihre Hände sind tropfnass. Anna setzt sich nicht hin, geht hin und her, als könne sie sich nicht entscheiden, was sie tun soll.

Das sieht ihr überhaupt nicht ähnlich. Den ganzen Weg zur Bibliothek durch den Regen zu laufen, ohne Regenschirm?

»Ist etwas passiert?«, flüstere ich.

»Nein, nein, aber danke«, antwortet sie schnell, wieder mit lauterer Stimme, als es in diesem stillen Lesesaal üblich ist, und nun dreht sich die Studentin schräg vor mir wieder um, diesmal mit noch genervterem Blick, und flüstert:

»Könntet ihr bitte leiser sein?«

»Tut mir leid«, flüstere ich zurück und bin fast erleichtert, dass sie etwas gesagt hat, denn so hatte ich die Möglichkeit zu zeigen, dass ich das auch nicht in Ordnung finde.

Anna zieht ihren Stuhl heraus, sodass er geräuschvoll über den Boden schrammt, lässt sich darauf fallen und breitet

Bücher und lose Blätter auf dem Tisch aus. Hektisch und unordentlich. Das ist unsensibel, fast schon provokant, nachdem man ihr gerade gesagt hat, sie soll leiser sein. Sie müsste nicht so laut sein. Aber ich glaube nicht, dass sie zeigen will, dass es ihr scheißegal ist, was die Kommilitonin denkt, so ist sie nicht.

Sie ist einfach nicht richtig anwesend, das ist mein Eindruck.

Das sieht ihr überhaupt nicht ähnlich.

Ich wende mich dem Buch zu, das vor mir auf dem Tisch liegt, und versuche, mich aufs Lernen zu konzentrieren, aber vergeblich.

Ich sehe verstohlen zu Anna. Sie hat ein Buch aufgeschlagen und scheint zu lesen, doch sie blättert die Seiten zu schnell um, niemand kann so schnell lesen. Sie sitzt aufrecht, und ich höre ihre kurzen, flachen Atemzüge, fast, als wäre sie außer Atem.

Plötzlich steht sie abrupt auf, die Stuhlbeine schrammen wieder über den Boden, sie sammelt ihre Bücher und Unterlagen ein. Ich sehe sie fragend an.

»Gehst du?«

»Ja, ich gehe spazieren«, antwortet sie laut.

»Was ist denn los? Anna?«, flüstere ich, aber sie ist schon auf dem Weg zum Ausgang. Sie hat nasse Flecken auf dem Tisch hinterlassen.

Irgendetwas stimmt definitiv nicht. Ich zögere kurz: Sollte ich ihr nachgehen? Aber ich habe mehrmals gefragt, ob etwas passiert ist, und sie hat nicht geantwortet, wieso sollte sie dann jetzt etwas sagen. Und ich habe wegen ihr bereits eine Stunde wertvolle Lernzeit verloren. Ich bin gestresst wegen der bevorstehen Prüfung. Deshalb bleibe ich sitzen.

Kurz darauf setzt sich ein anderer Student, den ich vom Sehen aus den Vorlesungen kenne, neben mich. Dann holt er Papierhandtücher von der Toilette und wischt den Tisch trocken. Endlich wird es ruhig, und ich kann lernen.

Nach zehn Minuten höre ich wieder die schnellen Schritte. Anna kommt zurück.

Bitte, geh weg. Gott, ich muss lernen!

Sie marschiert direkt zu dem Platz neben mir und erklärt dem Studenten mit lauter und deutlicher Stimme:

»Das ist mein Platz.«

Der Typ schaut überrascht zu Anna auf, die mit nassen Haaren und nasser Kleidung dasteht.

Der Kommilitonin schräg vor mir reicht es. Sie dreht sich um und sagt laut zu Anna.

»Jetzt gib endlich Ruhe. Was ist denn das Problem?«

Ich stehe auf und nehme Anna am Arm.

»Komm, lass uns gehen«, sage ich schnell.

»Aber das ist mein Platz. Ich habe doch gerade noch hier gesessen.«

»Ja, aber du bist wieder gegangen. Komm, lass uns nach draußen gehen.«

Zu meiner großen Erleichterung sträubt sie sich nicht weiter und folgt mir ohne Protest in den Eingangsbereich.

»Ich merke doch, dass es dir nicht gut geht«, sage ich. »Ist etwas passiert? Oder bist du krank?«

»Ja, das kann man sagen, das kann man wirklich sagen«, antwortet Anna in diesem schnellen, fast fiebrigen Tonfall. Ich lege meine Hand auf ihre Stirn. Sie ist kalt und nass, kein Anzeichen von Fieber.

»Aber was ist denn passiert?«

»Erik ist tot.«

»Erik? Dein …«

»Ja, mein Bruder Erik, er ist tot, ja. Und ich habe das Fahrrad genommen, es aber nicht zugegeben, und das ist so schrecklich, aber jetzt ist er tot, und man kann nichts mehr tun. Ich muss lernen. Ich muss lernen.«

Ich bringe sie dazu, sich auf eine Bank zu setzen, und rufe Henrik an. Zum Glück hat er gerade keine Vorlesung oder ein Seminar und antwortet sofort.

Henrik und Anna sind seit etwa sechs Monaten zusammen, und das tut immer noch weh, aber daran denke ich jetzt nicht.

»Ich glaube, du musst herkommen«, sage ich, »Anna benimmt sich sehr seltsam ... Sie sagt, ihr Bruder Erik sei tot.«

»Was?«, sagt Henrik.

»Ja. Es geht ihr nicht gut.«

»Ich komme.«

In zehn Minuten ist er da, er sieht besorgt und konzentriert aus, er versteht, dass es ernst ist. Doch seine Stimme ist sanft, ruhig und tröstlich. Er setzt sich dicht neben Anna und legt den Arm um sie.

»Du? Was ist denn passiert?«

»Erik ist tot.«

Henrik schweigt, drückt Annas Hand. Schließlich fragt er: »Wann ist das passiert?«

»Letzte Nacht. Mama hat angerufen.«

Neues, langes Schweigen. Henriks Anwesenheit hat Anna bereits beruhigt, sie atmet nicht mehr so abgehackt, sie ist auf der Bank zusammengesunken und sieht nicht so aus, als würde sie irgendwo hingehen.

Noch nie hat sie so sehr wie ein kleines Mädchen ausgesehen, mit ihren nassen Haaren und der nassen Hose und dem leicht verwirrten Blick. Henriks Arm um ihre Schultern, ihre Hand in seiner. Sie braucht seine Nähe, und er gibt sie ihr.

Er streichelt ihre Wange.

»Warum fahren wir nicht zu mir nach Hause?«, fragt er leise. »Ich muss lernen. Wir haben am Donnerstag Prüfung.«

»Du kannst bei mir zu Hause lernen. Da hast du deine Ruhe.«

Anna sitzt einen Moment lang still da, dann nickt sie.

»Ja, das wäre vielleicht gut.«

Henrik und ich sehen uns an, wir verstehen uns. Ich bin mir ziemlich sicher, dass Anna in nächster Zeit nichts mehr lernen wird, aber jetzt müssen wir sie erst einmal in Henriks Wohnung bringen. Natürlich komme ich mit.

Henrik hat eine Zweizimmerwohnung in Eriksberg, in einem dreistöckigen Gebäude aus den Fünfzigerjahren. Eine kleine Küche mit original Schranktüren und Fischgrätparkett im Wohnzimmer. Ein kleiner Balkon. Die Wohnung ist immer noch spärlich möbliert, obwohl er schon seit fast einem Jahr dort wohnt. Er hat ein Sofa und einen Tisch gekauft, einen Fernseher und ein Bücherregal, das nicht groß genug ist für all seine Bücher. Sie liegen in Stapeln auf dem Boden. Im Fenster stehen ein paar Geranien mit frischen Blättern und viele Blumen, um die er sich gut zu kümmern scheint.

Als Anna auf die Toilette geht, sagt er leise zu mir:

»Ich rufe beim ärztlichen Bereitschaftsdienst an und frage, was wir tun sollen.«

»Okay.«

Ich gehe in die Küche und koche Kaffee. Als sich die Toilettentür öffnet, rufe ich Anna zu, dass der Kaffee gleich fertig ist. Sie kommt zu mir und sieht mich fragend an.

»Wo ist Henrik?« Allein schon ihn aus den Augen zu verlieren, macht sie unruhig.

»Er musste telefonieren, aber er ist gleich wieder da.«

Henrik ist ins Schlafzimmer gegangen und hat die Tür hinter sich geschlossen, seine Stimme klingt gedämpft durch die Wände.

Die Kaffeemaschine blubbert und zischt. Anna setzt sich an den Küchentisch, ich stelle Tassen und eine Packung Milch aus dem Kühlschrank dazu. Ich setze mich auch.

»Was ist passiert? Willst du es mir erzählen?«, frage ich leise.

»Was?«

»Mit Erik. Aber wir müssen nicht darüber reden, wenn du nicht willst.« Anna antwortet nicht, sieht nur blicklos aus dem Fenster. Lange. Die Kaffeemaschine verstummt und zischt leise, oder ist es ein Seufzer? Dann herrscht Ruhe. Nur der kalte Regen ist zu hören, der diskret gegen das Fenster trommelt.

Schließlich sagt sie mit tonloser Stimme:

»Er ist gegen eine Felswand gefahren. Mit dem Ferrari meines Vaters.«

Wir trinken Kaffee, und bald darauf kommt Henrik in die Küche. Er setzt sich neben Anna und fragt sie, wie es ihr geht.

»Es geht so. Ich fühle mich komisch.«

»Weißt du, ich glaube, du musst dich ausruhen.«

»Ich muss lernen.«

»Ja, aber zuerst musst du dich ein bisschen ausruhen.«

»Mhm.«

Henrik steht auf und bittet mich, mit nach draußen zu kommen. »Wohin gehst du?«, fragt Anna.

»Ich rede nur kurz mit Milena, wir sind im Wohnzimmer. Möchtest du noch etwas Kaffee? Soll ich dir nachschenken?«

Wir gehen ins Wohnzimmer und stellen uns an die Balkontür, so weit wie möglich von der Küche entfernt.

»Ich habe mit einer Krankenschwester gesprochen«, sagt Henrik leise, »sie meinte nicht, dass wir sie ins Krankenhaus bringen müssen oder so, aber Anna sollte nicht allein sein.«

»Okay.«

»Ich habe auch noch einen Freund angerufen, der Arzt ist, und er hat mir ein Rezept für ein Beruhigungsmittel ausgestellt und elektronisch an die Apotheke übermittelt.«

»Soll ich das machen?«

Henrik sieht mir tief in die Augen und seufzt.

»Hättest du denn Zeit?«

»Natürlich«, sage ich, »natürlich habe ich das.«

Er sieht mich dankbar an und streichelt leicht meinen Arm. Er ist für Anna da, und ich bin für ihn da.

Ich nehme Annas Führerschein mit und eile zur Apotheke am Västertorg. Es regnet immer noch in Strömen, es fühlt sich eher wie ein kalter Apriltag an als wie Juni. Ich hole das Medikament, ein Mittel zur Beruhigung und gegen Angstzustände, und eile zurück zu Henriks Wohnung. Als ich eintrete, höre ich Annas Stimme aus dem Schlafzimmer, sie weint laut und klagend, ein fast schon unheimliches Geräusch. Ihre Stimme, aber in einem völlig fremden Tonfall. Henrik ist bei ihr, ich höre seine dunkle Stimme, er tröstet und beruhigt sie.

Ich sehe vor mir, wie er sie im Arm hält, sie langsam wiegt und ihr ins Ohr flüstert.

Ich will nicht stören, und ich vermute, Henrik hat die

Wohnungstür gehört und weiß, dass ich zurück bin. Also gehe ich in die Küche und wische den Tisch ab, obwohl die Platte sauber ist, nur um etwas zu tun zu haben.

Ich schäme mich für meine Gefühle.

Würde ein normaler Mensch nicht völlig in Mitgefühl mit seiner engen Freundin versinken, die gerade ihren geliebten Bruder verloren hat?

Ja. Und ich bin auch vor allem wegen Anna traurig, ihr Schmerz ist meiner.

Aber ein kleiner, kleiner Teil von mir denkt, dass ich dort auf dem Bett sitzen sollte, mit Henriks Armen um mich.

Eifersucht. Selbst in diesem Moment.

Dass du dich nicht schämst.

Ich bleibe in der Küche, und nach einer Stunde oder so kommt Henrik aus dem Schlafzimmer. Er holt ein Glas Wasser und ein paar der Tabletten, die ich besorgt habe, und geht zu Anna zurück. Nach ein paar Minuten kommt er zurück. Er holt tief Luft und atmet aus.

»So. Ich glaube, jetzt schläft sie eine Weile.«

Er lässt sich auf einen Stuhl sinken und sieht plötzlich todmüde aus. Ich frage, ob ich ein paar Pizzen zum Mittagessen holen soll, aber er findet noch eine Packung Fischnuggets im Gefrierfach, die wir in den Ofen schieben und Kartoffeln dazu kochen. Er holt uns ein Leichtbier aus der Speisekammer.

Ich erzähle ihm, dass Anna gesagt hat, Erik sei gegen eine Felswand gefahren. Henrik nickt langsam.

»Sie ist sich sicher, dass er sich umgebracht hat. Es hat einen großen Streit zwischen Erik und seinem Vater gegeben, als sie letzten Sonntag dort zum Abendessen waren.«

»O Gott ...«

»Ihr Vater hat gedacht, Erik hätte sein Fahrrad genommen.«

»In der Bibliothek hat sie das auch gesagt. Etwas von einem Fahrrad.«

»Zuerst habe ich es nicht verstanden, Anna hat so unzusammenhängend geredet … Aber ich glaube, jetzt verstehe ich es. Erik hat sich das Fahrrad am Freitag ausgeliehen und es wieder in die Garage gestellt. Aber dann hat Anna es am Samstag genommen, ohne dass es jemand bemerkt hat. Und hat vergessen, es zurückzustellen. Und dann war es weg. Wahrscheinlich hat es jemand gestohlen.«

»Nein …«

»Und Anna hat sich nicht getraut zu gestehen, dass es ihre Schuld war.« Henrik seufzt und schüttelt den Kopf.

»Ihr Vater ist … total verrückt. Anna ist nicht sie selbst, wenn sie mit ihrer Familie zusammen ist. Es ist, als würde sie wieder zu einem kleinen Mädchen.«

»Gott …«

»Ihr Vater hat also Erik die Schuld gegeben. Und jetzt ist er tot.«

Annas Schuldgefühle.

Ich kann mir das Ausmaß kaum vorstellen.

Nach dem Essen trinken wir eine Tasse Kaffee und essen etwas dunkle Schokolade, dann besteht Henrik darauf, dass ich gehe. Ich hätte schon mehr getan, als man von einem Menschen verlangen könne, und er wolle mich nicht länger aufhalten. Anna schläft. Er wird an der Fakultät anrufen und sich krank melden. Dass er und Anna ein Paar sind, ist immer noch ein gut gehütetes Geheimnis.

An der Tür umarmt er mich lange, ich spüre seine Körperwärme und seinen Geruch.

»Du bist die beste Freundin, die man haben kann«, sagt er. Mir wird ganz warm. Und ich bin traurig.

Draußen im kalten Regen sehne ich mich in die Wohnung zurück, nach der Wärme und der Gemeinschaft, die in der Katastrophe entstanden sind. Den leisen Stimmen, den sanften Blicken, den Berührungen. Und ich habe das vage Gefühl, dass uns das wahrscheinlich näher zusammenbringen wird, uns drei. Anna und Henrik, Henrik und mich, mich und Anna. Vielleicht ist das schon der Fall.

Entgegen aller Wahrscheinlichkeit finde ich einen freien Platz in der Bibliothek, und ich lerne, bis sie schließen. Auf dem Heimweg rufe ich Henrik an, der mir sagt, dass Anna den ganzen Nachmittag geschlafen hat und er nun versuchen wird, sie zu wecken und zu fragen, ob sie etwas essen möchte.

Am nächsten Morgen sitze ich, sobald sie aufmacht, in der Bibliothek und lerne den ganzen Tag, auch wenn meine Gedanken meist zu Henriks Wohnung abschweifen und wie es Anna und ihm geht. Ich rufe ihn einmal am Vormittag an und spreche lange mit ihm. Die Lage ist unverändert, Anna schläft die meiste Zeit, aber zumindest ist sie aufgestanden und hat gefrühstückt. Ihr Bruder Gustaf hat angerufen, aber sie hat es nicht geschafft, mit ihm zu sprechen. Ich frage, ob Henrik Hilfe bei irgendetwas braucht, ob ich zum Beispiel für ihn einkaufen gehen soll? Nein, er braucht nichts, aber trotzdem vielen Dank.

Am Abend schickt er mir eine SMS. Anna nimmt Tabletten und schläft die meiste Zeit, aber sie hat kurz mit einem Psychiater telefoniert. Henrik hat das Gefühl, dass die akute Gefahr vorbei ist.

Am nächsten Morgen ruft er mich an, es ist halb acht, ich bin noch beim Frühstück. Ich höre sofort, dass er aufgewühlt ist.

»Weißt du, wo Anna ist? Ist sie bei dir?«

»Was? Nein.«

»Sie ist weg.«

Aus der Zeugenbefragung von Milena Tankovic, Personennummer 871 121-0140, 19. September 2019, Krankenhaus Gällivare, durchgeführt von Kriminalinspektor Anders Suhonen.

»Sie hat sich in der Nacht weggeschlichen, während Henrik schlief.«

»Ja.«

»Sie ist zu ihren Eltern nach Stocksund gefahren, in Stockholm, und hat ihren Vater mit einem Messer bedroht. Da haben sie jemanden gerufen … die Polizei oder den psychiatrischen Notdienst. Ich weiß es nicht so genau.«

»Mhm.«

»Auf jeden Fall ist Anna eingewiesen worden.«

»Anna hat ihren Vater mit einem Messer bedroht?«

»Ja. Das hat ihre Mutter Henrik erzählt.«

»Wurde der Vorfall bei der Polizei angezeigt?«

»Das glaube ich nicht. Es war ja ihre Tochter.«

»Okay.«

»Anna war ein paar Wochen in der Psychiatrie. Danach hat sie eine Weile bei Henrik gewohnt, er hat sich um sie gekümmert.«

»Ja.«

»Aber sie war natürlich auch bei einem Therapeuten. Und hat eine ganze Weile Medikamente genommen.«

»Ich verstehe.«

»Im Herbst war sie fast wieder wie früher.«

»Und dieses Verhalten von damals haben Sie jetzt wiedererkannt?«

»Ja. Dass man überhaupt nicht richtig zu ihr durchgedrungen ist.«

»Ich verstehe. Gehen wir noch einmal zurück. Was haben Sie nach Henriks Sprung in die Tiefe gemacht? Sie sind über den Grat zurückgegangen, richtig?«

»Ja. Anna ist weggelaufen, und Jacob ist ihr hinterhergerannt.«

»Warum ist er ihr nachgelaufen?«

»Warum?«

»Ja.«

»Weil Anna sich hätte verletzen können. Wir waren immer noch oben auf dem Bergkamm, wo es lebensgefährlich war.«

»Ja.«

Schweigen.

»Ich bin auch zurück über den Grat, keine Ahnung, wie ich das geschafft habe.«

»Ja.«

»Anna ist weitergerannt, dann aber gestürzt, und wir konnten sie einholen. Sie hat sich losgerissen und ist davongestolpert. Sie war völlig …«

Schweigen.

»Schließlich haben wir sie aber zu fassen bekommen. Dann sind wir ein Stück abgestiegen und haben das Zelt aufgeschlagen. Wir haben ihr unser Zelt überlassen, das war am trockensten.«

»Okay.«

»Anna hat ein paar Stunden geschlafen. Später am Abend waren wir zwei dann allein, ich sollte ihr eine Wunde verarzten. Da hat sie gesagt, wir müssten zusammenhalten, weil Jacob uns umbringen wolle.«

»Mhm. Und was haben Sie da gedacht?«

»Ich habe Angst bekommen. Mir war klar, dass sie psychotisch war.«

»Ja.«

»In der Nacht hat mich Jacob geweckt, er hat im anderen Zelt gelegen…«

Schweigen.

»Sie haben mit Anna in einem Zelt geschlafen?«

»Ja. Aber da ist sie nicht lange geblieben. Und Jacob war völlig durchnässt. Und richtig wütend.«

»Aha?«

»Er war nachts aufgewacht, als jemand aus unserem Zelt gekrochen ist, und hat nachgesehen. Ich habe noch geschlafen, Anna musste also nach draußen gegangen sein.«

»Das hat Jacob Ihnen erzählt?«

»Ja, als er später zurückgekommen ist.«

»Mhm.«

»Er… hat sich Sorgen gemacht, was sie anstellen könnte. Dass sie sich selbst verletzt. Oder uns.«

»Mhm.«

»Er hat nach ihr gerufen, aber da ist sie weggerannt, auf eine Stromschnelle zu. Direkt ins Wasser. Sie war am Ertrinken, und Jacob hat versucht, sie herauszuziehen, doch Anna hat sich gewehrt und Jacob umgestoßen. Er war ebenfalls in Gefahr zu ertrinken.«

»Ich verstehe.«

»Da hat er so etwas zu mir gesagt wie ›Jetzt reicht es mir, wenn sie heute Nacht stirbt, dann ist das nicht meine Schuld‹. Irgendwie so etwas.«

»Ja.«

»Dann bin ich zu der Stromschnelle gegangen, um nach Anna zu suchen. Aber ich habe sie nicht gefunden. Es war stockfinster, ich hatte zwar eine Taschenlampe, aber um den Lichtkegel herum sah man rein gar nichts. Ich bin dem Wasserlauf stromabwärts gefolgt, eine ganze Weile, aber… ich habe sie nicht gesehen.«

»Okay.«

»Dann bin ich zurück zum Zelt gegangen. Jacob hatte sich da schon trockene Kleider angezogen und in unser Zelt gelegt. Ich war völlig erschöpft und habe mich auch schlafen gelegt.«

»Ja.«

»Und dann ist Anna zurückgekommen.«

Kapitel 41

Zuerst weiß ich nicht, ob ich wach bin oder träume. Aber ich höre das Geräusch eines Reißverschlusses am anderen Zelt.

Jacobs Arm liegt auf mir, ich hebe ihn hoch und versuche, Jacob zu wecken.

»Jacob! Jacob!«, zische ich und schüttele ihn, aber er reagiert nicht. Offenbar ist er nach dem gestrigen Tag und der Nacht noch erschöpfter als ich.

Es kann nur Anna sein, die zurückgekommen ist.

Ich schlüpfe aus dem Schlafsack, krieche ins Vorzelt und hinaus in die kühle Luft. Es dämmert noch.

Ich sehe sie im ersten Morgenlicht, und mir bleibt fast das Herz stehen.

Ihre Kleidung ist zerrissen. Sie hat blaue Flecken, Schnitte und Schürfwunden am ganzen Körper und im Gesicht. Ihr Haar ist mit getrocknetem Blut und Schmutz verklebt. Ein Arm hängt seltsam schlaff herunter. Sie hält ein Messer in der Hand, bereit, zuzustechen.

Jetzt sieht sie mich an, und ihr Blick ist unbeschreiblich. Verängstigt und aggressiv zugleich. Wie ein wildes Tier, das bereit ist, um sein Leben zu kämpfen. Sie kommt auf mich zu, das Messer immer noch erhoben, und ich bin wie gelähmt, kann mich nicht bewegen.

»Wo ist Jacob?«, fragt sie und sieht sich um, »ist er zurückgekommen? Lebt er?« Langsam schüttele ich den Kopf.

»Er hat in der Nacht versucht, mich umzubringen«, fährt Anna fort, und ich erkenne ihre Stimme kaum wieder, sie ist dunkel und heiser. »Wir müssen … Wir müssen hier weg, Milena, wir müssen alles zusammenpacken, was wir brauchen, und von hier verschwinden, bevor er …«

Im selben Moment höre ich Geräusche aus dem Zelt hinter mir, vielleicht habe ich Jacob doch wachrütteln können, denn jetzt kommt er nach draußen, und ich will ihm zurufen, sich zu beruhigen, aber ich bin stumm vor Angst. Es ist wie ein schlechter Traum. Jacob ist kurz davor, das ganze Zelt zu zerreißen, als er seine große Gestalt durch die kleinen Öffnungen zwängt, doch dann kriecht er auf allen vieren heraus und starrt mich und Anna an. Sie steht vor mir, immer noch mit erhobenem Messer, Jacob steht brüllend auf und stürmt auf uns zu.

»Geh weg von ihr!«, schreit er, und ich weiß nicht, ob er Anna oder mich meint, aber er denkt auf jeden Fall, Anna bedroht mich mit dem Messer. Tut sie das? Habe ich die Situation falsch verstanden? Ich mache ein paar schnelle Schritte rückwärts, dann wirft Jacob sich auf Anna.

Sie fallen beide nach hinten, und ein Übelkeit erregendes Geräusch ist zu hören, als Anna stürzt und Jacob auf ihr zu liegen kommt. Er schreit auf vor Schmerz, und ich sehe das Messer in seiner Seite, hoch oben im Brustkorb, die Klinge ist bis zum Anschlag eingedrungen. Anna versucht, es wieder herauszuziehen, doch Jacob windet sich, und es sitzt fest.

Entsetzt und mit offenem Mund starre ich sie an, wie sie auf dem Boden liegen, bin immer noch wie gelähmt.

Diesen Gesichtsausdruck habe ich noch nie an Anna gesehen, sie sieht mörderisch und entschlossen aus. Jetzt hat sie das Messer herausgezogen. Jacob versucht, es ihr abzunehmen, mit der anderen Hand packt er ihren Hals.

Es ist ein verzweifelter Kampf, leise und intensiv, Anna hätte eigentlich überhaupt keine Chance gehabt, doch sie hat Jacob bereits eine tiefe Wunde zugefügt.

Endlich löse ich mich aus meiner Erstarrung.

Ich werfe mich nach vorne und packe Annas Arm, kurz bevor sie wieder zusticht, sodass sie Jacob nur einen oberflächlichen Kratzer verpasst. Sie versucht, sich loszureißen, ihr irrer Blick ist nun auf mich gerichtet, und sie zielt auf meinen Nacken, worauf ich nicht vorbereitet bin. Instinktiv reiße ich den Kopf zur Seite, und das rettet mir wahrscheinlich das Leben, denn die Klinge rutscht ab. Fünf Zentimeter weiter rechts, und Anna hätte meine Kehle erwischt. Ich verliere das Gleichgewicht, stolpere und falle auf den Hintern. Anna versucht erneut, Jacob in den Hals zu stechen, und er rollt sich zur Seite.

Ich betaste meinen Hals, meine Fingerspitzen sind rot, offensichtlich blute ich, aber die Wunde fühlt sich nicht tief an.

Anna und Jacob setzen ihren Kampf um Leben und Tod fort. Anna will von ihm wegkriechen, aber er packt ihr Bein und zieht sie wieder zu sich. Bei dem Sturz lässt sie das Messer fallen. Er kriecht auf sie, packt sie an den Haaren und schlägt ihren Kopf mehrmals auf den Boden. Ich schreie:

»Jacob! Hör auf!«

Aber er scheint mich nicht zu hören. Anna will ihn töten, und er hat Angst um sein Leben und ist zugleich außer sich vor Wut, er rollt sie herum und packt mit beiden Händen ihre Kehle. Ich rappele mich auf.

»HÖR AUF! JACOB!«

Ich stoße ihn von Anna weg, vielleicht falle ich auch in ihn hinein, und er kippt zur Seite, jedenfalls löst er seinen Griff um Annas Hals, und wir liegen aufeinander auf dem Boden, ein hustender, stöhnender und blutender Haufen.

»Du kannst nicht … Du kannst nicht …« Ich kann den Satz nicht beenden. Ich bin außer Atem und schluchze. Jacob liegt auf dem Rücken und tastet seine Seite ab, wo das Messer eingedrungen ist. Auch er weint, seine Unterlippe zittert, als er sagt:

»Sie will mich umbringen. Zur Hölle, sie will mich echt umbringen …«

Das Blut rinnt an seinen Fingern herunter, und er sieht die Wunde in seiner Seite, ich sehe sie auch. Sie blutet stark, jeder Herzschlag treibt einen neuen Schwall aus seinem Körper.

»Drück die Hand darauf«, sage ich, »fest.« Wir müssen die Blutung dringend stoppen. Ich stehe auf und wanke zu Annas Rucksack hinüber. Ich wühle darin, bis ich Kompressen und Wundpflaster finde, die gleichen, mit denen ich Annas Knie verbunden habe.

Jacob humpelt hinter mir her, blass im Gesicht, Panik in den Augen. Er drückt beide Hände auf die Wunde.

»Verdammt, wie das blutet …«

»Du solltest nicht herumlaufen, Jacob. Leg dich auf den Boden.«

»Ich will nicht sterben.«

»Leg dich hin.«

»Ich will nicht sterben.«

»Du wirst nicht sterben. Leg dich hin. Auf die Seite.«

Er tut, was ich sage, legt sich auf die Seite und zieht sein Shirt hoch, Blut sickert zwischen den Fingern hervor. Ich nehme seine Hand weg und drücke eine Kompresse auf die Wunde, dann lege ich seine Hand wieder darauf. Ich ziehe ein Stück Wundklebeband heraus und reiße es mit den Zähnen durch, nehme Jacobs Hand weg und befestige zwei Klebebandstreifen über der Kompresse. Der Verband sitzt fest, ist aber schon blutdurchtränkt, hilft das hier überhaupt irgendetwas?

»Drück fest mit der Hand darauf, Jacob«, sage ich tränenerstickt. Die Kompresse scheint die Blutung nicht zu stoppen, aber ich habe keinen besseren Plan. Ich schiebe noch eine unter Jacobs Hand und ziehe noch mehr Wundpflaster von der Rolle. Als ich es mit den Zähnen abreißen will, höre ich keuchende

Schritte hinter mir. Ich drehe mich um, und da steht Anna mit erhobenem Eispickel. Sie holt aus.

Ein Schreckensschrei, mein Schrei, und ich krieche stolpernd von Jacob weg.

Ich habe nicht gesehen, ob Anna getroffen hat, aber ich habe das Geräusch gehört.

Gott, ich habe das Geräusch gehört.

Aus der Zeugenbefragung von Milena Tankovic, Personennummer 871 121-0140, 19. September 2019, Krankenhaus Gällivare, durchgeführt von Kriminalinspektor Anders Suhonen.

Schluchzen.

»Schaffen Sie noch ein paar Fragen?«

Schluchzen. Schweigen.

»Milena?«

»Ja.«

»Anna hat Jacob also getötet.«

»Ja.«

»Und was ist dann passiert?«

Schweigen.

»Wir sind weggelaufen.«

»Sie und Anna?«

»Ein Stück. Ich habe nicht gewagt …«

»Hat sie Sie bedroht?«

Schweigen.

»Nicht direkt. Aber sie hatte … Ich stand unter Schock, nachdem sie Jacob getötet hatte.«

»Mhm.«

»Und sie hatte mich mit dem Messer erwischt.«

»Okay.«

»Ich hatte Angst. Große Angst. Sie war psychotisch.«

»Aber … Dann haben Sie sich offensichtlich getrennt. Denn Anna wurde vorgestern in der

Nähe von Nammásj gefunden. Und Sie haben wir heute gefunden, fast zehn Kilometer von der Stelle entfernt. Im Zelt.«

»Nach einer Weile haben wir eine Pause gemacht. Und ich bin eingeschlafen. Und als ich aufgewacht bin, hat Anna versucht, mich wiederzubeleben mit … Wie nennt man das noch gleich?«

»Mund-zu-Mund-Beatmung.«

»Genau.«

Schweigen.

»Sie dachte, ich wäre tot. Sie hat meinen Puls gefühlt. Und da habe ich weiter so getan, als sei ich tot.«

»Sie hat Ihren Puls nicht gespürt?«

»Nein.«

»Mhm.«

»Schließlich hat sie aufgegeben und ist weggegangen.«

»Ich verstehe. Und Sie sind geblieben?«

»Ja. Ich war zu müde, um … Ich hatte keine Ahnung, wo ich war oder in welche Richtung ich gehen sollte. Deshalb habe ich das Zelt dort aufgeschlagen und mich schlafen gelegt.«

»Ja. Und dann haben wir Sie zwei Tage später gefunden. Aber ich würde gern noch einmal darüber sprechen, dass Henrik sich von dem Berg gestürzt hat.«

»Ja.«

»Sie meinen, dass er Selbstmord begangen hat.«

»Ja.«

»Milena, es ist so. Ich sehe da ein Muster, und darüber denke ich nach.«

Schweigen.

»Aha.«

»Sie sagen, dass Jacob Anna im Fluss nicht ertränken, sondern sie retten wollte.«

»Ganz sicher kann ich es nicht wissen, ich war ja nicht dabei.«

»Nein. Aber Sie glauben Jacob.«

»Ja.«

»Und Jacob hat Henrik auch nicht abstürzen lassen.«

»Nein.«

»Aber Sie standen ein Stück entfernt, und Sie geben zu, dass Jacob Henrik angefasst hat. Trotzdem sind Sie sich ganz sicher, dass es nicht so war.«

»Ja.«

»Worauf ich hinauswill: In all diesen Situationen ergreifen Sie Partei für Jacob und glauben ihm. Ich frage mich, ob Sie unter seinem Einfluss standen. Sowohl nach Ihrer als auch nach Annas Aussage klingt es so, als sei Jacob ein sehr dominanter und bestimmender Mensch gewesen.«

»Nein.«

»Daran wäre nichts Schlimmes. Sie waren ihm im Sarek mehr oder weniger ausgeliefert, waren auf ihn angewiesen, um zu überleben. Das ist mit einer Geiselnahme vergleichbar. Man ist auf den Geiselnehmer angewiesen, um zu überleben. Und da ist es psychologisch gesehen ganz normal, dass man sich an seine Sicht der Dinge anpasst. Das passiert oft unterbewusst, intuitiv, um zu überleben.«

»Nein.«

»Bitte denken Sie daher noch einmal über die Situationen nach, über die wir gesprochen haben. Könnte man die Ereignisse auch auf andere Weise interpretieren?«

»Sicher. Anna erzählt bestimmt eine andere Version.«

»Aber wie sehen Sie das?«

»Ich denke, dass … Anna das gesehen hat, was sie sehen musste, um weiterleben zu können.«

»Wie meinen Sie das?«

Schweigen.

»Sie hat nicht erkannt, dass Henrik depressiv war.«

»Nein.«

»Und als er sich das Leben genommen hat, war das schon der zweite ihr sehr nahestehende Mensch, der Selbstmord begangen hat.«

»Ja.«

»Ich weiß, dass sie Schuldgefühle hatte, als ihr Bruder sich umgebracht hat. Sehr große Schuldgefühle.«

»Mhm.«

»Das alles zusammen ist einfach zu viel für sie geworden. Das wäre sicher vielen so gegangen.«

»Ja.«

»Sie braucht jemanden, dem sie die Schuld geben kann, und da passt Jacob perfekt. Sie nimmt ein paar seiner schlechten Eigenschaften und bauscht sie so weit auf wie möglich. Und dann fantasiert sie sich noch etwas zusammen, vielleicht spielt da auch ihr Vater mit rein. Und schon ist Jacob ein Psychopath. Er hat Henrik umgebracht, und Anna kämpft um ihr Leben.«

Aus der Zeugenbefragung von Anna Samuelsson, Personennummer 880 216-3382, 20. September 2019, Krankenhaus Gällivare, durchgeführt von Kriminalinspektor Anders Suhonen.

»Ich möchte Sie darüber informieren, dass wir mittlerweile ein paar Dinge untersucht haben.«

Schweigen.

»Wir haben Stefan Jakob Johansson mit dem Vorstrafenregister abgeglichen. Er hat keine Vorstrafen. Taucht in keiner Datenbank auf.«

Schweigen.

»Und im Verdachtsregister?«

»Keine Einträge.«

Schweigen.

»Und Jacob Tessin?«

»Es existiert niemand mit diesem Namen, und dieser Name taucht ebenfalls in keiner Datenbank auf.«

Schweigen.

»Wie lange wird man im Verdachtsregister geführt?«

»Das kommt auf den Verdachtsgrad an.«

»Vielleicht ist es so lange her, dass er gestrichen wurde.«

»Doch der Fall, von dem Sie Jacob wiederzuerkennen glaubten, wurde Ihrer Aussage nach vor Gericht verhandelt und der Täter verurteilt.«

»Aber ich habe doch gesagt, dass ich mich in dem Fall geirrt hatte. Deshalb kann ich nicht genau sagen, von welchem Fall her ich ihn wiedererkannt hatte.«

»Nein …«

»Es … Das Ganze ist ja ein paar Jahre her, vielleicht erinnere ich mich an ihn von einem Fall, in dem es zu keiner strafrechtlichen Verurteilung kam.«

»Ja.«

»Das beweist also gar nichts.«

»Nein … Zu einem gewissen Teil konnten wir auch sein Leben rekonstruieren. Unter anderem seine Beschäftigungen. Es hat sich herausgestellt, dass er etwa vier Monate in Stockholm am Telefonplan gearbeitet hat, beim Klätterverket. Meistens an der Kasse. Vor fünf Jahren.«

Schweigen.

»Kennen Sie die Kletterhalle Klätterverket am Telefonplan?«

»Ja.«

»Okay. Ich bin dann ein wenig neugierig geworden, weil ich ja wusste, dass Sie auch klettern. Und stellen Sie sich vor, dort kannte man Sie. Sie waren dort viele Jahre lang Mitglied.«

Schweigen.

»Sie könnten Jacob also von dort wiedererkannt haben. Von der Kasse in der Kletterhalle. Und nicht aus dem Gerichtssaal.«

Schweigen.

»Was sagen Sie dazu?«

»Gar nichts. Vielleicht stimmt das ja, vielleicht aber auch nicht.«

»Aha.«

»Das ist doch ein unwichtiges Detail. Ich dachte, ich hätte Jacob von meiner Zeit am Amtsgericht wiedererkannt, aber da hatte ich mich vielleicht geirrt. Das hat ja keine Auswirkungen auf meine restliche Aussage.«

»Nein.«

»Und ich bin ein bisschen überrascht, dass Sie so viel Energie auf ein belangloses Detail verschwenden.«

»Ich fand es einfach interessant.«

»Ja, das habe ich begriffen.«

»Und Sie haben ja selbst gesagt, ich solle mal nachforschen.«

»Ja, ob er vorbestraft war. Nicht ob ich Mitglied in einem Kletterverein am Telefonplan bin oder nicht.«

»Seien Sie beruhigt, diese Informationen waren sehr schnell zu beschaffen.«

Schweigen.

»Wir haben auch herausgefunden, dass Sie im Juni 2010, vom dritten bis zum elften, in der psychiatrischen Notaufnahme des Sankt-Göran-Krankenhauses in Stockholm waren.«

Schweigen.

»Laut der Aufnahmeakte waren Sie verwirrt bei Ihren Eltern aufgetaucht und hatten unter anderem Ihren Vater mit einem Küchenmesser bedroht.«

Schweigen.

»Außerdem steht darin: ›Die Patientin erinnert sich nicht mehr an die vermeintlichen Ereignisse.‹ Möchten Sie dazu etwas sagen.«

»Nein.«

»Okay.«

»Und ich verstehe auch nicht, warum das jetzt überhaupt relevant sein soll. Das war vor neun Jahren.«

Schweigen.

»Außerdem haben wir die Fingerabdrücke auf dem Eispickel untersucht, mit dem Jacob getötet wurde. Wir haben nur Ihre und Jacobs gefunden.«

Schweigen.

»Das macht Sie des Mordes oder Totschlags an Stefan Jakob Johansson verdächtig. Verstehen Sie, was man Ihnen vorwirft?«

Schweigen.

»Möchten Sie etwas zu der Tatsache sagen, dass Ihre Fingerabdrücke auf dem Eispickel gefunden wurden, mit dem Stefan Jakob Johansson getötet wurde?«

Schweigen.

»Anna? Was sagen Sie dazu?«

»Ich will einen Anwalt.«

»Das veranlassen wir.«

»Und ich will einen Anruf. Ich will Jan Samuelsson anrufen.«

»Das geht leider nicht. Aber Sie bekommen natürlich einen Anwalt.«

Schweigen.

Schluchzen.

»Ich will mit meinem Vater reden.«

UPPSALA, NOVEMBER 2009

Nach dem Konzert im Dom treffe ich Henrik erst in der darauffolgenden Woche wieder. Aber ich denke fast ständig an ihn. Ich stelle mir vor, was passieren wird, wenn wir gemeinsam auf das Melissa-Horn-Konzert gehen. Uppsala ist kalt, regnerisch und dunkel, jeder Tag fühlt sich kürzer an als der vorige. Aber ich sehe nur rosa Wolken.

Endlich ist der Tag gekommen, an dem Henrik eine neue Vorlesung im Ekonomikum halten wird. Während wir auf den Beginn warten, erzähle ich Anna, dass Henrik und ich auf einem Konzert im Dom waren. Ich hatte überlegt, ob ich überhaupt etwas sagen sollte, es könnte schließlich so klingen, als wären wir ein Paar, und als wollte ich damit angeben. Aber Anna ist meine beste Freundin in Uppsala, es wäre seltsam, ihr nichts zu erzählen, zumal sie ja weiß, wer Henrik ist. Außerdem möchte ich wirklich mit jemandem über Henrik sprechen. Ich möchte die ganze Zeit über ihn reden.

»Wie schön«, sagt Anna und lächelt zerstreut. Ihre Reaktion enttäuscht mich ein wenig. »Ich wollte ihn übrigens fragen, ob er als Donnerstagsredner in die Verbindung kommen möchte, kommst du mit?«

Nach der Vorlesung bahnt sie sich durch die Studenten, die den Hörsaal verlassen, einen Weg hinunter zum Pult, und ich folge ihr. Henrik packt gerade seine Unterlagen und seinen Laptop ein und wirkt leicht verwirrt, als Anna ihn begrüßt.

»Tolle Vorlesung! Ich würde dich gern als Donnerstagsredner in die Stockholms Nation einladen. Für einen Vortrag. Ich heiße übrigens Anna, hallo.«

Sie streckt ihm die Hand hin, und Henrik schüttelt sie mit einem leicht verwirrten Gesichtsausdruck. Dann entdeckt er mich hinter Anna und lächelt.

»Ja … Ähh …«, sagt er etwas unschlüssig. Bei Anna unschlüssig zu sein, wird sofort bestraft.

»Wollen wir zusammen mittagessen, dann kann ich dir mehr dazu erzählen? Milena, du kommst doch mit, oder?«

Ich schäme mich für ihre Unverfrorenheit, denn so wie ich Henrik kenne, ist es ihm unangenehm, das Mittagessen abzulehnen, wenn er nichts anderes vorhat. Und ganz richtig, er murmelt seine Zustimmung.

Wir gehen in die volle Mensa des Ekonomikums, holen uns etwas zu essen und setzen uns mit den Tabletts an einen runden Tisch. Anna erklärt, was für eine große Ehre es ist, Donnerstagsredner bei der Stockholms Nation zu sein. Henrik isst, brummt gelegentlich etwas und wirft mir ab und zu einen Blick zu. Er lässt sich nichts anmerken, aber ab und zu glaube ich, einen Anflug von Belustigung zu erkennen, wenn er mich ansieht, als wolle er zeigen, dass er Annas Ausführungen nicht sehr ernst nimmt. Wir verstehen einander. Mir wird ganz warm ums Herz.

Nach dem Mittagessen hat Anna ihm ein halbes Versprechen abgerungen, oder vielleicht auch ein bisschen mehr, dass Henrik in der übernächsten Woche als Donnerstagsredner in die Stockholms Nation kommt. Zum Abschied schütteln sie sich die Hand. Henrik und ich wissen nicht recht, ob wir uns die Hand schütteln oder uns umarmen sollen. Er sagt noch, dass er noch nicht nachgesehen hat, ob er Zeit für Melissa Horn hat, das aber noch machen wird.

»Bis bald«, sagt er und lächelt. Ich lächle zurück.

Ich versuche, mir nicht zu viel auszumalen, aber ich freue mich so sehr auf dieses Konzert. Da wird es passieren, da bin ich mir ganz sicher. Mein ganzer Körper sehnt sich nach Henrik. Meine Fingerspitzen sehnen sich nach seinem Haar und seinem Kopf, mein Hals nach seinen Lippen, meine Beine wollen sich um seine schlingen.

Am Donnerstag ist der Festsaal in der Stockholms Nation bis auf den letzten Platz gefüllt. Es ist ein schöner, aber von den Jahren gezeichneter alter Saal mit hohen Decken und Kristallkronleuchtern. Um mich herum schwirren Mitglieder der Verbindung, alle sind hübsch und schlank und schick gekleidet und sehen wie Harvard-Studenten aus oder wahrscheinlich eher, wie man in Schweden glaubt, dass ein Harvard-Student aussieht. Man küsst sich auf die Wangen, umarmt sich und lacht. Dem Akzent nach zu urteilen, scheinen alle aus Lidingö oder Djursholm zu kommen. Ich fühle mich sehr deplatziert, aber Anna ist einfach davon ausgegangen, dass ich kommen und Henrik sprechen hören wollte, und natürlich hatte sie recht. Ich setze mich in eine der hinteren Stuhlreihen und starre auf mein Handy, während ich darauf warte, dass es losgeht.

Anna stellt Henrik kurz und knapp vor. Unter großem Beifall und Jubel tritt er zu ihr auf die Bühne, während sie zurück zum Publikum geht. Der Vortrag dauert eine knappe Stunde und befasst sich mit den Wurzeln des Pressefreiheitsgesetzes aus dem achtzehnten Jahrhundert. An den Vortrag schließt sich eine lange Frage- und Antwortrunde an. Henrik ist interessant, witzig und entspannt, wie immer hat er das Publikum in der Hand.

Danach werden in einem kleineren Nebenraum Erbsensuppe und Punsch serviert. Ich hoffe, dass ich ein paar Worte mit Henrik wechseln und ihm für den tollen Vortrag danken kann, aber er und Anna sind verschwunden. Währenddessen stehe ich alleine da, nervös das Handy in der Hand. Es sind nur ein paar Minuten, die sich aber wie eine Ewigkeit anfühlen. Mehr als eine der hübschen Verbindungsstudentinnen wirft mir einen Blick zu und scheint sich zu fragen, was ich dort mache.

Schließlich treffen Henrik und Anna ein, und alle setzen sich an einen langen Tisch, der für etwa fünfzehn Personen gedeckt ist. Henrik und Anna sitzen nebeneinander in der Mitte. Ich nehme ebenfalls Platz und merke vor lauter Unbehagen gar nicht, dass neben jedem Weinglas ein kleines Kärtchen mit einem Namen liegt. Mein Tischnachbar, ein Typ in weißem Hemd und Clubblazer und mit perfekt gescheiteltem Haar, sieht mich etwas verwundert an, bevor er hastig auf das Kärtchen neben dem Glas schaut. Jetzt entdecke ich es auch. Darauf steht »Sofia D.«. Mit hochroten Wangen entschuldige ich mich, mein Tischnachbar berührt mich leicht am Arm und sagt höflich, das mache doch nichts. Ich gehe um den Tisch herum und suche nach einem Kärtchen mit meinem Namen, kann aber keins finden. Anna und Henrik sind in ein Gespräch vertieft, als ich an ihnen vorbeigehe. Henrik wirft mir einen kurzen Blick zu, wendet sich dann aber wieder Anna zu.

Schließlich wird mir klar, dass es sich um den Ehrentisch handelt, der für die Redner des Abends, die Vertreter der Verbindung, die Ehrenmitglieder und so weiter reserviert ist. Natürlich habe ich dort keinen Platz. Im Raum stehen drei weitere lange Tische für andere Gäste, die etwas essen möchten.

Gott, was bin ich für eine Idiotin.

Am liebsten würde ich im Boden versinken oder zumindest gleich nach Hause gehen. Aber dann würde es so aussehen, als wäre ich sauer, weil ich keinen Platz am Ehrentisch bekommen habe. Und ich habe die Hoffnung auf ein paar Worte mit Henrik noch nicht ganz aufgegeben. Also suche ich mir einen Eckplatz an einem der anderen Tische. Ich esse meine Erbsensuppe und trinke meinen Punsch, und die Leute um mich herum wechseln höflich ein paar Worte mit mir, bevor sie wieder in ihre Welt aus gemeinsamen Bekannten und Klatsch abtauchen.

Ich sehe hinüber zum Ehrentisch. Anna und Henrik sind immer noch ins Gespräch vertieft. Anna berührt leicht seinen Arm. Henrik lächelt breit, und jetzt sieht er wieder so jung aus. Ich spüre einen starken Anflug von Eifersucht.

Kurze Zeit später schleiche ich mich davon, ohne mich von Henrik und Anna zu verabschieden. Ich fühle mich nicht so gut und fürchte, dass Anna versuchen würde, mich zum Bleiben zu überreden.

An diesem Abend kann ich nicht einschlafen. Alles ist schiefgegangen, überhaupt nicht so, wie ich es mir erhofft hatte. Ich schäme mich für meine Eifersucht. Ich habe keinen Anspruch auf Henrik, und trotzdem ist sie da. Ich rede mir ein, dass Henriks und Annas lange Gespräche im Lauf des Abends auf gar nichts hindeuten. Er war der Gastredner, sie die Gastgeberin, dass sie nebeneinandergesessen und sich viel unterhalten haben, ist die natürlichste Sache der Welt.

Sagt die Vernunft. Das Herz vermutet etwas anderes.

Am nächsten Tag schicke ich Henrik eine Nachricht: »Du warst gestern großartig! Wie immer.« Es dauert ein paar Stunden, bis ich ein lächelndes Emoji als Antwort erhalte.

Ich kaufe eine Karte für das Melissa-Horn-Konzert. Die Verkäuferin sagt, dass die Karten schnell weggehen und das Konzert sicher ausverkauft sein wird. Ich habe noch nichts von Henrik gehört, aber für alle Fälle nehme ich zwei Karten.

Erst in der folgenden Woche sehe ich Anna wieder. Wir reden ganz kurz über den Donnerstag in der Verbindung, aber für sie scheint er schon lange zurückzuliegen. Sie fragt nicht, warum ich so früh nach Hause gegangen bin, ohne mich zu verabschieden. Ich hätte gern mehr über den Abend erfahren, aber dann kommen die beiden anderen Studenten aus unserer Studiengruppe, und wir machen uns an die Arbeit.

Eines Morgens fahre ich mit dem Bus zum Ekonomikum. Über Nacht hat es gefroren, und die Wasserpfützen sind zu Eisflächen geworden. Die Kälte beißt mir in die Wangen, wie eine Vorahnung des Winters, und der Atem bildet weiße Wölkchen. Der Himmel färbt sich leuchtend rosa und blau. Es wird ein schöner und kalter Tag werden.

Im Bus ist es jedoch heiß. Ich setze mich auf denselben Platz wie an dem Morgen, an dem ich Henrik kennengelernt habe. Ein bisschen wie eine Beschwörung. Und es funktioniert, denn an der Haltestelle in Eriksberg steigt er ein. Er scheint nach mir zu suchen, und als ich winke und lächle, strahlt er. Gleich darauf sitzt er neben mir.

Wir unterhalten uns über alles Mögliche. Wie ich bei meiner ersten Prüfung abgeschnitten habe, dass Henrik jeden Morgen um sieben Uhr von Handwerkern geweckt wird, weil sein Haus renoviert wird, über einen neuen Film, den ich im Kino gesehen habe. Die Vertrautheit und die Wärme zwischen uns sind wieder da, alles fühlt sich richtig an, so wie vor jenem Abend in der Stockholms Nation.

Ich bin in dich verliebt, Henrik. Verstehst du das? Ich glaube, ich liebe dich.

Ich sage ihm, dass ich zwei Karten für Melissa Horn habe, falls er noch Interesse hat.

Henrik wird ernst und verstummt. Er schaut nach vorn, während er nach Worten sucht. Er scheint sich sehr unwohl zu fühlen.

»Also ... Es ist so ... Man hat mich zur Weihnachtsfeier in der Verbindung eingeladen ... Wahrscheinlich, weil ich dort den Vortrag gehalten habe.«

»Mhm.«

»Das ist leider genau an dem Tag.«

»Klar. Das verstehe ich. Natürlich solltest du hingehen.«

»Aber ... Vielleicht können wir etwas anderes machen. Im Frühling oder so.«

»Sicher.«

Wir schweigen. Doch dann stelle ich die Frage, ich muss es einfach wissen.

»Hat Anna dich eingeladen?«

»Äh ... ja.«

Ich nicke, und wir sitzen noch eine Weile schweigend da, bevor wir pflichtbewusst unseren Small Talk fortsetzen. Henrik spürt wahrscheinlich, was ich fühle, und er hilft mir, das Gesicht zu wahren. Seine Fürsorge macht es nur noch schlimmer.

Wir trennen uns am Slottsbacken. Ich hatte vor, zum Ekonomikum zu fahren, aber ich will nicht länger als nötig in seiner Nähe bleiben. Ich weiß nicht, wie lange ich es schaffe, die Fassung zu wahren. Als er aufsteht, berührt er mich am Arm und wirft mir einen warmen, mitfühlenden Blick zu.

Ich steige aus und laufe den ganzen Weg zurück zu meinem Zimmer in Norby, es dauert eine halbe Stunde, und ich kann nicht aufhören zu weinen. Die Tränen sind heiß auf meinen kalten Wangen.

Am nächsten Tag fällt der erste Schnee.

NACHWORT

Ich danke meinen Freunden Mattias Konnebäck und Johan Norberg, die mich auf meiner Recherchewanderung für dieses Buch in den Sarek begleitet haben. Danke für eure Geduld mit meiner allzu optimistischen Planung und meinem minderwertigen Zelt. Nach der Wanderung haben wir festgestellt, dass wir als Fünfzigjährige in den Sarek hineingegangen und nach ein paar Tagen als Siebzigjährige wieder herausgekommen sind.

Wo wir schon beim Sarek sind: Zu einem gewissen Teil musste sich die Topografie nach den dramaturgischen Anforderungen der Handlung richten. Einige Abschnitte der Route, die die Personen im Buch gehen, sind daher erfunden.

Insgesamt würde ich davon abraten, in den Sarek zu fahren, wenn man kein sehr erfahrener Wanderer ist. Meine Freunde und ich gehen seit zwanzig Jahren jedes Jahr wandern und waren trotzdem überrascht, wie unterschiedlich das Wandern auf Wegen und in unbefestigtem Gelände ist (okay, ich war überrascht, das gebe ich offen zu).

Die Anreise ist aufwendig. Rechnen Sie mit ein paar extra Tagen für die Hin- und Rückreise. Um die Wanderung ansatzweise komfortabel und sicher zu gestalten, müssen Sie sich auch einen Haufen Ausrüstung anschaffen, die Sie vielleicht noch nicht besitzen, zum Beispiel einen GPS-Tracker.

Ich danke Anders de la Motte, Sofia Schmidt, Janis Gotsis und Torbjörn Andersson für ihre wertvollen Anmerkungen.

Danke, Federico Ambrosini, mein Agent bei der Salomonsson Agency, dass du mich in die Verlagswelt eingeführt hast und für die vielen hilfreichen Ideen zum Manuskript. Und für viele angenehme Frühstückstreffen bei Delselius in Enskede.

Großer Dank geht an meine Verlegerin Helene Atterling und meine Lektorin Katarina Ehnmark Lundquist beim Albert Bonniers Verlag. Euer Enthusiasmus, eure klugen Anmerkungen und eure Gewissenhaftigkeit haben das Manuskript enorm verbessert.

Außerdem danke ich allen bei Albert Bonniers, die dieses Buch zu den Leserinnen und Lesern bringen. Diese Aufgabe könnte in keinen besseren Händen sein.

Danke Pia, meine geliebte Frau, meine erste und wichtigste Leserin, für deine Unterstützung und deine Liebe.

Ulf Kvensler, 03.03.22